Spiel, bis du stirbst!

Sönke Brandschwert

Sönke Brandschwert

Netzinfarkt
ISBN 978-3-9811229-1-6

Schattenraum
ISBN 978-3-9811229-5-4

Hals in der Schlinge
ISBN 978-3-9811229-0-9

Spiel, bis du stirbst
ISBN 978-3-942725-00-2

Eine TOTE, deren Verletzungen auf BDSM (Bondage & Discipline, Dominance & Submission, Sadism & Masochism) schliessen lassen.

Eine DETEKTIVIN, die selbst in diesem Metier zuhause ist.

UNERWARTETE Ereignisse, die Zweifel säen.

Spiel, bis du STIRBST.

www.Brandschwert.de

Für „Spiel, bis du stirbst“ tauchte ich in eine mir bisher fremde Welt ein. Ohne die Bereitschaft einiger Menschen, mit mir über sehr private und teilweise intime Dinge zu sprechen, hätte ich das dargestellte Umfeld bestenfalls klischeehaft zeichnen können. Deshalb ist es mir ein Herzensbedürfnis, mich bei allen zu bedanken, die mir ein sehr detailreiches Bild von der Welt des BDSM gegeben haben, sowie bei allen anderen, die mich bei meiner Arbeit – wie auch immer – unterstützten.

Mein spezieller Dank geht an:

Gaia, für ihre Geduld beim Beantworten meiner Fragen.

Mia Miau für ihre Hinweise zu meinen Texten.

Mistress Christine, für unsere Telefonate, in denen sie mir viel vermittelte. Ebenso für das Testlesen des Manuskripts und für ihre korrigierenden Anmerkungen.

PreciousAngel, für die Treffen mit ausführlichen Gesprächen und vor allem dafür, dass sie mich ins „Grande Opera“ (Home Of Fetish People) zur „Kunst und Sünde“ mitnahm.

SaM, die ich kennenlernte, als ich bei Seite 198 war. Die zufällige Namensgleichheit mit meiner Protagonistin machte mich auf sie aufmerksam und gab mir Anlass, den Kontakt zu ihr zu suchen. Ihre Offenheit und Gesprächsbereitschaft nahm ich dankend an. Danke auch für die Einführung ins „Black Stage“ in Karlsruhe.

Jean Christophe Uhl, der mir die Erlaubnis erteilte, seinen Insider-Club „Grande Opera“ in Offenbach als Kulisse zu verwenden.

All den Nutzer/innen der *Sklavenzentrale.com*, die unterstützt, beraten, erklärt, verdeutlicht und beschrieben haben!

Rechtsanwalt *Dr. Jens Eckhardt*, der mir stets mit Rat zur Seite steht, was rechtliche Dinge und juristische Ausdrucksformen betrifft.

Diplom-Psychologe *Frank Ludwig*, der psychologisch schwierige Passagen gegenliest und mich hierbei berät.

Vielen Dank. Sönke Brandschwert

Pein

Mit Tränen will ich Dich befreien,
rollen sollen sie über Dein Gesicht,
Dein sein, schluchzend, jauchzend,
wenn Du flehst und zu mir sprichst.

Deinen Schmerz werd´ ich jagen,
Dir zeigen die Spuren, was in Dir ist.
Meine Hand wird nicht versagen,
Deine Pein sein, bis der Spiegel bricht.

Tief in der Seele grab´ ich alles hervor,
bis Du Dich windest,
schreist,
weinst,
und hebst dich empor.

Gaia

Veröffentlicht 2010 im Sigrid Böhme Verlag,
Selters (Taunus) / Deutschland
1. Auflage: 2010

Titelbild © Lizard / Pixmac
Umschlaggestaltung: SMB

Satz: Böhme
Druck und Herstellung: Gemi s.r.o., Prag
Made in Czech
ISBN-13 978-3-942725-00-2

www.sigrid-boehme-verlag.de

1 | Wie ein Reh aus dem Walde

Äste schlugen ihr ins Gesicht und zeichneten eine Landschaft aus blutigen Kratzern auf ihre Haut. Egal. Gegen das, was sie zuvor hatte über sich ergehen lassen müssen, waren das beinahe Streicheleinheiten. Und sie musste weiter, wenn sie nicht zurück in die Hölle wollte. In keinem Fall durfte sie jetzt ausrutschen, sonst würde er sie haben. Aber es war so verdammt steil, und der feuchte Waldboden bot ihren nackten Füßen wenig Halt. Mehr stolpernd als laufend bewegte sie sich auf schmerzenden Fußsohlen den Abhang hinunter, immer wieder Halt an einem Baum suchend.

Obwohl sie genau wusste, dass sie damit unnötig Zeit verlor, zwang ihre stete Angst sie dazu, sich umzudrehen. Wie weit war er noch entfernt? Hatte sie genügend Vorsprung? Oder musste sie jeden Augenblick damit rechnen, dass er sich auf sie stürzte?

Nein, sie hörte zwar das beunruhigende Knacken von brechendem Holz hinter sich, aber zu sehen war er noch nicht. In diesem dichten Wald hatte das nicht viel zu bedeuten, denn die Sichtweite betrug auch ohne Nebel nur wenige Meter, so eng standen die Bäume zusammen. Zum Glück war es nicht dunkel. Das Licht des späten, trüben Nachmittags ließ sie wenigstens die fremde Umgebung erkennen.

Der Geruch, der in der Luft lag, kam ihr seltsam irreal vor. Die Wälder in ihrer Heimat rochen anders. Vielleicht befand sie sich ja doch in einem abstrusen Traum, und dieser Wald existierte gar nicht? Dann würde sie bald erwachen und alles war gut.

Ein Rufen, laut und aggressiv. Die Worte verstand sie nicht, obwohl sie klar und deutlich an ihre Ohren drangen. Es war nicht ihre Sprache.

Geräusche. Diese hörten sich an wie vorbeifahrende Autos. In der Nähe musste eine Straße sein. Ein Geschenk des Himmels!

Sie stolperte weiter. Als sie sich an einem schlanken Baumstamm festhalten wollte, sah sie nicht den spitzen, abstehenden Holzsplitter. Dieser drang mit voller Wucht in ihre Handfläche ein. Ein kurzes

Aufstöhnen, dann nahm sie mit zusammengebissenen Zähnen die Hand vom Baum.

Sofort fing die Wunde an zu bluten, aber Schmerzen spürte sie kaum. Die Qualen, die noch immer zwischen ihren Beinen tobten, überdeckten alles andere. Tausend glühende Nadeln, die ihren Unterleib malträtierten, hätten nicht schlimmer sein können.

Kurz kam es ihr in den Sinn, wie erstaunlich es war, dass sie überhaupt noch laufen konnte. Doch die Pein, die sie in diesem dornigen Waldstück erlitt, war nichts gegen das, was sie über sich hätte ergehen lassen müssen, wenn sie geblieben wäre. Nur dieses Wissen war es, was sie aufrecht hielt. Dieses Wissen, und das in hohen Dosen ausgeschüttete Adrenalin. Selbst der Schwindel, mit dem ihr Kreislauf darauf aufmerksam machen wollte, dass sie ihre körperlichen Grenzen erreicht hatte, hinderte sie nicht daran, weiter zu laufen.

Das Rauschen des Verkehrs wurde lauter. Sie musste es nur bis zur Straße schaffen, dann hatte sie gewonnen. Ganz egal, wo diese Straße war oder wo sie hinführte: Solange sie stark befahren war, würde er ihr dort nichts mehr anhaben, dessen war sie sich sicher. Zu viele Augen könnten ihn später wiedererkennen.

Noch einmal das grimmige Rufen, diesmal lauter. Erneut vergeudete sie Zeit, indem sie sich gehetzt umblickte. Da war er, vielleicht noch zehn Meter entfernt. Seine Hände waren leer. Gut, er hatte keine Waffe bei sich. Trotzdem ließ sein Anblick ihr ohnehin schon rasendes Herz noch schneller schlagen. Wenn er sie einholte, würde er keine Waffe benötigen. Sie kannte seine enorme Kraft, der sie nichts entgegenzusetzen hatte. Doch die rettende Straße konnte nicht mehr weit sein.

Mit einem Satz überwand sie eine Stelle, an der es einen Meter senkrecht nach unten ging. Dabei prallte sie mit dem rechten Oberschenkel gegen eine Tanne. Als ihre Jeans heftig gegen die Wunde gedrückt wurde, brannte es wie Feuer, ebenso sehr wie die Glut der Zigaretten dort gebrannt hatte. Bilder schossen ihr durch den Kopf. Bilder von dem Mann, der gierig über ihr stand und unaussprechliche Dinge mit ihr tat. Strenge, aber auch erwartungsvolle Blicke.

Mit größter Überwindung zwang sie die Gedanken beiseite. Als wäre die sich überschlagende Stimme hinter ihr ein Startschuss gewesen, lief sie weiter. Plötzlich erblickte sie durch die Stämme hindurch ein vorbeifahrendes Auto. Das gab ihr neue Energie. Jetzt war es wirklich nicht mehr weit, und sie würde es schaffen.

Hinter sich hörte sie bereits die Geräusche des herannahenden Mannes, die sie vor Sekunden noch zu Tode erschreckt hätten. Doch die zum Greifen nahe Straße gab ihr die Kraft und die Überzeugung, nun nicht mehr verlieren zu können. Der weitere Adrenalinschub, ausgelöst durch die näher kommenden Geräusche in ihrem Rücken, tat sein Übriges, um sie voller Kraft voranschreiten zu lassen.

Für diesen Moment spürte sie keine Schmerzen mehr. Alle Gedanken an den Albtraum der letzten Wochen waren verschwunden, verbannt in den hintersten Winkel ihres Gehirns. Leichtfüßig sprang ihr graziler Körper zwei weitere steile Abhänge hinab, rutschte fast drei Meter über den glitschigen Boden, und richtete sich sofort wieder auf. Nach einigen Schritten auf einem annähernd ebenen Stück trennten sie nur noch knapp zwei Höhenmeter von der Straße, die feucht und dunkelgrau unter ihr lag. Als sie sprang, war ihr bewusst, dass sie sich vielleicht ein Bein brechen würde, aber es spielte keine Rolle. Sie würde gerettet sein, und nur das zählte. Noch bevor sie den nass glänzenden Asphalt berührte, hörte sie ein unbeherrschtes Brüllen, welches sie, auch ohne die Sprache zu kennen, eindeutig als Fluchen identifizierte. Für sie war es wie eine Bestätigung dafür, dass sie gewonnen hatte.

Ihre Knie und ihre Fußgelenke schmerzten beim Aufprall. Sie konnte nicht verhindern, dass ihr Körper durch den Schwung nach vorne geschleudert wurde. Um nicht frontal mit dem Gesicht aufzuschlagen, drehte sie sich zur Seite. Ihre linke Schulter knallte auf den harten Boden, und das knirschende Geräusch sagte ihr, dass etwas gebrochen war.

Den Bus, der sie erfasste, sah sie nicht. Es wurde einfach dunkel, in dem Moment, in dem ihr Genick von der Stoßstange gebrochen wurde. Ein paar Meter wurde sie mitgeschleift, dann verwandelten die

Zwillingsreifen den größten Teil ihres filigranen Körpers in eine unidentifizierbare Masse.

Bald würde sie in den Polizeiakten als ein Unfallopfer geführt, dessen Identität nicht festgestellt werden konnte. Eine Tote, die scheinbar nirgendwo herkam und die niemand kannte … aus einem Waldstück gesprungen wie ein Reh und unter die Räder gekommen… bald vergessen, als hätte es sie nie gegeben.

2 | Ungebeten

Als Sam die Tür öffnete, machte sich Enttäuschung breit. Der Kunde machte nicht den Eindruck eines vielversprechenden Geschäftes. Er sah zwar nicht wirklich ungepflegt aus, besaß aber aus einem unerfindlichen Grund trotzdem das Flair eines Penners. Die dunklen, schulterlangen Haare waren sauber, glatt und gekämmt, wirkten aber dennoch irgendwie verwegen. Aus dem Gesicht blickten zwei schwarze, stechende Augen. Mit der Jeans und der eng geschnittenen Lederjacke passte die Garderobe nicht zu Sams üblicher Klientel. Das war aber nicht der vorrangige Störfaktor, vielmehr die zur Faust geballte rechte Hand, die neben seinem Körper hing, und der herausfordernde Blick. Irgendwie umgab den Mann, der einen Kopf größer als Sam war, eine aggressive Aura.

Sam selbst trug noch nicht die Arbeitskleidung, denn zunächst würde es ein Vorgespräch geben, bei der ein grundlegender Rahmen für die gemeinsamen Handlungen festgelegt wurde. Der weiße Trainingsanzug würde dafür ausreichen.

„Du bist Kai?“

„Das bin ich“, erwiderte der Besucher. Sein Alter mochte Anfang 30 sein. „Und ich freue mich überaus, hier zu sein.“ Das Lächeln, das Kai dabei zum Besten gab, sah mehr bedrohlich als freundlich aus.

‚Na, das kann ja was werden.‘ Sam behielt die Gedanken für sich, hätte aber am liebsten die Tür zugeworfen. Die gegenteiligen Worte kamen jedoch mit einer hereinbittenden Geste: „Dann komm.“

„Aber natürlich komme ich“, nahm Kai die Einladung an und bewegte sich flink in die Wohnung. Als Sam die Tür geschlossen hatte und den frech grinsenden Mann ansah, verstärkte sich das ungute Gefühl. Die Stimme blieb dennoch nüchtern und ruhig: „Du bist nicht aus den am Telefon abgesprochenen Gründen hier.“

Kais Grinsen wurde breiter und noch abstoßender. „Und du bist offenbar gar nicht auf den Kopf gefallen. Dann wollen wir auch gleich mal zur Sache kommen: Ich kann mir einfach vorstellen, dass du jemanden brauchst, der dich beschützt, weißt du.“

„Oh nein, nicht so einer“, sprach Sam angewidert die Gedanken aus und rollte dabei genervt die Augen. „Ich beschütze mich selbst. Wenn das alles ist, was du willst, dann verschwinde!“

„Nicht so voreilig“, antwortete Kai, wobei er die Hand ausstreckte. Die näherkommenden Fingerkuppen waren gelblich. Starker Nikotingeruch ging von ihnen aus. Bevor Kai das Kinn, das offenbar sein Ziel war, erreicht hatte, griff Sam nach dem Handgelenk und zog so heftig daran, dass durch Kais Körper ein Ruck ging. Dabei kam ohne Zögern ein kraftvoller Tritt in den Unterleib des Fremden. Der Mann krümmte sich augenblicklich, stöhnte kurz auf, schrie aber nicht, da ihm offenbar die Luft weggeblieben war.

‚Wenn du als erstes zuschlägst, kann dir keiner wehtun‘, dachte Sam. Solchen Typen musste man gleich bei der ersten Begegnung klar machen, dass sie sich besser nie wieder blicken ließen. Andernfalls wurde man sie nicht wieder los. Wie selbstverständlich griff Sam in die Haare des Mannes und schlug den Kopf auf das angehobene Knie. Ein hässliches Geräusch von brechenden Knochen machte klar, dass es ein wenig zu fest gewesen war. Es würde eine Weile dauern, bis der Kiefer wieder in Ordnung sein würde.

Wimmernd sank Kai auf den Boden.

Ohne Anspannung lehnte sich Sam ruhig atmend gegen den Türrahmen und wartete, bis der Fremde sich einigermaßen erholt hatte.

Nachdem der Mann langsam und zitternd aufgestanden war, sagte Sam mit kaltem Tonfall: „Raus!“

Ohne ein weiteres Wort öffnete Kai die Tür und zog sie von außen zu.

Keine Drohung, keine Verwünschung, kein „Das wirst du noch bereuen". Gut, er schien verstanden zu haben. Aber verdammt, der Boden war blutig. Sam seufzte und wollte gerade den Putzeimer aus dem Badezimmer holen, als das Handy klingelte. Obwohl ihr die Lust auf Kunden für heute vergangen war, blieb die Stimme beim Annehmen des Gespräches sanft und freundlich: „Hallo, hier ist die einzigunartige Lady Samantha, die all deine Träume wahr werden lässt."

„Ich bin immer wieder begeistert von deiner sexy Stimme", kam Jans lachende Antwort. „Sag mal, darfst du eigentlich so harmlos klingen? Müsstest du nicht streng und hart klingen? Ich habe mich das schon oft gefragt."

„Ach, Jan", entgegnete Sam, jetzt ebenfalls lachend. „Du hast einfach keine Ahnung von meinem Job."

„Das ist richtig, und ich will auch gar keine Ahnung davon haben."

„Dann darfst du uns Dominas aber auch nicht in ein bestimmtes Schema pressen. Warum rufst du eigentlich nicht auf der anderen Nummer an?"

„Dann kann ich ja nicht deine sexy Stimme hören", gab er zurück. „Sag mal, hast du Lust, heute Abend mit Deborah und mir essen zu gehen? Bald muss sie ja zurück nach Brasilien und wird erst wiederkommen, wenn wir geheiratet haben."

„Sehr gerne. Wo wollt ihr hingehen?"

„Ich wollte mal wieder zum Italiener am Kaisertempel gehen."

Sam kannte das Restaurant in Eppstein, von dem aus man eine fantastische Sicht über den Ort hatte. „Das ist doch mal ein Wort. Um acht?", schlug sie vor.

„Ich weiß noch nicht, wann Deborah da ist. Sagen wir lieber um neun."

„Einverstanden."

„Gut. Ich freue mich drauf."

„Ich mich auch. Bis dann."

Sie legten auf und Sam entfernte, die Hände in schützende Gummihandschuhe gehüllt, die Sauerei im Flur. Hoffentlich war sie den

Kerl wirklich los. Bisher waren es immer nur Möchtegerns gewesen, die es versucht hatten. Wenn sich irgendwann ein professioneller Ring an sie wenden würde, dann hatte sie ein ernstes Problem, aber das war bis dato weder ihr noch einer ihrer Kolleginnen passiert. Sam ärgerte sich über sich selbst. Wo war nur ihre Menschenkenntnis geblieben?

Einmal, vor einigen Jahren, hatte sie einem Mann gegenüber gestanden, der sie mit einem Messer bedroht hatte. Kurz davor war eine Kollegin umgebracht worden, und die Situation hatte auf Sam noch bedrohlicher gewirkt als sie tatsächlich gewesen war. Sie hatte dem Mann das Messer mit einem schnellen Kick aus der Hand getreten, aber der kurzfristige Gedanke, dem Killer gegenüber zu stehen, hatte ihr trotzdem eine panische Angst eingejagt. Es war nicht der Mörder gewesen, aber seitdem war sie noch vorsichtiger geworden. Zum Glück hatte sie hauptsächlich Stammkunden und war nicht darauf angewiesen, ständig neue Männer an Land zu ziehen.

In der Küche räumte sie eine benutzte Tasse in die Spülmaschine und bemerkte, dass es Zeit war, das Gerät anzustellen. Sie wählte das Programm und drückte die Starttaste.

Während ein leises Summen und das Rauschen des Wassers erklang, nahm Sam den Stapel Werbung vom Küchentisch und warf ihn ärgerlich in die Kiste mit dem Altpapier. Warum gab es keinen Spamfilter für den häuslichen Briefkasten?

Gerade wollte sie die Küche verlassen, als sie den Umschlag bemerkte, der ihr aus dem Stapel geglitten und zu Boden gefallen war. Mit einer eleganten, fast tänzerisch anmutenden Bewegung hob sie ihn auf. Als Absender war ein gewisser Notar Dr. iur. Wolfgang Reischelt angegeben. Vermutlich eine der zahllosen Gewinnbenachrichtigungen von einem Gewinnspiel, an dem sie nie teilgenommen hatte. Zu was sollte sie diesmal verleitet werden? Zu einer Kaffeefahrt? Wie viele Leute bekamen die Veranstalter auf diese Weise wohl dazu, Geld für Dinge, die sie nicht brauchten, auszugeben?

Kurz bevor sie den Brief in den Karton fallen ließ, hielt sie inne. Der geplante Kunde war ausgefallen, also hatte sie genug Zeit, warum sich also nicht den Spaß machen? Einerseits genervt von den zahllosen

Werbesendungen der Nepper, hatte sie andererseits eine beinahe kindliche Freude daran, in den diversen Briefen nach dem Haken zu suchen. Manchmal waren die Versuche billig und leicht durchschaubar, andere wiederum sehr ausgeklügelt, sodass man jede Formulierung auf die Waagschale legen musste. Bisher hatte Sam aber immer den Punkt gefunden, der den Anbieter davor schützte, dass ein Empfänger den sogenannten Gewinn einklagen konnte.

Schnell riss sie den Umschlag auf und entnahm ihm einen nur einseitigen Brief. Achtlos warf sie das Kuvert in den Altpapierkarton, faltete den Brief auseinander und begann zu lesen.

Sehr geehrte Frau Veselkova,

in meiner Funktion als Notar verwahre ich treuhänderisch ein Dokument, welches ich beauftragt bin, Ihnen mit Vollendung Ihres 25. Lebensjahres auszuhändigen.

Die Recherchen, die erforderlich wurden, um Sie zu ausfindig zu machen, nahmen ein Jahr in Anspruch. Mir ist es daher erst nun möglich, Sie zu unterrichten.

Bitte vereinbaren Sie einen Termin mit unserer Kanzlei, zu dem Sie bitte Ausweispapiere und eine beglaubigte Abschrift Ihrer Geburtsurkunde mitbringen.

Hochachtungsvoll
Dr. iur. Wolfgang Reischelt als Notar

Wow, hochachtungsvoll! Welch antiquierte Ausdrucksweise. Also keine Gewinnbenachrichtigung. Jemand schien es mit einer ganz neuen Masche zu versuchen. Aber wo war der Haken? Es stand ja nicht viel in dem Schreiben. Vermutlich würde sie vor Ort etwas unterschreiben sollen, womit sie dann eine Waschmaschine kaufte oder eine Reise buchte.

Oder konnte es sich um ein rechtschaffenes Schreiben handeln? Aber was für ein ach so wichtiges Dokument konnte da für sie hinterlegt sein? Ging es am Ende um eine Hinterlassenschaft? Aber es gab niemanden, der ihr etwas hinterlassen könnte. Sams Mutter war bei ihrer Geburt gestorben. Das Wissen, wer ihr Vater war, hatte die Mutter mit ins Grab genommen. Die Keuschners, ihre Adoptiveltern, waren bei einem Unfall ums Leben gekommen, als Sam zehn Jahre alt gewesen war. Sie hatten ihr damals eine beträchtliche Summe hinterlassen, von der sie große Teile auf die hohe Kante gelegt hatte. Das Erbschaftsverfahren war aber längst abgeschlossen, sodass von der Seite nichts mehr kommen konnte.

War es möglich, dass jemand aus dem Heim, in dem sie später gelebt hatte, etwas damit zu tun haben konnte? Wohl kaum.

Was also wollte dieser Notar von ihr? Er war in Frankfurt ansässig. Sam kannte die Bleichstraße, eine Seitenstraße von Frankfurts Einkaufsmeile Nummer Eins, der Zeil. Nachdenklich ging sie ins Wohnzimmer und nahm das Frankfurter Telefonbuch zur Hand. Schnell hatte sie den Eintrag gefunden.

Die Kanzlei existierte tatsächlich. Vielleicht war es eine Briefkastenfirma? Aber es gab eine Frankfurter Telefonnummer dazu. Kurz entschlossen nahm sie das Telefon und rief an. Ein Anrufbeantworter erklärte ihr, dass die Geschäftszeiten von neun bis zwölf, sowie von fünfzehn bis siebzehn Uhr waren. Zwei Stunden zu spät also.

Hörte sich alles seriös an. Merkwürdig. In jedem Fall war es diesmal eine echte Herausforderung. Morgen würde sie dort noch einmal anrufen und einen Termin vereinbaren.

3 | Zerbrochen

Jans gerötete Augen blickten Sam traurig an. „Warum, Samantha? Warum?“, fragte er und nahm einen Schluck des vorzüglichen sardischen Cannonaus aus seinem Rotweinglas.

„Ich weiß es nicht“, antwortete Sam leise. „Hast du den Brief dabei?“

„Es war kein Brief. Einfach nur ein Zettel.“ Er griff in die Brusttasche seines cremefarbenen Hemdes und beförderte ein Stück Papier zutage. „Auf so einem Schnipsel hat sie mit mir Schluss gemacht.“ Dabei warf er den Zettel mit zitternder Hand auf den Tisch. Eine einsame Träne rollte über sein gerötetes Gesicht und zog eine feuchte Bahn. Sam nahm den Papierfetzen, der offenbar lieblos von einem Schreibblock heruntergerissen worden war. Bereits nach dem ersten Wort hörte sie auf zu lesen. Natürlich, Deborah konnte nur ein paar Worte Deutsch und hatte es auf Portugiesisch geschrieben. Enttäuscht warf Sam die Nachricht auf die gleiche Art und Weise wie Jan zuvor auf den Tisch. „Du musst es mir übersetzen“, stellte sie fest.

Jan nickte, legte den Zettel so vor sich, dass er ihn lesen konnte, sagte mit brüchiger Stimme: „Ich liebe dich, aber ich kann nicht mit dir leben. Bitte rufe mich nicht an, auch nicht meine Mutter oder meine Freunde. Alles Gute, Deborah.“

Zu der Träne gesellten sich zwei weitere. Nervös spielte er an seinem linken Ohrläppchen. Sam sah, dass Jan noch etwas sagen wollte, aber für den Moment von seinen Gefühlen überwältigt war und keinen Ton herausbrachte. Sie nahm seine Hand und hielt sie ganz fest.

Eine Weile saßen sie schweigend da, bis der Kellner kam, um die Bestellung zu bringen. Jan begnügte sich an diesem Abend mit einem kleinen Salat. Da sie vor dem Treffen eine Stunde trainiert hatte, entwickelte sich bei Sam ein enormer Hunger und sie freute sich auf das Steak nach Art des Hauses.

Als die Bedienung weg war, ergriff sie das Wort: „Als wir letzte Woche telefoniert haben, hatte ich den Eindruck, dass alles zwischen euch in Ordnung war. Auch vorhin am Telefon hast du nicht so geklungen, als würdest du dich mit schwerwiegenden Problemen beschäftigen.“

„Es war ja auch alles in Ordnung“, gab Jan zurück. „Nein, war es wahrscheinlich nicht, aber ich dachte, dass es das war. Das dachte ich auch heute noch. Dann bin ich kurz in die Videothek gefahren, um Filme zurückzubringen, und als ich wiederkam, lag der Zettel da.“

„Ihr habt euch also nicht gestritten?“, wollte Sam wissen.

„Überhaupt nicht. Hin und wieder hatten wir kleine Diskussionen, aber das war alles kein Streit."

„Worum ging es denn bei den Diskussionen?", hakte Sam nach.

„Ach, Kleinigkeiten. Ich war der Meinung, dass sie nicht genug dafür tat, um Deutsch zu lernen. Manchmal, wenn ich mit ihr geübt habe, hatte ich den Eindruck, dass sie sich gar nicht bemühte. Das war natürlich Quatsch, aber du kennst ja meine Ungeduld."

„Hast du sie deswegen unter Druck gesetzt?"

„Nein, keineswegs. Ich habe ihr nur klar gemacht, wie wichtig es ist, dass sie die Sprache kann, wenn sie hier bleiben möchte."

„Kann sie es anders aufgefasst haben?"

„Nein", entgegnete Jan vehement mit seiner angenehm sonoren Stimme.

Für ein paar Sekunden sah Sam ihn an und überlegte, ob sie ihm ihre Meinung dazu besser vorenthalten sollte.

Seit sie sich vor knapp sechs Jahren an der Uni kennen gelernt hatten, waren sie zu sehr guten Freunden geworden. Es gab niemanden, den sie so nahe an sich heranließ, niemanden, dem sie so viel von sich preisgegeben hatte wie Jan. Diese Verbundenheit basierte auf gegenseitigem Vertrauen.

Beide hatten ihre Vergangenheit. Zwei Leben, wie sie unterschiedlicher nicht sein konnten, und doch verband sie etwas, teilten sie diesen tiefen Schmerz und diese unbändige Wut auf die Welt, die es zugelassen hatte, dass ihnen so schlimme Dinge widerfahren sind. Obwohl es sich dabei um völlig ungleiche Erlebnisse handelte, war das Ergebnis das gleiche. Während Sam gleich zweimal ihre Eltern verloren hatte, war Jan mehrfach sowohl materiell als auch emotional ausgenommen worden.

„Sag, was du denkst", forderte Jan sie auf.

„Ich denke, dass deine Art und Weise leicht missverstanden werden kann", antwortete sie ehrlich.

„Wie meinst du das?", fragte er leise und ließ seinen Blick in ihren Augen ruhen.

„Jan", begann Sam vorsichtig, „du hast zu vielen Dingen deine feste Meinung und lässt keine andere zu. Ich weiß, du meinst es nicht so, aber manchmal erscheinst du in deiner Meinung regelrecht militant.“

„Das glaub' ich nicht“, kam eine sehr schnelle, hitzige Antwort. Nach kurzem Zögern wurde seine Stimme wieder leiser: „Doch. Doch, du hast Recht. Ich halte oft an meiner Meinung fest und lasse manchmal keine Argumente gelten.“

Sam konnte sehen wie sich seine schmerzerfüllten Augen langsam wieder mit Tränen füllten. Mit zitternder Stimme flüsterte Jan: „Ich hab' sie vergrault, oder? Mit meiner Art habe ich sie vertrieben.“

Sie nahm wieder seine Hand, spürte das Zittern, drückte sie, während sie sagte: „Das weiß ich nicht, Jan. Ich sage nur, dass vieles bei anderen Menschen nicht so ankommt, wie man es meint. Das geht mir auch oft so, nur brauche ich mir keine Gedanken zu machen, ob mir jemand wegläuft.“ Mit einem bitteren Lächeln fügte sie hinzu: „Du bist zum Glück blöd genug, mich so zu ertragen, wie ich bin.“

„Ach, du bist viel zu gut für mich, Samantha. Was würde ich ohne dich nur machen?“

„Denkst du, sie geht zurück nach Brasilien?“, wechselte sie das Thema.

„Natürlich“, war Jan überzeugt. „Was soll sie denn hier, in einem fremden Land, in dem sie niemanden versteht?“

„Meinst du, sie ist bereits im Flieger?“

„Ich weiß es nicht. Keine Ahnung, ob heute Abend überhaupt ein Flug gegangen ist oder ob noch einer geht. Ich weiß nicht mal, woher sie das Geld für einen Flug hat; wahrscheinlich von Freunden geliehen.“

„Sie hatte hier schon eigene Freunde?“ Bei diesen Worten entließ sie seine Hand wieder in die Freiheit.

„Wir haben ein Pärchen in gleicher Konstellation kennen gelernt. Deborah hat Maria in der Volkshochschule im Deutschkurs getroffen. Maria kommt auch aus Brasilien, ihr Mann ist Deutscher. Nach dem Unterricht ist Deborah oft mit zu Maria gefahren, hat dort übernachtet oder ist später von Marias Mann zu mir gefahren worden.“

„Du kennst die beiden aber auch?“

„Ja, da sie am Anfang die gleichen Probleme hatten wie wir, hat sich eine Freundschaft angebahnt. Aber Deborah kannte sie wesentlich besser als ich. Ich habe sie bisher zweimal gesehen."

„Hast du dort mal angerufen?", wollte Sam wissen.

„Ehrlich gesagt traue ich mich nicht. Wer weiß, was sie denen über mich erzählt hat, wenn sie dorthin gegangen ist." Sein Gesicht spiegelte Resignation wider. Daumen und Zeigefinger seiner linken Hand massierten sein Ohrläppchen.

„Und was ist mit ihrem Handy? Hast du es da probiert?"

„Sie hat ihre SIM-Karte auf dem Tisch liegen lassen. Natürlich, was soll sie in Brasilien mit der Karte?"

Er kam ihr plötzlich noch viel älter vor. Zwar trennten sie ohnehin fünfzehn Jahre, aber heute schienen es mehr als dreißig zu sein. Von der Sicherheit, die er ausstrahlte, wenn er an der Uni unterrichtete, war jetzt nichts zu spüren. Sein schütteres Haar stand in alle Richtungen ab, als sei er gerade erst aus dem Bett gekommen.

Eine Weile aßen sie schweigend, wobei Jan lustlos in seinem Salat herumstocherte. Sam schmeckte das Fleisch zwar vorzüglich, wirklich genießen konnte sie es jedoch nicht.

Nach einer Weile fragte sie mit vollem Mund: "Willst du heute Nacht bei mir schlafen?"

„Das würde ich sehr gerne, aber ich möchte lieber zu Hause sein, falls Deborah es sich doch anders überlegt und anruft oder sogar nach Hause kommt."

„Ja, das ist in der Tat besser. Ich glaube, wenn sie kommen sollte, dann wäre es sehr ungeschickt, wenn eine andere Frau bei dir übernachtet. Sonst hätte ich angeboten bei dir zu bleiben."

„Danke, Sam. Es hilft mir schon, dass wir jetzt reden können."

Lange diskutierten sie noch über den möglichen Auslöser für Deborahs plötzlichen Abgang, aber sie fanden keine plausible Erklärung. Jans Freundin hatte nie erwähnt, dass sie sich unwohl fühlte. Tags zuvor hatte sie ihm noch gesagt, wie glücklich sie darüber war, in Deutschland zu sein, und dass sie ihn liebte. Kein einziges Mal war es über ihre Lippen gekommen, dass seine Art ihr irgendwie zusetzte. Auch wenn Jan vielleicht Fehler gemacht hatte, so war dies von ihr nie zum Ausdruck gebracht worden.

Am Ende des Abends konnte Sam sich absolut keinen Reim auf das machen, was passiert war.

Gegen ein Uhr fuhr Sam einen stark alkoholisierten Jan nach Hause, der am nächsten Tag sein Auto am Kaisertempel abholen musste.

Als sie endlich in ihr eigenes Bett fiel, konnte sie lange Zeit nicht einschlafen. Ihre Gedanken kreisten immer wieder um Deborah und ihren überstürzten Aufbruch. Jan tat ihr so leid. Wieder einmal schien es eine Frau zu schaffen, ihn in die Nähe eines seelischen Abgrunds zu treiben. Irgendwann würde er hinunterstürzen. Er war sicher kein einfacher Mann, aber im Kern herzensgut, und ein Verhalten wie das von Deborah hatte er einfach nicht verdient. Nicht so. Nicht ohne ein vorausgehendes Gespräch, ohne eine Chance darauf, eventuelle Fehler zu korrigieren. Offenbar hatte Deborah ihm nicht ein einziges Mal zu verstehen gegeben, dass ihr sein Verhalten missfiel.

4 | Mutter

Es lag wie ein Heiligtum vor ihr.

Entgegen ihrer sonstigen Gewohnheiten hatte sie sich einen Wodka eingeschenkt. Sie trank sehr selten Alkohol, und auch jetzt ließ sie das Glas unangerührt stehen. Ihr Blick fixierte das kleine Büchlein, das vor ihr lag: das Tagebuch ihrer leiblichen Mutter. Am Vormittag hatte sie es von dem Notar überreicht bekommen. Ihre Adoptiveltern hatten es dort hinterlegt, mit der Verfügung, dass es Sam zum fünfundzwanzigsten Geburtstag überreicht werden sollte.

Beim Aufspüren der jungen Frau hatte es in der Kanzlei allerdings einige Konfusion gegeben, denn man ist davon ausgegangen, dass sie den Nachnamen ihrer verstorbenen Adoptiveltern tragen würde. Sam hatte jedoch später den Namen ihrer leiblichen Mutter angenommen. Da dies erst geschehen war, nachdem sie die Volljährigkeit erreicht hatte, war es nicht über das Jugendamt in Erfahrung zu bringen gewesen. So hatte es eine Weile gedauert, bis sie gefunden werden konnte.

Und nun lag es vor ihr. Sam traute sich kaum, es zu öffnen. Enthielt es die letzten Monate im Leben ihrer leiblichen Mutter? Vielleicht würde Sam etwas über ihre Abstammung erfahren, denn außer dem Namen ihrer Mutter wusste sie so gut wie nichts darüber.

Es vergingen viele Minuten, in denen Sam einfach nur da saß und das Büchlein anblickte. Dabei hatte sie ständig den Geruch des Wodkas in der Nase, der ihr irgendwie störend und falsch vorkam. Ohne etwas zu denken wartete sie; nicht auf ein bestimmtes Ereignis, sondern einfach nur darauf, dass sie bereit war. Irgendwann griff sie nach dem billigen, pinkfarbenen Einband, auf dem in babyblauen Buchstaben „My Diary" stand, hielt inne, und wartete weitere langsam verrinnende Sekunden, bis sie das Büchlein vorsichtig und beinahe andächtig öffnete. Jeden Tag nur einen Eintrag, hatte sie sich vorgenommen. An diesem Tag war der erste dran.

Die Schrift war die ordentliche, leicht schräggestellte Schrift eines Mädchens. Auf den ersten Blick erkannte Sam mit großem Erstaunen, dass ihre Mutter bei jedem ‚U' neu ansetzte, als beginne ein anderes Wort. Sam hatte die gleiche Angewohnheit und schrieb ebenfalls mit leicht schräggestellten Buchstaben.

Zwei Flecken, in denen die Tinte leicht verwaschen war, erinnerten Sam an getrocknete Tränen. Es würde traurig werden, was sie nun zu Lesen bekam.

4. Juni 1981

Mein Tagebuch … ich dachte immer, es ist kindisch ein Tagebuch zu führen … doch jetzt hoffe ich, meine Gedanken besser ordnen zu können, wenn ich sie niederschreibe.

Vorgestern hat der Arzt festgestellt, dass ich schwanger bin. Schwanger! Meine Güte, was soll ich nur tun? Wenn ich Frank erzähle, dass er Vater wird… er wird mir nicht glauben, dass ich tatsächlich die Pille genommen habe. Wenn ich er wäre, würde ich mir unterstellen, dass ich ihn absichtlich angelogen habe. Wie viele Frauen tun so etwas, um einen Mann an sich zu binden? Zumindest ist das doch die Meinung der Männer. Nein, er wird mir nicht glauben, er kennt mich ja kaum…

Was soll ich nur tun?

Wird er mir unterstellen, dass ich sein Leben zerstören will? Mit seiner Karriere als Atomphysiker steht ihm doch die ganze Welt offen. Würde er sich alleine durch das Baby an mich gebunden fühlen? Das ist das Allerletzte, was ich will. Vielleicht sollte ich einfach aus seinem Leben verschwinden, ebenso schnell, wie ich aufgetaucht bin. Meinen Nachnamen kennt er sowieso nicht, ebenso wenig die Telefonnummer von der WG. Er verlässt sich darauf, dass ich mich bei ihm melde, sobald er von seinem Projekt in Amerika zurück ist.

Vielleicht denkt er ja schon gar nicht mehr an mich?

Auf der anderen Seite: Hätte er mir dann seine Adresse in Köln mitsamt seiner Telefonnummer und sogar die Durchwahl in seinem Büro gegeben?

Was mache ich nun? Ich bräuchte mich einfach nicht bei ihm zu melden…

Doch was ist mit dem Kind? Soll es ohne Vater aufwachsen? Aber was wäre ein Vater, der die Entscheidung zum Vatersein nicht selbst getroffen hat; dem es einfach aufgedrängt wurde, ohne dass er es wollte?

Was ist richtig, was ist falsch?

Meine Güte … ich bin völlig verwirrt … kann nicht mehr klar denken …

Was soll aus meinem Studium werden? Ich habe so hart dafür gearbeitet, um so schnell wie möglich die Sprache zu lernen … habe mein Abi in Deutschland bestanden … alles habe ich dafür getan, und ich habe es geschafft – und nun das!

Ich dachte immer, so etwas würde nur anderen passieren … die Pille wäre sicher …

Was soll ich nur tun???

Ich werde darüber schlafen. Vielleicht weiß ich morgen, was das Beste ist.

Sam atmete tief ein. Sie hatte sich immer gefragt, warum ihr Vater sie nicht hatte haben wollen, nachdem ihre Mama gestorben war. Wenn er ein kleines Baby einfach im Stich lassen konnte, musste er egoistische, menschenverachtende Charakterzüge sein Eigen nennen. Ständig hatte sie Angst, dass sie diese von ihm geerbt haben könnte.

Doch vielleicht war alles ganz anders gewesen. Eventuell hatte er gar keine Ahnung gehabt, dass er damals Vater geworden war.

Sie schluckte schwer, legte das Buch auf den Tisch und trank den

Wodka in einem Zug leer. Langsam brannte er sich hinunter bis in Sams Magen.

Ein Atomphysiker. Er musste erfolgreich sein, wenn er zu Terminen nach Amerika geflogen ist. Von ihm musste sie ihre Zielstrebigkeit und den unbändigen Willen haben. Und Mutter … auch sie musste eine bemerkenswerte Frau gewesen sein. Den Worten nach war sie nicht in Deutschland aufgewachsen. Sie hatte hier ihr Abitur gemacht, offenbar in einer ihr fremden Sprache.

Natürlich hatte Sam sich schlau gemacht, als sie den Namen ihrer Mutter angenommen hatte. Er kam aus dem Slawischen und bedeutete etwas Ähnliches wie ‚die Lustige'. Deshalb vermutete Sam, dass die ehemalige Tschechoslowakei die eigentliche Heimat ihrer Vorfahren war. Aber damals konnte man von dort nicht einfach ausreisen oder gar auswandern.

‚Meine Güte', flüsterte Sam. ‚Mami …'

Überwältigt saß sie mit feuchten Augen auf der Couch. Doch auch jetzt gestand sie sich ein Weinen nicht zu. Wenn du schwach bist, wirst du verletzt …

Das Klingeln ihres Mobiltelefons zerbrach die Stimmung. Ihr Dual-SIM-Handy, welches es ihr möglich machte, mit nur einem Gerät über zwei verschiedene Nummern erreichbar zu sein, zeigte einen Anruf für ihren zweiten Geschäftszweig an. Deshalb meldete sie sich einfach nur mit ihrem Namen: „Veselkova." Ihre Stimme war fest und ruhig. Nichts deutete darauf hin, dass sie noch vor einer Sekunde zutiefst bewegt gewesen war.

„Hier ist Pranger", ertönte eine weibliche Stimme aus dem Gerät. „Ich hoffe, ich störe nicht, Frau Veselkova, aber ich habe eine Information für Sie."

„Aber nein, Sie stören überhaupt nicht", log Sam überzeugend. „Was ist das für eine Information?"

„Er hat kurzfristig für morgen früh einen Flug nach Berlin gebucht. Angeblich muss er zu einer geschäftlichen Besprechung."

Sam wusste, dass Sabine Pranger damit ihren Mann meinte. „Und

Sie vermuten, dass er sich stattdessen mit ihr trifft?"

„Vielleicht nicht stattdessen, womöglich verbindet er auch das Eine mit dem Anderen."

„Um welche Uhrzeit geht der Flug?", wollte Sam wissen.

„Er sagte, dass er um neun am Flughafen sein muss."

„Gut. Ich werde da sein. Vermutlich wird er, wenn es sich um ein Treffen handelt, noch im öffentlich zugänglichen Bereich mit ihr treffen, wo ich keine Bordkarte brauche."

„Und wenn sie sich erst im Flugzeug treffen?"

„Ich halte eine Ausgabe für den Flug für unangemessen teuer. Sollten wir sie morgen nicht kriegen, dann warten wir auf die nächste Gelegenheit, bei der kein Flug im Spiel ist."

Sam hätte normalerweise niemals einen solchen Ratschlag gegeben. Sie wusste, dass Frau Pranger kein Problem damit gehabt hätte, mehr Geld auszugeben. Der wirkliche Grund, warum sie davon abriet, dass sie notfalls mit nach Berlin flog, war ihre Sorge um Jan. Im Moment wollte sie nicht so weit weg sein, falls er sie brauchte.

„Vielen Dank." Ein kurzes Zögern, dann kam noch eine Frage: „Ich kann mich doch darauf verlassen, dass er nichts bemerken wird?"

„Hundertprozentig. Wenn ich ein Risiko sehe, dass er mich entdecken könnte, breche ich die Aktion ab. Dann müssen wir ebenfalls auf die nächste Gelegenheit warten. In dem Fall wäre der nächste Versuch dann kostenlos für Sie."

„Das Geld ist im Moment das Letzte, worüber ich mir Gedanken mache, glauben Sie mir. Wenn Sie es für richtig gehalten hätten, dann würde ich Sie auch mitfliegen lassen."

Da Sam darauf keine Antwort wusste, sagte sie einfach: „Ich rufe Sie dann morgen an, sobald ich etwas habe."

„Vielen Dank. Bis dann."

„Bis dann." Damit war das Gespräch beendet.

Eigentlich machte sie Jobs nicht gerne, bei denen es um die Beschattung eines fremdgehenden Partners ging, aber einen Auftrag abzulehnen war der Mundpropaganda nicht besonders zuträglich. Es gehörte einfach dazu. Meistens waren das die leichtesten Jobs, die für

Sam keine große Herausforderung darstellten. Sie hoffte, dass es bald mal wieder einen größeren Fall geben würde, bei dem sie alle Register ziehen musste, um erfolgreich zu sein. Dann würde sie sich mal wieder einen tollen Urlaub gönnen und dabei nicht auf den Cent sehen.

5 | Deborah

Jan stand völlig aufgelöst vor der Tür. Eine halbe Stunde vorher hatte er Sam angerufen und gefragt, ob er kurzfristig vorbeikommen dürfte. Seine roten Augen und das aschfahle Gesicht zeugten von seinem schlimmen Zustand. Er schien seit einer Ewigkeit nicht geschlafen zu haben. Der Blick kam Sam flackernd und wirr vor.

„Hallo, Jan. Wie es dir geht, brauche ich wohl nicht zu fragen." Dabei nahm sie ihn in den Arm und küsste ihn auf die Wange. Er erwiderte den Kuss, schluchzte kurz tränenlos, fing sich aber sofort wieder und befreite sich aus ihren Armen.

Während er die Tür hinter sich schloss, sagte er: „Ich muss dir etwas zeigen. Lass' uns an deinen PC gehen." Er redete schnell, fast hektisch. Seine Stimme war lauter als gewöhnlich.

„Okay", antwortete sie. „Sollen wir erst etwas trinken?", fragte sie, obwohl sie erkannte, dass er offenbar keine Zeit verlieren wollte.

"Nein", kam rasch die Antwort. "Nein, ich möchte nichts trinken. Ich muss dir etwas zeigen. Du musst das selbst sehen, sonst glaubst du es nicht."

Selten hatte Sam einen Menschen so überdreht und aufgeregt gesehen. Was war nur passiert? Sie traute sich gar nicht zu fragen, ob es etwas Neues von Deborah gab. Die Brasilianerin war seit gut zwei Wochen wie vom Erdboden verschluckt.

Mit großen Schritten stürmte er los und steuerte eine Tür an. Dabei hatte er offenbar vergessen, dass Sam ein wenig umgeräumt hatte. Das Arbeitszimmer für ihre Detektei war in das obere Stockwerk gewandert. Noch bevor Sam etwas sagen konnte, öffnete Jan nun die Tür zu einer anderen Art von Arbeitszimmer. Als wäre er gegen eine

Wand gelaufen, blieb er stehen, gab ein knappes „Oh Gott!“ von sich, machte kehrt, schloss die Tür hinter sich, und wandte sich dann der Treppe zu, ohne noch ein weiteres Wort darüber zu verlieren.

Er musste wirklich etwas Außergewöhnliches wollen, wenn er den Anblick ihres Studios einfach so hinnahm, ohne in ein ausschweifendes Gezeter auszubrechen, mit üblen Vorwürfen, dass sie ihn nicht davon abgehalten hatte, in das Zimmer zu schauen. Es war in all den Jahren erst dreimal vorgekommen, dass sich sein Blick zu all den abstrusen Dingen verirrt hatte. Jedes Mal hatte Sam sich vor Lachen ausgeschüttet, weil er so ein Drama daraus gemacht hatte.

Beim nächsten Versuch fand er zielsicher das Büro, zumal es im oberen Stockwerk in den Flur integriert war. Ohne sie zu fragen setzte er sich an den Rechner und öffnete den Internetbrowser.

Seine zitternden Finger flogen über die Tastatur wie flinke Spinnenbeinchen, und kurz darauf öffnete sich eine Web-Seite, die Sam schnell als ein Dating- und Partnersuchportal identifizierte. Noch immer erschloss sich ihr nicht, warum Jan so aus der Fassung war. Erneut tippte er mit traumwandlerischer Sicherheit ein paar Dinge in irgendwelche Felder, klickte noch zweimal auf verschiedene Schaltflächen, dann erschien der Stein des Anstoßes.

„Da, guck dir das an!“, forderte er sie unnötigerweise auf. Dabei drehte er sich zu ihr.

Sam blieb mit offenem Mund hinter ihm stehen. Ungläubigen Blickes starrte sie auf den Bildschirm, von dem sie eine strahlende Deborah anlächelte.

„Das glaube ich nicht“, flüsterte Sam.

„Ja, ich auch nicht“, pflichtete ihr Jan bei. „Ich sehe es, und glaube es trotzdem nicht. Aber es wird ja noch toller!“ Er klickte auf eine Schaltfläche, die mehr Details zu der Person versprach. Es öffnete sich ein weiteres Fenster. „Siehst du, seit wann sie Mitglied ist?“, rief er. „Sag mir bitte, dass ich mir das einbilde!“

Das Datum lag dreieinhalb Monate zurück. Sams Blick wanderte zu einem Textfeld, in dem der Partnersuchende beliebige Worte an einen potentiellen Interessenten richten konnte. Der erste Teil war in

Portugiesisch verfasst und Sam verstand kein Wort. Dann kam ein Satz in schlechtem Deutsch: *„Brasilien frau suchen deutschland mann, haben sexy körper 34 jahre junger schaut."*

Dann folgte ein weiterer Absatz in der fremden Sprache.

„Verstehst du jetzt, was sie getan hat?", fragte Jan aufgebracht. „Sie hat mich als Sprungbrett benutzt. Keine zwei Monate, nachdem sie hier war, hat sie eine eindeutige Anzeige aufgegeben, in der sie einen anderen Mann sucht! Das ist doch Wahnsinn, oder?" Sein Blick wanderte zwischen dem Bildschirm und Sam hin und her.

„Kann sie vielleicht einfach ein früheres Datum eingetragen haben?", startete Sam einen schwachen Versuch.

„In keinem Fall, Samantha, das Datum wird vom System gesetzt, wenn du dich anmeldest. Ich habe das ausprobiert, weil ich es nicht glauben konnte."

Mit einer hektischen Bewegung stand er auf. „Das wollte ich dir nur zeigen", sagte er. „Jetzt sag' du mir bitte, was sich eine Frau denkt, die so was macht!"

„Lass' uns runtergehen", erwiderte sie mit ruhiger Stimme.

„Ja, gehen wir runter. Und dann sagst du mir bitte, was eine Frau denkt, die einen Mann so ausnutzt. Ich habe ihr den Flug bezahlt, sogar eine Krankenversicherung habe ich für sie abgeschlossen. Um die Visumsverlängerung habe ich mich gekümmert, als sie längst auf der Suche nach einem Anderen war. Meinst du, sie hat jetzt schon einen Neuen? Wahrscheinlich einen, der mehr Geld hat als ich, oder? Ist es das, was sich Frauen dabei denken?"

„Es sind nicht alle Frauen so, Jan, und das weißt du auch." Noch bevor sie fertig gesprochen hatte, bereute sie das Gesagte.

„Nein, das weiß ich nicht, Samantha. Es gab bisher keine Frau in meinem Leben, die mir gezeigt hat, dass Frauen auch anständig sein können." Sie waren im Wohnzimmer angelangt und setzten sich auf die Couch.

Sam versuchte, ihn ein wenig aufzumuntern. „Und was ist mit mir?", fragte sie, und zwang sich zu einem verschmitzten Lächeln, was ihr sogar gelang.

„Du? Du bist doch keine Frau, Samantha, du bist eine Domina!“

Ihr Lächeln verschwand schlagartig und ihre Gesichtszüge versteinerten.

„Ja“, fuhr er mit hektischer Stimme fort, „du bist ein guter Freund, aber als Frau kann ich dich nicht sehen. Wer weiß, vielleicht sollte ich mir eine Domina suchen. Ihr scheint anders zu sein. Ich bekomme Panik, wenn ich all deine Apparaturen sehe, aber ich würde mich tausendmal lieber an dein verdammtes schwarzes Kreuz nageln lassen, als noch einmal so was wie mit Deborah zu erleben.“

Sam schluckte den Stich ins Herz hinunter. Innerhalb einer Sekunde hatte sie den plötzlich auftretenden Schmerz niedergekämpft und sagte: „Probiere es einfach aus. Ich habe eine nette Kollegin …“ Sie war sicher, dass er nicht bemerkte, wie sehr er sie getroffen hatte. Das war gut so.

„Stell' sie mir mal vor“, antwortete er, noch immer mit seiner lauten, aufgeregten Stimme. Dann, eine Spur leiser: „Ich halte das nicht aus, Samantha. Hast du etwas zu trinken?“ Dabei sah er sie an. Seine Augen flackerten, und Sam meinte eine Spur Wahnsinn darin zu erkennen. Er konnte nicht für alles verantwortlich gemacht werden, was er in diesem Zustand sagte. Dennoch hatte er es geschafft, sie zu verletzen, und sie würde sich ihm gegenüber ein wenig verschließen.

Mit einem Nicken stand sie auf und holte ihm einen Wodka. Kurz überlegte sie, ob sie auch einen trinken sollte, entschied sich aber dagegen. Jan leerte das Glas in einem Zug, und Sam schenkte nach. Dann wurde er langsam ruhiger.

„Wie soll ich jemals wieder einer Frau vertrauen? Das kann doch alles nicht wahr sein, oder?“

„Es ist wirklich unglaublich“, stimmte sie ihm zu. „Ich habe es selbst gesehen, und glaube es trotzdem kaum.“

„Weißt du, was das Schlimmste ist?“, fragte er. Ohne ihre Antwort abzuwarten, sprach er weiter: „Dass ich sie noch immer liebe. Ist das nicht irre? Sie benutzt mich, sucht sich andere Männer, kurz nachdem sie hier ist, verlässt mich wegen eines anderen, und ich liebe diese Frau immer noch. Kann man denn dümmer sein als ich?“

Einem Impuls folgend legte sie ihren Arm um seine Schulter, zog ihn zu sich, drückte ihn und hielt ihn ganz fest. „Du bist nicht dumm, Jan. Im Gegenteil. Du bist einfach ein Mensch, der in der Lage ist, Gefühle zu zeigen.“

„Schlimm genug“, flüsterte er und unternahm keinen Versuch, sich aus ihren Armen zu befreien. „Warum kann ich nicht so sein wie du?“, fragte er dann leise.

Die folgenden zwei Stunden drehten sich ihre Gespräche im Kreis. Beiden war es unerklärlich, wie jemand so etwas tun konnte. Aber Sam hatte schon wesentlich Schlimmeres gesehen, als dass sie davon schockiert sein konnte. Schockiert war sie nur von dem katastrophalen Zustand ihres Freundes, und sie hasste Deborah dafür.

6 | Hass

Er schenkte sich ein weiteres Glas ein. Billiger, klarer Fusel. Heute musste gefeiert werden. Er war schon schier verzweifelt, weil er dachte, dass er es nie schaffen würde. Aber der zurückliegende Tag hatte endlich den ersehnten Erfolg gebracht.

Eine wahre Ewigkeit hatte es gedauert, bis er die kleine Samantha ausfindig gemacht hatte. Sie hatte ihren Namen geändert, und an diese Möglichkeit hatte er gar nicht gedacht. Aber es passte zu ihr. Dieses blöde Balg! Über zwölf Jahre hatte er wegen ihr im Gefängnis verbracht. Ein Viertel seines Lebens, weggeworfen, verschwendet, unwiederbringlich verloren.

Und warum? Wegen nichts! Nur weil er hin und wieder ein wenig Spaß mit Barbara gehabt hatte. Wen kümmerte das schon? Immerhin hatte er seiner Adoptivtochter ein neues Zuhause gegeben, hatte sie ernährt, ihr ein Dach über dem Kopf gegeben. Ohne ihn wäre sie im Heim geblieben, mit all dem anderen Gesocks, wo sie hingehörte. Von seinem Geld hatte sie gelebt. Sie hatte ihm gehört. Er hatte mit ihr machen können, was er wollte. Aber die Richter hatten die Dinge anders gesehen. Vielleicht, weil Julian ein Junge gewesen war. Dabei war Bi- und Homosexualität doch nichts Ungewöhnliches mehr.

Julian sei noch ein Kind gewesen, hatte der Richter gesagt. Herrgott, natürlich war er noch ein Kind gewesen, sonst hätte er arbeiten gehen und sich selbst ernähren können. So aber musste er den Bengel durchfüttern. Was lag also näher, als dass der Junge sich ebenso dafür erkenntlich zeigte wie Barbara?

Es wäre alles gar nicht so schlimm geworden, wenn die Polizei nach dem Vorfall mit Julian und Barbara nicht die Leiche von Kathy gefunden hätte. Vielleicht wäre er nach zwei bis drei Jahren wieder draußen gewesen. Eventuell wäre die gesamte Strafe sogar auf Bewährung ausgesetzt worden. So aber hatte er sich zusätzlich wegen sexuellen Missbrauchs mit Todesfolge zu verantworten gehabt. Hatte die kleine Dirne auch krepieren müssen? Diese Schlampe! War einfach verreckt, noch während er in ihr gewesen war. Was konnte er dafür, wenn sie einfach wegstarb? Verdammt noch mal!

Die Wut kochte in ihm hoch. Sein Leben war so schön gewesen. Er hatte tun und lassen können, was immer er wollte, hatte eine Frau gehabt, die ihn stets gewähren ließ, egal was er tat. Hatte seine kleinen Leibeigenen gehabt, die ihm zu Dank verpflichtet gewesen waren.

In dem Jahr, als es passierte, hatte er sich noch ein Kind holen wollen. Es wäre überhaupt kein Problem gewesen. Die Kinderheime steckten voll von Kindern, die sich nach einer Familie sehnten, und Geld konnte er damals genügend vorweisen. Er hatte sogar mit dem Gedanken gespielt, Samantha zu sich zu holen. Barbara hatte sie schon öfter mitgebracht. Aber dann hatte die kleine Göre ihm alles kaputt gemacht. Dafür würde sie bezahlen.

Zwölf Jahre hatte er Zeit gehabt, um sich zu überlegen, was er mit ihr anstellen würde. Alles, was Barbara früher mit ihm erlebt hatte, würde dagegen ein Spaziergang gewesen sein. Winseln würde sie, aber es würde ihr nichts nutzen. Sie würde schon vorher zittern vor Angst, denn er würde sie wissen lassen, was er vorhatte. Erst mit kleinen Hinweisen, die sie einschüchtern würden. Dann mit immer deutlicheren Zeichen. Dabei würde er vorsichtig genug sein, damit man ihm nichts anhängen konnte. Niemand würde beweisen können, dass er irgendetwas tat. Zwölf Jahre waren eine lange Zeit, um an einem Plan zu feilen und ihn zu perfektionieren.

Morgen würde er beginnen sie zu beschatten, damit er wusste, wie sie lebte, was sie tat, mit wem sie zusammen war, und was der beste Zeitpunkt sein würde, um sie zu schnappen.

Seine Hand strich durch die wenigen Haare, die seine Halbglatze umrahmten. Wie immer, wenn er das tat, erinnerte ihn die Narbe an seinem Hinterkopf an jenen Tag.

Schnell trank er das Glas in einem Zug leer, in der Hoffnung, die Erinnerung würde sich verflüchtigen. Doch sie blieb, und die unbändige Wut in ihm wurde unerträglich. Er holte aus und warf das Glas gegen die Wand. Mit einem lauten Klirren zersprang es.

7 | VesdE GmbH

Sam legte die fünf Kilo Scheibe, die sie während der Situps hinter dem Kopf gehalten hatte, zur Seite. Genug für heute. Jetzt noch ein paar Dehnübungen, dann sollte sie unter die Dusche gehen. In einer Stunde musste sie los, um sich ihre Brötchen zu verdienen.

Nachdem sie sich ihr zweites Standbein geschaffen hatte, war ihr Leben nicht nur interessanter geworden, sondern auch finanziell unabhängiger. Zwar hatte sie ohnehin noch einiges von dem Geld, das ihre Adoptiveltern ihr vererbt hatten, aber da ihr sehr früh bewusst geworden war, dass dies nicht ewig reichen würde, war es schon lange ihr Ziel gewesen, sich ein Einkommen aufzubauen, welches sie unabhängig davon machte.

"Veselkova deutschlandweite Ermittlungen" hatte sie ihre Detektei genannt, order kurz: "VesdE GmbH". Sie warb mit dem Slogan "Wir haben eine weiße VesdE – und finden jeden, der keine hat". Mittlerweile war es eine im Rhein-Main-Gebiet angesehene Detektei. Sie zählte nicht zu den großen, aber es gab regelmäßig kleinere Aufträge.

Heute war es eine Beschattung. Normalerweise waren solche Dinge eher anspruchslos, wie beispielsweise bei dem Mann von Frau

Pranger, den sie vor einigen Tagen am Frankfurter Flughafen mit seiner Geliebten fotografiert hatte. So etwas war eigentlich eine langweilige Sache, doch heute würde es etwas besonderes sein, denn sie hatte einen Motorradfahrer als Zielobjekt. Wenn sie nur Autofahrerin gewesen wäre, hätte sie den Job gar nicht annehmen können, aber da sie selbst zweiradbegeistert war, konnte es keinen besseren als sie für den Job geben. Ein Motorradfahrer, der sich für eine Weile einem anderen anschloss, um eine Strecke gemeinsam zu fahren, war im Taunus nichts Ungewöhnliches.

Während die junge Frau die Sehnen und Muskeln ihrer Beine dehnte, dachte sie über ihre Auftraggeberin nach. Bisher gab es nicht den geringsten Beweis dafür, dass ihr Mann eine andere hatte. Nur das Bauchgefühl. Wie sicher war ein Bauchgefühl? Sams Erfahrung sagte, dass etwa zwanzig Prozent der Männer, die sie überprüfen sollte, zu Unrecht verdächtigt wurden. Mit achtzig Prozent aber war der weit größere Teil tatsächlich untreu. Manche von ihnen mit äußerster Vorsicht. Ohne die Hilfe eines professionellen Detektivs hätten ihre Frauen niemals die Wahrheit erfahren können. Andere agierten völlig unbedacht, als wenn ihnen sowieso nichts passieren konnte.

Manchmal fragte sich Sam, ob es überhaupt gut war, wenn ihre Frauen die Wahrheit erfuhren. Vielleicht würden die Männer bis zu ihrem Lebensende mit ihren Ehefrauen verheiratet bleiben. Solange die nichts von den Seitensprüngen ihrer Männer wussten, würden sie vielleicht sogar glücklich sein.

Auf der anderen Seite bekamen die Frauen durch das Wissen über die Untreue ihrer Männer die Möglichkeit, sich von den Halunken zu trennen, und sich einem neuen Glück zuzuwenden.

Sam hatte schon vor langer Zeit festgestellt, dass für sie eine normale Beziehung zu einem Mann nicht in Frage kam. Zumindest jetzt noch nicht. Jan war der erste Mann gewesen, mit dem sie sich richtig gut verstanden hatte und der keine Annäherungsversuche unternahm, und der ihr erforderlichenfalls half, ohne irgendwelche Gegenleistungen dafür zu erwarten.

Sie hielt einen Moment inne und sah in den Spiegel, der die komplette Wand vor ihr einnahm. Breitbeinig, wenige Zentimeter vor dem Spagat, stand sie mit schweißnassem Gesicht in ihrem Trainingsraum. Ob Jan sie attraktiv fand? Nicht, dass sie etwas von ihm wollte, aber sie fragte sich, ob er in ihr wirklich nur eine Domina und keine Frau sah. Kurzes Nachdenken. Vielleicht war sie ihm zu maskulin? Auch wenn man es nicht unbedingt sah, solange ihr Körper in normale Kleidung gehüllt war: Sie hatte das Kreuz einer Schwimmerin. Zwar hatte sie nicht die Muskeln einer Bodybuilderin, aber der Extremsport hinterließ seine Spuren. Selbst die schlanken Oberarme nahmen gehörig an Volumen zu, sobald sie die Muskeln anspannte. Ihre kurzen, blonden Haare trugen sicher ihren Teil zu ihrer wenig damenhaften Erscheinung bei, obwohl sie selbst nicht fand, dass sie damit wie ein Mann aussah. Außerdem sprach ihre Oberweite eine deutliche Sprache. Die Formen ihrer Brust zeichneten sich klar unter dem eng anliegenden, schweißgetränkten Shirt ab. Wenn sie es sich hätte aussuchen können, wäre ihr eine kleinere Körbchengröße lieber gewesen. Dank ihrer sportlichen Betätigung war ihr Busen aber ebenso fest und in Form wie ihr Hintern. Die schlanke Taille ließ jeden Gedanken an Männlichkeit verschwinden.

Das Piepsen der kleinen Uhr in der Ecke wies sie auf das Ende ihrer Trainingszeit hin und verscheuchte die Gedanken. Auf dem Weg zum Badezimmer sah sie kurz nach draußen. Strahlender Sonnenschein. Es würde Spaß machen, heute mit dem Motorrad durch den Taunus zu fahren.

Schnell duschte sie und zog die weiße Motorradhose an.

Diesen Ledertraum hatte sie vor zwei Jahren in einem kleinen Laden in Mailand gefunden, sich sofort in die robuste, weiße Kombination aus Hose und Jacke verliebt, und ohne zu überlegen eine Unsumme dafür ausgegeben. Das war eine ihrer Schwächen, gegen die sie sich am wenigsten wehrte: Wenn ihr etwas wirklich gefiel, dann kaufte sie es, selbst wenn es völlig überteuert war.

Ihr fehlten zu ihrem Outfit noch die passenden Stiefel. Ihre jetzigen waren rot-weiß, und das Rot störte sie dabei. Rein weiße Motorradstiefel hatte sie noch keine gefunden.

Nachdem sie komplett angekleidet war, gelangte sie vom Flur aus direkt in ihre Garage. Hier fanden sowohl ihr 207er Peugeot Cabriolet als auch ihre Kawasaki Z1000 Platz.

Bevor sie den Schlüssel ins Zündschloss steckte, streichelte sie über den perlmuttfarbenen Tank. Sie liebte dieses Motorrad, das nach dem alten Häuschen wahrscheinlich ihr teuerster Lustkauf gewesen war. Teurer als das Auto. Unvernünftig teuer. Neben der Speziallackierung hatte sie die Maschine von Hennes bei LKM tunen lassen, was ihr einen wunderbar laufenden Motor beschert hatte.

Sie setzte sich auf die mit weißem Leder bezogene Sitzbank und betätigte den Anlasser. Träge drehte der Motor einige Male, bevor die Maschine startete. Sie musste unbedingt die alte Batterie austauschen, bevor es noch kälter wurde. Letzten Winter hatte sie es versäumt, die Batterie auszubauen und zwischendurch zu laden. Seitdem zeigte sie Schwächen.

Ein Druck auf einen weiteren Knopf an den Armaturen des Lenkers öffnete das Garagentor. Wieder einmal war sie fasziniert von dem kleinen Luxus, mit dem sie sich selbst belohnt hatte. Es gab einfach Dinge, die ihr wichtig waren, und dafür tat sie, was eben nötig war.

Seit ihrer Kindheit hatte sie für nichts anderes gelebt als für ihre Unabhängigkeit. Auch wenn ihre geliebten Adoptiveltern gestorben waren, als sie zehn Jahre alt gewesen war, hatten sie ihr doch noch beibringen können, dass sie sich stets nur auf sich selbst verlassen durfte. Wenn sie nichts für sich tat, dann würden es andere auch nicht tun.

Als Sam danach ins Heim kam, erfuhr sie auf sehr direkte Weise, dass ihre Adoptiveltern Recht gehabt hatten. Sam war dem so liebenswerten Paar im Nachhinein unendlich dankbar dafür, dass sie sie von Anfang an zu einer sehr selbständigen Person erzogen hatten. Dass die Beiden sie bereits im Alter von fünf Jahren in einer Kampfsportschule angemeldet hatten, erwies sich im Heim als unersetzliche Hilfe. Sehr schnell waren anfängliche Diskussionen mit den hiesigen Rädelsführern zu ihren Gunsten entschieden gewesen, egal ob es sich dabei um männliche oder weibliche Jugendliche gehandelt hatte. Nach kurzer Zeit hatte Sam sich den allgemeinen Respekt, auch bei Älteren, regelrecht erkämpft. Enge Kontakte hatte sie im Heim nur wenige unterhalten, denn die meisten Kinder dort konnten mit dem Niveau, das die Keuschners ihr vorgelebt hatten und bei dem sie sich wohlgefühlt hatte, nicht mithalten. Sie hatte auch niemanden gebraucht, konnte selbst auf sich aufpassen, und entschied auch selbst, was gut für sie war. Sam war ein sehr selbstbewusstes Mädchen gewesen, und wollte soweit wie möglich von niemandem abhängig sein.

Sie hatte hart dafür gearbeitet und ihr Ziel erreicht – nun arbeitete sie dafür, diesen Zustand zu erhalten.

Das leichte Vibrieren der Maschine erweckte sie aus ihren Gedanken.

Mit Spannung erwartete sie, was der Tag brachte. Hörbar rastete der erste Gang ein. Mit sonorem Brummen verrichtete der große Vierzylinder seine Arbeit. Nachdem sie langsam aus der Garage gerollt war und erneut auf den Knopf der Fernbedienung gedrückt hatte, schloss sich das Tor wie von Geisterhand. Sam fuhr langsam die steile Auffahrt ihrer Garage hinauf und bog nach links auf die Hauptstraße ein. Ein paar Meter weiter fuhr sie an einem roten Jetta vorbei, der zu einem Besucher in der Nachbarschaft gehören musste, denn sie hatte den Wagen hier noch nie gesehen. Sie registrierte noch, wie das Auto sich in Bewegung setzte, als sie fast auf gleicher Höhe war, schenkte ihm jedoch keine weitere Beachtung.

Bald ließ sie ihren kleinen Ort Ehlhalten hinter sich. Sie musste nach Bad Camberg. Zwischen zehn und elf, so hatte die Frau gesagt, fuhr ihr Mann sonntags immer los. Sam hatte das Kennzeichen und wusste, dass der Fahrer einen schwarz-gelben Helm mit Rattenkopfdesign tragen würde. Wie man zu einer blau-weißen Suzuki GSX-R einen so unpassenden Helm tragen konnte, war ihr ein Rätsel.

Sie würde sich ihm anschließen und einen Motorradfahrer mimen, der einfach keine Lust hatte, alleine zu fahren. Sobald er sein Ziel erreicht hatte, würde sie weiter fahren. Damit wäre der Job für den Tag erledigt. Bei seinem nächsten Rendezvous konnte Sam bereits im Schutze eines Autos am Zielort warten und die Geschehnisse vor Ort beobachten. So war es mit der Kundin abgesprochen.

Bis Heftrich fuhr sie langsam, um den Motor warm zu fahren. Vor dem Ortsausgang beobachtete sie frühzeitig den rückwärtigen Verkehr im Spiegel. Der rote Jetta schien den gleichen Weg wie sie zu haben, denn er war hinter ihr, hielt aber einigen Abstand. Weitere Fahrzeuge folgten nicht. Sobald Sam den Ort verlassen hatte, beschleunigte sie die Maschine und überholte einen Kleintransporter. Vehement zog die Kawasaki nach vorne.

Strahlend blau war der Septemberhimmel, es war angenehm warm, aber nicht mehr so heiß, dass man gleich in der Lederkleidung zu schwitzen begann.

Bald war sie auf der B8 und erreichte nach kurzer Zeit die Ecke zur Pommernstraße in Bad Camberg. Hier stellte sie den Motor ab und öffnete das Visier ihres Helmes.

8 | Tagesgeschäft

Sam zog nur den linken Handschuh aus, öffnete den Reißverschluss ihrer Jacke zur Hälfte, und holte das Handy heraus. Mit offenem Visier blieb sie auf der Maschine sitzen und tat so, als würde sie eine SMS schreiben. Dabei hatte sie stets die nächste Ecke im Blick. Die Zielperson wohnte im Sonnenring und würde über die Pommernstraße auf die Bundesstraße fahren.

Es dauerte eine gute Viertelstunde, bis das Motorrad auftauchte. Wie beschrieben stach der Helm des Fahrers deutlich vom Design der Maschine ab. Sam steckte das Handy in die Jacke, zog den Reißverschluss hoch und den Handschuh wieder an.

Als sie ihre Kawasaki startete, beschleunigte ihre Zielperson gerade das Fahrzeug. Sam legte den Gang ein und fuhr los. Der GSX-R-Fahrer behandelte seine Maschine offenbar ebenso gut wie sie ihre, denn er drehte den Motor im kalten Zustand nicht hoch. Mit moderaten hundertzehn Stundenkilometern zog er souverän über die Landstraße, nachdem sie Bad Camberg verlassen hatten.

Sein Fahrstil gefiel ihr. Keine unsicheren oder ruckartigen Aktionen in den Kurven. Einfach nur schön rund und gleichmäßig.

In Glashütten mussten sie wegen eines rangierenden Traktors anhalten. Sam stellte sich direkt neben die Suzuki. Eigentlich war Augenkontakt zur beschatteten Person ein absoluter Fauxpas, doch in diesem Fall wäre es noch auffälliger gewesen, wenn sie hinter dem anderen Motorrad stehen geblieben wäre. Nachdem sie nun schon eine Weile zusammen gefahren sind und er sie durchaus im Rückspiegel bemerkt haben musste, hätte er sich vermutlich sehr gewundert, wenn sie ihn nicht wenigstens höflich gegrüßt hätte. So war das nun mal unter Motorradfahrern.

Sam öffnete, genauso wie ihre Zielperson, das Visier und nickte ihm grüßend zu. Ihr Blick blieb an seinen stahlblauen Augen hängen, die sie freundlich anzulächeln schienen.

„Auch zum Feldberg?“, fragte er rufend, um den Lärm ihrer Motoren zu übertönen.

‚Perfekt‘, dachte sie, ‚jetzt weiß ich, wo es hingeht. Da kann ich auch mal etwas mehr Abstand lassen, ohne ihn gleich zu verlieren.‘

Sie nickte ihm zu.

„Bestimmt ist viel los bei diesem fantastischen Wetter“, rief er. „Coole Maschine, die du da hast.“ Seine Augen wanderten über ihren Tank und ihren Motor, dann zum Heck.

Der Traktor gab die Straße frei. Zwei helmbewehrte Köpfe, die einander zunickten, zwei Visiere, die geschlossen wurden, zwei Motorräder, die sich in Bewegung setzten.

Nach dem Ortsausgang zog die Suzuki mit brüllendem Motor voran, die Kawasaki tat es ihr gleich. Nun waren sie schnell unterwegs.

Als sie nach rechts auf die L3024 einbogen, hob ihr Vordermann wie zum Abschiedsgruß die linke Hand. Dann beschleunigte er seine Maschine mit allem, was sie hergab. Pfeilschnell schoss er auf die erste Rechtskurve zu und bremste erst sehr spät ab. Mit nach außen angewinkeltem Knie legte er das Motorrad in die Schräglage. Nur wenige Meter hinter ihm kippte Sams Maschine in die Kurve.

‚Wenn jetzt ein Reh über die Straße springt‘, dachte Sam kurz.

Irgendwann würde sie durch dieses Höllengerät sterben, egal wie gut sie fahren konnte. Regelmäßig nahm sie an Sicherheits- und Renntrainings teil. Ihre Reaktionsfähigkeit war nicht nur vom Motorradfahren, sondern vielmehr durch den Kampfsport trainiert. Und doch wusste sie, dass es sie jederzeit erwischen konnte. Eine Ölspur in der Kurve. Ein plötzlicher Wildwechsel. Ein Auto auf der Autobahn, dessen Fahrer unaufmerksam war, sie nicht sah, die Spur wechselte und sie dabei umrammte. Es gab tausend Szenarien. Dabei war ihr Fahrstil eigentlich weniger relevant. Ob es sie mit hundertsiebzig oder zweihundertfünfzig erwischte, machte keinen großen Unterschied mehr. Und trotzdem fuhr sie weiter. Motorradfahren war für sie eine regelrechte Sucht. Entgegen ihrer sonst sehr berechnenden Art ließ sie sich hierbei intuitiv von ihrem Bauch leiten. Dabei konnte sie ihr wirkliches Ich herauslassen. Die kalte, nüchterne Sam war sie immer, wenn es um geschäftliche Dinge oder um den Schutz ihrer Seele ging.

Nach einigen Kurven kamen die beiden Motorräder zeitgleich am Ende der Straße an, die direkt auf die Spitzkehre der Zufahrtsstraße zum Feldberg traf. Ab hier hielt sich der Suzukifahrer zurück und fuhr das letzte Stück gemächlich. Als sie wenig später den höchsten Punkt im Taunus befuhren, ging es vorbei an endlosen Reihen geparkter Motorräder. Hier trafen sich an den Wochenenden zahlreiche Biker des Rhein-Main-Gebietes.

Dicht hintereinander fuhren sie in den Wendehammer und kamen kurz darauf zum Stehen. Vor ihnen blockierte ein Bus die Fahrbahn, der es schwer hatte, durch den engen Halbkreis zu fahren, denn auch hier waren beide Seiten mit großen und kleinen Maschinen gesäumt.

Irgendetwas zwang Sam dazu, sich umzudrehen. Sie meinte, einen Blick von der anderen Seite zu spüren. Als sie sich nach rechts wandte, blickte sie in zwei strahlende Augen. Es waren freundliche, lachende Augen.

„Du hast 'n coolen Fahrstil, Junge“, drang eine warme Stimme aus dem Helm, den sie noch immer als äußerst unpassend empfand.

Er hatte also vorhin noch nicht erkannt, dass sie eine Frau war. Scheinbar interpretierte er in ihre weichen Gesichtszüge einen noch sehr jungen Mann hinein.

Sie konnte es sich nicht verkneifen ihm zuzurufen: "Du auch, Mädchen!"

Einen Moment lang erstarrte das Gesicht zu einem manifestierten Staunen, welches es Sam schwer machte, nicht laut loszulachen. Keine Sekunde drauf änderte sich die Mimik wieder. Die Augen wurden plötzlich von zahlreichen kleinen Fältchen gerahmt, und ein herzhaftes Lachen scholl ihr entgegen. Jetzt konnte sie sich auch nicht mehr halten und lachte ebenso herzhaft mit. Dann nahmen beide gleichzeitig wahr, dass es der Bus geschafft hatte, das Nadelöhr zu passieren. Ein metallisches Klacken von Sams rechter Seite, als der Mann den Gang einlegte. Dann fuhren sie gemeinsam los. Eine Minute später standen die beiden Motorräder nebeneinander, dort, wo kurz zuvor noch zwei Chopper gestanden hatten. Sie stiegen ab und zogen sich die Helme von den Köpfen.

Sam überlegte, dass sie die grundlegendste Regel gebrochen hatte, die sie sich für Observierungsobjekte auferlegt hatte: keinen direkten Kontakt. Das gab es eigentlich nur bei richtigen Undercover Ermittlungen. ‚Die Ausnahme bestätigt die Regel', dachte sie, ‚und wenn die Regel ausbleibt, dann bin ich schwanger.'

„Das haut mich ja echt von den Socken", sagte der Mann lachend, während er seine langen, leicht welligen Haare mit einem Kopfschütteln auflockerte. „Ich habe noch nie eine Frau so fahren sehen."

Sie grinste ihn provozierend an und antwortete: „Wenn du mich abhängen willst, musst du schon etwas mehr geben."

Jetzt lachte er noch mehr, nicht überheblich, sondern einfach erheitert. "Da geht nicht mehr viel. In der einen Kurve war ich am Anschlag."

Sein freundlicher, offener Blick irritierte sie. Er machte den Eindruck eines Engels, der einfach nur nett war, und dem es scheinbar nicht das Geringste ausmachte, dass eine Frau ihm im Motorradfahren mindestens ebenbürtig war. Und dahinter verbarg sich ein mutmaßlicher Fremdgänger.

Sam hatte ein ganz besonderes Verhältnis zum Fremdgehen. Der überwiegende Teil der Kundschaft ihres Erstgewerbes betrog seine Partnerin. Sie hatten ein Defizit an etwas, das sie zuhause niemals bekommen würden. Aber die Kunden investierten dabei keine Gefühle. Sie bezahlten nicht dafür, dass sie kommen konnten, sondern dafür, dass sie wieder gehen durften. Keine Verpflichtung, niemand, der sich in die eigentliche Beziehung drängte, keine nervtötende Freundin, um die man sich kümmern musste.

„Bei mir war, ehrlich gesagt, auch nicht viel mehr drin", gab sie zu.

„Alles andere hätte ich dir auch nicht geglaubt", erwiderte er lächelnd. Während er sich abwandte, sagte er: „Komm mit zum Kiosk, ich habe eine Verabredung."

Sie schlenderten den Weg entlang, ließen das Restaurant links liegen, kamen an der ältesten Falknerei Hessens vorbei, und gingen auf das kleine Wasserhäuschen zu.

‚Wunderbar', dachte sie, ‚jetzt wird er mir seine Freundin sogar vorstellen.'

Aus der Freundin wurde jedoch ein Freund.

‚Großer Kuhdung', dachte Sam, ‚er ist schwul!'

Ein dunkelhaariger Mann mit einer Acht-Millimeter-Frisur umarmte den Blauäugigen herzlich, ein Kuss wurde allerdings nicht ausgetauscht. Nach kurzem Rückenklopfen stellte Blauauge vor: "Das ist Gerhard. Ich heiße übrigens Michael. Und du bist?" Fragendes Gesicht.

„Ich bin Sam." Sie reichte Gerhard die Hand. „Hallo. Ich kenne Michael seit der Ewigkeit einer Viertelstunde."

„Freut mich", antwortete Gerhard und maß Sam von oben bis unten. „Er hatte schon immer einen guten Geschmack."

„Und den gleichen wie Gerhard", warf Michael ein. Die Männer sahen sich vielsagend an, und Gerhard zwinkerte seinem Freund verschmitzt zu.

„Das ist wohl ein Insider", vermutete Sam.

„Der älteste Insider, den wir haben", gab Michael lachend zu. „Vielleicht erzähle ich dir irgendwann davon."

„Jetzt habt ihr mich neugierig gemacht", versetzte Sam. „Sagt schon, was hat es damit auf sich!“

„Na gut“, gab Michael klein bei. „Gerhard ist der Ex meiner Frau. Als wir uns zufällig kennen gelernt haben, wussten wir das nicht und sind erst nach einer Weile darauf gekommen. Du kannst dir vorstellen, wie peinlich berührt wir im ersten Moment waren, als wir es herausgefunden hatten.“

Die vermeintliche Liebschaft war der Ex von der Ehefrau! Wenn das nicht ein Hammer war. Innerlich perplex ließ Sam sich nichts anmerken. Sie lachte ebenfalls und antwortete: „Und was sagt deine Frau zu eurer Freundschaft?“

„Nichts“, antwortete Michael. „Sie hat keine Ahnung davon.“

Einen Moment zögerte Sam, um sich zu überlegen, was sie am geschicktesten darauf erwidern sollte. Sie musste die Gelegenheit beim Schopfe packen, um so viel wie möglich zu erfahren.

„Naja, wenn ihr euch nur hin und wieder seht, ist das sicher kein Problem.“

„Wir sehen uns sehr oft, und auch das ist kein Problem“, erklärte Michael mit einem Lächeln.

„Solange deine Frau hinter euren Treffen keine Nebenbuhlerin vermutet …“

"Aber nein. Ich habe ihr nie einen Grund gegeben, misstrauisch zu sein. Sie vertraut mir, und das sogar zu Recht."

„Ja, ja“, winkte Sam ab, „das behaupten alle Kerle.“

Michael ging nicht auf ihre Bemerkung ein. Stattdessen sagte er zu Gerhard: "Die Kleine fährt wie der Teufel. Du musst dir ihre Maschine ansehen!"

„Was fährst du?“, wollte Sam von Gerhard wissen.

„Eine Tausender Fazer“, erklärte der Gefragte. Sam wusste, dass damit eine große Yamaha gemeint war.

„Kommt“, forderte Gerhard auf, „ich gebe ein Eis aus.“

Sie schlenderten noch einige Minuten eisschleckend über den Feldberg, dann tourten sie zur Loreley und noch ein wenig durch den Rheingau. Ohne Misstrauen zu erwecken konnte Sam etliche Fotos schießen, um das Treffen ausführlich zu dokumentieren.

Am Ende konnte sie nicht verhindern, dass sie ihre Handynummer herausgab. Zum Glück hatte sie für solche Zwecke noch eine Prepaid-SIM-Karte, die sie kaum benutzte. Über eine ihrer anderen Nummern hätte Michael zu leicht einen ihrer zwei Berufe ermitteln können. Von beiden sollte er nichts wissen. Alle paar Tage legte Sam die SIM-Karte in eines ihrer Mobiltelefone, um die eingegangenen Kurznachrichten zu lesen, zu löschen und die Mailbox abzuhören.

Als Sam nach Hause kam, war es bereits acht Uhr am Abend. Sie war wohlig müde. Viele hundert Kilometer waren mit dem Motorrad anstrengend. Eine innere Zufriedenheit begleitete die Müdigkeit. Sie hatte ihren Auftrag erfüllt, das Ergebnis würde kaum zu Ärgernissen führen, es würde eine gute Bezahlung geben, und das dafür, dass sie den ganzen Tag ihren Spaß gehabt hatte. Für das übernächste Wochenende war sie wieder mit den beiden verabredet. Dann, so hatten sie gesagt, würden noch drei weitere Fahrer mitkommen. Ob sie den Termin tatsächlich wahrnehmen konnte, musste Sam natürlich erst mit ihrer Auftraggeberin abklären. Sollte die es nicht gutheißen, würde Sam sich einfach nie wieder bei den Männern melden.

9 | Nika

„Unglaublich!“, kam Mareike Höppels fassungslose Stimme aus dem Telefon. „Er trifft sich mit Gerhard!“

„Wie gesagt, ich habe eine Menge Bilder gemacht. Sie können sich also selbst überzeugen.“

Ein Piepton machte Sam darauf aufmerksam, dass ein Anruf auf ihrer zweiten Nummer einging. Natürlich konnte sie ihn nicht annehmen, solange sie mit einer Kundin sprach.

„Ich bin sprachlos“, sagte Frau Höppel. „Ich habe ihm wirklich Unrecht getan.“

„Nicht ganz“, widersprach Sam. „Wirklich ehrlich gewesen war er ja nicht zu Ihnen.“

„Oh, das habe ich mir vermutlich selbst zuzuschreiben. Sie glauben nicht …“ Die Frau hielt inne. Mit verändertem Tonfall fuhr sie fort: „Ich habe Michael gegenüber nicht viel Gutes an Gerhard gelassen, und wenn ich das so sage, dann ist es maßlos untertrieben.“ Es klang ein bisschen wie ein Schuldeingeständnis.

„Ich verstehe.“ Sam versuchte, so mitfühlend wie möglich zu klingen. „Wie auch immer, es ist nun Ihre Sache, was Sie mit der Information machen. Ich denke, meine Arbeit ist getan.“

„Das ist sie“, pflichtete die Kundin bei. „Haben Sie vielen Dank. Von nun an werde ich wieder besser schlafen.“

„Es freut mich, wenn mein Ergebnis einen so positiven Effekt hat. Übrigens …“ Dieses Mal war Sam es, die zögerte. Die Frage, die sie stellen wollte, war doch sehr ungewöhnlich. Nach dem Bruchteil einer Sekunde war ihre Selbstsicherheit wieder da, und sie formulierte ihr Anliegen: „Die zwei haben mich eingeladen, wieder mit ihnen und ihren Freunden Motorrad zu fahren. Ich würde das gerne tun, aber wenn Ihnen das nicht recht ist, lasse ich es bleiben.“

„Wenn Sie dabei diskret bleiben, müssen Sie sich wegen mir keine Gedanken machen. Einen sichereren Umgang als Sie wird es kaum geben. Ich bin Ihnen so unendlich dankbar, das können Sie sich gar nicht vorstellen.“

„Ich habe zu danken – für den überaus angenehmen Auftrag.“

Die Stimme am anderen Ende lachte. „Morgen werde ich Ihnen das Geld überweisen.“

„Und ich schicke Ihnen ein paar Bilder an die ausgemachte Emailadresse.“

„Danke. Ich wünsche Ihnen alles Gute, Frau Veselkova.“

„Das wünsche ich Ihnen auch.“

Nachdem sie das Gespräch beendet hatten, holte Sam das Tagebuch ihrer Mutter und setzte sich damit auf die Couch. Voller Wohlbehagen spürte sie, wie die Sonne ihre Haut wärmte. Ein angenehmer Blütenduft wurde durchs offene Fenster getragen. Der Morgen versprach einen wundervollen Tag in einem erfüllten und erfolgreichen Leben.

Noch bevor sie das Büchlein aufschlagen konnte, meldete sich erneut ihr Handy.

„Hallo, hier ist Samantha, die einzig- und unartige. Und wenn du dich traust, werde ich dich dazu bringen, ebenso unartig zu sein." Vielleicht klappte es ja doch noch mit einem Date.

„Guten Tag, Frau Samantha. Mein Name ist Monika Heinzen."

Sam traute ihren Ohren nicht, als sie die weibliche Stimme hörte. Sie musste beim Annehmen des Gesprächs die Nummern ihrer beider Gewerbe miteinander verwechselt haben. Als wäre sie von einer plötzlichen Grippe heimgesucht worden, durchfuhr es sie zunächst heiß, dann kalt. Das war ihr noch nie passiert. Wie peinlich!

„Einen Moment bitte", brachte sie hastig hervor. Dann nahm sie das Gerät vom Ohr und warf einen Blick aufs Display. Nein, sie hatte sich nicht geirrt. Die Fremde hatte eindeutig die Nummer der Einzigunartigen angerufen. Wie konnte die Frau es wagen, ihr einen solchen Schrecken einzujagen? Die leichte Wut, die Sam darüber empfand, wurde von der Erleichterung kompensiert, keinen Fehler gemacht zu haben. Nicht auszudenken, wenn sie sich am Telefon der Detektei mit dem Spruch der Prostituierten gemeldet hätte!

Ein tiefer Atemzug brachte die Ruhe in ihre Stimme zurück und sie erklärte: „Ich muss Sie enttäuschen, Frau Heinzen, aber ich mache weder Sessions mit Frauen, noch verkaufe ich Gutscheine, die Sie Ihrem Mann oder Freund schenken könnten."

Sie hörte ein herzhaftes Lachen, welches ihr klar machte, dass die Dame keineswegs vorhatte, ihre Kundin zu werden.

„Das möchte ich auch nicht", kam eine amüsierte Stimme, die sich jung anhörte. „Entschuldigen Sie bitte, dass ich sie belästige, aber ich wollte Sie fragen, ob ich mich einfach mal mit Ihnen unterhalten kann."

„Das tun Sie ja bereits."

„Ich meine etwas ausführlicher."

Sam überlegte kurz, was der wirkliche Grund des Anrufs sein mochte. „Ich suche weder eine Kollegin noch eine Versicherung", sagte sie bestimmt. „Und ich werde auch nichts kaufen."

Noch immer klang die Stimme erheitert: „Keine Angst, ich will

Ihnen nichts andrehen."

„Okay, was wollen Sie?" Jetzt war Sam wirklich gespannt.

„Danke, dass Sie mir zuhören", leitete Frau Heinzen ihre Ausführungen ein. „Derzeit studiere ich Sozialpädagogik. Später möchte ich als Sozialarbeiterin arbeiten. Das Thema für meine Diplomarbeit ist ‚Auswirkungen der persönlichen Lebensumstände auf die Arbeit und die Klientel von Prostituierten'."

Als ob damit alles erklärt war, schwieg die junge Frau.

Obwohl Sam langsam klar wurde, worauf das Anliegen der Studentin hinaus laufen würde, sagte sie: „Das ist alles sehr ehrenwert, aber Sie haben mir noch nicht gesagt, was ich damit zu tun habe."

„Nun, ich dachte, Sie würden von der käuflichen Liebe leben." Völlig unbefangen kamen der Studentin diese Worte über die Lippen, als ob sie sich über den Beruf einer Bankkauffrau unterhalten würde.

„Dann haben Sie falsch gedacht", widersprach Sam.

Betroffenes Schweigen. Sam ließ sie zappeln.

„Oh", kam dann die unbeholfene Antwort. „Ich muss mich bei Ihnen entschuldigen. Ich …"

„Entschuldigen?", unterbrach Sam. „Wofür?"

„Dafür, dass ich dachte, Sie seien eine … eine Prostituierte." Sämtliche Sicherheit war aus der Stimme gewichen.

„Kein Grund sich zu entschuldigen. Ich bin eine Prostituierte. Was wollen Sie von mir?"

„Aber Sie haben doch gerade gesagt, dass Sie …" Offenbar fehlten der Fremden die Worte.

„Ich habe gesagt, dass ich nicht von der käuflichen Liebe lebe. Das wiederhole ich auch gerne, denn ich verkaufe keine Liebe, sondern erotische Fantasien, die ich Realität werden lasse. Liebe können Sie sich nirgendwo auf der Welt kaufen, höchstens etwas, das Sie eine Zeit lang dafür halten."

Hörbar tiefes Einatmen am anderen Ende. Dann: „Sehen Sie, genau darum geht es. Ich habe keine Ahnung von Ihrem Job. Wie jeder andere auch habe ich eine gewisse Vorstellung davon, die mit der Wirklichkeit nicht viel gemein haben wird. Deshalb suche ich jemand, von dem ich die Wahrheit lernen kann."

„Wo haben Sie meine Nummer her?", wollte Sam wissen. Die Detektivin in ihr meldete sich. Es konnte ebenso gut ein Vorwand sein, um an sie heran zu kommen, aus welchem Grund auch immer.

„Aus einem Forum für Escort Service", war die glaubwürdige Erklärung.

Sam war hin und her gerissen. Einerseits war ihr die Frau nicht unsympathisch, andererseits wollte sie sich nicht irgendeine Göre ans Bein binden, die sie dann nicht mehr los wurde. Deshalb sagte sie ausweichend: „So gerne ich Ihnen helfen würde, ich glaube nicht, dass Sie sich in einem kurzen Gespräch ein richtiges Bild machen können, und lange Unterhaltungen führe ich am Telefon nicht gerne."

Die enttäuschte Antwort, die Sam erwartet hatte, blieb aus. Stattdessen vernahm sie eine eher erfreute Stimme: „Oh, das ist toll! Ein Treffen mit Ihnen wäre mir sowieso viel lieber."

Die Detektivin verdrehte die Augen, konnte sich ein Schmunzeln nicht verkneifen. „Sie sind ganz schön forsch."

„Hätte ich denn sonst eine Chance?"

„Nein", gab Sam zu.

„Also?", drängelte die Anruferin.

Mit einem übertrieben lauten Seufzen gab Sam sich geschlagen: „Na gut. Aber bereiten Sie sich darauf vor, dass ich nicht jede Frage beantworten werde."

„Kein Problem. Wann und wo?"

„Wenn Sie wollen, kommen Sie heute vorbei. Übrigens heiße ich Sam."

„Sehr gerne, aber erst ab drei. Bleiben wir bei dem Du?"

„Sicher. Du heißt Monika?"

„Nenn' mich bitte Nika. Das sagen alle Freunde zu mir."

„Freunde?", sagte Sam spöttisch. "Das dauert wohl noch eine Weile. Bevor ich dir meine Adresse mitteile, gib mir bitte eine Festnetznummer, unter der ich dich zurückrufen kann. Nur zu meiner Sicherheit. In meinem Gewerbe muss man vorsichtig sein." Dabei dachte Sam ebenso an die Detektei wie an ihre Dominadienste.

Nika gab ihr bereitwillig sowohl Telefonnummer als auch Adresse. Sam notierte sich beides, rief die Studentin zurück, und gab ihrerseits ihre Adresse durch.

Nachdem sie das Gespräch endgültig beendet hatten, nahm Sam wieder das Büchlein in die Hand um weiterzulesen. Dann überlegte sie es sich aber anders, und fuhr stattdessen zum Einkaufen, da sie dafür am Nachmittag nun wohl keine Zeit mehr haben würde.

10 | Verblichen

Den vollen Einkaufswagen langsam vor sich herschiebend, wartete Sam geduldig in der Schlange an der Kasse. Fünf Leute waren vor ihr.

Wie immer nutzte sie die Wartezeit, um einen Blick auf die Schlagzeilen der Tageszeitungen zu werfen, die neben ihr ausgelegt waren. Der Mann vor ihr machte es etwas professioneller und hatte eine Frankfurter Rundschau offen über seinem Einkauf ausgebreitet. Sam lugte über seine Schulter, um etwas vom Innenteil zu erhaschen.

Als hätte sie das blanke Ende eines Stromkabels angefasst, fuhr sie zusammen. Der Mann blätterte um. Instinktiv fasste Sam in einer aufhaltenden Geste den Mann an der Schulter.

„Könnten Sie bitte noch mal zurück blättern?“

Der Mann in den Fünfzigern sah sie nicht an, gab auch keine Antwort, blätterte aber tatsächlich zurück.

Da war es wieder, das Bild. Obwohl leicht entstellt, konnte Sam deutlich das Gesicht von Deborah erkennen, aus dem zwei leblose Augen scheinbar ins Nichts sahen. Der Artikel war mit den Worten „Kennen Sie diese Frau?“ übertitelt.

Die Menschen vor ihr setzten sich in Bewegung. Der Zeitungsbesitzer verharrte noch an seinem Platz und fragte: „Fertig?“ Wieder drehte er sich dabei nicht um.

„Ja, vielen Dank.“ Erst nach Sams Antwort schob er seinen Wagen weiter. Ohne zu zögern schnappte sie sich eine Ausgabe der Zeitung, breitete das Papier über dem Wagen aus und suchte hastig den Artikel.

Ihre Augen flogen über die Worte, die berichteten, dass diese Frau unangenehme Bekanntschaft mit einem ICE gemacht hatte. Dies alleine war noch nichts Außergewöhnliches, wählten doch viele Selbstmörder diesen sicheren Weg um zu sterben. Das wirklich Besondere war, dass die Frau bereits einige Stunden tot gewesen war, bevor der Zug sie erfasst hatte. Genaueres über die Todesursache war nicht zu lesen, jedoch ging eindeutig hervor, dass man von Mord ausging.

Deborah. Tot. Ermordet.

Jan. Sie musste Jan anrufen. Nein, zu ihm fahren.

„Geht's irgendwann auch weiter?" Sam wurde in patzigem Tonfall von hinten angesprochen. Sie war so vertieft in den Artikel gewesen, dass sie nicht bemerkt hatte, wie vor ihr die Kasse frei wurde. Ohne eine Antwort schob sie ihren Wagen weiter. Während des gesamten Kassiervorgangs kreisten ihre Gedanken um Deborah.

Was war passiert? War sie nach dem Sprachkurs auf dem Heimweg von jemandem überfallen und getötet worden? Hatte sie einen anderen Mann kennen gelernt, der sie dann umgebracht hatte? Immerhin hatte sie sich offenbar Bekanntschaften über ein Partnerportal gesucht. Darüber konnte man an die dubiosesten Menschen geraten.

Sam verstaute ihren Einkauf im Auto und fuhr direkt zu Jan.

Die Tür wurde von einem Fremden geöffnet. Der Mann in einem beigefarbenen Anzug überragte Sam um eine Kopflänge. Er hatte die Ausstrahlung eines Managers, das breite Kreuz ließ Sam allerdings eher an einen Bodybuilder denken.

„Guten Tag", sagte er freundlich, „mein Name ist Sorghardt. Mit wem habe ich die Ehre?"

„Ich bin Sam. Ist Jan da?" Es passte nicht zu Jan, dass er die Tür nicht selbst öffnete. Außerdem war Sam der Meinung, alle Freunde von ihm zu kennen, wenigstens die guten.

„Doch, er ist da. Bitte kommen Sie doch erstmal herein, dann erkläre ich Ihnen meine Anwesenheit."

Sam trat ein. Obwohl von dem Mann zunächst nichts Unangenehmes ausging, war sie auf der Hut. Irgendetwas sagte ihr der Name, aber es war in den Tiefen ihres Gedächtnisses vergraben.

Nachdem der Mann die Tür geschlossen hatte, holte er einen Ausweis aus der Tasche und zeigte ihn Sam. „Ich bin Kriminaloberkommissar. Würden Sie mir bitte Ihren vollen Namen verraten?“

„Ich heiße Samantha Veselkova und bin eine Freundin von Herrn Patersen.“

„Dann kennen Sie auch Deborah da Silva?“

Plötzlich wurde Sam klar, was hier los war. Auch was den Namen von Sorghardt anging, dämmerte es ihr. Durch ihre Detektei hatte sie einige Leute bei der Kripo kennen gelernt. Einer von ihnen hatte Sorghardt das ein oder andere Mal erwähnt.

„Ja, ich lernte sie an dem Tag kennen, an dem sie nach Deutschland kam. Vorhin habe ich das Bild in der Zeitung gesehen und wollte mit Jan, ich meine mit Herrn Patersen, reden, bevor ich mich bei der Polizei melde.“

Ein wachsamer Blick des Polizisten. „Wollten Sie ihn warnen?“, fragte er schnell.

„Quatsch. Wovor hätte ich ihn denn warnen sollen? Vorbereiten ist das bessere Wort. Ich vermutete, dass er zusammenbrechen würde, sobald er von ihrem Tod hört.“

„Allerdings. Zumindest hat es den Anschein.“ Sam meinte, einen unterschwelligen Zweifel in seiner Stimme gehört zu haben.

„Den Anschein? Herr Patersen hat diese Frau über alles geliebt“, erklärte sie.

„Und Frau da Silva wollte ihn verlassen“, bemerkte Sorghardt.

„Sie wollte es nicht nur, sie hat es bereits getan“, stellte Sam richtig.

„Ja, das hat Herr Patersen auch angegeben.“

Auf diese Bemerkung erwiderte Sam nichts. Stattdessen fragte sie: „Kann ich jetzt bitte zu Herrn Patersen?“

„Darf ich Sie noch eine Minute aufhalten?“, fragte der Oberkommissar. „Ich würde Ihnen gerne noch ein paar Fragen stellen.“

„Und das am besten, bevor ich mit Herrn Patersen spreche“, vermutete Sam.

Der Mann lächelte nur vielsagend. Schlagartig wurde Sam klar, dass Jan zu den Verdächtigen gehören musste. Die meisten Mörder waren im Bekanntenkreis der Opfer zu finden, und Deborah hatte nicht sehr viele Bekannte in Deutschland. Jan war ihre Hauptbezugsperson gewesen. Wahrscheinlich würde es nicht viele Personen geben, die in Frage kamen. Was es noch viel schlimmer machte war, dass er sogar ein Motiv hatte: ein verschmähter Liebhaber. Neben Habgier das klassischste aller Motive überhaupt. Sie würde ihm nicht helfen, wenn sie jetzt darauf bestand, sofort zu ihm zu dürfen.

„Gerne“, erklärte sie sich daher einverstanden. „Aber ich bitte Sie, es möglichst kurz zu machen. Es wird Herrn Patersen nicht sehr gut gehen, und ich würde gerne bei ihm sein.“

Sie gingen in die Küche, während Sam Stimmen aus dem Wohnzimmer hörte. Vermutlich unterhielt sich dort ein Kollege von Sorghardt mit Jan.

Der Kripobeamte stellte ihr zahlreiche Fragen über ihr Verhältnis zu Jan und Deborah, darüber, was sie von der Beziehung zwischen den beiden, und vor allem über das plötzliche Verschwinden der Frau wusste. Sam antwortete wahrheitsgemäß und erzählte davon, wie Jan ihr den kleinen Zettel des Abschieds gezeigt hatte.

„Hat Ihnen Frau da Silva jemals einen Brief geschrieben oder in irgendeiner Form eine schriftliche Notiz hinterlassen?“, wollte Sorghardt wissen.

„Nein, dafür hatte es nie einen Grund gegeben“, antwortete Sam.

„Sie wissen also nicht, wie ihre Handschrift aussieht?“ Nun dämmerte es Sam, worauf der Beamte hinaus wollte.

„Nein, das weiß ich nicht“, gab sie ohne zu zögern zurück, „aber ich weiß sehr gut, wie die Schrift von Herrn Patersen aussieht. Der Abschiedsbrief war definitiv nicht von ihm selbst geschrieben.“

„Aber er könnte theoretisch von irgendwem anders geschrieben worden sein?“, fragte ihr Gegenüber.

„Theoretisch schon“, stellte sie nüchtern fest.

Die Türglocke läutete.

„Das wird der Arzt sein“, vermutete Sorghardt. „Ich habe ihn gerufen, weil ich den Eindruck hatte, dass Herr Patersen eventuell eine

Beruhigungsspritze gebrauchen könnte." Bei diesen Worten stand er auf und verließ das Zimmer. Sam sah ihm nach. Seine blonden, leicht gewellten Haare waren eher kurz, und das leicht gebräunte Gesicht hätte ebenso von einem Schauspieler sein können. Obwohl er offenbar einen vagen Verdacht gegen Jan hegte, war der Mann ihr nicht unsympathisch. Dass er von allen Möglichkeiten ausging, konnte Sam ihm nicht verdenken. Ähnlich versuchte Sam zu arbeiten, wenn sie ermittelte. Ihr gelang es dabei nicht immer, völlig emotionslos vorzugehen. Manchmal ließ sie sich von einem Verdacht oder von ihrem Bauchgefühl mitreißen, was ihre Art der Befragung dann beeinflusste.

Sam hörte, wie der Arzt eingelassen und ins Wohnzimmer gebracht wurde. Dann vernahm sie Jans Stimme: „Nein, ich will keine Spritze haben. Ich will Sam sehen, sonst nichts."

Kurz darauf erschien Sorghardt in der Küchentür und winkte sie zu sich. „Kommen Sie. Ich denke, die wichtigsten Fragen habe ich gestellt. Wir können uns später noch einmal unterhalten."

Als sie das Wohnzimmer betrat, sagte Jan gerade zu dem Arzt: „Lassen Sie mir etwas zum Einschlafen da, damit ich heute Nacht ein bisschen Ruhe kriege."

Er machte auf Sam einen wesentlich gefassteren Eindruck, als sie erwartet hatte. Die roten Augen zeugten aber davon, dass er geweint hatte. Auf der Couch sitzend drehte er sich zu ihr um.

„Endlich, Sam!", begrüßte er sie. „Du hast schon gehört, nehme ich an. Was ist das für ein Mensch, an den Deborah da geraten ist? Sag mir: Hat sie sich das nun selbst verdient?"

Ein kurzer Blick in Sorghardts Gesicht sagte Sam, dass der Satz Jan negativ ausgelegt werden würde.

Sie ging zu ihm und setzte sich neben ihn. Ohne auf die anderen Anwesenden zu achten, nahm sie ihn in den Arm und hielt ihn fest. Umgehend wurde er von einem Weinkrampf geschüttelt, der eine Weile anhielt.

„Sie ist tot, Sam", flüsterte er immer wieder, „ich habe sie so sehr geliebt und jetzt ist sie tot."

Als Jan sich beruhigt hatte und sie sich voneinander lösten, sah

Sam erstmals den zweiten anwesenden Polizisten an.

„Hallo Samantha“, wurde sie von ihm mit einem bitteren Lächeln begrüßt.

„Hallo Gregor“, erwiderte Sam erstaunt. "Was macht denn die Sitte hier?"

„Da bin ich schon lange nicht mehr“, erklärte der Dreißigjährige. „Seit fast einem Jahr bin ich bei der Mordkommission.“

„Das wusste ich gar nicht. Aber ich bin froh, dass du den Fall bearbeitest.“

Aus dem Augenwinkel bemerkte Sam das fragende Gesicht Sorghardts.

„Tja“, gab Gregor Kern nachdenklich zurück, „ich weiß noch nicht, ob ich an dem Fall dranbleiben werde.“

„Warum nicht?“

„Weil ich eine der involvierten Personen persönlich kenne“, war die plausible Antwort. „Ich könnte befangen sein.“ Gregor erklärte dies in einem sehr nüchternen Tonfall, ohne einen Anflug von Bedauern zu zeigen. Es schien für ihn das Selbstverständlichste auf der Welt zu sein. Sam vermutete, dass es das auch war.

„Wäre schade“, kommentierte sie, und wandte sich dann wieder Jan zu. „Meinst du, du kannst die restlichen Fragen der Polizei beantworten?“

„Ja“, gab er leise zurück, wobei er sein Ohrläppchen zwischen Daumen und Zeigefinger rieb. „Natürlich kann ich das.“ Er blickte auf und sah erwartungsvoll den Kripobeamten an.

„Ich denke, wir wissen für den Moment, was wir wissen müssen. Wir werden wir uns jetzt verabschieden. Nur eine Frage noch, Herr Paterson: Planen Sie in nächster Zeit zu verreisen?“

„Nein“, kam prompt die Antwort. „Wo sollte ich denn hin? Alleine macht Reisen keinen Spaß.“

Sowohl die Polizisten als auch der Arzt verabschiedeten sich.

Nach end- und ziellosen Gesprächen verbrachte Sam den Rest des Tages und die folgende Nacht bei Jan. Sie konnte ihn unmöglich alleine lassen.

11 | Eis

Das Erste, was Sam entgegenflatterte, als sie am nächsten Vormittag ihren Briefkasten öffnete, war ein handgeschriebener Zettel:

Schade.
Ich hatte am Telefon den Eindruck, dass Sie zuverlässig sind.
Nika

Mist. Sie hatte ihren Besuch vergessen! Nicht, dass sie Jan im Stich gelassen hätte, wenn ihr der Termin eingefallen wäre, aber sie hätte wenigstens angerufen und abgesagt. Das arme Mädchen hatte sich vor verschlossener Tür wiedergefunden und war umsonst gekommen.

Sam ärgerte sich maßlos über sich selbst. Bei anderen hasste sie Unzuverlässigkeit, und nun hatte sie das beste Negativbeispiel dafür abgegeben. Der Tod von Deborah entschuldigte das keineswegs. Irgendwie musste sie das wieder gut machen.

Nachdem sie das Haus betreten hatte, fiel ihr eine große Pfütze vor dem Wohnzimmerfenster auf. In der Nacht hatte es stark geregnet und das Fenster war gekippt. Der heftige Wind musste das Wasser hereingetrieben haben.

Nachdem sie die Lache weggewischt hatte, wollte sie ihren Durst mit einer Bitter Lemon löschen. Ein Blick in den Kühlschrank machte ihr jedoch klar, dass sie ihren Einkauf vom Vortag noch im Wagen hatte. Wo war sie nur mit ihren Gedanken?

Am Auto kam die nächste unangenehme Überraschung: Sie hatte zwei Halbliterpackungen Speiseeis gekauft, die große Teile ihres Inhalts in den Einkaufskorb ergossen hatten. Hätten die Verpackungen nicht trotz geschmolzenem Eis dicht halten müssen? Vermutlich waren sie schon vorher beschädigt gewesen. Der Kopfsalat war nun vom Eis völlig verklebt, anderes Gefriergut ebenfalls aufgetaut. Der Tag fing ebenso schlecht an, wie der letzte aufgehört hatte.

Als sie sämtliche Sauereien entfernt und gemütsmäßig den tiefsten Punkt des Morgens erreicht hatte, rief sie die Studentin an. Eigentlich wollte sie nur ihr Gewissen beruhigen, denn sie ging nicht davon aus, das Mädchen um diese Uhrzeit zu erreichen, doch sie irrte sich. Nach dem zweiten Klingeln wurde das Gespräch mit einem einfachen „Ja“ entgegengenommen.

„Hallo Nika, hier ist Sam“, begann die Detektivin. „Lege nicht auf und höre mir kurz zu.“

„Na, da bin ich aber gespannt“, kam nach einer Weile die sehr reservierte Stimme, die gar nicht mehr so fröhlich klang wie tags zuvor.

„Ich weiß, es ist unverzeihlich, dass ich nicht wenigstens angerufen habe, aber die Freundin meines besten Freundes ist offenbar ermordet worden, und das habe ich erfahren, kurz nachdem wir miteinander telefoniert hatten. Wie du dir sicher vorstellen kannst, bin ich sofort zu meinem Freund gefahren und die ganze Nacht bei ihm geblieben. Mir ist klar, dass das keine Entschuldigung dafür ist, nicht abgesagt zu haben – aber es ist eine Erklärung.“

Stille. Dann eine unsichere Frage: „Das haben Sie sich auch nicht als Ausrede einfallen lassen, oder?“

„Nein, Nika, das habe ich nicht. Wenn du mich kennen gelernt hast, wirst du das auch wissen.“

„Wenn ich Sie kennen lerne.“ Nika legte die Betonung auf das Wenn. „Sehr glaubwürdig ist Ihre Geschichte nicht.“

„Okay, ich verstehe, dass du mir misstraust. Ich mache dir einen Vorschlag. Suche dir eine andere, der du vertraust. Solltest du keine finden, rufe mich an und ich helfe dir. Du darfst mir so lange auf die Nerven gehen, bis du alles weißt, was du wissen musst.“

Diesmal gab es kein Zögern. „Auch wenn ein Termin dafür nicht ausreicht?“ Da war sie wieder, die forsche, fordernde Stimme.

„Dann bekommst du noch einen. Du hast etwas gut bei mir.“

„Sie klingen verdammt ehrlich.“ Zweifelnde Stimme.

„Warum hätte ich dich anrufen sollen, wenn ich dir nicht helfen wollte? Ich hätte mich nie wieder melden brauchen.“

„Vielleicht haben Sie Spaß daran?“

Sam seufzte. Sie hasste es, wenn jemand vermutete, dass sie ungerecht oder hinterhältig war. Vermutlich hing es mit ihren alten Ängsten, die egoistischen Züge ihres Vaters geerbt haben zu können, zusammen, wenn sie in solchen Situationen übertrieben defensiv reagierte und alles tat, um die Meinung des anderen zu korrigieren. Zwar wusste sie jetzt, dass ihr Vater vielleicht ganz anders war, als sie immer gedacht hatte, aber die Ängste waren bereits zu tief in ihr verwurzelt, als dass sie ihren Umgang damit so schnell ändern konnte.

„Was machst du jetzt? Hast du Zeit?"

„Ich hätte Zeit, wenn ich wollte." Noch immer ein abweisender Tonfall.

„Gut. Dann machen wir es heute umgekehrt. Ich komme zu dir. Jetzt. Wenn du willst, kannst du mich deinerseits vor der Tür stehen lassen, dann sind wir quitt und das war's. Ansonsten fahren wir irgendwo etwas essen. Du bist mein Gast. Heute werde ich allerdings nicht ewig Zeit haben, weil ich meinen Freund in seiner Trauer nicht zu lange alleine lassen möchte."

Darauf ließ Nika sich ein.

Nachdem Sam sich durch einen Stau auf der A66 gequält hatte, erreichte sie das Haus im Frankfurter Stadtteil Hausen mit zwanzigminütiger Verspätung. Das Navigationssystem hatte sie zielsicher in die richtige Straße geleitet: In den Waldgärten.

Die Tür wurde von einem Mädchen geöffnet, das Monikas jüngere Schwester sein musste.

„Ist Nika da?", fragte Sam.

„Steht vor dir." Ebenso wie die Stimme am Telefon war auch das zur Schau gestellte Grinsen frech, aber irgendwie liebenswert.

„Du bist Nika?", brachte Sam perplex hervor. „Darf ich fragen, wie alt du bist?" Vom Äußeren her hätte Sam das Mädchen auf kaum älter als sechzehn Jahre geschätzt.

„Ich bin zweiundzwanzig. Früher habe ich mich immer über mein Aussehen geärgert, aber wenn ich einmal vierzig bin und aussehe wie zwanzig, dann bin ich es, die lacht."

Dieser Logik konnte Sam folgen. Dennoch fiel es ihr schwer, das vorgegebene Alter zu glauben. Das süße Gesicht, das von den blonden Haaren im Prinz-Eisenherz-Schnitt umrahmt wurde, machte einen eher kindlichen Eindruck. Skeptisch musterte die Detektivin ihr Gegenüber von oben bis unten.

„Nun gut“, sagte sie schließlich.

Nika lachte. „Schön, dass du gekommen bist.“

„Schön, dass du wieder Du zu mir sagst“, entgegnete Sam. „Wenn du fertig bist, lass' uns gleich fahren.“

„Bin ich“, erklärte Nika und zog die Tür hinter sich zu. „Übrigens: Tut mir sehr leid – ich meine das mit deinem Freund und seiner Freundin. Und dass ich es dir nicht geglaubt hatte.“

„Schon okay.“ Sam wollte über das Thema nicht mit Nika reden.

Gemeinsam gingen sie zu Sams Peugeot, den Nika cool fand, und fuhren dann zu Da Cimino nach Niederrad.

Sams Gabe, Menschen möglichst beiläufig Informationen zu entlocken, war es zu verdanken, dass sie sich an diesem Tag mehr über Nika unterhielten als über Sams Beruf. So erfuhr Sam, dass Nika einer Rockband angehörte und E-Gitarre spielte, ihre Mutter dem Vater weggelaufen war, und dass in den Magen der schlanken Gestalt so viel Essen passte, dass man nur staunen konnte.

Von Anfang an verstanden sich die beiden Frauen blendend und unterhielten sich so gut, als ob sie sich schon seit Jahren kannten. Dennoch hielt Sam zunächst einen gewissen Abstand und blieb eher zurückhaltend, ohne dass sie es ihre Gesprächspartnerin allzu deutlich spüren ließ.

Die Vorsicht, die ihr von jeher zu eigen war, ließ es normalerweise sehr lange dauern, bis sie zu jemandem eine freundschaftliche Bindung aufbaute. Aber sie mochte Nika, und am Ende ihres Treffens war das Eis zwischen ihnen soweit geschmolzen, wie am Morgen das Speiseeis in Sams kleinem Kofferraum.

Am kommenden Samstag wollten sie sich wieder treffen. Nachdem Sam die lebensfrohe Nika nach Hause gebracht hatte, fuhr sie zu ihrem besten Freund. Auf den roten VW Jetta, der ihr in gebührendem Abstand folgte, achtete sie nicht. Ihre Gedanken waren bei Jan.

12 | Verdacht

„Sie glauben, dass ich es war, Sam. Kannst du dir das vorstellen?" Jans Stimme klang viel zu ruhig. Die aufgebrachte und hektische Art zu reden, wie er sie in den letzten Wochen an den Tag gelegt hatte, war verschwunden. Deborahs Tod schien für ihn alles andere nebensächlich erscheinen zu lassen.

„Haben sie das so direkt gesagt?", wollte Sam wissen.

Jan zögerte. Sie standen in seinem Wohnzimmer. Sam war gerade erst gekommen und noch bevor sie sich setzen konnte, hatte Jan sich mit seiner derzeit allgegenwärtigen Zeitlupenbewegung zu ihr gedreht und ihr vom Verdacht der Polizei erzählt.

„Ich weiß nicht mehr, welchen Wortlaut sie gebrauchten, aber sie haben keinen Zweifel daran gelassen."

Sam vermutete, dass Jan übertrieb. Seine Wahrnehmungsfähigkeit war in den letzten Tagen schon bemerkenswert getrübt gewesen. Deborahs Tod hatte es sicher nicht besser gemacht. In seinen müden Augen, in dem jedes Feuer erloschen schien, war nichts zu lesen, nichts außer seinem endlosen Schmerz. Er ließ sich völlig gehen. Nicht nur sein Körpergeruch, den Sam ganz deutlich wahrnahm, zeigte, dass er schon eine Weile nicht mehr geduscht hatte. Seine wenigen Haare standen wie schon an dem Abend am Kaisertempel in alle Richtungen ab, und unter seinen Fingernägeln hatte sich schwarzer Dreck angesammelt.

„Wie lange waren sie hier?", erkundigte sich Sam.

„Sie kamen eine halbe Stunde, nachdem du weg warst, und sind etwa eine Stunde darauf wieder verschwunden. Mich wundert, dass sie mich nicht mitgenommen haben."

„Nur, weil du Deborahs wichtigste Bezugsperson warst, können sie doch nicht einfach davon ausgehen, dass du ihr Mörder bist."

„Deborah muss Maria erzählt haben, dass wir uns oft gestritten haben."

„Was? Wie kommst du da denn drauf?"

„Sie haben in der Sprachschule herumgefragt. Wenn ich es richtig verstanden habe, wussten sie auch von denen, dass die Tote Deborah ist. Die Lehrerin hat wohl das Bild in der Zeitung erkannt und die Polizei angerufen. Vorhin haben sie gesagt, man würde erzählen, dass wir sehr oft Streit hatten.“ Seine Stimme klang resigniert.

„Und das hat Maria gesagt?“, wunderte sich Sam.

„Wer sollte das sonst gesagt haben?“, stellte Jan eine Gegenfrage.

„Jede andere Mitschülerin? Nur weil Maria eine gute Bekannte von ihr war, heißt das doch nicht, dass Deborah mit den anderen nicht geredet hat.“

Jan nickte schwerfällig. „Da hast du natürlich Recht. Ich dachte einfach, es muss Maria gewesen sein. Vielleicht irre ich mich.“

Es schien ihn kaum zu interessieren.

„Was haben sie noch gesagt?“, bohrte Sam weiter.

„Dass sie den Eindruck haben, Deborah hätte Angst vor mir gehabt.“

„Wie bitte?“ Sams Vorstellungsvermögen reichte nicht aus für das Bild eines furchterregenden Jan. Doch wie oft steckte hinter der Fassade eines harmlosen Menschen ein Monster? Der Adoptivvater von Sams früherer Freundin hatte einen so fürsorglichen Eindruck gemacht, dass man ihm fremde Kinder in die Obhut gegeben hatte. Aber er war nicht so harmlos gewesen, denn wie sich irgendwann herausgestellt hatte, waren seine beiden Adoptivkinder von ihm missbraucht worden.

Jan aber kannte sie seit sechs Jahren. Wenn es jemanden gab, der mit körperlicher Gewalt ebenso viel zu tun hatte wie ein Taucher mit artistischen Flugkünsten, dann war es Jan. Oder?

„Ja, Sam, sie hatte Angst vor mir. So hat es zumindest jemand aus der Schule erzählt.“

„Hatte sie dort noch mehr Bekannte wie Maria, die man ansatzweise als Freundinnen bezeichnen könnte?“

„Woher soll ich das wissen, Samantha? Offensichtlich habe ich diese Frau überhaupt nicht gekannt. Ich habe sie nur geliebt, aber nicht gekannt."

Sam schüttelte den Kopf. „Irgendetwas passt da nicht“, meinte sie nachdenklich.

„Warum passt da etwas nicht? Ich habe sie mit meiner militanten Art so unter Druck gesetzt, dass sie Angst vor mir hatte. Und als sie mir weggelaufen ist, habe ich sie nach Meinung der Polizei umgebracht."

„Und wie sollst du das getan haben?"

„Das haben sie mir nicht gesagt. Vielleicht habe ich sie zu Tode geängstigt." Jans Blick war leer und verlor sich in einem imaginären Punkt irgendwo an der Wand.

In einer anderen Situation hätte Sam über seine Antwort gelacht, doch jetzt war ihr nicht zum Lachen zumute.

„Haben sie dich nach einem Alibi gefragt?" Wenn sie das getan hatten, dann musste ein Todeszeitpunkt ermittelt worden sein. Damit würde Sam vielleicht etwas anfangen können.

„Alibi? Ich weiß nicht. Sie wollten wissen, was ich letzten Donnerstag gemacht habe." Jan rieb sein linkes Ohrläppchen.

„Zu welcher Uhrzeit?", setzte Sam nach.

„Keine Uhrzeit. Ich sollte sagen, was ich an dem Tag getan habe."

„Und was hast du ihnen gesagt?"

„Dass ich zuhause war. Was hätte ich denn schon ohne Deborah machen sollen? Ich war hier und habe versucht, ein paar Diplomarbeiten zu lesen, konnte mich aber kaum darauf konzentrieren."

Das war schlecht. Sehr schlecht. Aber aufgrund von derart schwachen Indizien würde man ihn nicht festnehmen. Hoffte Sam jedenfalls. Sie musste ihm irgendwie helfen. Die einzige Möglichkeit dafür bestand darin, selbst zu recherchieren. Sie wusste noch nicht genau, wie sie anfangen sollte, aber sie war es ihm schuldig. Es würde unter Umständen gefährlich werden, immerhin ging es um Mord. Eine Beschattung war eine Sache. Eine sehr leichte, wie Sam meinte. Aber für einen Mordfall musste man eigentlich die Mittel der Polizei haben.

Wenn sie weder die Todesursache noch die genaue Todeszeit kannte, wie sollte sie dann etwas darüber herausfinden? Sie würde sich verdammt noch mal etwas einfallen lassen müssen.

„Sie hätte heute Unterricht gehabt, oder?", wollte sie wissen.

„Ja“, sagt Jan teilnahmslos. „Jeden Dienstag, das weißt du doch.“

„Möchtest du eine Weile bei mir wohnen?“, fragte Sam, einer plötzlichen Eingebung folgend. Jan würde zugrunde gehen, wenn er immer nur alleine war.

„Nein, Sam“, gab er bedächtig zurück. „Ich will niemandem zur Last fallen. Ich warte einfach hier. Vielleicht habe ich ja Glück und bekomme heute Nacht einen Herzinfarkt. Dann ist alles vorbei.“

Sam seufzte. Statt auf seine Bemerkung einzugehen, sagte sie: „Kann ich dich heute Abend alleine lassen?“

„Natürlich“, gab er zurück. „Ich werde mich ohnehin nur betrinken.“

Mit einem besorgten Blick musterte sie ihn. Es gab nichts, was sie sagen konnte, um das Leid für ihn erträglicher zu machen. Sie war nicht der Typ für leere Phrasen, also sagte sie nichts.

Nachdem sie sich eine Weile nur angesehen hatten, setzte Jan sich auf die Couch.

Während es in Sams Gehirn arbeitete, weil sie nach einem Anfang für ihre Ermittlungen suchte, drang seine Stimme zu ihr durch, ganz leise nur: „Es würde mich freuen, wenn du morgen wieder vorbeikommst.“

„Mach ich“, sagte sie wie aus der Pistole geschossen. „Wenn du möchtest, komme ich auch heute Nacht wieder und bleibe bei dir.“

„Nein, fahre bitte nach Hause. Ich komme klar heute Nacht.“

Sie beugte sich zu ihm hinunter, umarmte ihn, und drückte ihn ganz fest. ‚Es wird irgendwann besser werden‘, dachte sie dabei, sagte aber nichts, denn auch eine solche Floskel hätte ihm nicht geholfen, ganz egal wie viel Wahrheit in ihr liegt.

Als sie ihn nach einer kleinen Ewigkeit los ließ, sah sie die Tränen, die sein Gesicht benetzt hatten. Weitere standen in seinen Augen, bereit, sich über seine Wangen zu ergießen.

„Hol mir bitte Whiskey aus dem Kühlschrank, Sam“, flüsterte er.

„Seit wann trinkst du Whiskey?“, fragte Sam mit angehobenen Augenbrauen. Im nächsten Moment war es ihr aber schon egal, und sie drehte sich um, ohne eine Antwort abzuwarten. Ihr Unterbewusstsein registrierte noch sein „seit heute“, dann war sie auch schon aus dem Zimmer. Sollte er doch seinen Schmerz für ein paar Tage ertränken. Da er ihres Wissens nach noch nie übermäßig viel Alkohol getrunken hatte, würde das seiner Gesundheit keinen Abbruch tun, solange er irgendwann wieder davon runter kam – und dafür würde sie früher oder später sorgen.

Als sie die Kühlschranktür öffnete, sah sie vier Flaschen Jack Daniels Black Label. „Whiskey im Kühlschrank“, murmelte sie vor sich hin, als sie eine Flasche entnahm.

Jan saß genauso auf der Couch, wie sie ihn verlassen hatte. Es rollten immer neue Tränen über seine Haut, aber es war ein stilles Weinen. Sam holte ein Glas aus dem Wohnzimmerschrank, schenkte es voll und gab es ihrem Freund. Der trank es in einem Zug leer, woraufhin Sam nachfüllte.

„Um wie viel Uhr begann Deborahs Kurs immer?“, erkundigte sich Sam, während er die Hälfte des dreifachen Whiskeys austrank.

„Um sechs Uhr“, gab Jan zurück, wobei seine Stimme etwas rauer klang als zuvor.

„Du warst doch sicher auch mal dort. Kannst du mir beschreiben, wie ich ihren Unterrichtsraum finde?“

„Es war Zimmer 405. Warum willst du das wissen?“

„Einfach nur Neugier“, log sie.

„Du willst doch nicht etwa dahin? Ich will nicht, dass du dich in Gefahr bringst.“

Sam lächelte. „Ich bringe mich nicht in Gefahr“, erklärte sie und goss Jans Glas wieder voll. Das lenkte ihn ab und er trank erneut. Offenbar drang bereits der erste Alkohol in seine Blutbahn, denn seine Gesichtszüge entspannten sich leicht. Als er das Glas ansetzte, sah Sam unauffällig auf ihre Uhr. Viertel nach fünf.

„Bist du sicher, dass ich dich alleine lassen kann?“, fragte sie.

„Ja, ich habe doch meinen neuen Freund Jack. Danke, dass du dich überhaupt um mich kümmerst.“

„Ich komme morgen wieder.“ Mit einem Kuss auf seine Wange verabschiedete sie sich und ließ ihn mit seinem neuen Freund alleine.

13 | Hass

Vielleicht sollte er ihn umbringen. So oft, wie Samantha bei ihm war, musste ihr viel an ihm liegen. Es würde sie treffen, wenn er starb, somit war es ein wünschenswertes Ziel. Aber erst musste er abwarten, bis die Polizei nicht mehr ständig bei ihm war. Dann würde er auch ihn zunächst beobachten, und zum richtigen Zeitpunkt zuschlagen.

Eben hatte sie sich kaum länger als eine halbe Stunde bei dem Mann aufgehalten. Nun war er gespannt, wo es jetzt hin ging. Beinahe hätte er sie an einer Ampel verloren, weil er ein Auto zwischen ihrem und seinem gelassen hatte. Mittlerweile wusste er, dass sie als Detektivin arbeitete, deshalb war er etwas vorsichtiger geworden. Sie durfte ihn nicht frühzeitig entdecken. Erst sollte sie in Angst versinken. Zittern sollte sie. Nach und nach würde er ihr die Dinge nehmen, die sie liebte, bis sie nur noch aus Panik bestand und voller Furcht auf das nächste Desaster wartete. Ganz viel Zeit würde er sich mit allem lassen, um jeden einzelnen Schritt genießen und auskosten zu können. Laben würde er sich an ihrer Verzweiflung.

Als er im Stadtteil Fechenheim registrierte, dass sie rechts ranfuhr, hielt er ebenfalls nach einem Parkplatz Ausschau. Doch er sah keinen. Um nicht aufzufallen, musste er an ihr vorbeifahren. Auch im weiteren Verlauf gab es keine Möglichkeit zu parken. Leise fluchend bog er rechts ab. Dabei schaute er sich um und versuchte zu ergründen, wo sie hinging, konnte sie aber nicht so schnell entdecken. Dann fuhr er um den Block und trat aufs Gas, um möglichst schnell wieder in ihrer Nähe zu sein. Er kannte sich nicht aus und hoffte, dass er problemlos wieder zu der Stelle gelangte, an der er sie verloren hatte.

Warum musste diese Schlampe auch immer so dämliche Aktionen starten? Noch schlimmer war es, wenn sie mit dem beschissenen Motorrad unterwegs war. Dann hatte er überhaupt keine Chance, an ihr dran zu bleiben. Verdammt, er sollte sie vielleicht sofort kalt machen. Ein tiefer Atemzug beruhigte ihn wieder. Es war egal, wenn er sie hin und wieder verlor. Er hatte alle Zeit der Welt. Im Gegenteil: Je länger es dauerte, umso ausgiebiger konnte er sich in Vorfreude suhlen.

14 | Mitschüler

Sam ging an drei Frauen vorbei, die sich vor der offenstehenden Tür von Raum 405 aufhielten. Als sie die Tür erreichte, sah Sam, dass zwei weitere Frauen und zwei Männer bereits auf ihren Plätzen saßen. Ob noch Schüler fehlten, wusste sie nicht. An dem großen Tisch vor der Tafel saß eine Frau, die Sam auf gut dreißig Jahre schätzte. Unschwer konnte die Detektivin erkennen, dass es die einzige Deutsche im Zimmer war. Wie Sam auch, hatte die Lehrerin blonde Haare, die allerdings im Gegensatz zu ihren eigenen unglaublich lang waren.

Entschlossen ging Sam auf die Lehrerin zu. Dabei wunderte sie sich, dass sie nicht das Gefühl hatte, in einer Schule zu sein. Der helle Raum, der mit Flipchart und einem Beamer ausgestattet war, erinnerte eher an den Meetingraum eines großen Unternehmens.

Erst als Sam den Schreibtisch erreichte, blickte die Lehrerin auf. Durch die schmalen Gläser ihrer Brille blickten zwei aufmerksame, freundliche Augen. Ein Lächeln, das Sam willkommen hieß, machte der jungen Detektivin den Gesprächseinstieg leichter.

Während sie sich davon überzeugte, dass noch zehn Minuten Zeit bis zum Unterrichtsbeginn waren, sagte Sam: „Guten Abend. Bitte entschuldigen Sie die Störung. Darf ich fragen, ob Sie die Lehrerin von Deborah da Silva waren?“

Das Lächeln wich einem betroffenen Gesichtsausdruck. „Ja, das war ich. Warum?“

„Ich war eine Freundin von Deborah, und da ich Detektivin bin, möchte ich gerne die Polizei unterstützen. Mein Name ist Veselkova.“ Sie hatte die Erfahrung, dass es leichter war, wenn sie den Eindruck erwecken konnte, als würde die Polizei es gutheißen, wenn sie ermittelte. Natürlich durfte sie niemals direkt behaupten, dass sie mit den Behörden zusammenarbeitete, denn das würde früher oder später Ärger geben.

„Mein Name ist Herberin. Es ist schrecklich, was mit Deborah passiert ist. Ich habe gehört, dass Ihre Kollegen sich eine Liste von Debbis Mitschülern besorgt haben. Wenn Sie Fragen haben, beantworte ich sie gerne."

Auf die Kollegen ging Sam nicht ein. Allerdings wunderte sie sich, dass die Polizisten offenbar noch nicht bei der Lehrerin der Getöteten gewesen waren.

Sie fragte: „Wie viel Schüler sind normalerweise in Deborahs Klasse?"

„Wir hatten zunächst zehn, jetzt sind es nur noch sieben."

Sam war erstaunt. „Hören so viele Menschen mitten im Kurs einfach auf?"

„Manchmal passiert auch das, aber bei uns war es nicht mitten im Kurs, wenn man von Debbi einmal absieht. Letzte Woche hat der neue Kurs angefangen, wir sind jetzt in der zweiten Runde. Eine Schülerin ist zurück in ihr Heimatland gefahren. Maria Alves wiederholt den ersten Kurs noch einmal."

„Maria? Die Freundin von Deborah?"

„Ich weiß nicht genau, wer mit wem befreundet ist. Ich glaube, Maria versteht sich mit allen sehr gut. Vermutlich war sie auch mit Debbi befreundet."

„Unterhalten Sie sich auch privat mit Ihren Schülern? Was wissen Sie über Deborah?"

„Ich gehe zum Abschluss eines Kurses gewöhnlich mit allen Teilnehmern essen. So war es auch mit diesem Kurs, aber da war Debbi schon nicht mehr dabei."

Aus dem Augenwinkel beobachtete Sam die anderen Anwesenden. Mittlerweile befanden sich alle sieben im Raum. Jemand hatte die Tür geschlossen, und die Gespräche drangen als Cocktail aus leisem Murmeln an ihr Ohr. Niemand schien mitbekommen zu haben, dass Sam nach der Toten gefragt hatte.

„Darf ich das so interpretieren, dass Sie nichts von oder über Deborah wussten?", hakte Sam nach.

„So könnte man es sagen", gab die Lehrerin zu. „Sie sollten vielleicht besser die Schüler fragen", schlug sie vor.

„Würden Sie mir dabei behilflich sein? Ich habe auch bei Deborah immer einen Dolmetscher gebraucht."

Jetzt zog die Lehrerin die Stirn in Falten. „Und so kann man eine Freundschaft aufbauen?“, fragte sie verwundert.

„Nun, ich kenne Deborahs Freund schon sehr lange“, erklärte Sam.

Diese Antwort schien der Frau zu genügen. „Na gut“, sagte sie. „Sie haben Glück, dass ich portugiesisch spreche. Da ich hier deutsch unterrichte, ist das nicht selbstverständlich. Aber irgendwie haben wir bei südamerikanischen Immigranten scheinbar einen guten Ruf und können ganze Klassen mit portugiesischsprachigen Schülern zusammenstellen. Dabei bietet es sich dann an, entsprechende Lehrer wie mich einzusetzen.“

Sie lächelte, drehte sich dann zur Klasse, hob ihre Stimme und sagte: „Ainda tenho algumas perguntas a respeito a Deborah.“

Sam verstand kein einziges Wort. Die Lehrerin wandte sich ihr zu und fragte nach Sams Namen.

„Ich bin Samantha Veselkova“, antwortete Sam, und drehte sich nun auch zu den Schülern.

„Por favor presta um momento de atenção na senhora Veselkova“, hörte Sam die Lehrerin sagen. An die Detektivin gerichtet erteilte sie die Freigabe: „Fangen Sie an!“

Sam bedankte sich und begann mit ihren Fragen: „Gibt es jemanden in der Klasse, der mit Deborah befreundet war?“

Die Lehrerin übersetzte, und von einer Frau gab es eine Antwort.

„Sie sagt, dass Maria mit ihr befreundet war, aber alle anderen haben sich auch sehr gut mit Debbi verstanden. Sie war eine liebenswerte Frau.“

„Hat Deborah über ihren Freund Jan gesprochen?“, wollte Sam wissen.

Es gab niemand, der darauf antwortete. Bei einer noch sehr jungen Frau meinte Sam zu erkennen, dass sie etwas sagen wollte, aber dann hielt sich die Frau doch zurück.

„Scheinbar hat Debbi das nicht getan“, meinte die Lehrerin.

„Fragen Sie bitte noch einmal. Ganz egal, was sie gesagt hat und wie lange das her ist, jede Kleinigkeit kann wichtig sein.“

Mit sehr ernstem Blick sprach die Lehrerin erneut etwas in der fremden Sprache. Diesmal meldete sich eine Schülerin, von der Sam annahm, dass sie das vierzigste Lebensjahr bereits überschritten hatte.

„Frau Perreira hat gehört, dass Debbi sich öfter mit ihm gestritten haben soll."

„Von wem hat sie das gehört?"

Sam beobachtete Frau Perreira genau, während die Lehrerin ihre Frage übersetzte. Die Brasilianerin zögerte, ihr Gesichtsausdruck zeigte Unentschlossenheit. Dann kam eine knappe Antwort.

„Sie kann sich nicht mehr erinnern, wer das gesagt hat", erläuterte die Dolmetscherin.

„Kann sonst jemand etwas zu dem Thema sagen?", hakte Sam nach.

Nach erfolgter Übersetzung blieb es zunächst still, aber Sam hatte erneut den Eindruck, dass die sehr junge Frau etwas sagen wollte. Mit einem freundlichen Lächeln nickte Sam ihr aufmunternd zu, woraufhin sie tatsächlich zu sprechen begann.

Die Lehrerin wandte sich zu Sam und erklärte: „Sie hat das auch irgendwo gehört, aber als sie sich in den ersten drei Wochen mit Debbi unterhalten hatte, war immer nur von einem wunderbaren Mann die Rede gewesen, für den Debbi nach Deutschland gekommen war. Später hatten sie kaum noch Kontakt, deshalb kann sie nicht sagen, ob sich irgendwas geändert hatte."

„Warum hatten sie später kaum noch Kontakt?", wollte Sam wissen.

Nach gestellter Frage und erfolgter Antwort übersetzte Frau Herberin: „Debbi war offenbar meistens mit Maria Alves zusammen, so blieb wenig Zeit für einen engeren Kontakt."

„Fragen Sie bitte, ob jemand der Meinung ist, dass Deborah sich vor ihrem Verschwinden verändert hatte, und ob jemand den Eindruck gehabt hatte, dass sie ängstlich gewesen war oder sich sonst irgendwie auffällig verhalten hatte."

Niemand konnte etwas zu dieser Frage sagen. Nach einigen Sekunden bedrückender Stille zuckte die Lehrerin mit den Schultern.

„Hatte jemand außerhalb des Unterrichts mit Deborah Kontakt?“, erkundigte sich Sam. „Außer Maria, meine ich.“

Wieder meldete sich die junge Frau, die sehr schüchtern wirkte.

„Sie war einmal nach dem Unterricht mit Debbi essen. Es war sehr nett gewesen, und auch da hatte Debbi noch von ihrem Freund geschwärmt. Das ist aber schon einige Wochen her.“

„Bitte erkundigen Sie sich, ob Deborah irgendeiner hier anwesenden Person selbst von den Streits mit ihrem Freund erzählt hat.“

Nachdem die Lehrerin übersetzt hatte, blieb es still. Einige der Anwesenden schüttelten mit dem Kopf, aber keiner sagte etwas. Sam wusste nichts mehr zu fragen. Sie musste sich unbedingt mit Maria unterhalten. Ihre letzte Frage richtete sie an die Lehrerin: „Wann und wo hat die neue Klasse von Maria Unterricht?“

„Donnerstags um neunzehn Uhr, hier in diesem Raum.“

Sam bedankte und verabschiedete sich. Zwei Minuten später saß sie wieder in ihrem Auto. Als erstes holte sie einen kleinen Block und einen Kugelschreiber aus dem Handschuhfach, um die spärlichen Informationen aufzuschreiben, die man ihr gegeben hatte. Dann startete sie ihren Wagen, fand eine Lücke im Verkehr, und wollte sich einfädeln. Dabei gab es von hinten ein merkwürdiges Geräusch, als würde man einen halb aufgepumpten Fußball knautschen. Viel beunruhigender als das Geräusch war allerdings die Tatsache, dass der Peugeot ruckelte, als würde er über einen Acker fahren. Sam hielt umgehend wieder an, setzte zurück in die Parklücke, stieg aus, lief um das Auto, und fand sehr schnell heraus, dass ihr rechter Hinterreifen platt war.

‚Immer, wenn man es nicht braucht‘, dachte sie zunächst, während sie tief einatmete. Dann überlegte sie: ‚Blödsinn, man braucht es nie.‘

Sie kniete sich neben das Rad und tastete den Reifen ab. So sehr sie sich auch bemühte, in den dunklen Winkeln des Radkastens konnte sie nichts mehr erkennen. Die bereits hereingebrochene Dämmerung ließ kein Licht mehr in die Zwischenräume fallen. Im oberen Bereich erfühlten ihre Finger einen Widerstand auf der Lauffläche, den sie aber nicht einzuordnen wusste. Sie würde die Stelle weiter nach unten drehen müssen. Als sie die Hand hervor zog, erkannte sie, dass ihre

Finger ganz schwarz geworden waren. Sie seufzte, stand auf und drehte sich herum.

Dann ging alles sehr schnell. Noch bevor ihr Herz es sich überlegt hatte, ob es vor Schreck stehen bleiben sollte oder nicht, reagierten ihre antrainierten Reflexe. Ihr Bewusstsein hatte es noch nicht endgültig verarbeitet, dass sich hinter ihr ein Berg von einem Mann aufgebaut hatte, als ihr Unterbewusstsein bereits ihre Handlungen steuerte. Woher dieser Mann plötzlich gekommen war, wusste Sam nicht. Sie hatte vorher keine Schritte gehört. Offenbar waren diese im Straßenlärm untergegangen. Er stand nun so dicht vor ihr, dass sie ihn beim Umdrehen fast berührt hatte.

Als ihre linke Hand seinen Hals ergriff und sich um seinen Kehlkopf schloss, warf er entsetzt die Arme in die Luft. Seine Augen spiegelten Panik wieder, und aus seinem Mund drang ein gurgelndes Geräusch. Sam hatte vielleicht etwas zu fest zugepackt. ‚Was soll's', dachte sie. ‚Wenn du als erster zuschlägst, kann dich keiner verletzen.'

Der Schreck hatte ihren Herzschlag beschleunigt. Zwar war sie sich ihrer Fähigkeiten sehr bewusst, aber vor Angst war sie deshalb noch lange nicht gefeit. Ihr war durchaus klar, dass man auch sie überrumpeln konnte. Außerdem gab es immer irgendwo einen Besseren, und ein derart riesiger Mann, den sie auf über zwei Meter schätzte, konnte ihr durchaus Probleme bereiten, zumal der Kerl die Breite eines Gewichthebers hatte.

„Ich lasse dich jetzt los. Wenn ich auch nur den geringsten Eindruck habe, dass du irgendwas versuchst, mache ich dich fertig." In ihrer Stimme war nicht zu hören, dass sie innerlich angespannt und voller Unruhe war. Wenn er sie richtig zu fassen bekam, hätte sie im schlimmsten Fall trotz all ihrer Techniken keine Chance mehr. Auf der anderen Seite schien das blanke Entsetzen in seinen Augen nicht gespielt. Er würde es sich zweimal überlegen.

Bevor sie langsam die Hand von seinem Hals nahm, stellte sie ihr rechtes Bein zwischen die seinen, um notfalls ihr Knie in seine Weichteile stoßen zu können. Er jappste nach Luft und griff mit den Händen an seinen Hals, so als ob er die Schmerzen und das unangenehme

Gefühl irgendwie entfernen konnte. Dabei wich er einen Schritt zurück und hätte beinahe einen vorbeilaufenden Jungen umgestoßen. Der höchstens Zwölfjährige, wie Sam schätzte, wich gerade noch aus und beeilte sich wegzukommen. Als er sich in sicherer Entfernung wähnte, rief er: „Pass doch auf, du Penner!"

Die Detektivin entspannte sich langsam. Der Mann machte nicht den Eindruck, als würde er einen Angriff vorbereiten. Überhaupt war seine immense Größe das Einzige, was ihr bedrohlich erschien. Langsam kam er wieder zu Atem, und stieß hervor: „Sind Sie verrückt geworden? Wollen Sie mich umbringen?"

„Die Fragen stelle ich", erwiderte Sam. „Was wolltest du von mir?"

„Guter Gott, ich wollte fragen, ob ich helfen kann! Dass Sie einen Platten haben, ist ja nicht zu übersehen."

„So nahe, wie du bei mir standest, sah es mir eher danach aus, dass du mich überfallen wolltest", gab Sam nüchtern zurück.

„Ich wollte Ihnen über die Schulter schauen um zu sehen, ob Sie bereits ein Werkzeug angesetzt haben, um die Muttern zu lösen!"

Der Riese schien völlig aufgelöst zu sein. Die Züge in seinem vollbärtigen Gesicht waren sanft und weich. Irgendwie machte er auf Sam plötzlich den Eindruck eines kleinen Jungen. Wenn er wirklich ein brutaler Ganove war, der Frauen überfiel, dann konnte er verdammt gut spielen.

„Sicher?", fragte Sam vorsichtig.

„Ganz sicher! Meinen Sie, Gott hätte jemanden wie mich geschickt, wenn er Sie hätte bestrafen wollen?"

Sie maß seine Gestalt mit Blicken, runzelte die Stirn, und antwortete kurz: „Ja."

Die Stimme des Mannes normalisierte sich langsam wieder. „Sie sehen nur das Äußere, mein Kind", sagte er in einem väterlichen Ton, „doch Gott weiß, welch sanftes Gemüt ich habe."

Langsam entspannte sich Sam. „Sie sind Ihrem Gott sehr verbunden, was?"

„Ich wäre ein schlechter Pfarrer, wenn dem nicht so wäre."

„Oh." Mehr fiel Sam nicht ein.

„Ja, oh! Oh, was hat das weh getan, was Sie mit mir gemacht haben! Oh, womit habe ich das verdient? Oh, was ist nur mit Ihrem Reifen passiert!?"

Sam schluckte schwer. Ihre Reaktion war ihr im Nachhinein peinlich. „Entschuldigen Sie bitte", sagte sie, wobei sie leicht den Kopf schüttelte, „aber was soll eine wehrlose Frau denken, wenn plötzlich Goliath so dicht hinter ihr steht, dass sie fast seinen Atem spüren kann?"

„Wehrlos?", ereiferte sich der Pfarrer. „Sie sind alles, aber ganz sicher nicht wehrlos!" Wieder befühlte er seinen Hals.

Der Mann tat ihr ein wenig leid. Auf der anderen Seite hätte er wirklich mehr Abstand halten können. Er war selbst schuld. Sie zuckte die Schultern und sagte: „Okay, ich lade Sie zu einem Kaffee ein, wenn Sie versprechen, dass Sie nicht versuchen, mich zu bekehren. Aber erst muss ich mich um meinen Reifen kümmern."

Übertrieben seufzend schien auch er sich zu beruhigen. „Lassen Sie es gut sein. Darf ich Ihnen vielleicht das eine oder andere ängstliche Mädchen aus meiner Gemeinde zur Ausbildung schicken?"

Sie lachte und antwortete: „Ich kann Ihnen gerne gute Trainer in Frankfurt nennen. Aber ernsthaft, das Angebot mit dem Kaffee gilt."

Nach einem kurzen Zögern breitete er seine Arme aus und sagte: „Wenn Gott mich schon zu Ihnen geführt hat, dann werde ich Ihnen jetzt erstmal mit Ihrem Reifen helfen. Danach dürfen Sie mich gerne einladen, allerdings nicht zu einem Kaffee, denn sonst wird Gott es für richtig halten, mich heute Nacht keine Minute schlafen zu lassen."

Gesagt, getan. Sam setzte den Wagen ein kleines Stück zurück, damit die Stelle, die sie am Reifen erfühlt hatte, sich nicht mehr unter dem Kotflügel versteckte, sondern sichtbar wurde. Es stellte sich heraus, dass in dem Gummi ein etwa handbreiter Schnitt oder Riss war. Gemeinsam montierten sie das Reserverad.

„Wenn Sie alle Menschen auf die gleiche Weise kennen lernen wie mich, dann wundert es mich nicht, dass Sie Feinde haben", bemerkte der Pfarrer.

Sam verdrehte die Augen und antwortete: „Ist ja schon gut. Mehr als entschuldigen kann ich mich nicht."

„Doch", widersprach der Mann. „Sie können in Zukunft etwas vorsichtiger sein."

„Eben weil ich vorsichtig bin, ist Ihnen das passiert", erklärte Sam.

„Sie hätten aber etwas weniger fest zugreifen können. Wissen Sie, dass Sie mich durchaus hätten umbringen können?"

„Stellen Sie sich vor, Sie wären wirklich ein böser Bub gewesen. Wenn ich nicht so rigoros durchgegriffen hätte, dann wären Sie über mich hergefallen", gab Sam zu bedenken.

„Ach, kommen Sie. Seien Sie mal ehrlich: Wie vielen wirklich bösen Menschen haben sie schon gegenüber gestanden?"

„Zu vielen", kam wie aus der Pistole geschossen die Antwort. „Wollen wir jetzt irgendwo etwas trinken gehen? Ich halte meine Versprechen."

„Nein, es ist spät geworden und ich muss gehen. Wenn Sie möchten, tauschen wir unsere Handynummern aus und holen es irgendwann nach."

„Gerne", sagte Sam, und war sich nicht im Klaren darüber, ob sie es auch wirklich so meinte. Aber der Mann war freundlich, obwohl sie ihm so übel mitgespielt hatte, und er war ihr eine große Hilfe beim Radwechsel gewesen. Sie holte ihr Handy hervor, legte einen neuen Kontakt an, und gab dem Mann dann das Gerät, damit er seine Daten eintragen konnte.

Nachdem sie das Telefon wieder zurück bekommen hatte, sagte der Pfarrer: „Passen Sie auf sich auf. Das Loch im Reifen wurde dort absichtlich hineingeschnitten, und ich glaube ehrlich gesagt nicht, dass Ihr Auto zufällig ausgewählt wurde."

Mit einen Blick auf das Display antwortete sie: „Ich kann schon auf mich aufpassen." Dann las sie: „Pfarrer Ferdinand Klaussen."

„Oh ja, ich habe erlebt, wie Sie auf sich aufpassen können. Seien Sie trotzdem vorsichtig."

Dann verabschiedeten sie sich, und Sam fuhr nach Hause.

15 | Deal

Die Blasen blubberten um sie herum. Ein Kunde hatte ihr den Whirlpool bezahlt, weil er ihn bei seinen Besuchen selbst genießen wollte. Jetzt lag sie alleine in der großen Wanne und entspannte sich. Mit geschlossenen Augen versuchte sie jegliche Gedanken abzuschalten. Das angenehm heiße Wasser ließ ihre Muskeln langsam erschlaffen. Ihre Sinne konzentrierten sich auf die Wassermassage und auf die aufsteigenden Luftblasen. Das Fenster war geschlossen, und außer dem Blubbern gelangte kein Geräusch an ihre Ohren. Bald glitten ihre Sinne in einen Dämmerzustand, der oft das Einschlafen einleitete.

Kurz bevor sich der Schlaf endgültig einstellte, klingelte das Handy. Obwohl sie es extra in ihre Reichweite gelegt hatte, ging sie nicht ran. Ein Blick auf das kleine Display hatte ihr gezeigt, dass jemand mit unterdrückter Nummer anrief. Also war es nicht Jan, und heute wollte sie keinen Kundenkontakt mehr haben.

Sie musste später noch darüber nachdenken, was sie als nächstes im Fall Deborah unternehmen würde. Aber nicht jetzt. Erst würde sie sich vollkommen entspannen. Das Klingeln hörte auf, begann aber wenige Sekunde später aufs Neue. Das Spiel wiederholte sich noch zwei Mal, dann gab der Anrufer auf.

Kaum eine Minute danach signalisierte das Handy den Eingang einer SMS. Jetzt war Sam doch neugierig. Sie nahm das Telefon und sah, dass die SMS über eine Nachricht auf der Mailbox informierte. Also wählte sie die Nummer des Anrufbeantworters und hörte bald eine ihr wohl bekannte Stimme: „Hallo Sam, hier ist Gregor. Ich habe morgen frei und würde gerne heute Nacht zu dir kommen. Ehrlich gesagt drehe ich durch, wenn ich nicht bald mal wieder etwas bekomme. Unsere letzte Session ist fast einen Monat her. Es wäre super, wenn du anrufen könntest. Ich habe diese Nummer noch ungefähr eine halbe Stunde aktiv."

Sam wusste, dass der Polizist für solche Telefonate stets eine separate SIM-Karte benutzte, damit nicht zufällig eine SMS oder ein Anruf einging, wenn er zuhause war und Gefahr lief, dass seine Frau etwas mitbekam. Von einer Sekunde zur anderen war sie hellwach.

‚Gregor', dachte sie. ‚Wenn er vielleicht …'

Aber nein, sie durfte ihre Berufe nicht miteinander vermischen. Sie würde ihn nicht nach Deborah fragen können. Das kam überhaupt nicht in Frage. So schnell die Idee gekommen war, so schnell verwarf Sam sie auch wieder. Aber wer weiß? Vielleicht sagte er ja von selbst etwas. Nicht bewusst, aber eventuell rutschte ihm etwas heraus. Alleine, dass die Möglichkeit bestand, war Grund genug, diese Nacht nicht frei zu haben. Und wenn er nichts sagte, hatte sie immerhin noch ein paar hundert Euro verdient.

Sie wählte seine Nummer und fiel umgehend in ihre Rolle.

„Hey Sam", kam die sehr erfreute Stimme des jungen Mannes. „Nett, dass du anrufst!"

„Hey Sam?", wiederholte die Frau erstaunt Gregors Worte. „Was fällt dir ein?!", fragte sie mit lauter und strenger Stimme.

Sofort wechselte Gregors Tonlage. „Entschuldigen Sie, Herrin, ich wusste nicht …"

„Was wusstest du nicht?", unterbrach sie ihn. „Wie du deine Herrin anzusprechen hast?" Ihre Stimme klang spöttisch und arrogant.

„Entschuldigen Sie", wiederholte der Mann kleinlaut.

„Entschuldigen Sie? Entschuldigen Sie was?!", rief sie ins Telefon.

„Entschuldigen Sie, Herrin", beeilte er sich zu sagen.

„Reicht nicht, nach dem, was du dir gerade geleistet hast."

„Bitte, bitte, entschuldigen Sie, beste Herrin, es tut mir leid. Nie wieder wird es vorkommen. Ich weiß nicht, was in mich gefahren ist."

Sie seufzte theatralisch und antwortete: „Na schön. Ich werde mir etwas einfallen lassen, wie du es wieder gut machen kannst. Wann kannst du hier sein?"

„In einer halben Stunde, Herrin."

„Gut. Bring deine Handschellen mit!" Natürlich hatte sie eigene Handschellen, empfand es aber als erniedrigender für ihn, wenn er mit seinen eigenen gefesselt wurde.

„Ja Herrin, wie Sie wünschen. Ich freue mich auf Sie."

Sam antwortete mit einem Lachen, welches man durchaus als

gehässig einstufen konnte. Dann legte sie ohne ein weiteres Wort auf. Sie mochte Gregor und würde ihm ein tolles Spiel bereiten. Er kam seit knapp zwei Jahren zu ihr. Sie wusste genau, was ihn anmachte.

Einige ihrer Kunden wollten nur Pseudo-Sessions. Ihre Grenzen waren sehr eng gesteckt, und sie wollten einfach nur das Gefühl haben, mit einer Domina Sex zu haben. Dabei setzten sie von Anfang an die Wünsche und Tabus fest, in deren Rahmen alles ablaufen sollte. Allerdings musste es für Sam immer einen gewissen Spielraum geben, sonst akzeptierte sie einen Kunden nicht. Voll ausleben konnte sie sich bei solchen Männern selten.

Bei Gregor war das anders. Er war tatsächlich in seinem tiefsten Inneren devot, was Erotik betraf. Nicht nur das, er war ebenso masochistisch veranlagt. Dabei verband sein Gehirn körperliche Schmerzen direkt mit sexueller Lust. Sam konnte sich daran erinnern, dass sie ihn einmal zum Höhepunkt gebracht hatte, ohne seine Genitalien auch nur zu berühren. Ihre schmerzhafte Behandlung seiner Brustwarzen hatte ausgereicht, um ihn genügend zu stimulieren. Manchmal fragte sie sich, ob er mit seiner Frau überhaupt noch normalen Sex haben konnte und ob er dabei zum Orgasmus kam. Natürlich sprach sie ihn nicht darauf an. Das Thema Partner war tabu, solange nicht der Kunde von sich aus damit anfing.

Nun musste sie wohl aus ihrem geliebten Whirlpool steigen. Sie schaltete sowohl die Jet- als auch die Airdüsen ab, öffnete den Wasserablauf und stieg aus der Wanne.

Nachdem sie sich abgetrocknet hatte, ging sie ins Schlafzimmer und verbrachte eine Weile vor dem geöffneten Kleiderschrank. Die beiden rechten Türen waren ihrer Dominakleidung vorbehalten. Sam entschied sich für ein langes, schwarzes Kleid, welches etwas Altertümliches an sich hatte. Ebenfalls schwarz waren ihre High Heels aus Nubukleder, die sich eng an ihre nackten Füße schmiegten. Gregor stand nicht auf Nylon oder sonstige Arten von Strümpfen. Ihr war sehr daran gelegen, ihn so heiß wie möglich zu machen. Sie würde ihn in einer endlosen Gier halten, deren Erfüllung sie sehr lange herauszuzögern wissen würde.

Zur Begrüßung durfte er ihre Füße küssen und musste sich unverzüglich entkleiden. Die Hausherrin konnte unschwer erkennen, dass sie nicht mehr viel zu tun brauchte, um ihn zu stimulieren.

Sie ließ sich viel Zeit, und in einem vierstündigen Spiel bescherte sie dem Polizisten sogar zwei Höhepunkt, sich selbst einige mehr.

Nachdem sie den Grund ihres Zusammenkommens beendet hatten, gingen sie nacheinander duschen und zogen sich an. Gregor hatte vor dem Anziehen vierhundert Euro auf den schwarzen Tisch gelegt, der zwischen all den Gerätschaften in Sams Studio stand.

„Möchtest du gleich gehen?“, fragte Sam, die jetzt eine graue Jogginghose und ein weißes Sweatshirt trug. Gregor gehörte zu den Kunden, mit denen sie sich auch mal außerhalb der Domme-Sub-Beziehung unterhalten konnte.

„Wenn du etwas anderes vorschlagen würdest, wäre es mir recht, aber …“ Ohne den Satz zu vollenden sah er auf seine Armbanduhr.

„Ich habe einen Bärenhunger“, erklärte Sam, „doch um diese Zeit finden wir kaum noch etwas. Und allzu weit fahren möchte ich nicht mehr. Wenn es dir reicht, könnte ich uns eine Tiefkühlpizza machen.“

„Pizza wäre klasse“, entgegnete er. Sam akzeptierte nun, dass er die Anrede Herrin wegließ.

Die Treffen mit ihm waren angenehm. Er hatte schnell gelernt, wo die Grenze ihrer Domina-Sklaven-Beziehung war. Es gab nur wenige Kunden, die dabei einen exakten Cut machen konnten, ohne auf der einen Seite den Respekt vor ihr zu verlieren, und ohne auf der anderen Seite ständig in die Sklavenrolle zu verfallen. Der sympathische Beamte war ein starker Mann, der perfekt damit umgehen konnte. Sams Erfahrung hatte sie gelehrt, dass die stärksten Männer die besten Subs waren. So widersprüchlich es auch klang: Meistens gehörte sehr viel innere Kraft dazu, sich dem Willen und den Launen einer Frau blind unterzuordnen. Oft waren es Manager, die sich im sonstigen Leben durchsetzen konnten und die einfach hin und wieder die Verantwortung abgeben wollten. Die Verantwortung für ihren Körper, für ihr Handeln, für ihr Wohl und ihr Leid. Aber natürlich gab es auch viele andere, denn BDSM, also „Bondage & Discipline, Dominance &

Submission, Sadism & Masochism", war so vielschichtig und vielseitig, dass es keine Aussage gab, die immer und für jeden zutraf.

„Gut, setz dich ins Wohnzimmer", forderte sie ihn auf. Dann verschwand sie in der Küche und schob zwei Pizzas in den Ofen.

„Möchtest du einen Wein trinken?", fragte sie, als sie sich zu ihm gesellte.

„Gerne. Nur nicht zuviel, ich muss nachher noch Auto fahren. Aber ein oder zwei Gläser gehen schon."

Sam suchte einen französischen Merlot aus, öffnete die Flasche und schenkte zwei Gläser voll. Nachdem sie ihm seines gereicht hatte, setzte sie sich in den weißen Sessel. Irgendwie kam ihr die Miene von Gregor, der ihr gegenüber auf dem ebenfalls weißen, nierenförmigen Sofa saß, angespannt vor.

„Ist alles okay?", fragte sie, wobei sie ihr Glas zum Anstoßen über den kleinen Wohnzimmertisch reichte.

Der Mann ließ sein Glas gegen ihres klirren und sagte, während er ihr direkt in die Augen sah: „Auf dein Wohl, Samantha. Ja, okay ist schon alles, aber es gibt etwas, worüber ich mit dir reden möchte."

Innerlich dankte Sam ihm dafür, dass er bis jetzt damit gewartet hatte – was immer es auch war.

„Schieß los", forderte sie ihn auf und trank einen Schluck aus ihrem Glas, ohne dabei den Blick von ihm zu nehmen.

„Machst du eigentlich auch Sessions mit Frauen?", kam die zögerliche Frage.

„Nein", antwortete sie, „da muss ich dich enttäuschen. Würdest du gerne eine Session mit zwei Frauen machen? Ich kann dir so was vermitteln."

Vehement schüttelte er den Kopf. „Nein, nein, es geht nicht darum. Darf ich fragen, ob du im Fall Deborah da Silva ermittelst?"

Plötzlich fragte sich Sam, ob Gregor mit einer ähnlichen Absicht zu ihr gekommen war, wie sie gehabt hatte, als sie sich zu dem Treffen entschlossen hatte. Aber warum sollte er? Er hätte jederzeit als Polizist herkommen und sie vernehmen können. Was für einen Grund konnte es für ihn geben, ein entsprechendes Gespräch auf privater Basis aufzubauen? Sam war sehr gespannt, was nun kommen würde. Gleichermaßen war sie in höchster Alarmbereitschaft, denn sie wollte sich zu keiner Aussage hinreißen lassen, die Jan schaden konnte.

„Warum möchtest du das wissen?“, fragte sie vorsichtig.

„Ja oder nein?“ Er blickte ihr offen in die Augen.

„Gregor, wenn ich daran arbeiten sollte, meinst du, ich würde es dir sagen, solange ich nicht weiß, was du eigentlich von mir willst?“

Der Polizist nippte an seinem Wein, nickte kaum merklich, und erwiderte: „Wohl kaum, aber es war ein Versuch wert.“ Jetzt lächelte er und fuhr fort: „Eigentlich könnte ich diese Frage sowieso selbst beantworten, denn du bist niemand, der seine Freunde hängen lässt. Das habe ich auch meinem Vorgesetzten gesagt.“

Sam zog die linke Augenbraue hoch und fragte: „Was hast du ihm eigentlich erzählt, woher du mich so gut kennst?“

„Ich habe ihm erzählt, dass du die Bekannte eines guten Freundes bist, und wir uns schon öfter zu verschiedenen Anlässen gesehen haben, Geburtstage und so.“ Er machte eine kurze Pause, fuhr dann fort: „Kriminaloberkommissar Sorghardt möchte dir etwas vorschlagen.“

„Sorghardt?“, fragte Sam erstaunt. Dann wechselte sie unvermittelt das Thema: „Einen Moment noch. Ich schau mal nach dem Essen.“ Sie verschwand in die Küche, und kehrte mit zwei Tellern zurück. Die Pizzas hatte sie bereits geschnitten, sodass sie nun mit der Hand essen konnten.

„Also“, lenkte sie wieder zum ursprünglichen Thema, „warum Sorghardt und nicht du?“

Gregor nahm sich ein Stück Pizza und biss herzhaft hinein. Mit vollem Mund erklärte er: „Ich bin von dem Fall offiziell abgezogen, deshalb kommt die Frage von ihm. Ich spiele nur den Vermittler.“

„Na, da bin ich aber mal gespannt.“

„Es ist eigentlich ganz einfach. Wir denken an einen Informationsaustausch. Natürlich könnten wir dich vernehmen, aber du würdest nichts sagen, was deinem Freund schaden könnte.“

Sie wollte etwas erwidern, aber Gregor hob die Hand und ließ sie nicht zu Worte kommen. „Sag bitte nichts dazu. Auch wenn du es nicht zugeben würdest, ich glaube nicht, dass du einen Freund ans Messer lieferst, solange seine Schuld für dich nicht bewiesen ist. Das ehrt dich sicher auch, aber die Polizei bringt ein solches Verhalten nicht weiter. Auf der anderen Seite weiß ich, dass du eine Detektivin bist, die sicher das eine oder andere herausbekommen kann, was wir niemals erfahren würden. Außerdem weißt du einiges über Herrn Patersen und Frau da Silva, was nützlich sein könnte. Dir hingegen fehlen die Mittel der Polizei, was sich für dich durchaus als Handicap erweisen kann. Wie wäre es also, wenn wir dir ein wenig unter die Arme greifen, und du dich entsprechend revanchierst?"

Sam überlegte. Es war ein verlockendes Angebot. Doch würde sie es machen können, ohne Jan zu schaden? Was war größer: der Schaden, den sie Jan mit ehrlichen Antworten zufügen konnte, oder der Nutzen, den ihre Ermittlungen durch zusätzliche Daten von der Polizei erzielten? Je nachdem, ob Jan schuldig oder unschuldig war, würde sich das Blatt durch die Kooperation lediglich schneller in die eine oder andere Richtung wenden.

„Abgemacht", gab sie ihre Entscheidung bekannt. „Aber es läuft nur quid pro quo."

„Das versteht sich von selbst", stimmte Gregor zu. Dann lächelte er wieder und stellte fest: „Du ermittelst also."

Sam erwiderte das Lächeln. „Natürlich werde ich ermitteln. Viel habe ich noch nicht unternommen, denn es ist ziemlich schwer für mich, einen Ansatzpunkt zu finden."

„In der Tat haben wir auch nicht viele Ansatzpunkte", erklärte der Polizist.

„Aber ihr wisst wenigstens, wo sie auf die Zugstrecke gelegt wurde und wann sie gestorben ist", warf Sam ein.

„Das ist richtig", stimmte Gregor zu, der jetzt wieder einen ernsten Gesichtsausdruck hatte. „Aber uns fehlen ein paar Informationen, die du uns geben kannst."

„Ich?", wunderte sich Sam.

„Ja. Zum Beispiel würden wir gerne wissen, ob Herr Patersen ein ähnlicher Kunde für dich ist, wie ich es bin."

Die Detektivin zog die Augenbrauen zusammen. „Was hat das denn mit dem Fall zu tun?“, wollte sie wissen. „Ich komme dir sicher nicht damit, dass es indiskret ist, denn ich weiß selbst, dass wir darauf keine Rücksicht nehmen können, aber ich verstehe den Zusammenhang nicht.“

„Wenn du mir eine ehrliche Antwort darauf gibst, erkläre ich dir, warum es von Wichtigkeit sein könnte.“

Sie zögerte kurz. Einer musste den Anfang machen, warum also nicht sie? Mit einem Kopfschütteln sagte sie: „Nein, Jan ist kein Kunde von mir. Ich habe ihn vor einigen Jahren an der Uni kennen gelernt, er war mein Professor.“

„Hat er dich als seine Studentin angemacht?“

„Um Himmels willen, nein. Er ist die Zurückhaltung in Person, und wenn es etwas gibt, womit er rein gar nichts anfangen kann, dann ist es BDSM.“

„Weiß er, dass du damit Geld verdienst?“, erkundigte sich Gregor. Sam konnte erkennen, wie konzentriert er jetzt war. Seine devote Ader hatte er irgendwohin weggesperrt, wo sie keinen Schaden anrichten konnte. Nun war er ganz der professionelle Kriminalbeamte.

„Ja, er ist einer der wenigen Menschen aus meinem Bekanntenkreis, der fast alles über mich weiß.“

„Hat er schon mal dein Studio benutzen wollen? Ich meine, ohne, dass du dabei bist?“

„Meine Güte, nein!“ Alleine der Gedanke erschien ihr absurd. „Ich kann mir Jan überall vorstellen, aber nicht in meinem Studio.“

„Hältst du es für möglich, dass es in ihm etwas in dieser Richtung gibt, von dem du nichts weißt?“

Für ein paar Sekunden überdachte sie die Frage, dann antwortete sie: „Nein. Wenn er versehentlich einen Blick in mein Arbeitszimmer warf, war er immer außer sich vor Scham. Sicher gibt es immer Dinge in einem Menschen, die man nicht ahnt, aber nachdem er weiß, dass ich eine Domina bin, wäre ich doch der beste Gesprächspartner für solche Sachen gewesen. Warum hätte er es mir verschweigen sollen, wenn er in dieser Richtung ambitioniert gewesen wäre?“

Ihr Gegenüber nickte und wandte sich dann einem anderen Thema zu: „Wie lange kennst du ihn schon?“

„Nein“, wehrte Sam mit leicht erhobenen Händen ab. „Jetzt bist du dran. Quid pro quo! Warum wollt ihr das wissen?“

„Gut, du sollst erfahren, worum es geht. Ich vertraue darauf, dass du weder mit Patersen noch mit sonst jemand darüber sprichst.“

Er machte eine Pause und schien eine Bestätigung von Sam zu erwarten, die seine Aussage aber für selbstverständlich hielt, und daher eine entsprechende Zustimmung als unnötig empfand.

Nachdem sie sich einen Moment lang einfach nur angesehen hatten, fuhr er fort: „Deborahs Körper weist Verletzungen auf, die unmöglich vom Zug gekommen sein können. Dazu gehören Nadelstiche durch die Brustwarzen und Verbrennungen an den Schamlippen.“

Plötzlich wurde ihr übel. Hatte er deshalb vorhin die Frage gestellt, ob sie auch was mit Frauen machte? Verdächtigte man sie am Ende, gemeinsam mit Jan den Tod von Deborah herbeigeführt zu haben? Ihre Gehirnzellen arbeiteten trotz Müdigkeit und Wein auf Hochtouren. Was Gregor gerade offenbart hatte, schockierte sie. Warum hatte er ihr diese Information gegeben? Hoffte er, aus ihrer Reaktion irgendwas schließen zu können? Wäre es nicht besser für die Polizei gewesen, ihr Wissen nicht kundzutun? Welche Gedankengänge hatten die Polizisten? Eine Leiche wurde gefunden und wies Verletzungsmerkmale auf, die in Zusammenhang mit der SM-Szene gebracht werden konnten. Nein, nicht konnten, sondern mussten! Dazu war die Bekannte des Exfreundes eine professionelle Domina. Was lag also näher als die Schlussfolgerung, dass Exfreund und Bekannte etwas mit dem Mord zu tun hatten? Wenn die Polizei das annahm, warum dann diese mehr oder weniger inoffizielle Unterredung?

„Was geht dir jetzt spontan durch den Kopf?“, riss der Polizist sie aus ihren Gedanken.

Sam atmete einmal tief durch, um sich zu sammeln, dann antwortete sie: „Wenn ihr mich mit Deborahs Tod in Verbindung bringt, dann verstehe ich nicht, warum du mir dieses Angebot zur Zusammenarbeit machst. Was versprichst du dir von diesem Gespräch?“

Gregor machte große Augen, und seiner Stimme war die Überraschung anzuhören, als er sagte: „An diese Möglichkeit haben wir noch gar nicht gedacht, aber es ist eine sehr interessante Variante. Wir hoffen eigentlich, von dir aufschlussreiche Informationen über die Art der angewendeten Methoden zu bekommen, weil du vom Fach bist."

„Ihr habt nicht daran gedacht?", antwortete Sam ein wenig aufgebracht. „Dann sag mir, warum du mich vorhin gefragt hast, ob ich auch Sessions mit Frauen mache!"

„Weil wir überlegten, ob du mal eine Session mit Deborah und Patersen gemeinsam gemacht hast. Immerhin hätte das durchaus die Verletzungen erklären können, ohne dass es irgendwen belastet hätte."

Sie überdachte dies. Es war eine plausible Erklärung, aber hundertprozentig überzeugt war sie nicht. Von nun an würde sie noch mehr auf der Hut sein.

Bevor sie etwas dazu sagen konnte, fragte Gregor: „Wenn ich aber den Gedanken von dir verfolge, dann würde ich gerne wissen, ob du einer Überprüfung deines Studios durch die Spurensicherung zustimmen würdest."

„Zustimmen? Ich bitte sogar darum! Gerade wenn wir gemeinsam an dem Fall arbeiten, sollten wir jedweden Zweifel aus dem Weg räumen. Ehrlich gesagt wäre es mir sogar am liebsten, wenn du bei mir bleibst, bis die Spurensicherung hier gewesen ist. Nicht, dass am Ende noch behauptet wird, ich hätte Zeit gehabt, um Spuren verschwinden zu lassen." Nach einer kurzen Pause fügte sie hinzu: „Außerdem glaube ich kaum, dass ihr meine Zustimmung dafür braucht."

Nun dachte der Polizist einen Moment nach. Dann nickte er und sagte: „Ich glaube, das ist eine gute Idee. Ich werde mich darum kümmern. Allerdings muss Sorghardt das absegnen und einen entsprechenden Beschluss besorgen, weil es sein Fall ist."

„Wegen mir brauchst du keinen Durchsuchungsbefehl. Ich bin doch einverstanden damit."

„Wir machen das nicht ohne. Alleine wegen der Selbstabsicherung. Stell dir vor, du behauptest später, du wärst dagegen gewesen."

„Wie lange wird das dauern?"

„Im Laufe des Vormittags wird Sorghardt das hinbekommen. Solange du für mich einen Platz zum Schlafen hast, bleibe ich bei dir."

„Wenn du das vertreten kannst", meinte Sam mit einem Achselzucken.

„Offiziell arbeite ich die ganze Nacht, es ist also kein Problem."

Es blieb eine Weile still. Beide tranken sie von ihrem Wein. Dann fragte Gregor unvermittelt: „Also, kannst du mir irgendwas über die Verletzungen von Deborah sagen?"

„Rein gar nichts. Ich bin auch überzeugt davon, dass Jan nichts davon weiß. Er ist nicht der Typ für so etwas." Kaum hatte sie den Satz beendet, ärgerte sie sich darüber, ihn ausgesprochen zu haben. Wer war schon der Typ für so was? Der gestandene Polizist, der ihr gegenüber saß? War er der Typ für so was? Würde sie ihn als Sub einschätzen, wenn sie ihn nicht als Kunden kennen würde?

„Was würdest du machen, wenn du herausfändest, dass er schuldig ist?", fragte Gregor.

„Ihn persönlich ans Gesetz übergeben", antwortete sie ohne zu zögern. „Ich hasse Ungerechtigkeit und Gewalt gegen Schwächere – das heißt, außer wenn der Schwächere das möchte, ohne dass er dazu gezwungen wird."

„Ich glaube dir das sogar", erwiderte der Polizist.

Sam wechselte das Thema: „Woran ist sie gestorben?"

„Das konnten wir leider nicht feststellen. Tatsache ist, dass sie bereits zwölf Stunden tot gewesen war, als sie vom Zug erfasst wurde."

„Wo hat man sie genau hingelegt?"

„Auf die ICE-Trasse Frankfurt-Köln, zwischen Niedernhausen und Idstein."

„Das ist gar nicht weit weg von hier", stellte Sam erschrocken fest.

„Stimmt", meinte Gregor, „und damit wäre ich bei meiner nächsten Frage: Ist hier im Taunus eine Art SM-Hochburg? Gibt es hier irgendeine spezielle Einrichtung in diesem Zusammenhang, die in der Szene bekannt ist? Besondere Clubs oder Vereine? Etwas, was man dieser Gegend zuordnen kann?"

Während sie sich den Kopf über seine Frage zerbrach, trank sie ihren Wein aus. Gedankenverloren schenkte sie sowohl sich selbst als auch Gregor nach. „Nein, nicht, dass ich wüsste. Aber ich muss natürlich nicht alles kennen. Treffen in privat eingerichteten Räumlichkeiten gibt es überall, sicher auch im Taunus."

Gregor nickte. „Ich gehe doch recht in der Annahme, dass du dich ziemlich gut auskennst, oder?"

„Zumindest bilde ich mir das ein. Ich verdiene zwar Geld damit, aber ich spiele meinen Kunden nichts vor. Mehr als eine Ader in meinem Körper ist dominant. Ich habe wirklich Spaß an der Sache. Deshalb besuche ich auch ab und zu entsprechende Treffen, Clubs und Partys. Aber das weißt du ja alles."

„Dann bitte ich dich, die nächsten Tage noch mal nachzudenken. Vielleicht fällt dir ja noch etwas ein."

„Das werde ich in jedem Fall tun", versprach Sam.

„Kannst du mir etwas über die Art der Verletzungen sagen, die ich dir beschrieben habe?", hakte Gregor nach.

„Löcher durch die Brustwarzen, Verbrennungen an den Schamlippen – das ist schon ziemlich Hardcore. Mit Soft-SM hat das nichts mehr zu tun. Wie viele Durchstiche waren es an den Brüsten?"

„Auf jeder Seite vier."

„Also jeweils eine Nadel von oben nach unten, eine von links nach rechts, und zwei diagonal, sodass die Nadeln im durchstoßenen Zustand einen Stern ergaben", vermutete Sam.

„Exakt", bestätigte Gregor. „Sagt dir das etwas?"

„Es bestätigt nur das, was wir ohnehin vermuten. Diese Anordnung ist recht typisch in der Szene. Natürlich gibt es noch unzählige Varianten, aber am häufigsten siehst du es so, wie es bei Deborah gewesen sein muss."

„Und die Verbrennungen?" Der Polizist trank einen Schluck und sah sie neugierig an.

„Konntet ihr feststellen, wodurch die Verbrennungen hervorgerufen wurden?"

„Da steht das endgültige Ergebnis noch aus. Hast du irgendwelche Ideen?"

„Nun, es wird viel mit heißem Wachs gearbeitet. In diesem Fall solltet ihr eventuell Rückstände feststellen können. Ich glaube aber nicht, dass Wachs zu echten Verbrennungen führt. Dann fällt mir dazu noch Reizstrom ein. Wenn man da über die üblichen Grenzen hinausgeht, soll es auch Verbrennungen geben können. Das habe ich aber selbst noch nie gesehen."

„Hast du solche Reizstromgeräte?", fragte Gregor mit äußerst neugieriger Stimme.

Sie lächelte ihn an. „Was glaubst du denn? Sicher habe ich so was."

„Warum hast du das noch nie benutzt, wenn ich da war?"

Jetzt musste Sam die Bremse ziehen. Das gehörte eindeutig nicht in diese Unterhaltung. Es war wichtig, dass hier nichts miteinander vermischt wurde, sonst konnte es passieren, dass bei der nächsten Session das devot-dominante Gefüge nicht mehr stimmte und sie Mühe haben würde, es wieder herzustellen.

„Das geht Sie einen Scheißdreck an, Herr Kern", stellte sie fest und sah ihm dabei unerbittlich hart in die Augen. Er hielt diesem Blick nicht stand, vielleicht weil er nicht konnte, wahrscheinlicher für Sam aber, weil er nicht wollte. Er sah kurz auf den Boden, sammelte sich, schaute wieder auf, und Sams Blick war sanft wie der eines Engels.

Ohne zu zögern fragte er: „Hast du sonst noch Ideen?"

Gut, er hatte richtig reagiert und würde sich einen solchen Fauxpas nicht mehr leisten.

„Nun, alles, was heiß ist. Angefangen bei Zigaretten, die dort ausgedrückt werden. Du kannst aber auch verschiedene Metalle erhitzen und dort Branding betreiben. Nimm die Spitze eines Bügeleisens oder einen Heißluftföhn, den du lange genug dort hin hältst. Die Möglichkeiten sind grenzenlos. Aber ehrlich gesagt ist das nicht mein Metier. Für mich ist das zu heftig, zumal es bleibend Spuren und Schäden hinterlassen kann. Man muss sich schon sehr gut damit auskennen, wenn man Branding einigermaßen sicher betreiben will."

Gregor nickte. „Dann gibt es sicher eine Gruppe von Leuten, die sich intensiver damit beschäftigt, oder?"

„Gib mir ein paar Tage Zeit, ich werde mich ein wenig umhören.

Was habt ihr sonst noch gefunden?"

„An den Handgelenken und an den Fesseln sind Spuren zu sehen, die eindeutig auf Ketten hindeuten, mit denen sie gefesselt gewesen sein muss. Ihr After war extrem geweitet und verletzt. Da muss etwas gewesen sein, das über normalen Analverkehr hinausging."

In Sams Unterbewusstsein begann sich die Vorstellung zu manifestieren, was Deborah alles durchgemacht haben musste. Nadeln, Branding, Analerweiterung ... Nein, das durfte sie jetzt nicht an sich heranlassen. Tief einatmend konzentrierte sie sich auf das Gespräch und kämpfte die aufkommenden Gedanken nieder.

„Was noch?", fragte sie knapp.

„Spermaspuren. In ihrem Mund und im Schambereich, aber nicht in der Vagina. Seit heute Mittag weiß ich, dass es Sperma von zwei verschiedenen Männern ist. Wir haben Herrn Patersen heute Morgen eine Speichelprobe entnommen."

„Das hat er gar nicht erzählt", sagte Sam erstaunt. „Oder habt ihr es irgendwie heimlich gemacht?"

„Nein, wir haben gefragt, und er hat sie uns freiwillig gegeben."

„Das spricht ja wohl gegen ihn als Täter", stellte Sam fest.

„Warum? Weil er sie vielleicht noch quälte, in dem er zwei Freunden erlaubte, sich an ihr zu vergehen, bevor er sie umbrachte?"

„Das ist absurd!", rief Sam aufgebracht. „Langsam übertreibst du."

„Tue ich das?", fragte der junge Mann mit einer zwar festen, aber dennoch sehr sanften Stimme.

Sam schloss die Augen. Bilder drängten sich in ihr Gehirn, Bilder von einem freundlich lächelnden Mann, von dem sich herausstellte, dass er seine Kinder ... Nein! Nicht jetzt!

Sie öffnete die Augen. „Nein, das tust du nicht", sagte sie, jetzt mit ruhiger Stimme. „Habt ihr sonst noch etwas?"

„Nichts, wovon wir eindeutig sagen könnten, dass es nicht vom Zug kam."

Einen Moment lang war Sam versucht zu fragen, wie schlimm der Zug Deborahs Körper zugerichtet hatte, dann fiel ihr ein, dass sie es gar nicht wissen wollte.

Er schien registriert zu haben, dass sich ihr Mund schon leicht zu der Frage geöffnet hatte, denn er fragte: „Was ist?“

„Nichts“, antwortete sie. „Welcher Zug war es eigentlich? Ich meine, welche Uhrzeit?“

„Es war der erste Zug, der am Morgen des 30. August von Frankfurt nach Köln fuhr.“

„Das bedeutet, sie kann schon eine ganze Weile dort gelegen haben, oder?“

„So ist es.“

„Habt ihr in dem Bereich, wo sie hingelegt wurde, Spuren gefunden?“

„Leider nichts Verwertbares. Da wir ja zunächst von einem Suizid ausgegangen waren, wurde gar nicht gesucht. Als dann zwei Tage später klar war, dass es keine Selbsttötung gewesen ist, haben wir nachträglich die Spurensicherung hingeschickt, aber was willst du nach zwei Tagen noch feststellen? Welche Spuren kamen von der besagten Nacht, welche sind älter oder neuer?“

„Mist“, kommentierte Sam.

„Das kannst du laut sagen. Hast du vielleicht schon etwas, wovon wir noch nichts wissen?“

„Wie gesagt habe ich noch nicht viel unternommen. Heute“, sie sah auf die Uhr, „ich meine: Gestern war ich in der Sprachschule. Von Jan weiß ich, dass euch jemand erzählt hat, Deborah und Jan hätten immer gestritten.“

„In der Tat. Frau Alves war sich auch ganz sicher, da Deborah scheinbar öfter davon erzählt hatte.“

„Frau Alves?“ Fragender Blick. „Hat die gute Frau auch einen Vornamen?“

„Maria. Was weißt du über sie?“

„Deborah war wohl mit ihr einigermaßen gut befreundet“, erklärte Sam.

„Dann sollte sie es ja auch tatsächlich wissen“, stellte Gregor fest.

„Wissen schon, aber wer sagt dir, dass sie nicht lügt?“

„Guter Einwand, aber warum sollte sie das tun?“

„Um sich wichtig zu machen?“, schlug Sam vor.

Gregor zog den Mund zusammen und dachte darüber nach. Dabei hielt er sich die Hand vor den Mund und gähnte. Dann sah er sie wieder an und forderte sie auf: „Erzähl mir deine Sicht der Dinge. Was denkst du, was passiert ist?“

„Ich bin mir selbst unsicher. Man soll ja nichts Böses über Tote sagen, aber ich denke, dass Deborah Jan nur als Sprungbrett benutzt hat, um nach Deutschland zu kommen. Wenn du mich fragst, dann wollte sie einfach irgendwie herkommen und sich dann ein Leben aufbauen, egal wie. Es klappte bestens. Jan hatte ihr den Flug bezahlt, sich um die Einreiseformalitäten gekümmert, für sie gebürgt, und sogar eine Krankenversicherung für sie abgeschlossen. Als sie hier war, hatte sie alle Zeit der Welt, um sich einen Partner zu suchen, mit dem sie wirklich ihre Zukunft planen wollte.“

„Entspricht das dem Bild, das du von der Beziehung gehabt hast?“, wollte Gregor wissen.

„Eigentlich nicht“, sagte Sam. „Ich hätte es nie für möglich gehalten, dass sie so sein könnte. Ich bin überzeugt, dass auch Jan nicht die geringste Ahnung gehabt hatte. Aber die Fakten sprechen ihre eigene Sprache.“

„Welche Fakten?“, wollte Gregor wissen. „Nur weil sie ihn verlassen hat, muss sie das nicht von Anfang an geplant haben.“

„Ich meine die Anzeige im Internet“, erklärte Sam.

„Was denn für eine Anzeige?“ Sie sah einen höchst überraschten Gregor.

Es dauerte einen Moment bis Sam begriff, dass Jan der Polizei offenbar nichts von Deborahs Internetprofil erzählt hatte. „Deborah hat auf einer Datingseite im Internet eine sehr eindeutige Anzeige aufgegeben. Das hat sie getan, als sie gerade zwei Monate in Deutschland gewesen ist.“

„Woher weißt du das?“

„Jan hat die Anzeige durch Zufall entdeckt und mir gezeigt.“

„Wie entdeckt man so was durch Zufall?“

„Keine Ahnung, ich habe ihn nicht gefragt.“

„Und warum verschweigt er uns das?“ Hinter Gregors Stirn schien es zu arbeiten. Sein Blick war aufmerksam und die Müdigkeit nicht mehr zu erkennen.

Sam überdachte die Frage, bevor sie antwortete: „Vielleicht möchte er ihr einen guten Ruf bewahren. Was immer sie getan hat, er liebt sie immer noch.“

„Es kann aber ebenso gut sein, dass er wegen genau dieser Anzeige durchgedreht ist, und es daher vorgezogen hat, nichts darüber zu sagen.“

Innerlich konnte Sam nicht widersprechen, wollte dies aber nicht offen zugeben. „Oder er hat es einfach nur vergessen“, meinte sie, und bemühte sich, so sicher wie möglich zu klingen.

Jetzt lächelte Gregor. „Natürlich, als er uns davon erzählte, wie sie ihm weggelaufen war, hatte er es ganz vergessen. In diesem Zusammenhang spielt so eine Kleinigkeit ja auch keine Rolle.“

Sam atmete tief durch, sammelte ihre Gedanken, nickte dann und sagte: „Okay. Ja, vielleicht hat er es nicht gesagt, weil er meinte, dass es ihn belasten könnte. Ehrlich gesagt kann ich mir aber nicht vorstellen, dass er in seinem jetzigen Zustand soweit denken würde.“

Nun nickte er. „Also, angenommen es ist so, wie du sagst, und sie wollte durch Patersen nur nach Deutschland gelangen. Was meinst du, ist passiert? Hat sie einen neuen Mann kennen gelernt und ist direkt zu ihm gezogen?“

„Nein. Da sie Jan an einem Abend direkt nach dem Sprachkurs verlassen hatte, vermute ich eher, dass sie zunächst zu ihrer Freundin Maria gezogen ist.“

„Du meinst ihre Klassenkameradin?“, vermutete Gregor.

„Ja. Die beiden müssen recht gut befreundet gewesen sein, und Deborah war auch oft bei Maria zu Besuch.“

„Maria Alves wusste aber nicht mal, dass Deborah sich von ihrem Freund getrennt hatte.“

„Was?“, rief Sam erstaunt aus. „Das kann ich gar nicht glauben.“

„Das ist aber das, was sie sagt. Angeblich hätte Deborah viel zu große Angst vor Patersen gehabt, um ihn zu verlassen.“

„So ein Quatsch“, ereiferte sich Sam. „Selbst wenn sie gestritten haben sollten, als ich nicht dabei war, Angst hatte die Frau jedenfalls keine. Angst ist ein Gefühl, das man nicht verbergen kann. Deborah hatte sich vor Jan nicht gefürchtet, und das sage ich nicht nur, weil ich Jans Freund bin. Ich habe schon ängstliche Menschen gesehen, und habe auch schon für Frauen gearbeitet, die tatsächlich Angst vor ihren Männern hatten. Glaube mir, man erkennt das.“

„Laut Maria Alves hatte aber niemand aus der Klasse einen anderen Eindruck gehabt. Allerdings haben wir bisher nur mit Frau Alves gesprochen. Patersen hat uns ihren Namen als engste Freundin von Deborah genannt, deshalb haben wir uns zuerst an sie gehalten. Wir haben uns in der Schule aber eine Liste von allen Mitschülern geben lassen, und werden diese noch einzeln befragen.“

„Ich war im Gegensatz zu euch in der Klasse von Deborah“, erzählte Sam. „Dafür habe ich noch nicht mit Maria sprechen können, was ich aber definitiv nachholen werde. Die Mitschüler haben auch von dem Gerücht gehört, dass Deborah oft mit Jan gestritten haben soll, aber keiner hatte es von ihr selbst. Eine Frau berichtete, dass Deborah stets sehr positiv von dem Mann gesprochen hatte, wegen dem sie nach Deutschland gekommen war. Zwar hatte diese Frau in den letzten Wochen vor Deborahs Verschwinden kaum noch Kontakt zu ihr, aber bis dahin hatte es offenbar nur gute Worte für Jan gegeben.“

„Das spricht gegen deine Theorie, dass sie Herrn Patersen nur als Sprungbrett benutzen wollte“, warf Gregor ein.

„Meinst du, sie hätte das überall herumposaunt?“, fragte Sam mit einem verächtlichen Lachen.

„Das vielleicht nicht, aber sie hätte es sich sparen können, so positiv von ihrem Freund zu erzählen. Gerade wenn man auf der Suche nach einem neuen Partner ist, geht man mit lobenden Worten für den jetzigen Freund sparsam um, oder?“

„Muss ich dir die Gedankengänge einer berechnenden Frau erklären?“, fragte Sam skeptisch.

„Nein.“ Gregor schüttelte den Kopf. „Ich versuche nur, dich dafür zu sensibilisieren, dass es verschiedene Möglichkeiten gibt.“

Sam gähnte herzhaft und rieb sich die Augen. „Du hast ja Recht. Keine Angst, ich werde versuchen in alle Richtungen zu denken. Was hältst du davon, wenn wir uns jetzt schlafen legen?“

„Gab es sonst nichts mehr zu berichten?“, fragte Gregor, der aussah, als würde ihm Sams Vorschlag gut gefallen.

„Nein … das heißt, vielleicht doch. Als ich in der Schule war, hat mir jemand einen Reifen aufgeschlitzt.“

„Das ist nicht dein Ernst?“, antwortete Gregor erschrocken. „Wer wusste denn, dass du dich dort wegen der Toten umhören wolltest?“

„Niemand außer Jan“, antwortete Sam. Die Bedeutung dieser Worte wurde ihr schlagartig klar. Dann hob sie abwehrend die rechte Hand und sagte: „Moment! Es hätte auch sonst wer vor der Schule stehen und mich beobachtet haben können.“

„Natürlich, und dieser Jemand hat dir an der Nasenspitze angesehen, dass du Detektivin bist und wegen Deborah recherchierst.“

Verdammt, Gregor hatte Recht. „Vielleicht war es nur Zufall“, startete sie einen Versuch. „Es war in Frankfurt, da könnte irgendein Asozialer Spaß daran gehabt haben, einen Reifen aufzuschlitzen.“

„Glaubst du daran?“ Gregor sah ihr direkt in die Augen.

Sie verzog den Mundwinkel und sagte: „Nicht wirklich.“

Sie dachte einen Moment nach. „Jan hatte schon ziemlich viel getrunken. Ich glaube nicht, dass er in der Lage gewesen wäre, noch Auto zu fahren.“

„Wie wäre es mit einem Taxi? Und der Alkohol spricht eher für so eine unsinnige Tat, die man in nüchternem Zustand kaum begehen würde.“

Sam gähnte erneut und schüttelte den Kopf. „Lass uns bitte schlafen gehen und später weiter darüber diskutieren. Ich bin ziemlich fertig und kann nicht mehr klar denken.“

Er erklärte sich einverstanden. Nachdem sie ihm noch ein Kissen und eine Decke ins Wohnzimmer gebracht hatte, verschwand sie ins Schlafzimmer. Dort entkleidete sie sich, löschte das Licht, ließ sich nackt auf ihr Wasserbett fallen, und schlief nach zwei Minuten ein.

16 | Von Paradies und Chaos

Ihre Nase meldete einen Impuls ans Gehirn, der Kaffee verhieß. Das Gehirn setzte diesen Impuls in einen Traum um: Frisch gebrühter Kaffee, den sie ans Bett gebracht bekam, und den sie dort genießen konnte, ohne sich irgendwelchen Stress machen zu müssen. In halbwachem Zustand seufzte sie, weil ihr wacher Teil genau wusste, dass es Kaffee und Frühstück im Bett in der realen Welt für sie nicht gab. Innerlich schimpfte sie auf ihre Nase, die ihr einen solchen Streich gespielt hatte.

Doch was war das? Ihre Nase wollte nicht aufgeben. Immer vehementer meldete sich die Nachricht des herannahenden Kaffees. Halb auf dem Bauch, halb auf der Seite liegend, öffnete sie das linke Auge einen Spalt. Da qualmte etwas. Es war gar nicht weit weg, vielleicht eine Armlänge. Jetzt öffnete sie das Auge ganz, ließ das rechte folgen, und nahm ein Tablett wahr, das neben ihr stand und sowohl eine Tasse Kaffee als auch Milch und Zucker trug.

„Guten Morgen Paradies“, murmelte sie mit einer sehr rauen Stimme. Dann ließ sie den Blick weiter wandern, bis sie Gregor auf dem Bettrand sitzen sah, völlig bekleidet und keusch.

Ihr wurde bewusst, dass sie auf der Decke lag und völlig nackt war. Das störte sie allerdings nicht. Gregor hatte sie schon oft unbekleidet gesehen. Sie war unschlüssig, welche Rolle sie jetzt einnehmen sollte. In der augenblicklichen Lage hätte sie die strenge Herrin sein müssen, aber trotz ihres noch nicht endgültig wachen Zustandes fiel ihr ein, dass sie dem jungen Mann noch ein paar Fragen zum Fall Deborah stellen musste.

„Entschuldige, wenn ich dich so früh wecke, aber ich habe bereits mit Sorghardt telefoniert“, sagte Gregor mit sanfter, aber bestimmter Stimme.

Gut, sie würde also nicht die Herrin sein. Während sie sich ausgiebig streckte, entspannte sie sich wieder.

„Wie viel Zeit habe ich, bis die Spurensicherung kommt?“, murmelte sie.

„Etwa eine Stunde. Ich wusste nicht, wie lange du brauchst, um wach zu werden."

Jetzt lächelte sie und sagte: „Das ist lieb von dir."

Auf einen Ellenbogen gestützt nahm sie sich Zucker und rührte ihren Kaffee um. Die Tasse war etwas zu voll. Gregor hatte offenbar nicht mit dem Wellengang des Wasserbetts gerechnet, der durch Sams Bewegungen in Gang gesetzt worden war. Ein wenig Kaffee lief über. Allerdings hatte Gregor für diesen Fall ein Tuch von der Küchenrolle gerissen und vorsorglich aufs Tablett gelegt.

Genussvoll schlürfte Sam ein paar Schlucke, stellte die Tasse zurück und legte sich wieder hin.

„Magst du nicht jeden Morgen herkommen und mich verwöhnen?", fragte sie.

Er lachte und antwortete: „Jeden vielleicht nicht, aber hin und wieder können wir das gerne machen."

Sam registrierte anerkennend, dass er dabei keine Anspielung auf ihre sexuelle Beziehung machte. Sie wechselte das Thema. „Erzähl mir bitte noch etwas über den Stand der Ermittlungen."

Während er erzählte, richtete sie ihren Körper wieder leicht auf und trank ihren Kaffee weiter.

„Da gibt es leider nicht allzu viel zu berichten. Deborah wurde morgen vor einer Woche von einen ICE überrollt. Wie ich gestern schon sagte, war es der erste Zug, der an diesem Morgen auf der Strecke gefahren ist. Möglicherweise lag sie bereits einige Stunden dort. Alles andere habe ich dir schon erzählt."

„Weiß ihre Familie in Brasilien Bescheid?"

„Nachdem wir von Herrn Patersen ihre Heimatadresse bekommen hatten, haben wir die zuständige Polizeidienststelle informiert. Ich nehme an, dass die sich darum gekümmert haben. Diese Dinge werden in anderen Ländern nicht viel anders laufen als bei uns."

„Wie wollt ihr weiter vorgehen?"

„Unser Problem ist, dass wir außer Herrn Patersen keinen Ansatzpunkt haben. Er kann kein Alibi vorweisen, hingegen hat er ein Motiv. Das macht ihn sicher noch nicht zu einem Mörder, aber wenn er unschuldig ist, dann müssen wir versuchen, den Verdacht gegen ihn mit Beweisen zu entkräften. Im Augenblick ist die Spurensicherung bei ihm und untersucht sein Auto. Es ist zu erwarten, dass wir Haare oder ähnliches von ihr finden, immerhin war sie lange genug seine Freundin. Wenn er der Mörder ist, dann wird er sie in den Kofferraum gelegt haben und dann finden wir dort etwas, was nicht dahingehört."

„Aber auch dort wäre es kein Beweis", gab Sam zu bedenken. „Wenn sie beispielsweise nach dem Einkauf irgendwelche Sachen aus dem Kofferraum gehoben hat, kann sie auch dort Haare oder Schuppen hinterlassen haben."

„Das ist richtig, aber es wäre mengenmäßig ungleich weniger, als wenn ihr ganzer Körper dort gelegen hätte."

Das leuchtete Sam ein.

Gregor fuhr fort: „Außerdem kann man eventuell Körperflüssigkeiten von ihr feststellen. Wenn ein Mensch stirbt und alle Muskeln erschlaffen, verliert er alles mögliche. Sollte die Leiche von Frau da Silva in dem Wagen transportiert worden sein, dann werden wir es eindeutig nachweisen können."

„Was ist mit Jans Wohnung?", fragte sie. „Wenn er es war, bestünde doch eine recht hohe Wahrscheinlichkeit, dass er sie zuhause getötet hat."

Gregor nickte. „Die Wohnung untersuchen wir derzeit auch."

Sam trank ihren Kaffee aus, und für eine Weile trat Stille ein. Dann fragte Gregor: „Was werden deine nächsten Schritte sein?"

„Ich werde mich mit dieser Maria unterhalten. Außerdem muss ich mich heute um meinen Reifen kümmern, ich will nicht zu lange mit dem Reserverad herumfahren."

Ihr fiel das Gespräch von letzter Nacht ein. Wer wusste, was Sam in der Sprachschule wollte? Niemand – außer Jan. War es Zufall, dass ihr Reifen zerstochen wurde? Aber wenn nicht … Nein, Jan würde so etwas nicht tun. Er hätte ihr einfach sagen können, dass er nicht wollte, dass sie sich einmischt. Kurzes Nachdenken. Hätte er wirklich? Sie hätte nicht auf ihn gehört, und das musste er wissen. Aber Jan war verdammt noch mal nicht der Typ für so etwas! Oder doch?

„Wo sind deine Gedanken?“, riss Gregor sie aus ihren Überlegungen.

„Bei meinem Reifen. Sei doch mal ehrlich: Was sollte Jan damit bezwecken, mir die Reifen kaputt zu machen? Es wäre doch eine ziemlich unsinnige Aktion. Außerdem musste er doch Gefahr laufen, dabei gesehen zu werden. So dämlich wird ein studierter Mensch kaum sein, oder?“

„Wenn jemand erst mal eine bestimmte Grenze überschritten hat – und damit meine ich beispielsweise, dass er zum Mörder geworden ist –, dann arbeitet das Gehirn nicht mehr unbedingt rational“, erklärte Gregor in seiner endlos ruhigen Art. „Du musst dir vorstellen, in welchem Stress sich ein solcher Mensch befindet. Er hat das Schlimmste überhaupt getan. Einerseits muss er mit seinem Gewissen fertig werden, auch wenn das nur im Unterbewusstsein passiert. Natürlich gibt es auch wirklich gewissenlose Mörder, aber wir unterhalten uns ja über die Möglichkeit, dass eine sonst völlig normale Person jemanden getötet hat. Dabei lebt unser Mörder in ständiger Angst überführt zu werden. Er muss stets aufpassen, nichts falsches zu sagen, muss versuchen, sich möglichst unauffällig zu benehmen. Doch was ist unauffällig? Er zerreißt sich unentwegt den Kopf darüber, was er tun darf, wie er sich benehmen muss, ob er etwas vergessen hat zu beseitigen, welche Möglichkeiten es gibt, ihn zu kriegen. So jemand ist in Panik und macht Fehler.“ Gregor machte eine kurze Pause. Dann fuhr er fort: „Bei einem Profikiller sieht das natürlich völlig anders aus. Er ist kalt, weiß genau, dass er keinen Fehler gemacht hat, und strahlt eine grenzenlose Selbstsicherheit aus.“

Einer Eingebung folgend fragte sie: „Kann man dich mieten?“

Er hob die Brauen. „Wofür?“

„Um mir Unterricht in diesen Dingen zu geben. Du bist gut.“

„Es wäre schlimm, wenn ich nicht ein wenig über diese Dinge wüsste“, gab er sich bescheiden.

„Ich meine das ernst“, versetzte sie. „Wenn du es sagst, dann kann ich alles nachvollziehen. Aber ich habe nicht mal angefangen, mir derartige Gedanken zu machen, verstehst du? Es ist eine Sache, hier und da mal etwas für jemanden herauszubekommen oder jemanden zu beobachten. Ein solcher Fall aber ist um mehrere Nummern größer. Ich bin sicher eine selbstbewusste Frau, aber wenn ich mich mit dir unterhalte, dann merke ich schon, dass ich eigentlich überhaupt keine Ahnung von dieser Art Polizeiarbeit habe."

„Du hast auch üblicherweise keinen Mordfall. Für deine normalen Aufträge reicht dein Wissen doch aus. Für mich gibt es keinen Zweifel daran, dass du eine gute Detektivin bist."

„Danke für die Blumen. Ich halte mich auch nicht für schlecht, aber für größere Fälle käme mir dein Wissen schon sehr gelegen."

Er lächelte, und hatte dabei etwas Spitzbubenhaftes. „Ich kann dir gerne hin und wieder als Berater zur Seite stehen. Natürlich kann ich dich nicht in alle Polizeigeheimnisse einweihen, und du wirst nicht so einfach nebenbei alles lernen, was wir in einer dreijährigen Ausbildung vermittelt bekommen. Aber ich kann dir bestimmt den einen oder anderen Denkanstoß geben, wenn du mal nicht weiterkommst."

„Ich sollte vielleicht eine Ausbildung bei euch machen", schlug sie vor. „Ihr habt doch jetzt den Kripodirekteinstieg, soweit ich weiß."

Er lachte. „Wenn du einmal bei uns bist, dann werden wir dich nicht mehr gehen lassen, also überlege es dir gut!" Dann sah er auf seine Armbanduhr und meinte: „Du solltest jetzt langsam aufstehen." Bei diesen Worten erhob er sich, nahm das Tablett vom Bett, und verschwand damit aus dem Zimmer. Sam schälte sich aus dem Bett und ging ins Badezimmer. Ein Ziehen im Unterleib machte sie darauf aufmerksam, dass sie bald ihre Tage bekommen würde. Sie hasste es.

Eine halbe Stunde später herrschte ein kleines Chaos in der Wohnung. Im Flur standen diverse Utensilien, deren Sinn sich ihr zum großen Teil verschloss. Das Wohnzimmer war von fremden Menschen bevölkert, von denen manche das Angebot einer Tasse Kaffee angenommen hatten. Verschiedene Unterhaltungen wurden zum Teil sehr leise, andere wiederum recht laut geführt, und man hörte hin und wieder das Klicken einer Spiegelreflexkamera.

Gregor hatte versprochen zu bleiben, bis seine Kollegen fertig waren. Völlig ungezwungen hatte er seine Frau angerufen und ihr mitgeteilt, dass die Nachtschicht zu einem Einsatz der Spurensicherung geführt hatte, dessen Beendigung er noch abwarten musste. Wenn man einmal davon absah, dass man die Nacht nur teilweise als Einsatz betiteln konnte, war es nicht mal eine Lüge.

Um die Mittagszeit war alles vorbei und es kehrte Ruhe ein. Gregor zog seines Weges, fuhr nach Hause, zu einer Frau, die der festen Überzeugung war, dass ihr Mann die ganze Nacht gearbeitet hatte.

17 | Höppel

Nachdem sie die häusliche Ordnung wieder hergestellt hatte, hörte sie die Mailbox ihrer Handy-Drittnummer ab. Es gab drei Nachrichten. Die erste war von Michael Höppel, dem Fahrer der blau-weißen Suzuki. Er hatte bereits am Vortag angerufen und wollte fragen, ob sie am frühen Abend eine kleine Tour durch den Taunus mit ihm machen wollte. Irgendwie empfand Sam ein leises Bedauern darüber, dass es dazu nicht gekommen war. Michael war einer der wenigen Männer, die ihr auf Anhieb sympathisch gewesen waren. Sie freute sich über den Anruf. Seine herzliche, warme Stimme brachte sogar über den kleinen Lautsprecher des Telefons viel Ausstrahlung rüber.

Sam hörte sich die zweite Nachricht an, konnte jedoch mit dem Namen des Anrufers und der Nachricht nichts anfangen. Sie löschte die Meldung und hörte die letzte ab.

„Hallo Rennfahrerin. Schade, dass es heute nicht geklappt hat. Wie schaut's denn am Wochenende aus? Melde dich doch einfach mal."

Sam beschloss, dass sie sich dieses Vergnügen gönnen sollte. Die beiden Männer waren sehr nett gewesen, Motorradfahren konnten sie auch ordentlich, und bald würde die Saison zu Ende sein. Kurz entschlossen wählte sie Michaels Nummer. Er meldete sich beim fünften Klingeln.

„Hallo, hier ist Samantha", begrüßte sie ihn.

„Sam?", fragte er erstaunt.

„Genau die."

„Welch angenehme Überraschung“, sagte er. Im Hintergrund hörte sie laute Geräusche, konnte diese aber nicht genau zuordnen.

„Bist du auf einer Baustelle?“, fragte sie.

„Nein, ich bin in der Werkstatt. Ich arbeite als Kfz-Mechaniker.“

‚Cool, der fehlt mir noch in meiner Freundesliste‘, dachte Sam. Als Antwort sagte sie: „Du hast wegen dem kommenden Wochenende gefragt. Wann willst du denn fahren?“

„Am Sonntag, wenn das Wetter gut ist.“

Obwohl sie für den Sonntag noch nichts Konkretes vorhatte, sagte sie: „Oh, das ist schlecht. Samstag würde es mir besser passen.“

Im Hintergrund des anderen Endes rief, nein, brüllte jemand: „Höppel! Ich brauch' dich!“

Michael sagte schnell: „Du, ich muss Schluss machen. Ich überlege es mir wegen Samstag. Ich ruf dich an.“

„Okay“, konnte Sam gerade noch sagen, bevor Michael ein „Ciao“ hervorbrachte und die Verbindung unterbrach.

Irgendwie tat es ihr leid, dass sie nicht direkt für den Sonntag zugesagt hatte. Das passierte ihr fast immer, wenn sie mit Männern Kontakt hatte. Ständig musste sie dafür Sorge tragen, dass es nach ihrem Willen ging, ganz gleich ob es nun nötig war oder nicht. Bei den meisten Männern machte sie sich sogar einen Spaß daraus. Besonders seitdem sie festgestellt hatte, wie viel manche Männer zu tun bereit waren, um ihr zu gefallen. Und je mehr sie das taten, umso weniger nahm Sam sie ernst. Mit Jan hatte sie das Spiel nicht gespielt, denn Jan hatte ihr niemals das Gefühl gegeben, dass er hinter ihr her sei. Warum sie nun bei Michael damit anfing, war ihr nicht ganz klar. Der Mann war verheiratet und hatte an ihr lediglich als Motorradtourengefährte Interesse. Ihr Verhalten kam ihr kindisch vor. Sie sollte solche Dinge nicht immer aus dem Bauch heraus tun. Aber gut, nun war es geschehen, und sie würde auch nicht mehr anrufen, um doch noch den Sonntag zu bestätigen. Mit einem Seufzer schaltete sie das Telefon ab und rief von dem anderen Gerät aus bei Jan an. Sie versicherte sich, dass er zu Hause war, und versprach, zu ihm zu kommen. Eine Viertelstunde später war sie unterwegs.

18 | Zweifel

„Hast du gestern noch viel getrunken?“, fragte Sam.

„Ich glaube schon“, antwortete Jan, noch immer mit dieser lethargischen Stimme.

„Hoffentlich war es genug, um dich zum Schlafen zu bringen.“ Sie sah in seine geröteten Augen und versuchte einen Unterschied zum Vortag zu erkennen. Es gelang ihr nicht.

„Nein, ich konnte nicht schlafen. Ich bin noch mal rausgegangen. Irgendwie konnte ich die Wohnung nicht mehr sehen. Überall gibt es irgendwas, das mich an Deborah erinnert.“

Sie hob ihre Hand, um die seine zu nehmen, zögerte dann aber und zog die Hand wieder zurück.

„Was hast du draußen gemacht?“, fragte sie.

„Ich bin ziellos umhergeirrt“, erklärte Jan.

„Ich hoffe nur zu Fuß.“

Er schwieg und starrte ins Leere. Nach einer Weile hakte Sam nach: „War es nur zu Fuß?“

Zunächst hatte Sam den Eindruck, als würde er sie gar nicht hören, doch dann antwortete er: „Ich habe mich mal ins Auto gesetzt.“

Sam wurde hellhörig. „Bist du auch gefahren?“

„Ehrlich gesagt, ich bin mir nicht sicher. Ich war zu betrunken.“ Nach kurzem Überlegen fügte er hinzu: „Ich bilde mir ein, dass ich sogar gefahren bin, ich weiß aber nicht mehr wohin.“

„Zur Sprachschule vielleicht?“, schlug Sam vor.

Wieder dauerte es eine kleine Ewigkeit, bis Jan antwortete: „Was sollte ich denn da? Nein, ich glaube, ich bin nur einmal um den Block gefahren. In jedem Fall habe ich heute Morgen nach dem Auto gesehen, und es stand merkwürdig da. Ich habe es so stehen lassen. So wie ich mich fühle, muss ich einen enormen Restalkoholpegel haben.“

Augenblicklich kam Sam eine Idee. „Wo hast du den Schlüssel? Ich stelle ihn dir richtig hin. Was meinst du, wenn die Polizei noch mal kommt und sieht, dass du in diesem Zustand Auto gefahren bist.“

„Die war schon da. Sie haben meine Wohnung unter die Lupe genommen und waren auch an meinem Auto.“

Natürlich! Sie wusste ja davon.

„Haben sie alles ordentlich hinterlassen?“, fragte Sam.

„Ich habe danach nicht mehr nach dem Auto geschaut.“

„Lass' mich mal nachsehen.“

„Der Schlüssel hängt im Flur am Schlüsselbrett.“ Jans Stimme blieb monoton und abwesend.

Sam lief in den Flur, nahm sich den Schlüssel und ihre weinrote Lederjacke, verließ die Wohnung und lehnte die Tür nur an. Dann eilte sie die zwei Stockwerke hinunter. Das Holz der Treppe knarrte, denn das Haus im Stadtteil Höchst war schon älter. Dafür befand es sich in einem sehr gepflegten Zustand. Es erinnerte Sam immer ein wenig an das Heim, in dem sie einen großen Teil ihrer Jugend verbracht hatte. Auch da hatte es ein großes Treppenhaus mit enorm hohen Decken gegeben, und die Stufen hatten ebenso geknarrt.

Als Sam auf die Straße trat, blickte sie zuerst zum Himmel. Es war ein grauer Tag, und sie vermutete, dass es noch Regen geben würde. Hoffentlich war es bis zum Wochenende wieder besser, sonst wäre die Motorradtour gefährdet. Auf der gegenüberliegenden Straßenseite entdeckte sie den silbergrauen Opel. Tatsächlich stand er so weit auf der Straße, dass Sam sich wunderte, dass die Leute von der Spurensicherung nicht auf ordentliches Hinstellen bestanden hatten. Die Blinker leuchteten kurz auf, als sie mit der Fernbedienung die Zentralverriegelung betätigte. Sie öffnete die Tür und nahm einen Geruch war, der ihr unpassend für ein Auto vorkam. Er erinnerte sie irgendwie an Krankenhaus. Vielleicht war es von irgendwelchen Untersuchungsmitteln der Spurensicherung. Sam stieg ein, startete den Wagen und stellte ihn exakt in die Parklücke. Dann holte sie aus der Innentasche ihrer Jacke einen Kugelschreiber und einen kleinen Block, schrieb sich den Kilometerstand auf und verließ das Fahrzeug. Wer weiß, ob es sie nicht doch noch interessieren würde, wie weit er gefahren war.

Zurück in der Wohnung hängte sie den Schlüssel zurück an seinen Platz und begab sich zu Jan ins Wohnzimmer.

In den Mann war inzwischen Leben gekommen. Er hatte Kaffee

bereitet und den Tisch mit zwei Tassen gedeckt.

„Entschuldige, Samantha", sagte er, wobei seine Stimme nicht mehr ganz so abwesend klang. „Ich bin ein schlechter Gastgeber. Du kommst jeden Tag her und bist für mich da, jetzt, wo ich jemanden brauche, und ich benehme mich wie ein Rüpel. Du möchtest doch sicher einen Kaffee trinken, oder?"

Erstaunt sah Sam ihren Freund an. Er war wie ausgewechselt. „Gerne", sagte sie. „Was ist passiert?"

„Nichts ist passiert", antwortete er, wobei er ihr das dampfende Getränk eingoss. „Ich versuche nur, mich ein wenig am Riemen zu reißen. Vielleicht sollte ich doch mal einen Psychiater aufsuchen. Weißt du, manchmal sehe ich alles ganz klar, so wie jetzt. Mir ist bewusst, dass das Leben weitergehen wird, und alles ist einigermaßen normal. Aber dann falle ich wieder in diese tiefe Melancholie, trauere um Deborah, hadere mit mir und der Welt, und bin nicht mehr handlungsfähig. Es ist, als würde ich in einem Albtraum versinken. Wenn ich zwischendurch aufwache, dann verstehe ich gar nicht, was in mich gefahren ist."

Einen Moment überlegte Sam, ob er die Sache mit dem Psychiater ironisch meinte, weil er ja selbst ein Psychologieprofessor war. Aber sie konnte weder in seiner Stimme noch in seinem Gesicht auch nur eine Spur von Ironie erkennen und war sicher, dass er es ernst meinte. „Das ist nicht ungewöhnlich in deiner Situation", versuchte Sam ihn zu beruhigen. „Aber die Idee, dass du dir ärztliche Hilfe suchst, halte ich trotzdem für gut. Vielleicht kann dir jemand helfen, da schneller wieder herauszukommen."

„Ja, vielleicht. Das Problem ist nur, dass ich das jetzt auch so sehe. Aber sobald es mich wieder überkommt, bin ich einfach nicht mehr in der Lage zu handeln, und dann ist es mir auch egal, was mit mir wird. Es scheint alles keine Rolle mehr zu spielen."

„Kannst du bestimmen, was dich zwischendurch aus diesem Zustand herausreißt?"

„Nein, es ist, als würde jemand einen Schalter umlegen. Ich kann es mir selbst nicht erklären."

Sam vermutete, dass dies normal war. Sie hatte einen ähnlichen Zustand damals bei den Eltern von ihrer Freundin Sabsi erlebt, nachdem diese getötet worden war. In jedem Fall sollte sie versuchen, sich noch einmal ausgiebig mit Jan zu unterhalten, solange er nicht so apathisch war. Es war angenehm, ihn einmal normal zu erleben. Während sie bereits nach ihrer Tasse griff, setzte sie sich hin. Dann trank sie einen Schluck.

„In deinem Auto riecht es merkwürdig. Ich nehme an, dass die Polizei dort irgendwelche Chemikalien benutzt hat."

„Nein, das war nicht die Polizei. Mir ist da kürzlich ein Missgeschick passiert. Eine Flasche Desinfektionsmittel ist ausgelaufen. Ich weiß auch nicht, wie sich die Flasche öffnen konnte. Sie war neu, und ich hatte sie gerade erst gekauft."

„Desinfektionsmittel?", fragte Sam alarmiert.

„Ja, für das Badezimmer", erklärte Jan unbefangen.

Sam fragte sich, womit sie ihren Wagen reinigen würde, wenn sie eine Leiche darin transportiert hatte. Dann ermahnte sie sich selbst. Sie sah Gespenster. Auch sie hatte Desinfektionsmittel zuhause, sogar in rauen Mengen. Zum einen benötigte sie es, ebenso wie Jan, für ihre Toilette, und zum anderen desinfizierte sie nach jeder Session die benutzten Möbel in ihrem Studio. Warum sollte Jan kein derartiges Mittel haben, das sicher in den meisten Haushalten Deutschlands vorhanden war. Aber öffnete sich so eine Flasche von alleine? Ihr fiel das geschmolzene Eis in ihrem Kofferraum ein. Solche Dinge passierten jedem, warum also nicht auch Jan?

„Meinst du, die Polizei findet den Täter?", fragte Jan. Dabei sah er sie an, und Sam versuchte in seinen Augen zu lesen. Hatte der Mann Angst davor, dass der Täter gefunden werden konnte? Nein, ihr kam es nicht so vor, als würden seine Augen Furcht widerspiegeln.

„Wahrscheinlich. Und wenn nicht die Polizei, dann ich."

„Du willst deine Zeit dafür opfern?"

„Das ist immerhin etwas, was ich kann. Ansonsten gibt es nicht so viel, womit ich dir helfen kann."

„Du weißt aber nicht, wo du dabei hineingeraten könntest. Ich möchte nicht, dass du dich in Gefahr bringst. Lass' das bitte die Polizei aufklären, Samantha."

„Warum?", wunderte sich die Detektivin. „Du weißt, dass ich auf eine Art ermitteln kann, die der Polizei verschlossen ist. Ich als Privatperson muss mich nicht an so manche Regel halten, die einem Polizisten auferlegt ist."

„Wir wissen aber nicht, ob der Mörder am Ende auch auf dich losgeht. Wenn ich dich auch noch verlieren würde, dann bräche meine Welt endgültig zusammen."

„Keine Sorge, ich passe schon auf mich auf."

Eine Weile tranken sie still ihren Kaffee. Dabei überlegte Sam, wie sie ihre Fragen formulieren konnte, ohne Jan zu nahe zu treten. Vorsichtig begann sie: „Noch immer überlege ich, warum Deborah verschwunden ist. Es gibt so viele Dinge, an denen sie sich vielleicht gestört haben kann, ohne dass sie etwas gesagt hat." Sie ließ eine kurze Pause, und fragte dann: „Wie lief es eigentlich im Bett mit euch?" Sam versuchte, die Frage so nebensächlich wie möglich klingen zu lassen.

„Ich denke, es lief gut. Sie hat nie gesagt, dass sie nicht zufrieden ist. Worauf willst du hinaus?"

„Kann es sein, dass ihr unterschiedliche Vorlieben hattet?"

Entgeistert sah Jan sie an. „Was meinst du? Wir haben oft miteinander geschlafen und es hat beiden gefallen, zumindest glaube ich das. Was kann man denn da für unterschiedliche Vorlieben haben?"

Sie sah ihn nur an. Dann schien es ihm zu dämmern.

„Du meinst doch nicht …", brachte er hervor. „Das ist nicht dein Ernst, Sam. Wir waren zwei ganz normale Menschen, die sich geliebt haben. So etwas, wie du machst, gibt es doch nur in ganz bestimmten Kreisen."

War er wirklich so naiv? Genau so hatte sie ihn damals kennen gelernt, und dieser Eindruck ist bisher nie widerlegt worden. Er meinte es tatsächlich so, wie er es sagte.

„Es muss ja nicht unbedingt in die Richtung gehen, die ich praktiziere. Es gibt tausend verschiedene Spielarten. Vielleicht mochte sie etwas, das sie dir nicht sagen wollte, oder du mochtest etwas, das sie unangenehm fand."

„Was denkst du von uns?", sagte er beinahe aufgebracht. „Wir waren uns genug. Die Dinge, die du sicher als gewöhnlich bezeichnest, haben uns absolut ausgereicht und zufriedengestellt."

Sie nickte. „Es war wohl eine dumme Idee, danach zu fragen."

„Besser du als die Polizei. Bei dir kann ich mir sicher sein, dass da keine Unterstellung hinter steckt. Ich würde nur gerne wissen, was du dir von meiner Antwort erhofft hast."

„Naja, wenn es da irgendwelche Interessen von Deborahs Seite gegeben hätte, dann wüsste ich vielleicht, in welcher Richtung ich nach deinem eventuellen Nachfolger suchen sollte", log Sam. Tatsächlich hatte sie erfahren wollen, ob Jan etwas über Deborahs sehr intimen Verletzungen sagen konnte.

Er nickte. „Ich verstehe. Du lässt einfach nichts außer Acht."

„Zumindest versuche ich das", bestätigte Sam und dachte an Gregor, der das scheinbar noch viel besser als sie konnte. Die Fragen und Gedankengänge des Polizisten hatten sie letzte Nacht beeindruckt.

„Hast du eigentlich mal versucht, über dieses Kontaktforum, in dem sie inseriert hat, mit ihr in Verbindung zu treten?", fiel ihr zu fragen ein.

„Natürlich habe ich das", gab er offen zu. „Ich habe mir dafür einen falschen Namen ausgedacht und sie als Konrad Aldemann angeschrieben. Es kam aber nie eine Antwort."

„Wie lange ist das her?"

„Das war einen Tag, nachdem ich die Anzeige entdeckt habe."

Sam überlegte. Am Mittwoch vor genau einer Woche war er zu ihr gekommen, um ihr die Internetseite zu zeigen. Tags drauf lag Deborah auf den Gleisen und wurde vom ICE erfasst. Zufall?

„Wie bist du eigentlich auf die Anzeige gestoßen?" Auf die Antwort war Sam sehr gespannt.

„Die habe ich gar nicht selbst gefunden", erklärte er. "Ein brasilianischer Freund von mir sieht sich in deutschen Foren um, weil er eine brasilianische Frau sucht, die bereits in Deutschland lebt. Er hat mir den Link kommentarlos zugeschickt. Vermutlich ist er einfach bei seiner Suche darüber gestolpert."

„Hast du mal die Nachbarn gefragt, ob jemand gesehen hat, wie sie an dem besagten Abend gekommen und wieder gegangen ist?"

„Ich habe zu den Leuten hier nicht so viel Kontakt. Nur unsere direkten Nachbarn habe ich gefragt, und die sagen, sie hätten Deborah nicht gesehen."

Wo konnte sie nur ansetzen? Morgen war Donnerstag, da würde sie Maria in der Schule treffen können. Aber musste sie eigentlich solange warten?

„Du hast doch sicher die Adresse von Maria, oder?"

„Natürlich habe ich die. Aber da ich nicht möchte, dass du dich da reinhängst und dich in Gefahr begibst, werde ich sie dir nicht geben."

„Unsinn, ich bekomme die Adresse sowieso, also kannst du sie mir auch gleich geben."

„Und wenn dir am Ende etwas passiert, dann werde ich mir mein Leben lang Vorwürfe machen."

„Warum boykottierst du mich, Jan? Mir kommt es ja fast so vor, als wolltest du nicht, dass jemand die Wahrheit herausfindet." Mist, das hätte sie nicht sagen sollen. Trotzdem sah sie direkt und ernst in seine Augen. Ein betretenes Wegsehen, wonach sie sich eigentlich fühlte, würde Schwäche bedeuten, und diese gestand sie sich nicht einmal Jan gegenüber zu.

Er erwiderte den Blick ebenso fest. „Du glaubst aber nicht, dass ich der Mörder bin, oder?"

Sam konnte weder Zorn noch Vorwurf in seiner Stimme erkennen. „Nein, das glaube ich nicht. Aber du solltest verstehen, dass im Moment viel gegen dich spricht. Deswegen möchte ich die Wahrheit herausfinden, um dich entlasten zu können. Aber dafür brauche ich deine Hilfe. Wenn du mich blockierst, dann werde ich für jeden Schritt doppelt so lange brauchen, und ich weiß nicht, wie viel Zeit ich habe."

„Was meinst du damit, wie viel Zeit du hast?"

Sollte sie es ihm ganz direkt sagen? Momentan war er in einem erstaunlich guten Zustand. Wenn überhaupt, dann war jetzt der beste

Moment. „Bis sie dich festnehmen“, offenbarte sie ihm mit ruhiger Stimme.

„Sie haben keine Beweise gegen mich, und da ich es nicht getan habe, werden sie auch keine Beweise finden. Warum sollten sie mich also festnehmen?“

Auf den ersten Blick ein durchaus akzeptables Argument, aber Sam wusste es besser. „Hast du schon mal etwas von einem Indizienprozess gehört? Bisher haben sie dafür sicher noch nicht genug, aber wer weiß, was sie noch alles finden werden?“

Endlich schien er zu begreifen, in welcher Lage er sich befand. Seine Augen weiteten sich, und es machte den Eindruck, als würde seine ohnehin blasse Gesichtshaut noch mehr Farbe verlieren. Mit der linken Hand ergriff er sein Ohrläppchen und rieb es unbewusst. Es verstrich mindestens eine halbe Minute, bevor er eine Antwort darauf gab. „Ist es tatsächlich so schlimm?“

„Die meisten Mörder sind im Bekanntenkreis zu finden, und allzu viele Bekannte hatte Deborah nicht. Sie hatte dich verlassen, somit hast du ein Motiv. Für die Tatzeit hast du kein Alibi. Gerüchten zufolge hattet ihr oft Streit und Deborah fürchtete sich angeblich vor dir. Kurz bevor sie umgebracht wurde, hast du diese Anzeige im Internet entdeckt. Du könntest in einer Kurzschlussreaktion gehandelt haben.“

Jan dachte eine Weile nach, dann sagte er: „Okay, ich gebe dir die Adresse von Maria und Herbert. Aber du musst mir versprechen, auf dich aufzupassen.“

„Ich verspreche es dir.“

19 | Auftrag

Zwanzig Minuten später saß sie in ihrem 207er Cabriolet. Sie befand sich schon auf dem Weg nach Fechenheim, entschied sich aber kurzfristig um. Sie würde einen Übersetzer brauchen, denn wenn Maria den Kurs wiederholte, dann bedeutete dies, dass sie noch schlechter Deutsch sprach als Deborah. Der Mann von Maria schien ihr nicht der geeignete Übersetzer zu sein, weil der seine Frau vielleicht soweit wie möglich aus diesen Dingen heraushalten wollte. Daher war es doch besser, am nächsten Tag in die Sprachschule zu gehen und die Lehrerin um Hilfe zu bitten. Also schlug Sam den Weg nach Hause ein. Es war sicher gar nicht schlecht, einmal etwas früher ins Bett zu kommen. Die letzte Nacht und der vergangene Tag waren anstrengend gewesen. Eigentlich müsste sie auch noch etwas trainieren. Sie konnte und wollte es sich nicht leisten, aus der Form zu kommen.

Gerade als sie um Viertel nach sechs ihr Wohnzimmer betrat, klingelte das Detekteitelefon. Sie meldete sich mit ihrem Namen.

„Entschuldigen Sie bitte, dass ich so spät anrufe, aber mein Mann war bis eben da und ich konnte nicht sprechen. Hier ist Pranger."

„Guten Abend, Frau Pranger", begrüßte Sam ihre Kundin.

„Hätten Sie vielleicht morgen Vormittag Zeit? Ich habe durch Zufall mitbekommen, dass er morgen früh nicht im Büro sein soll. Angeblich ist er unterwegs. Aber ich habe ein Telefongespräch mitgehört, bei dem er für morgen früh ein Hotelzimmer reserviert hat. Er dachte, ich sei unten in der Waschküche. Welches Hotel das ist, kann ich nicht sagen, aber wenn Sie ihm folgen, wird er Sie hinführen."

„Wenn es sich um den Vormittag handelt, dann kann ich es einrichten. Um wie viel Uhr fährt er los?"

„Um halb acht", informierte sie Frau Pranger.

Mitten im Berufsverkehr. Das würde nicht leicht werden. Eigentlich bräuchte sie dafür zwei weitere Fahrzeuge. Es war ein wichtiger Job. Wenn Frau Prangers Mann wirklich mit seiner Freundin in ein Hotel ging, dann würde das ein eindeutiger Beweis sein, und sie durfte diesen Auftrag nicht verpatzen.

Schon mehr als einmal hatte sie Freunde von der Kampfsportschule dafür bezahlt, ihr bei einer Observierung zu helfen. Gerade bei längeren Fahrten musste man sich vorsehen, um nicht entdeckt zu werden. Da war es gut, wenn man das folgende Fahrzeug hin und wieder wechseln konnte.

Verfolgte man alleine, war es schwierig, über die komplette Strecke direkt hinter dem Fahrzeug bleiben, ohne aufzufallen.

„Steht sein Wagen in der Garage oder vor dem Haus?“, wollte Sam wissen.

„Er steht draußen“, erwiderte Frau Pranger. „Warum?“

„Für meine Planung muss ich wissen, wo ich ihn sehen werde“, gab Sam zurück, obwohl das nicht der wahre Grund war. Sie hatte vor, ein technisches Hilfsmittel einzusetzen. Dabei fiel ihr ein, dass sie sich schon seit langem um modernere Ausrüstung kümmern wollte. Der kleine Peilsender, den sie gebraucht von einem Detektiv in Hamburg gekauft hatte, bot nicht viel Komfort. Sam konnte damit lediglich feststellen, ob sie sich einem Objekt näherte, sich davon entfernte oder ob die Entfernung gleich blieb. Der Sender war immerhin stark genug, um durch die Mauern eines Parkhauses oder einer Garage hindurch zu kommen. Dazu war er extrem klein, besaß einen Magneten, mit dem man ihn beinahe in Nullzeit unter einem Auto befestigen konnte, und er war sehr zuverlässig. Allerdings konnte es sein, dass man eine Weile hin und her fahren musste, bis man das Zielobjekt wieder fand, sobald man es erst mal aus den Augen verloren hatte.

„Dann verlasse ich mich auf Sie“, hörte Sam die Kundin sagen.

„Tun Sie das“, sagte Sam mit überzeugter Stimme.

Nachdem sie aufgelegt hatten, widerstand Sam dem Drang, sofort ins Bett zu gehen. Stattdessen zog sie sich einen weißen Trainingsanzug an und trainierte eine Dreiviertelstunde lang ihre Muskeln. Anschließend schob sie eine Tiefkühllasagne in den Ofen, und dehnte während der Backzeit ihre Sehnen.

Als sie gegessen hatte, holte sie die Post aus dem Briefkasten, stellte fest, dass es nur Werbung war, und gab alles sofort zum Altpapier. Dann ging sie heiß duschen und fühlte sich danach völlig entspannt. Irgendwie war sie in positiver Stimmung. Morgen würde sie mal wieder etwas Geld verdienen, am Wochenende würde sie mit Michael Motorrad fahren, und Jan würde sie auch irgendwie helfen. Jetzt wollte sie sich aber ein wenig Zeit für sich gönnen.

Mit einem Lächeln im Gesicht holte sie das Tagebuch ihrer Mutter. Noch immer war sie nicht über den ersten Eintrag hinaus gekommen. Es war Zeit weiter zu lesen. Sie setzte sich im Schneidersitz auf die Couch und schlug das kleine Büchlein auf.

7. Juni 1981

Ich habe mir nun drei Tage lang Gedanken gemacht.

Es fällt mir nicht leicht, aber ich habe mich entschieden, ihm nichts zu sagen. Nichts würde schlimmer für mich sein, als wenn mein Mann nur wegen eines Kindes mit mir zusammen wäre. Vielleicht würde er gerne bei mir sein, aber ich wüsste es niemals mit Bestimmtheit. Die Zweifel, ob er wirklich mit mir glücklich ist oder nur aus Pflichtgefühl bei mir wäre, würden mich zerfressen. Und es gäbe keinen Weg, um die Wahrheit festzustellen.

Deshalb wird heute die Beziehung zu Frank Zaberl sterben. Er wird nie erfahren, dass er ein Kind hat. Ich werde es alleine großziehen und dabei Mutter und Vater gleichermaßen sein. Bisher habe ich noch immer geschafft, was ich wollte, und auch das werde ich hinbekommen.

Frank, ich werde dich immer im Herzen tragen und in unserem Kind werde ich dich immer bei mir haben. Es ist besser so.

Dieser Eintrag war kürzer als der erste. Kürzer und entschlossener. Es war also tatsächlich so, dass ihr Vater nichts von ihr wusste. Aber jetzt hatte Sam seinen Namen! Frank Zaberl. Wie mochte er wohl sein? Und aussehen? Was für eine Stimme hatte er? Und vor allem: Wie würde er wohl reagieren, wenn er erfuhr, dass er eine erwachsene Tochter hat? Sollte er es überhaupt erfahren? Was, wenn er eine Familie hatte? Das war doch sehr wahrscheinlich. Wie würde seine heutige Frau reagieren, wenn sie erfuhr, dass ihr Mann ein uneheliches Kind hatte?

Sam würde nicht unüberlegt anfangen, nach ihrem Vater zu suchen. Er konnte nichts dafür, dass er nie die Gelegenheit bekam, sich um sie zu kümmern. Es gab – zum Glück! – nichts, was sie ihm vorwerfen konnte. Und sie wollte auch nichts tun, was sich zu seinem Schaden entwickeln konnte. Sie hatte bisher ohne Vater gelebt, und würde das auch weiterhin tun können. Außerdem: Nun hatte sie ja einen Vater. Er hatte einen Namen bekommen, und er war rehabilitiert, was seine Fürsorge für Sam betraf.

Es war ein schönes Gefühl.

Bevor sie zufrieden ins Bett ging, stellte sie den Wecker auf drei Uhr. Die Straßen sollten möglichst leer sein, wenn sie den Sender an Herrn Prangers Wagen anbrachte. Sobald die Leute begannen, ihre Häuser zu verlassen, um zur Arbeit zu fahren, konnte sie sich nicht mehr unauffällig einem fremden Fahrzeug nähern.

Mit Gedanken an ihren Vater schlief sie ein. Im Gegensatz zu vielen anderen Menschen hatte sie keine Probleme damit, mit vollem Magen ins Bett zu gehen.

20 | Zufall?

Sie hatte das Auto in einer Parallelstraße geparkt. Mit schnellen Schritten lief sie die Ubierstraße entlang. Zunächst wollte sie sich ein Bild von der Umgebung machen. Die Häuser waren dunkel, kein einziges Fenster war erleuchtet. Hofheim schlief. Sehr gut.

Der Mercedes, den Sam schon von früheren Beobachtungen kannte, stand am Fahrbahnrand. Weder vor noch hinter ihm parkte ein anderes Auto. Das nächste Fahrzeug, ein dunkelblauer BMW, stand gute zehn Meter hinter Prangers Auto.

Nachdem sie die Straße fast komplett durchquert hatte, lief sie sehr langsam durch die Römerstraße, bog dann nach rechts in die Cimbernstraße, lief dort an ihrem Wagen vorbei, und erreichte über die Keltenstraße wieder ihre Zielstraße. Jetzt nahm sie ihr Handy in die eine Hand, den Peilsender in die andere. Es war nicht ihr normales Handy, sondern eines, welches sie extra für solche Zwecke aufhob. Ein Gespräch simulierend hielt sie das Telefon ans Ohr. Tatsächlich war es gar nicht möglich, mit diesem Gerät zu telefonieren, denn es war seit langem defekt. Sie ging langsam auf der rechten Straßenseite entlang, während das Zielfahrzeug auf der linken stand. In Höhe des Mercedes' überquerte sie die Straße und tat gleichzeitig so, als sei ihr Telefonat beendet. Als sie das Handy einstecken wollte, fiel es ihr zu Boden. Es schlug auf, und wie zufällig erwischte Sam es noch mit dem Fuß. Dadurch rutschte es wenige Zentimeter unters Auto, wo es liegen blieb. Mit einer schnellen Bewegung bückte Sam sich, griff unter den Mercedes, befestigte den Magneten mitsamt Sender, und holte das Handy hervor. Das alles ging so schnell, dass selbst ein aufmerksamer Beobachter bei den Lichtverhältnissen der Nacht nicht vermutet hätte, dass Sam dort mehr getan hatte, als ihr Telefon aufzuheben. Sie ging um das Auto herum auf den Gehweg und lief weiter. Bald war sie wieder an ihrem eigenen Wagen und setzte sich hinein.

Ein Blick auf die Uhr. Es war vier Uhr dreißig. In etwa drei Stunden würde Herr Pranger losfahren. Dafür lohnte es sich kaum, noch einmal nach Hause zu fahren. Sie startete den Motor und fuhr in die Ubierstraße. Dort stellte sie sich hinter den dunklen BMW. Den Platz hatte sie sich bereits bei ihrem ersten Gang durch die Straße ausgesucht. Herrn Pranger würde sie dort nicht auffallen. Wenn andere Leute sich Gedanken machen würden, warum eine Frau dort nachts in ihrem Auto saß, war es ihr ziemlich egal, solange niemand die Polizei rief. Aber warum sollte das jemand tun? Sie saß ja einfach nur in ihrem Peugeot und tat nichts.

Im Wagen stellte sie den Wecker ihres Handys auf Viertel vor sieben und die Rückenlehne ihres Sitzes weiter runter. Dann schaltete sie das Autoradio ein und betätigte den kleinen Schalter neben dem Gerät. Marc, ein guter Freund von Jan, der sich irrsinnig gut mit Elektronik und Elektrotechnik auskannte, hatte in akribischer Kleinstarbeit sämtliche Leuchtmittel in ihrem Radio vom normalen Stromkreis des Gerätes getrennt und mit diesem Schalter verbunden. So konnte sie Radio oder CD hören, ohne das man von außen ein Licht sah. Zum Bedienen musste sie die Beleuchtung immer einschalten, denn mit dem Trennen der Lichtstromzufuhr erlosch auch das Display.

Um das Beschlagen der Scheiben zu verhindern, öffnete sie ihr Fenster einen Spalt. Die kühle Septemberluft ließ sie frösteln. Aber sie war gut vorbereitet. Von hinten holte sie eine warme Wolldecke und kuschelte sich hinein.

Auf die leise Musik von Silbermond lauschend, versuchte sie zu schlafen. Es gelang ihr nicht. Sie dachte an Michael Höppel. Ob er es sich einrichten würde, am Samstag Motorrad zu fahren? Vielleicht hatte er ihr ja eine Nachricht hinterlassen. Da sie ohnehin nicht schlafen konnte, legte sie die andere SIM-Karte ins Handy und rief die Mailbox an. Warum gab es eigentlich keine Handys, die mit drei SIM-Karten funktionierten? Das hätte ihr Leben etwas einfacher gemacht. Es gab keine neue Nachricht. Dafür kam eine SMS herein:

hi. samstag geht leider nicht. lg micha

Irgendwie fühlte Sam sich plötzlich traurig, ohne es begründen zu können. Dann fuhren sie eben am Sonntag. Oder am nächsten Wochenende. Oder sonst irgendwann.

Sie wechselte erneut die SIM-Karte, versicherte sich, dass der Wecker ordnungsgemäß gestellt war, und versuchte erneut zu schlafen. Nach zehn Minuten gab sie es auf und sah sich nach einer Beschäftigung um. Bei einem Blick nach hinten sah sie, dass hinter dem Beifahrersitz noch ein paar alte Zeitungen lagen. Sie griff sich die oberste, testete, ob das Licht der Straßenlaternen zum Lesen ausreichte, befand es für genügend, und begann wahllos einen Artikel zu lesen. Danach blätterte sie unmotiviert in der Zeitung herum, bis ihr Blick von der Überschrift eines kleinen Artikels gefangen gehalten wurde.

Unbekannte Ausländerin vom Bus überfahren

In dem Artikel stand, dass am Nachmittag des fünfzehnten Aprils auf einer Landstraße im Taunus eine Frau aus dem Wald heraus direkt vor einen Reisebus gesprungen war. Ein Bild im Passfotoformat zeigte die Tote: eine hübsche Frau, die Sam auf knapp dreißig schätzte. Im Artikel stand nichts über die Landeszugehörigkeit, aber die Detektivin hätte sie instinktiv als südländischen Typ eingestuft. Ganz offensichtlich hatte es sich um einen Unfall gehandelt. Was Sam allerdings stutzig machte, war die Tatsache, dass nach sachdienlichen Hinweisen zur Identität der Frau gefragt wurde. Es war fast wie ein Déjà-vu, nur dass diesmal nicht Deborahs Bild in der Zeitung zu sehen war, sondern ein anderes. Aufmerksam las Sam den Artikel nochmals. Außer dem Busfahrer hatten noch mehrere Fahrgäste gesehen, wie die Frau auf die Straße gesprungen war. Scheinbar war sie bergab durch einen Wald gerannt, und hatte an einer Böschung nicht mehr stoppen können. So war sie hinab gestürzt und unmittelbar unter die Räder gekommen.

‚Warum rennt eine unbekannte, offenbar ausländische Frau durch einen Wald?‘, fragte sich Sam. ‚Bei einem Spaziergang wäre sie sicher nicht gerannt.‘

Sie grübelte lange über diese Frage, fand jedoch keine Antwort. Sie würde Gregor fragen, ob er etwas darüber wusste. Es war zwar schon fast fünf Monate her, aber vielleicht konnte er sich ja trotzdem noch daran erinnern. Vor allem interessierte es sie, wo diese Stelle war, an der die Unbekannte so plötzlich aus dem Wald aufgetaucht sein musste. ‚Eine Landstraße im Taunus …‘, dachte Sam. ‚Und die Stelle, wo Deborah auf den Schienen lag, war auch im Taunus.‘

Gab es da einen Zusammenhang? Unsinn, das war zu weit hergeholt. Sie warf die Zeitung wieder nach hinten und schloss die Augen. Am besten versuchte sie, doch noch ein wenig zu schlafen, denn die Müdigkeit untergrub scheinbar ihren klaren Menschenverstand. Bei Deborah war es ganz offensichtlich kein Unfall gewesen, während es bei der anderen Frau zahllose Zeugen dafür gab, dass es einer gewesen war. Tief durchatmend schloss sie die Augen. Zwei Minuten später öffnete sie sie wieder, griff nach hinten, holte sich die Zeitung wieder, und prägte sich das Datum ein: der fünfzehnte April. Abermals flog die Zeitung hinter den Beifahrersitz, und in einem letzten Versuch zu schlafen ließ Sam ihre Lider wieder herabsinken. Ihre Gedanken kreisten von Jan zu Deborah, dann weiter zu dem Zeitungsartikel, zu der Sprachschule, und wieder zurück zu Jan. Wann war Deborah nach Deutschland gekommen? War das nicht im April gewesen? Hatte Jan nicht früher einmal eine andere brasilianische Bekannte erwähnt? Er sprach schon lange nicht mehr von ihr. Seit April? Sam wusste es nicht mehr. Wie hatte die Bekannte noch geheißen? Auch das fiel ihr nicht ein. Gesehen hatte Sam diese Bekannte nie. Sie hatte auch keine Ahnung, wie gut die Freundschaft zu Jan gewesen war.

Die Zeit verrann so langsam, als hätte jemand den Zeitlupenmodus eingeschaltet. Obwohl Sam müde war, konnte sie nicht schlafen, und sie mochte es nicht, wenn sie sich über etwas Gedanken machte, das sie momentan ohnehin nicht lösen oder ändern konnte.

Michael Höppel fiel ihr wieder ein. Irgendwie war sie von ihm beeindruckt, aber warum?

Ganz egal, er war ein netter und lustiger Kerl, mit dem das Motorradfahren viel Spaß machte.

Warum dachte sie eigentlich so gut wie gar nicht an Michaels Kumpel? Gerhard war ebenso nett und hatte auch Humor. Mit ihm konnte man ebenfalls sehr viel Spaß beim Fahren haben.

Ihre Müdigkeit schien ihren Geist zu verwirren. Sam zwang ihre Gedanken in eine andere Richtung. Nika. Dieses freche Mädchen! Ein Schmunzeln stahl sich auf Sams Lippen, als sie an Nika dachte. Die Kleine hatte sie tatsächlich überrumpelt. Aber sie war so ausgelassen und unbeschwert, dass ihre Gesellschaft wahrlich erfrischend war. Irgendwie freute sie sich auf Samstag. Plötzlich lachte sie laut auf, wobei ihr die eigene Stimme in der Stille der Nacht irgendwie unwirklich vorkam. Was hätte sie nur getan, wenn Michael für Samstag zugesagt hätte? Da war sie doch mit Nika verabredet. Es wäre eine wirklich unangenehme Situation für Sam geworden. Sie musste unbedingt an sich arbeiten und bei persönlichen Dingen nicht immer aus dem Bauch heraus irgendwelche unsinnigen Dinge machen. Aber es war ja noch einmal gut gegangen.

Gegen halb sechs goss sie sich einen Becher Kaffee aus der mitgebrachten Thermoskanne ein und trank ihn langsam.

Es hatte angefangen zu regnen. Die auf das Dach trommelnden Tropfen erzeugten eine einschläfernde Geräuschkulisse, doch jetzt war es zu spät zum Schlafen. Sam hoffte, dass der Regen bald aufhörte, denn sonst musste sie ab sieben Uhr den Scheibenwischer laufen lassen, um Herrn Pranger in keinem Fall zu verpassen. Sie leerte ihren Becher und schraubte den Deckel wieder auf die Kanne.

Dann testete sie das Empfangsteil ihres Peilgerätes. Kurz nach dem Einschalten piepste es, und eine beleuchtete, analoge Anzeige gab Aufschluss über die Empfangsstärke. Da es zu funktionieren schien, stellte sie es wieder ab. Die Beleuchtung des Gerätes erlosch.

Sie musste sich unbedingt besser ausrüsten. Es gab mittlerweile fantastische Technik, die halbwegs erschwinglich war. Ihr Problem war nur, dass sie überhaupt kein Elektronikfreak war. Ein hochgezüchteter Vierzylindermotor konnte sie begeistern, aber ein Autoradio mit der Leistung einer Konzertbeschallungsanlage oder eine elektronische Einparkhilfe brauchte sie nicht.

Selbst ihr Computer war für sie nur Mittel zum Zweck. Ihn benötigte sie für Internetrecherchen, um Emails auszutauschen, für ihre Buchhaltung. Die Computernutzung zur Zerstreuung war ihr fremd.

Aber wenn sie langfristig einen guten Job machen wollte, sollte sie sich mit der Technik anfreunden.

Einen Moment lang überlegte sie. Am Nachmittag würde sie schon nicht mehr daran denken, weil es bei ihr keinen wirklich wichtigen Stellenwert einnahm. Sie nahm kurzerhand ihr Handy, buchte sich über UMTS ins Internet ein, und schickte sich selbst eine elektronische Mail nach Hause, die sie dran erinnern würde, sich um entsprechende, neue Kataloge zu kümmern.

Um Viertel nach sieben war es endlich soweit. Seit fünfzehn Minuten hatte Sam sich auf den Eingang des Hauses konzentriert, und nun kam Herr Pranger endlich heraus. Eine Viertelstunde früher als erwartet. Der Regen hatte nicht aufgehört, sondern war noch stärker geworden. Sams Scheibenwischer arbeiteten auf der schnellsten Stufe. Nun regnete es so stark, dass es schon wieder eine Hilfe war. Herr Pranger beeilte sich, zu seinem Auto zu kommen. Ein Blick für seine Umwelt hatte er dabei nicht.

Ein Blick in den Rückspiegel zeigte Sam, dass sich von hinten ein Fahrzeug näherte. Da sie bei diesem Wetter zunächst niemanden zwischen sich und Pranger haben wollte, setzte sie den Blinker und zog soweit aus der Parklücke heraus, dass die Straße für den rückwärtigen Verkehr blockiert war. Dann wartete sie darauf, dass Pranger losfuhr. Das dauerte so lange, dass ihr Hintermann schon zweimal aufgeblendet hatte, um sie weiter zu scheuchen. Endlich setzte sich der Mercedes in Bewegung. Sam hängte sich dran und schaltete sowohl den Empfänger als auch die Radiobeleuchtung ein.

Sie dankte dem Wettergott. Während sie eigentlich eine Sonnenanbeterin war, konnte ihr für eine Verfolgung nichts Besseres passieren als dieser unerhörte Regen, der die Sicht soweit herabsetzte, dass man Fahrzeuge im Rückspiegel zwar wahrnehmen, in keinem Fall aber identifizieren konnte.

Wie Sam vermutet hatte, ging es auf die A66 in Richtung Frankfurt. Bei gutem Wetter wäre sie nun so langsam gefahren, dass eine Lücke zwischen ihr und Pranger entstand, die sicher bald wieder gefüllt worden wäre. Bei diesem Wetter konnte sie sich das sparen.

Die Fahrt wurde anstrengend, denn zahllose morgendliche Pendler verstopften die Autobahn. Tausende von Bankern, Informatikern, Telekommunikationsspezialisten und Arbeitern vieler anderer Branchen fielen jeden Tag wie die Ameisen in die Main-Metropole ein, um am Abend die Straßen in die entgegengesetzte Richtung in ein Chaos zu verwandeln. Zäh bewegte sich die Autokolonne in einem ewigen Stopp-and-go vorwärts. Irgendwann kam der Fluss ganz zum Erliegen, und ein Polizeifahrzeug passierte sie auf dem Standstreifen. Ein paar Minuten später quälte sich noch ein Abschleppwagen vorbei, dann geschah eine Weile nichts mehr. Der Verkehrsfunk meldete einen Unfall auf der A66.

Nachdem es endlich weiterging, passierten sie knapp einen Kilometer später die Unfallstelle, an der nur noch eine Spur befahrbar war. Danach ging es zügiger voran, was aber noch immer langsam war, da viele Autofahrer dem Wetter Rechung trugen und regelrecht über die Straße krochen. In Höhe des Frankfurter Spargels, einst höchster Turm Deutschlands, nahm Pranger die Ausfahrt Eschersheim/Ginnheim. Die Richtung, die er nun einschlug, war nicht mehr so stark befahren wie die Wege in die Innenstadt. Dann ging es ein Stück in Richtung Oberursel, vorbei am Niddapark, bis der schwarze Mercedes zielstrebig das Nordwestzentrum anfuhr. In dem mehrspurigen Kreisverkehr um das Einkaufszentrum hielt Sam etwas größeren Abstand. Der Mercedes zog auf die linke Spur und schickte sich an, in das Parkhaus zu fahren. Vielleicht wollte er noch etwas einkaufen? Eine kleine Überraschung für seine Freundin? Dabei würde es nicht erforderlich sein, ihm ständig auf den Fersen zu bleiben. Sollte er in Ruhe shoppen gehen. Sam blieb auf einer der äußeren Spuren und drehte eine Ehrenrunde auf dem großen Kreisel. Dann begab auch sie sich in das Parkhaus. Langsam fuhr sie es der Länge nach ab. Das Signal des Empfängers wurde immer stärker, aber Sam konnte den Mercedes noch nicht ausmachen. Nach der Parkreihe, die mit dem Buchstaben G gekennzeichnet war, wurde das Signal plötzlich wieder schwächer. Okay, er musste also dort stehen. Als sie bei der Reihe H nach rechts einbog, hielt sie nach einem Parkplatz auf der rechten Seite Ausschau. Fast am Ende der Reihe fand sie einen und stellte ihren Peugeot hinein. Dabei war das Signal kontinuierlich stärker geworden. Drei Fahrzeuge weiter stand er.

Der Mercedes war leer. Sam blickte sich um. Pranger war nicht zu sehen, dafür fiel Sam etwas ins Auge, das ihr ihren Irrtum klar machte: Ein paar Meter weiter war der direkte Zugang zum Hotel Courtyard. Hätte Pranger einkaufen gehen wollen, wäre seine Wahl wahrscheinlich auf einen anderen Parkplatz gefallen, der näher an den Zugängen zum Einkaufscenter lag. Daher ging Sam davon aus, dass er sein endgültiges Ziel erreicht hatte. Der Treffpunkt war im Courtyard.

Sam blieb noch eine Weile im Auto sitzen, dann stieg sie aus und ging zum Hoteleingang. Nach ein paar Metern ging es durch eine weitere Glastür, dann stand die Detektivin vor den beiden Aufzügen. Der rechte befand sich bereits im Parkdeck und sie stieg ein. Offenbar gelangte man von hier aus direkt in alle Stockwerke, sodass man nicht an der Rezeption vorbei musste, wenn man in sein Zimmer wollte. Das kam Sam sehr gelegen, und sie probierte gleich aus, ob sie beispielsweise ins zweite Obergeschoss fahren konnte.

Sie wurde enttäuscht. Egal wie oft sie auf den Knopf drückte, der Fahrstuhl reagierte nicht. Resigniert drückte Sam auf den Knopf, neben dem ein kleines Schild die Rezeption versprach. Diesmal setzte sich die Kabine in Bewegung. Als sie wieder hielt und die Tür den Weg freigab, betrat Sam einen großen Raum. Rechter Hand befand sich die Rezeption, davor standen einige beigefarbene und rote Stühle. Der Empfang war von einer jungen Frau besetzt. Durch eine schwarz geränderte Brille sahen Sam zwei große, braune Augen entgegen.

„Guten Tag“, grüßte die Hotelangestellte.

„Guten Tag“, erwiderte Sam. “Können Sie mir sagen, ob Herr Pranger schon eingetroffen ist?“

„Er ist vor zehn Minuten gekommen“, antwortete die Frau, auf deren Schild am Jackett 'Frau A. Klein' stand. „Soll ich ihn anrufen?“

Frau Klein war schon im Begriff den Hörer abzuheben, als Sam abwehrend ihre Hände hob. „Um Himmels willen, nein! Es soll eine Überraschung sein. Heute ist sein zehnjähriges Firmenjubiläum, und ich warte noch auf weitere Kollegen. Seine Frau hat uns den Tipp gegeben, dass sie heute hier sein werden. Ich nehme an, sie ist bei ihm?“

„Ja, sie sind zusammen gekommen.“

„Gut. Ich werde noch eben etwas besorgen. Wenn meine Kollegen kommen, sollen sie bitte auf mich warten. In welchem Zimmer ist Gerd? Ich meine Herr Pranger?“

„In Zimmer 408“, kam ohne Zögern die Antwort.

Gut, Sam war offenbar überzeugend gewesen. „Prima“, antwortete die Detektivin, „vielleicht sollten wir auch ein Zimmer nehmen, damit wir alles vorbereiten können.“

„Wenn Ihnen das nicht zu teuer ist“, sagte die Rezeptionistin zweifelnd.

„Oh, sie glauben gar nicht, wie viel wir für ihn gesammelt haben. Da ist ein Zimmer sicher noch drin. Haben Sie vielleicht noch eins auf dem gleichen Stockwerk?“

„Möchten Sie ein Kingsize, ein Queensize oder ein Twin?“

Ohne sich zu erkundigen, was die Unterschiede zwischen den Variationen waren, sagte Sam: „Das ist mir gleich, wir wollen ja nicht darin übernachten. Je näher es an Gerds Zimmer ist, umso besser.“

„Einen Moment“, sagte Frau Klein, und vertiefte ihren Blick in die Zimmerliste. Dann lächelte sie und bot an: „Ich kann Ihnen Zimmer 402 geben. Es ist zwar links vom Aufzug, während 408 rechts davon ist, aber es sind wirklich nur ein paar Meter, die die beiden Zimmer voneinander trennen."

„Perfekt, das nehme ich!"

Sam füllte die Anmeldung aus und bat darum, im Voraus bezahlen zu dürfen. Dann bekam sie eine Karte, die als Schlüssel diente. Mit der sollte sie in der Lage sein, mit dem Fahrstuhl direkt in alle Stockwerke zu fahren.

„Vielen Dank. Und verraten Sie uns bitte nicht, wenn er noch einmal herunter kommen sollte. Bis später dann", sagte Sam, drehte sich um und verließ das Hotel.

In der Tiefgarage suchte sie ihr Auto auf und entnahm ihm eine kleine Digitalkamera, ein Diktiergerät, sowie ein zusätzliches Handy, welches eine passable Videoaufnahmequalität erzielte. Dazu steckte sie vier Ersatzakkus für das Handy ein. Erneut ging sie zu dem Hoteleingang. Diesmal ließ sie sich vom Fahrstuhl direkt in die vierte Etage bringen, wozu sie ihre Zimmerkarte in einen kleinen Schlitz im Bedienfeld einführen musste.

Als sie aus der Fahrkabine trat, kam ihr ein Zimmermädchen mit einem Putzwagen entgegen. Die beleibte Frau stieg in den Aufzug und verschwand. Sam wandte sich nach rechts und suchte Prangers Zimmer. Sie fand es auf der linken Seite des Ganges.

Pranger und die Frau würden einige Stunden im Hotel verbringen. In dem angemieteten Zimmer 402 hätte sie nicht früh genug mitbekommen, wenn sich die Tür von Prangers Zimmer geöffnet hätte. Ihr blieb also nichts anderes übrig, als sich im Gang herumzudrücken. Zunächst stellte sie das Profil ihres Handys auf lautlos. Dann schaltete sie das zweite Handy ein und bereitete es für die Aufnahme eines Films vor. Auch dieses Gerät war durch die Finger von Marc gegangen, der das Aufleuchten der roten Aufnahme-LED unterbunden hatte. Ein solches Signallicht hätte sie sofort verraten. Das Abdecken des Lichtes mit einem Finger war Sam zu unsicher. Zu schnell war der Finger mal verrutscht.

Zunächst durchschritt sie den Gang von einem Ende zum anderen, wobei sie die Türreihe aufnahm, unter der sich auch die Tür zu Prangers Zimmer befand. Dieser kleine Film würde ihr als Referenz dienen. Mit ihm konnte nachgewiesen werden, wie viele Türen vor und nach Prangers Zimmer noch kamen, und wie die einzelnen Zimmernummern lauteten. Egal, aus welcher Position sie später die Aufnahmen machen musste: Es würde immer irgendein Detail zu sehen sein, welches beweisen würde, aus welchem Zimmer Pranger und seine Freundin gekommen sind. Selbst wenn sie das Hotel getrennt verließen und Sam beide von unterschiedlichen Positionen aus filmen musste, würde es keinen Zweifel geben.

Jetzt fing das große Warten an. Zum Glück war am Vormittag nicht allzu viel los. In den annähernd vier Stunden, die Sam wartete, bekam sie nur sechs Mal irgendwelche Leute zu Gesicht. Jedes Mal tat sie so, als würde sie telefonieren und dabei langsam den Gang hinunter schreiten, ganz gemächlich. Kein ungewöhnliches Bild in einem Hotel. Einer der Männer, der gegen neun Uhr sein Zimmer aufgesucht hatte, lief ihr um kurz nach elf erneut über den Weg. Nun musste sie sicherstellen, dass der Fremde nicht argwöhnisch wurde. Wenn er an der Rezeption eine entsprechende Bemerkung machte, konnte es sein, dass ein Hotelangestellter kam und sie ansprach. Sollte genau in dem Moment eine ihrer Zielpersonen das Zimmer verlassen, würde sie keine Aufnahmen machen können.

Ohne nervös zu werden sagte die Detektivin zwar gedämpft, aber immerhin laut genug, dass der Mann sie deutlich verstehen musste: „Schatz, wir telefonieren jetzt seit fast drei Stunden. Ich muss wieder runter. Sei mir nicht mehr böse, ja?"

Als der Mann sie mit einem mitleidigen Blick bedachte, verdrehte Sam die Augen und machte mit der freien Hand eine resignierte Geste. Mister Störenfried lächelte und zwinkerte ihr zu.

„Nein, Schatz", fuhr Sam dann fort, „ich will dich nicht abwimmeln. Lass uns heute Abend darüber sprechen!"

Sie machte eine Pause, während der Mann sich entfernte, und fing kurz darauf wieder an: „Aber ich …" Erneute Pause. „Lass mich ausreden, verdammt noch mal!"

Jetzt hörte sie, wie die Fahrstuhltür sich öffnete.

„Hör zu, in dem Ton werde ich mich nicht weiter mit dir unterhalten!“ Schließen der Aufzugtür. Geschafft!

Da Sam die Kamera des Handys kontinuierlich laufen hatte, um den richtigen Zeitpunkt nicht zu verpassen, war der Stromverbrauch immens. Zwei Akkuwechsel später wurde ihre Geduld belohnt. Die beim Filmen eingeblendete Uhrzeit zeigte 11:52 Uhr, als sich die Tür von 408 öffnete. Sam stand gerade an dem Ende des Ganges, welches vom Aufzug am weitesten entfernt lag. Das Handy, welches sie ans Ohr hielt, hatte sie so ergriffen, dass die Linse genau zwischen Zeige- und Mittelfinger hindurchfilmte. Die Haltung des Handys sah sicher nicht sehr natürlich aus, denn immerhin musste sie die Linse in die richtige Richtung halten. Zum Glück achteten die meisten Menschen nicht so genau auf Fremde.

Ihr simuliertes Gespräch musste sie jetzt extrem kurz halten, falls Pranger oder seine Freundin etwas sagten, was auf der Aufnahme zu hören sein sollte. Ein kurzes „Nein, ich glaube nicht“ musste reichen.

Zunächst erschien Gerd Pranger. Sam fing an, den Gang entlang zu schreiten, während er sich zu seinem Zimmer drehte und sagte: „Lege dich noch ein bisschen schlafen, meine kleine Butterblume, und träume von mir.“

Dann hatte Sam mehr Glück, als sie zu hoffen gewagt hatte. Zwei schlanke Arme reichten aus dem Zimmer, und schlangen sich um Prangers Hals. Ein handtuchumwickelter Frauenkörper folgte und schmiegte sich an den Mann. Der Kuss, der folgte, konnte nur als innig bezeichnet werden. Wenn Sam es richtig einschätzte, dann hatte sie eine Großaufnahme davon. Kurz darauf war sie an den beiden schon vorbei. Mit unveränderter Geschwindigkeit lief sie zum Aufzug, und sagte hin und wieder „ja“ oder „doch, doch“ oder „ich weiß nicht“. Dann kam der Fahrstuhl und Sam konnte alleine nach unten fahren. Jetzt machte sie noch ein paar Bilder von dem Mercedes aus diversen Blickwinkeln. Außerdem nahm sie den kleinen Sender wieder an sich.

Im Auto sah sie sich ihr Werk an und lächelte zufrieden. Von dem Geld, das sie mit dem Auftrag von Frau Pranger verdiente, konnte sie zwei volle Raten von ihrem Hauskredit bezahlen, und das auch dann noch, wenn sie ein Drittel für die Steuer zurücklegte. Nachdem der Mann von Sams Auftraggeberin eine Viertelstunde später weggefahren war, ging Sam hinauf, um die Karte für ihr Zimmer abzugeben.

21 | Maria und Herbert

Der Schlafmangel ließ den Tag für Sam endlos lang erscheinen. Am frühen Nachmittag hatte sie sich mit Frau Pranger getroffen und ihr eine DVD mit den Filmaufnahmen übergeben. Dafür hatte Sam mittags die wichtigsten Szenen zusammengeschnitten und Bilder von Herrn Prangers Auto in der Tiefgarage hinzugefügt. Ihre Kundin war sehr zufrieden und gab bekannt, dass sie noch am selben Abend ihren Mann vor die Tür setzen wollte. Außerdem bezahlte sie Sam, die eine abschließende Rechnung mitgebracht hatte, in bar.

Nach dem Treffen war Sam nach Frankfurt gefahren, hatte in Niederrad bei Da Cimino eine Pasta gegessen, und befand sich jetzt in der Sprachschule.

Auch die Lehrerin von Marias Klasse war hilfsbereit. Allerdings war das Gespräch mit der ehemaligen Mitschülerin von Deborah relativ kurz. Innerlich hatte Sam sich das Bild von einer hysterischen Frau vorgestellt, die schlangenzüngig Spaß daran hatte, Schlechtes über andere zu verbreiten. Die Realität sah jedoch anders aus. Maria gab sich hilfsbereit und erklärte, sie wollte gerne weiterhelfen. Allerdings hätte sie Angst, dass sie irgendwas falsch wiedergab. Sie wollte niemandem schaden, und sich daher für ein Gespräch lieber Zeit nehmen. Die knapp zehn Minuten bis zum Unterrichtsbeginn reichten ihr nicht, und sie schlug vor, dass Sam nach dem Unterricht mit zu ihr nach Hause kam. Sie würde auch einen guten, brasilianischen Kaffee machen. Obwohl Sam hundemüde war, nahm sie das Angebot an.

Während Maria im Unterricht saß, schlenderte Sam vor der Schule herum. Dabei blieb sie immer soweit in der Nähe ihres Autos, dass sie es im Auge behalten konnte, versuchte aber weit genug entfernt zu bleiben, dass sie nicht auffiel. Ihr Wagen parkte an ähnlicher Stelle beim letzten Mal, und Sam hoffte inständig, dass dieser verfluchte Kerl, der ihr den Reifen zerstochen hat, es noch einmal probieren würde. Diesmal würde sie ihn schnappen.

Nach einer langen Zeit des untätigen Wartens lief ein junger Mann die Straße entlang und betrachtete jedes Auto. Langsam näherte er sich dem Peugeot, und blieb tatsächlich vor ihm stehen. Einen Moment zögerte er, dann umkreiste er den Wagen, wobei er scheinbar jedes Detail einer genauen visuellen Inspektion unterzog. Sam schätzte ihn auf etwa dreißig Jahre. Sein unrasiertes Gesicht wurde von mittellangen, dunklen Haaren umrahmt. Die Statur war drahtig. Aus der Entfernung vermutete Sam, dass er mindestens einen Kopf größer war als sie. Bevor sie zielstrebig auf ihn zuging, machte sie noch ein Foto von ihm. Kurz bevor sie das Auto erreichte, steckte der Mann die rechte Hand in seine Jacke.

‚Jetzt holt er sein Messer heraus', dachte Sam, und beschleunigte ihren Schritt. Es trennten sie nur noch drei Schritte von dem Mann, als seine Hand wieder auftauchte – nicht mit einem Messer, sondern mit einer kleinen Visitenkarte. Er war schon im Begriff, sie unter den Scheibenwischer zu klemmen, als er Sam bemerkte. Sein Gesicht wurde freundlicher, als er inne hielt und sich an Sam wandte.

„Ist das Ihr Auto?", fragte er mit einem Lächeln.

„Allerdings", antwortete Sam, und blieb einen Schritt vor dem Mann stehen. Sie musterte ihn, und behielt seinen ganzen Körper im Auge, um einen Angriff frühzeitig zu erkennen.

„Wollen Sie ihn verkaufen? Ich bin Autohändler und suche gerade für einen Kunden ein Cabriolet."

„Geben Sie mir Ihre Karte, ich werde es mir überlegen." Dabei streckte sie die Hand nach dem Kärtchen aus und der Mann reichte es ihr. Sie trat einen Schritt zurück und las, was darauf stand: *Möchten Sie Ihr Auto verkaufen? Ich zahle Höchstpreise! Rufen Sie mich an. Ivo Sangermann.* Außerdem stand noch eine Telefonnummer darauf.

Okay, er war offenbar harmlos, und wenn nicht, hatte sie ja nun Kontaktdaten von ihm.

„Rufen Sie an", sagte er, „ich mache einen guten Preis." Bei diesen

Worten drehte er sich auch schon um und zog weiter seines Weges. Bei einem MX5 eine Straßenecke weiter hielt er noch einmal.

Als Maria aus der Schule kam, war es bereits dunkel. Mit einem freundlichen Lächeln kam die Frau, die ein ganzes Stück älter als Sam sein musste, auf die Detektivin zu.

Leider war die Lehrerin nicht dabei, und Sam hoffte, dass sie ausreichend mit der Brasilianerin kommunizieren konnte, um den Weg zu ihr nach Hause besprechen zu können.

„Sie kommen hinter mir“, sagte Maria.

„Sie müssen nicht mit dem Bus fahren. Ich bin mit dem Auto da und kann Sie nach Hause fahren“, erklärte Sam langsam und bemühte sich um eine klare Aussprache.

„Ja, Auto hinter mir.“ Maria nickte, und lief los. Sam folgte ihr und bewunderte dabei die Haare, die Maria bis zum Poansatz reichten. Der dunkelblaue Hosenanzug, den die Frau trug, sah elegant und teuer aus.

Zwanzig Schritte später hielt sie prompt bei dem gelben MX5, den sich der Autohändler zuvor angesehen hatte. Während Maria ihren Schlüssel aus der Tasche holte, lächelte sie Sam an und sagte: „Auto.“

Natürlich, warum sollte Maria nicht selbst mit einem Auto hier sein? Ihr brasilianischer Führerschein hatte hier vermutlich auch Gültigkeit. Die Detektivin meinte sich zu erinnern, dass er nach sechs Monaten Aufenthalt umgeschrieben werden musste, wenn die Frau in Deutschland bleiben wollte. Sie konnte sich aber auch irren und es war ein ganzes Jahr.

Während Maria die Karte des Gebrauchtwagenhändlers unter dem Scheibenwischer hervorholte und achtlos zu Boden warf, signalisierte Sam ihr Verständnis mit einem Nicken. „Gut, ich hole mein Auto“, gab sie bekannt und wandte sich ab. Bald fuhren sie hintereinander durch Frankfurt. In Fechenheim bog Maria in eine kleine Seitenstraßen mit Einfamilienhäusern. In der Garageneinfahrt eines dieser Häuser hielt sie, und Sam stellte sich auf einen freien Parkplatz.

Das mintfarben gestrichene Haus war im Stil der 70er Jahre erbaut. Die Tür stand bereits offen, als Sam sie erreichte. Maria war in den Armen eines Mannes versunken, und ein langer Kuss wurde ausgetauscht. Als die beiden sich voneinander lösten, sah der Mann zu Sam und begrüßte sie: „Hallo. Sie müssen die Polizistin sein."

Er war also bereits informiert. Die Detektivin musterte den Mann. Sein Blick war freundlich und aufmerksam. Die Gestalt, die weder dick noch dünn war, trug eine schwarze Stoffhose und ein langärmliges, gut geschnittenes, weißes Hemd. Auf der Brust glänzte eine goldene Panzerkette. Die kurzen Haare, die eine Halbglatze einrahmten, waren ebenso grau wie die des gepflegten, kurzen Vollbarts.

„Nicht ganz", widersprach Sam. „Ich bin Privatdetektivin und versuche, die Polizei ein wenig zu unterstützen."

„Eine Privatdetektivin? So etwas gibt es tatsächlich in Deutschland?" Seine Augen verrieten Neugier, während er weitersprach. „Wie wird man denn Detektiv?"

„Ach, das ist eine sehr lange Geschichte", wich Sam aus, während sie die entgegengestreckte Hand ergriff. Der Händedruck war kurz und fest.

„Ich bin Herbert Storckmann", stellte er sich vor.

„Samantha Veselkova."

Sie wurde in ein modern eingerichtetes Wohnzimmer geführt, wo sie sich auf ein beigefarbenes, zweisitziges Sofa setzte. Herbert und Maria setzten sich auf einen entsprechenden Dreisitzer ihr gegenüber, wobei die Frau sich behaglich an ihren Partner kuschelte.

Sam bemerkte Löcher in seinen Ohren, die aber nicht beringt waren.

„Wir versuchen, Ihnen so gut wie möglich zu helfen", erklärte Herbert. „Deborah war eine sehr liebe Frau, und wir sind tief betroffen von dem, was passiert ist. Wenn Sie Fragen an Maria haben, dann werde ich übersetzen."

„Vielen Dank, dass Sie sich die Zeit nehmen. Hauptsächlich interessiert mich, was es mit Deborahs Äußerungen auf sich hat, dass sie und ihr Freund sich oft gestritten haben. Ich habe den Eindruck gewonnen, dass Deborah mit Maria sehr gut befreundet war, und sie ihr daher ein paar Dinge erzählt hat, die sonst keiner weiß."

„Wenn ich dazu etwas sagen dürfte?“ Fragender Blick.

„Ich bitte darum“, forderte Sam ihn auf.

„Maria spricht nicht gerne darüber, weil sie Angst hat, dass sie sich falsch ausdrückt oder dass jemand wegen ihr Ärger bekommt. Meine Frau sieht in jedem Menschen nur das Beste und will auch für jeden nur Gutes. Aber natürlich erzählt sie mir von den Dingen, die sie beschäftigen. Sie hatte recht engen Kontakt zu Deborah und sorgte sich um sie. Deborah war eine äußerlich sehr starke Frau, doch innerlich ging es ihr wohl nicht sehr gut. Sie saß hier, in einem ihr fremden Land, und war gezwungen bei einem Mann zu bleiben, der offenbar völlig anders war, als sie gedacht hatte. Jan hatte sie in Brasilien kennen gelernt, als er auf Urlaub dort war. Damals war er sehr charmant und äußerst feinfühlig gewesen, weshalb sie sich in ihn verliebt hatte. Aber hier in Deutschland benahm er sich scheinbar völlig anders. Es musste alles genauso gemacht werden, wie er es bestimmte. Die Toleranz, die sie in sein Verhalten im Urlaub hineininterpretiert hatte, war kaum vorhanden. Ständig passte irgendwas nicht, egal was sie machte oder wie sie es machte. Mit ihren Fortschritten beim Erlernen der deutschen Sprache war er unzufrieden und trieb sie immer wieder zu mehr Fleiß an. Dabei müssen Sie wissen, dass Deutsch für Brasilianer keine einfache Sprache ist. Maria wiederholt den Einführungskurs, und ich habe kein Problem damit. Mein Portugiesisch ist sehr gut und wir können uns wunderbar unterhalten. Bei Deborah und Jan war das nicht anders. Ich habe ihn selbst kennen gelernt, und er spricht die fremde Sprache fast besser als ich. Sie sehen also, dass es kaum nötig gewesen war, wegen der Sprache so viel Druck aufzubauen.“

„Ich verstehe. Was gab es noch, außer der Sprache? Welche Dinge hatte Jan an ihr kritisiert?“

„Es waren viele Kleinigkeiten.“ Wieder sprach Herbert, ohne die Frage an Maria weiterzugeben. „Zum Beispiel wie sie die Geschirrspülmaschine einräumte, wie oder wie oft sie staubsaugte; die täglichen Dinge des Lebens eben.“

„Wie kam Ihnen Deborah vor, wenn sie gemeinsam mit ihrem Freund hier war?“

„Es lag eine ständige Spannung in der Luft." Herbert griff nach einem Päckchen Marlboro, das auf dem Glastisch lag. „Sie erlauben?"

Sam lächelte. „Sie brauchen mich nicht um Erlaubnis zu fragen, ob Sie in Ihrer eigenen Wohnung rauchen dürfen."

„Aber in jedem Fall brauche ich das. Es gibt Menschen, die sehr empfindlich sind, was Rauch betrifft. Sie sind unser Gast und sollen sich wohl fühlen. Möchten Sie auch eine?"

Unweigerlich verglich Sam den Mann mit einem Verkäufer, der ihr etwas andrehen wollte. Für ihren Geschmack war er zu freundlich. „Nein, danke. Bitte, rauchen Sie nur", antwortete sie.

Er steckte sich eine Zigarette an und blies den Rauch zur Seite.

„An dem Abend, als Deborah das letzte Mal in der Sprachschule war, ist sie da noch mit Maria hergekommen, bevor sie nach Hause fuhr? Oder hat Maria noch etwas mit ihr unternommen?"

„Nein. In der Schule hatte sie Maria nur erzählt, dass sie endlich mit Jan reden wollte, weil es so nicht weitergehen konnte. Maria hatte ihr Unterstützung angeboten und hätte dem Gespräch beigewohnt, wenn Deborah es gewünscht hätte, aber sie wollte das unter vier Augen klären."

„Wusste Maria davon, dass Deborah auf der Suche nach einem anderen Mann war?"

„Natürlich wusste sie davon. Mir gegenüber hat Deborah das natürlich nie so direkt erwähnt, aber zu Maria hatte sie mehr als einmal gesagt, dass sie bei Jan verschwinden würde, wenn sie einen anderen kennen lernt."

„Hat sie denn einmal von einem anderen Mann erzählt? Gab es da jemanden?"

„Nein. Wie hätte sie denn auch jemanden kennen lernen sollen? Sie konnte sich ja kaum ein Essen im Restaurant bestellen."

„Wann haben Sie Deborah das letzte Mal gesehen?", wollte Sam wissen.

„Wenn ich es richtig in Erinnerung habe, dann war es das Wochenende vor ihrem Verschwinden."

Obwohl der Mann den Qualm ständig in eine andere Richtung

blies, erreichte er Sam nun doch. Ihr Sportlerherz war froh, dass sie nie damit angefangen hatte.

„Hat Deborah vielleicht irgendwo eine Anzeige aufgegeben, um einen anderen Mann zu finden?"

Erstaunt sah der Mann sie an. „Wie kommen Sie denn darauf? Nein, das kann ich mir nicht vorstellen."

„Hatte Deborah mal geäußert, dass sie Angst vor Jan hatte?"

Herbert zögerte. Dann seufzte er und sagte: „Maria hat mir einmal erzählt, dass es wohl zu einem Streit zwischen Jan und Deborah gekommen sein musste, bei dem Jan seine Stimme stark erhoben hatte. In dem Moment hatte Deborah wohl tatsächlich Angst vor Jan."

„Hatte Deborah das Maria genauso erzählt?"

„Ja, sie hatte das Wort Angst gebraucht."

„Wissen Sie, zu wem Deborah noch engeren Kontakt gehabt hatte?", wechselte Sam das Thema.

„Was verstehen Sie unter engeren Kontakt?"

„Hat sie jemanden zuhause besucht, oder mit irgendwem etwas unternommen, ohne dass Jan dabei gewesen ist?"

„Nicht, dass ich wüsste. In der Schule hatte sie sich mit jedem gut verstanden, aber darüber hinaus hatte sie, glaube ich, zu niemandem Kontakt. Ich kann mich auch irren, aber Maria hätte es bestimmt mitbekommen."

Maria und Herbert schienen nichts zu wissen, was Sam weiterhalf. Da sie keine sinnvollen Fragen mehr hatte, bedankte und verabschiedete sie sich.

Maria hatte während der ganzen Zeit keinen Ton gesagt.

22 | Kopflos

Auf dem Heimweg rief sie bei Jan an, um ihn nach seinem Befinden zu fragen. Sam vermutete, dass er wieder in das dunkle Loch gefallen war, das ihn die ganze Nacht gefangen halten würde. Jan meldete sich allerdings nicht. Ob er wieder getrunken hatte? Sam überlegte, ob sie zu ihm fahren sollte. Sie war todmüde und fühlte sich ausgelaugt. Eigentlich wollte sie nur noch ins Bett. Aber konnte sie Jan jetzt alleine lassen? Wenn er nicht ans Telefon ging, dann verhieß das nichts Gutes. Dass er ein Treffen mit Freunden oder Ähnliches unternommen hatte, hielt Sam in seiner momentanen Verfassung für unwahrscheinlich. Schlief er vielleicht schon? Ebenso unwahrscheinlich. Er zermarterte sich ständig das Gehirn, und würde daher keinen frühen Schlaf finden. Oder vielleicht doch? War die letzte Nacht eventuell so wenig erholsam gewesen, dass er nun völlig erschöpft eingeschlafen war? So musste es sein. Ihr würde es nicht viel anders gehen. Also fuhr sie weiter heimwärts, kontinuierlich daran zweifelnd, ob es die richtige Entscheidung war.

Sie war bereits bei Hofheim von der A66 abgefahren, um die Landstraße Richtung Eppstein zu nehmen, als sie sich umentschied. Bei verschiedenen anderen Gelegenheiten hatte Sam gelernt, dass Jan in Zeiten, in denen es ihm seelisch schlecht ging, kaum mehr als drei Stunden pro Nacht schlief, völlig unabhängig von seinem Alkoholpegel. Er schlief ganz bestimmt noch nicht. Vermutlich saß er in seinem Wohnzimmer, die Flasche einer beliebigen Spirituose vor sich, und drehte vor Kummer und Einsamkeit durch. Es wäre unverantwortlich, einen Freund jetzt alleine zu lassen. Sie fuhr nicht zurück auf die Autobahn, sondern nahm den Weg über die Landstraße. Höchst war von hier aus relativ gut zu erreichen.

Unterwegs versuchte sie, ihn noch einmal anzurufen, wieder vergebens. Es würde wieder eine lange Nacht werden, wenn sie Jan beruhigen musste. Aber gut, irgendwann würde sie schon wieder zum Schlafen kommen.

Als Sam die Antoniterstraße erreichte, sah sie sofort, dass sein Wagen noch genauso da stand, wie sie ihn hingestellt hatte. Offenbar war sie nicht umsonst hergekommen. Mit sich und ihrer Entscheidung zufrieden, fühlte sie sich gar nicht mehr so müde.

Der erste Parkplatz, der sich ihr bot, war direkt an der Straßenecke zur Emmerich-Josef-Straße neben der ‚Wunderbar'. Aus der Cafébar, die gleichzeitig Restaurant war, kam Essensgeruch. Sams Appetit regte er allerdings nicht an, denn nach Essen war ihr im Moment nicht zumute.

Die kühle Nachtluft verscheuchte den Rest ihrer Müdigkeit.

Vor Jans Haus sah sie hinauf zu seinem Fenster. Es brannte Licht. Allerdings rührte sich auf ihr Klingeln hin nichts. Wahrscheinlich wollte er seine Ruhe haben, und rechnete einfach nicht mit Sam. Hätte er gewusst, dass sie es war, hätte er in jedem Fall geöffnet. Sie verstand, dass er jetzt nicht jeden beliebigen Besuch empfangen wollte. Nichts konnte mehr nerven, als immer wieder die selben Phrasen zu hören: Wie konnte das bloß passieren? Warum hat sie dich nur verlassen? Es wird alles wieder gut …

Ohne ein weiteres Mal zu klingeln holte sie einen Schlüsselbund aus ihrer Tasche. In Urlaubszeiten versorgten sie gegenseitig die Pflanzen. Seit zwei Jahren hatte Sam dafür dauerhaft einen Schlüssel zur Wohnung des Freundes, ebenso wie er einen für ihr Haus besaß. Jetzt ließ sich die Detektivin selbst ins Haus. Nachdem sie über die knarrenden Stufen ins zweite Obergeschoss gestiegen war, hielt sie einen Moment inne und lauschte auf Geräusche, die eventuell aus seiner Wohnung kamen. Es war nichts zu hören. Sie drückte auf den Knopf an der Wand, und konnte vor der Tür die laute Klingel hören. Die folgende, absolute Stille empfand Sam als beklemmend. Jan hatte sich doch hoffentlich nichts angetan? Verdammt, er war verzweifelt und alleine! Was ist, wenn …

Sam wurde ganz heiß, als würde sie von einem Fieberschub heimgesucht, dann fröstelte es sie. Eilends suchte sie den richtigen Schlüssel für die Wohnungstür heraus, sperrte auf und stürzte hinein. Schon beim Öffnen der Tür bemerkte sie den Geruch, und obwohl ihr Bewusstsein es nicht wahr haben wollte, war ihr sofort klar, dass eine Leiche in der Wohnung lag. Auf dem Weg zum hell erleuchteten Wohnzimmer traten bereits die ersten Tränen auf ihre Wangen. Eine verzweifelte Hoffnung ergriff die Frau, die Hoffnung auf einen Irrtum. Wenn er sich jetzt umgebracht hatte, dann trug sie einen Teil der Schuld, denn sie hätte als seine Freundin ganz deutlich die Zeichen erkennen müssen und ihn niemals alleine lassen dürfen.

Als sie das Wohnzimmer erreichte, stockte ihr der Atem. Sie hatte mit einem schrecklichen Bild gerechnet, aber nicht mit diesem! Den Körper von Jan sah Sam rücklings auf dem niedrigen Wohnzimmertisch liegen. Dass die Beine auf der rechten Seite nach unten hingen, nahm sie kaum wahr. Dafür haftete ihr Blick an Jans Kopf, der ebenfalls nach unten hing und Sam zugewandt war. Der kaum noch vorhandene Hals bestand nur noch aus zwei riesigen, klaffenden Wunden. Obwohl Sam stehen geblieben und vor Schreck fast gelähmt war, versuchte sie zu identifizieren, was diese Wunde hervorgerufen haben könnte. Es sah aus, als sei der Hals bis weit über die Mitte hinaus durchgeschnitten worden. Eine einzige, fleischige, rote Masse war von ihm übrig, und Sam konnte einzelne weiße Flecken ausmachen, die ihrer Meinung nach von Knochen oder Sehnen herrühren mussten. Der Kopf schien im wahrsten Sinne des Wortes nur noch an einem seidenen Faden zu hängen.

Plötzlich wurde Sam bewusst, dass man sich eine solche Wunde unmöglich selbst beibringen konnte. Von einer Sekunde zur anderen war ihr Körper angespannt und in Alarmbereitschaft. Wenn Jan das nicht selbst getan hatte, wer dann? Und vor allem: Wo war dieser Jemand? Vielleicht noch in der Nähe, voller Tatendrang und hungrig nach Blut, welches er sich von Sam zu holen gedachte?

Sie spürte, wie sich ihre Nackenhaare sträubten und ein eisiger Schauer über ihren Rücken lief. Ihr Blick suchte das Zimmer ab. Dann hatte sie plötzlich das Gefühl, dass jemand hinter ihr war. Sie drehte sich ruckartig um, merkte, wie sie auf einmal sehr kurzatmig war, und riss noch in der Drehung ihre Arme zur Deckung nach oben. Hinter ihr war niemand. Für einen Moment hielt sie den Atem an und lauschte. Es war alles ruhig. Dann wurde Sam durch ein Geräusch erschreckt, aber es war nur eine zufallende Wohnungstür irgendwo im Haus. Langsam holte sie mit zitternden Fingern ihr Handy aus der Innentasche ihrer Jacke. Als sie über das digitale Adressbuch die Nummer von Gregor heraussuchte, blickte sie immer wieder in den Flur, um nicht überrascht zu werden. Der Polizist meldete sich nach dem zweiten Freiton.

„Gregor, ich bin in der Wohnung von Jan Patersen. Er ist tot, und es war kein Selbstmord. Ich weiß weder, wann es passiert ist, noch, ob sich der Mörder in der Nähe befindet. Ehrlich gesagt habe ich eine Scheißangst. Bitte schicke mir sofort jemanden her."

„Okay. Wir bleiben in Verbindung bis jemand von uns bei dir ist. Hast du eine Waffe bei dir?" Die Ruhe, die von Gregors Stimme ausging, übertrug sich nur zum Teil auf Sam.

„Mein Pfefferspray", flüsterte sie. Dabei griff ihre freie Hand bereits in die Tasche, um die kleine Sprühdose herauszuholen.

„Gut. Halte es einsatzbereit in der Hand." Seine Stimme wurde etwas leiser, so als ob er das Mikrofon mit der Hand abdecken würde: „Leif, schicke sofort zwei Streifen in die Antoniterstraße." Dann gab er Jans Hausnummer durch, die er ebenso wie den Straßennamen auswendig zu kennen schien. „Sie sollen das Gebäude von außen sichern und niemand, der herauskommt, weg lassen. Dann sollen zwei von ihnen in das zweite Obergeschoss gehen, zur Wohnung von Herrn Patersen. – Ja, Patersen heißt der Mann."

Seine Stimme wurde kurz lauter: „Hast du die Tür offen gelassen?"

„Ja", antwortete Sam leise, weil sie befürchtete, dass ihre Stimme andere Geräusche überdecken konnte, die sie auf einen Angreifer aufmerksam machen würden.

„Die Wohnungstür ist auf", erklärte Gregor offenbar einem Kollegen. „Der Mieter liegt tot in der Wohnung. Ein Gewaltverbrechen ist wahrscheinlich. Ihr trefft dort auf eine Frau. Sie hat eine Dose Reizgas in der Hand, weil wir nicht wissen, ob sich der Gewalttäter noch in der Nähe befindet. Über seine Bewaffnung wissen wir ebenfalls nichts, rechnet also mit allem."

Unvermittelt gab es hinter Sam einen dumpfen Schlag. Mit einem Aufschrei drehte sie sich herum und katapultierte sich gleichzeitig zur Seite, um einem möglichen Angriff auszuweichen. Noch bevor sie ihren leicht unkoordinierten Sprung abfing, erkannte sie, dass sie nicht in Gefahr war. Vielleicht wäre ihr das lieber gewesen als das, was tatsächlich das Geräusch ausgelöst hatte: Jans Kopf hatte sich endgültig vom Körper gelöst und war auf den Boden gefallen. Sam zitterte, konnte ihren Blick nicht von Jans Kopf nehmen, hyperventilierte und merkte, wie ihr Kreislauf sie im Stich zu lassen drohte. Sie zwang sich, kurz die Augen zu schließen, um tief und ruhig durchzuatmen. Es gelang ihr, sich einigermaßen unter Kontrolle zu kriegen. Das Zittern blieb.

Da sie ihre Position in der Tür verlassen hatte, stand sie nun mit dem Rücken zu einer Wand. Das empfand sie als viel sicherer. Langsam wanderte ihr Blick durch das Zimmer. Dabei versuchte sie, nicht mehr Jans Kopf oder den Körper anzuvisieren.

Jetzt fiel ihr auf, dass verschiedene Dinge zerbrochen auf dem Boden lagen. Außerdem nahm noch etwas ihre Konzentration gefangen. An der ihr gegenüberliegenden Wand standen mit stuhlhohen, roten Ziffern zwei Zahlen geschrieben: *6-2*. Es sah nicht so aus, als sei es mit einer Farbdose dahin gesprüht worden. Jemand musste die Farbe mit einem Pinsel aufgetragen haben. Farbe? Sam konnte nicht sagen, was sie so sicher machte, aber sie wusste, dass es das Blut ihres Freundes war, mit dem jemand diese Zahlen an die Wand geschmiert hatte. Was konnte das bedeuten? War es ein Datum? Der sechste Februar? Konnte es etwas mit Deborah zu tun haben? Der Tag, an dem sie nach Deutschland gekommen war? Nein, das musste viel später gewesen sein. Vielleicht die Anzahl der Tage, die Deborah unter Jan gelitten hatte? Unsinn, Jan hatte sie nicht leiden lassen. Oder doch?

Auf einmal bemerkte sie die Stimme, die immer wieder ihren Namen rief und ihrer linken Hand entsprang. Sie hatte Gregor ganz vergessen. Jetzt nahm sie das Telefon wieder ans Ohr. „Alles okay. Sein Kopf ist heruntergefallen und ich habe mich erschreckt. Aber es ist nichts. Niemand scheint hier zu sein.“ Ein wenig war sie selbst erstaunt darüber, wie trocken sie diese Worte von sich gegeben hatte.

„Es wird nicht lange dauern“, versprach Gregor. „Und sobald sie da sind und wir auflegen können, werde ich auch kommen.“

„Danke.“

Keine zehn Minuten später, als Sams Gedanken noch immer umherirrten, ohne ein Ziel zu finden, erlösten sie zwei Polizisten aus ihrer misslichen Situation. Nachdem die beiden Sam in Empfang genommen und aus dem Wohnzimmer herausgeführt hatten, durchsuchten sie die Wohnung. Ohne Erfolg.

23 | Trauer

Nachdem Sam ihre Aussage auf dem Präsidium gemacht hatte, war sie nach Hause gefahren. Gregor hatte sie begleitet. Jetzt saßen sie in im Wohnzimmer und tranken heißen Tee. Irgendwie fühlte sie sich leer. Die tiefe Trauer, die sie eigentlich empfinden musste, war bisher ausgeblieben. Sie kannte das. Als Sabsi damals gestorben war, hatte es drei volle Wochen gedauert, bis Sams Inneres es akzeptiert hatte. Dann war der Schmerz mit voller Wucht über sie herein gebrochen.

„Sorghardt geht davon aus, dass es ein Racheakt für seinen Mord an Frau da Silva gewesen ist."

„Aber seine Schuld war doch noch lange nicht bewiesen", widersprach Sam.

„Tja, für meinen Chef offenbar schon. Er lässt den Fall zunächst zurückstellen, bis der Mord an Herrn Patersen geklärt ist."

„Einen ungeklärten Fall, der erst so kurze Zeit besteht?"

„Er ist doch nur zurückgestellt, obwohl er ihn fast für aufgeklärt hält. Laut ihm sind die Indizien gegen Herrn Patersen erdrückend."

„Aber …", begann Sam, vollendete den Satz aber nicht.

„Es ist sicher nicht der richtige Zeitpunkt, das zu sagen", begann er, „aber bei uns halten es viele für wahrscheinlich, dass er es gewesen ist."

Die Detektivin wusste darauf nichts zu sagen und sah nur in die Augen des Polizisten. Vielleicht hatten sie ja auch Recht. Was für einen Grund würde es sonst gegeben haben, Jan umzubringen? Er hatte ihres Wissens nach keine Feinde, und, soweit sie wusste, nie jemandem etwas zu Leide getan. Im Gegenteil, er hatte immer alles mit sich machen lassen.

Nach einer Weile fragte sie: „Was, meint ihr, hat es mit den Zahlen an der Wand auf sich?“

„Wir haben keine Ahnung. Vielleicht ist es ein brasilianischer Kodex für Rache oder etwas ähnliches. Wir werden uns mit den südamerikanischen Kollegen in Verbindung setzen, die können uns sicher etwas dazu sagen.“

„Dann brauche ich mich nicht mehr nach Liebhabern von Branding und Nadeln umzuhören?“

„Nein, unsere Kooperation wird wohl nicht mehr benötigt.“

„Und wenn Jans Mörder aus diesen Kreisen kam?“, fragte Sam.

„Wenn etwas in diese Richtung deutet, dann werden wir uns noch einmal an dich wenden. Im Moment recherchieren wir im Bereich von brasilianischen Einwanderern. Außerdem überprüfen wir, ob vielleicht gestern jemand aus ihrem Heimatort ein- und heute wieder ausgereist ist.“

„Du meinst einen professionellen Killer?“

„Nicht unbedingt. Es kann auch ein beliebiges Familienmitglied gewesen sein.“

„Was hat die Spurensicherung in Jans Wohnung und Wagen gefunden?“, wechselte Sam das Thema.

„Nichts, was irgendwie Aufschluss gegeben hätte. Was hat das Gespräch mit Maria Alves ergeben?“

„Nichts, was irgendwie Aufschluss gegeben hätte. Wieso heißt sie eigentlich Alves? Wenn ich ihren Partner richtig verstanden habe, sind die beiden verheiratet.“

„Sie hat einen Doppelnamen, Alves-Storckmann, stellt sich aber immer als Maria Alves vor.“

„Verstehe.“

„Kann ich dich alleine lassen? Ich habe meiner Frau versprochen, dass ich heute Nacht da sein werde.“

„Natürlich, da gehörst du auch hin“, antwortete sie mit fester und bestimmter Stimme. Wenn sie heute Nacht jemanden definitiv nicht bei sich haben wollte, dann war es ein Sub.

„Gut, dann werde ich jetzt verschwinden. Sage Bescheid, wenn du etwas brauchst.“

Nachdem Gregor gegangen war, räumte Sam die Teetassen in die Spülmaschine und überlegte, was sie tun sollte. An Schlafen war kaum zu denken, obwohl ihr die Müdigkeit tief in den Knochen steckte. Erst musste sie ein wenig runterkommen.

Nachdem sie unentschlossen durch ihr Haus gewandert war, nahm sie sich das Tagebuch ihrer Mutter, setzte sich auf die Couch, schlug es auf, las nicht ein einziges Wort darin, und schlug es wieder zu. Falscher Zeitpunkt. Sie legte das Buch wieder weg, zog sich ihren Trainingsanzug an, und begab sich in ihren Trainingsraum. Dort arbeitete sie so massiv mit Gewichten, wie sie es lange nicht mehr getan hatte. Danach dehnte sie ihre Sehnen, und trainierte noch eine gute Viertelstunde am Sandsack. Am Ende war sie völlig ausgepowert, fühlte sich aber wesentlich besser als vor dem Training. Sie wollte gerade duschen gehen, als ihr Telefon klingelte. Auf dem Display erkannte sie, dass es Nika war. Bei einem Kunden wäre sie jetzt nicht drangegangen, so aber nahm sie das Gespräch an.

„Hallo Sam, hier ist Nika, die, dir schon immer in deinem Leben gefehlt hatte."

Trotz ihres heutigen Erlebnisses stahl sich ein leichtes Schmunzeln auf Sams Gesicht. „Findest du es nicht ein bisschen frech, um diese Zeit noch anzurufen? Immerhin ist es schon nach dreiundzwanzig Uhr."

„Ach, wenn du schon schlafen gegangen wärst, dann hättest du sicher das Handy ausgeschaltet. Außerdem nehme ich an, dass gerade um diese Zeit deine Kunden anrufen, oder?"

„Falsch. Die meisten rufen bereits tagsüber an, wenn sie abends vorbeikommen wollen."

„Oh", kam die kurze, aber scheinbar unbeeindruckte Antwort. „Ich bin eben von der Probe mit der Band gekommen und dachte, es passt gerade. Störe ich denn?"

„Nicht wirklich, aber mir ist eigentlich nicht zum Reden zumute."

„Was ist denn passiert?" Nikas Tonfall hatte sich geändert und die Frage klang ehrlich interessiert. Sam erzählte, was vorgefallen war.

„Du meine Güte, ist jemand bei dir?", fragte Nika.

„Nein, ich bin alleine und werde gleich ins Bett gehen."

„Meinst du, dass du schlafen kannst?"

„Vermutlich nicht", gab Sam zu,

„Gut. Hast du noch eine Couch frei? Dann bin ich in einer Dreiviertelstunde bei dir."

„Ach, das ist nicht nötig, ich komme schon klar", wehrte Sam ab.

„Keine Widerrede", beharrte Nika. „Soll ich noch etwas mitbringen, etwas zu trinken oder zu essen?"

„Nein, ich habe genug da, aber ..."

Nika ließ sie nicht aussprechen. „Dann bis gleich."

Noch ehe Sam etwas erwidern konnte, war die Verbindung unterbrochen. Sie war überrumpelt worden von dieser kleinen Göre. Wollte sie überhaupt Gesellschaft haben? Wenn die Trauer sie doch früher erreichen sollte, dann wäre sie lieber alleine, denn sonst würde sie sich zusammennehmen müssen. Es war etwas ganz anderes gewesen, als sie Gregor gegenüber am Telefon ihre Angst eingestanden hatte, während sie in Jans Wohnung auf die Polizisten gewartet hatte. Sam wusste nur zu gut, dass auch die Beamten vor Furcht nicht gefeit waren. Gregor kannte solche Situationen und hätte ohnehin gewusst, dass sie äußerst bange Minuten durchstand. Die meisten Menschen wären wahrscheinlich in echte Panik geraten, was Sam zum Glück nicht passiert war.

Wenn ihr nach Weinen zumute war, dann wollte sie ihren Tränen freien Lauf gewähren. Diese Schwäche würde sie sich zugestehen, denn Jan war ein wirklicher Freund gewesen. Das konnte sie jedoch nur, wenn sie alleine war.

Sie nahm das Telefon und wählte Nikas Nummer. Die Mutter des Mädchens meldete sich und erklärte, dass Nika ganz eilig das Haus verlassen hatte. Sam bedankte sich und probierte es auf Nikas Handy. Offenbar hatte die Studentin es ausgeschaltet, denn es antwortete die Mailbox. Absagen war also nicht mehr. Toll, jetzt hatte sie das Mädchen auf dem Hals. Es war ihr klar, dass Nika es nur gut meinte, aber gerade deswegen würde Sam freundlich sein müssen, und genau darauf hatte sie im Moment überhaupt keine Lust.

Gut, jetzt konnte sie es nun mal nicht ändern. Nachdem sie geduscht hatte, zog sie sich ein weißes Top und eine frische, weiße Trainingshose an.

Im Wohnzimmer schaltete sie ihre Stereoanlage an und legte eine mp3-CD in den Spieler. Es war ein Mix, den Jan ihr einmal gebrannt hatte. Alles Mögliche war darauf vertreten, von Oldies aus den Siebzigern bis zu aktuellen Hits. Am Anfang waren Aufnahmen von Shakira, die sie in ihrer Muttersprache sang. Es begann mit einem sehr wehmütigen Lied, dessen Text Sam nicht verstand, wohl aber die Melancholie empfand, die offenbar zum Ausdruck gebracht werden sollte.

Dann klingelte es, und Sam öffnete die Tür. Das Mädchen stand in eine Jeans und eine dicke, dunkelgrüne Jacke gehüllt vor der Tür. Ihre Augen, die Sam bisher nur fröhlich leuchtend kannte, hatten einen traurigen Glanz. Sam hatte ihr „Hallo" kaum ausgesprochen, da nahm Nika sie spontan in den Arm und drückte sie fest. „Es tut mir leid, Samantha", flüsterte das Mädchen. Die Worte hörten sich so ehrlich und mitfühlend an, dass Sam beinahe Tränen in die Augen traten. Nachdem sie sich die Umarmung kurz gefallen lassen hatte, drückte sie Nika sanft von sich.

„Danke, dass du gekommen bist."

Unvermittelt nahm Nika Sams Gesicht zwischen beide Hände, so wie Sam es eigentlich nur von einem Mann erwartet hätte.

„Pass auf", sagte Nika, während sie Sam mit großen Augen ansah, „ich will heute weder etwas von ‚Danke' hören, noch will ich, dass du dich wegen meiner Anwesenheit bemühst, anders zu sein als du dich fühlst. Wenn du nicht reden willst, dann setze ich mich still in eine Ecke und sage keinen Ton. Ich bin nur da, damit du nicht ganz alleine bist, sonst nichts. Tue einfach so, als sei ich nicht da. Meine Anwesenheit soll dir gut tun, nicht dich unter Stress setzen. Versprich mir, dass du mich rausschmeißt, wenn es anders ist."

„Dann gehe jetzt sofort wieder", platzte Sam heraus, nur, um es sofort zu bereuen.

Nika verharrte einen kurzen Moment, dann flüsterte sie: „Okay." Schon drehte sie sich um und lief zu ihrem Auto. In dieser kurzen

Zeit konnte Sam nicht erkennen, ob das Mädchen verletzt war, aber sie spürte es.

„Nika!", rief Sam laut. Die junge Studentin blieb stehen, drehte sich aber nicht um.

„Bitte bleib bei mir heute Nacht." Sam war sich bewusst, dass diese Worte nicht reichen würden, deshalb fügte sie mit lauter und klarer Stimme hinzu: „Nur jemand, der so selbstlos ist und ohne zu murren sofort verschwindet, wenn ich alleine sein möchte, kann mir heute eine Hilfe sein. Und jetzt komm schon rein, ich erfriere gerade."

Nika tat etwas, von dem Sam überlegte, ob es das Wegwischen von Tränen war, allerdings war sie sich absolut nicht sicher. Dann drehte sich die Studentin zu ihr, und kam sanft lächelnd zurück.

„Du sollst dich heute für nichts entschuldigen. Ich nehme dich so, wie du bist, oder ich gehe."

‚Schon wieder hat sie mich überrumpelt', dachte Sam, und wusste nicht, ob sie darüber unglücklich sein sollte. Für den Bruchteil einer Sekunde schoss ihr der Gedanke durch den Kopf, dass Nika eine gute Domme abgeben würde.

Nachdem sie die Tür geschlossen hatte, nahm sie Nika die Jacke ab. Als sie zum Wohnzimmer gingen, bemerkte Sam, wie sich das Mädchen neugierig, aber vorsichtig umsah.

„Setz' dich. Was möchtest du trinken?"

„Ich trinke das, was du auch trinkst", gab Nika sich bescheiden.

„Was möchtest du trinken?", fragte Sam erneut, so, als ob sie keine Antwort bekommen hätte.

„Ich würde gerne ein Wasser trinken."

Irgendwie war Sam froh, dass Nika keinen Alkohol wollte. Als sie mit zwei Gläsern und einer Flasche Selters aus der Küche kam, fragte Nika: „Läufst du zuhause immer so sexy herum?"

Erstaunt blickte Sam die junge Frau an. „Sexy? Wie kommst du denn darauf? Ich habe nach dem Duschen das erstbeste gegriffen, was bequem aussah."

„Wow. Dann möchte ich nicht wissen, wie du aussiehst, wenn du dich für einen Kunden vorbereitet hast."

„Danke", gab Sam zurück und setzte sich neben Nika. „Und auch danke dafür, dass du so spontan gekommen bist. Das ist wirklich sehr lieb von dir."

„Ach was, das gehört sich einfach so."

Es wurde still. Sam war sich nicht sicher, ob sie reden wollte, und Nika drängte sie nicht. Die Detektivin hatte keine Ahnung, wie lange sie so da saßen, aber es mussten mindestens zehn Minuten gewesen sein. Sie empfand es als sehr angenehm, dass Nika einfach nur bei ihr war und nicht mit irgendwelchen Sprüchen oder leeren Phrasen nervte. Irgendwann sagte Sam: „Ich kann noch nicht weinen." Sie sagte das nicht nur, um einfach etwas zu sagen, sondern weil sie wollte, dass Nika es wusste. Warum sie das wollte, konnte sie nicht sagen, und es war ihr auch egal.

„Würdest du denn gerne weinen?", fragte Nika mit leiser und ruhiger Stimme.

„Ja", antwortete Sam, „das würde ich gerne."

„Erzähl mir, wie ihr euch kennen gelernt habt", forderte Nika sie auf.

„Jan war mein Prof. Ich habe einmal ein Psychologiestudium begonnen. Nach einer Vorlesung hatte ich noch eine Frage zu einem Thema. Wir waren völlig unterschiedlicher Meinung. Er meinte, wir sollten das nicht auf die Schnelle diskutieren, denn er fände meine Meinung hochinteressant. Wie es der Zufall wollte, hatten wir beide eine Freistunde, und er lud mich ein, mit ihm etwas essen zu gehen. Unsere Diskussion dauerte so lange, dass wir gemeinsam die nächsten zwei Stunden verpassten. Als wir bemerkten, wie spät es war, brachen wir in schallendes Gelächter aus. Ich hatte gedacht, er würde außer sich sein und mit sich selbst hadern, weil er so verantwortungslos der Uni und seinen Studenten gegenüber gewesen war, aber das Gegenteil war der Fall. Er bedankte sich für das Gespräch, das er, wie er sagte, als große Bereicherung empfunden hatte. Danach gingen wir öfter gemeinsam einen Kaffee trinken, oder auch mal zu Mittag essen. Es waren immer sehr angeregte Gespräche, die wir dabei führten."

Die Worte sprudelten nur so aus Sam heraus, und irgendwie war es für sie befreiend. „Mit der Zeit lernten wir uns sehr gut kennen, ich war für ihn da, wenn er einen seiner Durchhänger hatte, und er für mich. Ich glaube, es gibt keinen Menschen, der mir je so offen seine Meinung sagte wie er. Wahrscheinlich gibt es auch keinen Menschen, der je so viel von mir wusste wie Jan. Vermutlich wird auch nie wieder irgendwer so viel von mir wissen. Aber umgekehrt war es genauso. Jan hatte schon eine Menge mitmachen müssen, und auch für ihn hatte es nie jemanden gegeben, mit dem er darüber gesprochen hatte, bis er mich kennen lernte. Der arme Kerl ist nacheinander von drei verschiedenen Frauen ausgenommen worden. Für die letzte hatte er so hohe Schulden gemacht, dass er noch immer daran zahlte. Deshalb hatte er nur eine kleine, billige Wohnung in einer Gegend, die ihm nicht gefiel. Er konnte sich einfach nichts Tolles leisten. Anfang nächsten Jahres wäre er fertig gewesen, und dann hatte er mit Deborah ein neues Leben aufbauen wollen. Doch plötzlich verschwand sie und wurde tot aufgefunden. Meine Güte, was hatte Jan alles mitmachen müssen."

Und jetzt, wo alles durch ihre eigenen Erzählungen noch einmal präsent wurde, überkam es sie. Nicht langsam und schleichend, sondern schlagartig. Mit einem Mal brach es aus ihr heraus, flossen die Tränen in Strömen, nahm sie eine unendliche Traurigkeit gefangen. Nika zog sie zu sich und Sam ließ es geschehen. Die feste Umarmung des Mädchens gab ihr Wärme, die sie dankbar annahm. Etwas geschah, was Sam sich früher niemals zugestanden hätte: Sie ließ sich fallen. Sie weinte, wie sie selbst als kleines Mädchen nicht geweint hatte, und es war ein gutes Gefühl. Ohne einen Gedanken gab Sam sich dem puren Schmerz hin, bis keine Tränen mehr kamen.

Erst jetzt spürte sie, wie Nikas Hand ihr fortwährend über den Rücken streichelte. Sam hob den Kopf und sah in Nikas Augen, die scheinbar tief in ihre Seele blicken wollten. Es waren warme Augen, die eine unbegreifliche Verbundenheit ausdrückten. Sam konnte den Blick nicht genau deuten. Etwas lag in ihm, das sie fesselte, ihr aber gleichzeitig sagte, dass da etwas war, das sie nicht kannte, etwas für sie Neues.

„Danke, Kleines“, flüsterte Sam. „Das hat mir wirklich gut getan.“

Jetzt lächelte Nika. „Dann bin ich froh, dass ich gekommen bin.“

„Tust du das für jeden, den du gerade erst kennen gelernt hast?“, fragte Sam mit einem verunglückten Lachen.

„Nein, natürlich nicht.“

„Warum hast du es dann für mich getan?“

„Das spielt im Moment keine Rolle. Meinst du, wir sollen versuchen, ein wenig zu schlafen?“, lenkte Nika ab.

„Das ist sicher eine gute Idee.“

Sam zeigte Nika das Badezimmer, gab ihr Handtücher und forderte sie auf, sich wie zuhause zu fühlen. Dann streckte Nika sich auf der Couch im Wohnzimmer aus. Sam musterte sie und schüttelte dann den Kopf. „Hey, es ist doch Unsinn, dass du hier schläfst. Im Schlafzimmer habe ich ein Wasserbett, das zwei Meter zwanzig lang und zwei Meter breit ist, da sollten wir beide genügend Platz haben. Glaube mir, es ist viel gemütlicher, und vor allem wärmer.“

Nika blickte auf. „ch habe noch nie in einem Wasserbett geschlaen. Stört es dich nicht, wenn ich neben dir bin?“

„Quatsch, was sollte mich daran stören? Los, komm schon.“

Im Schlafzimmer zog Sam ihre Trainingshose aus, während Nika unbeholfen neben dem Bett stand.

„Was ist?“, fragte Sam.

„Kann ich mich mit der Jeans in dein Bett legen?“, kam eine Gegenfrage.

Sam zog die Stirn in Falten. „Bitte?“

Nika druckste einen Moment herum, dann sagte sie: „Ich trage keine Unterwäsche.“

Erheitert lachte Sam auf. „Na, dann bin ich ja froh. Ich schlafe eigentlich immer nackt und dachte schon, ich müsste heute Nacht aus Solidarität Wäsche tragen. Aber wenn du auch keine hast, dann muss ich mir ja keine Gedanken machen.“ Schon zog sie ihr Top über den Kopf und entledigte sich auch ihres Slips. Nackt zu sein war für Sam nichts Ungewöhnliches. Es kam ihr zunächst nicht einmal in den Sinn, dass Nika es als anstößig empfinden konnte. Erst als es zu spät war, überlegte sie, dass andere Menschen zuweilen ein riesiges Problem damit haben konnten. Vorsichtig sah sie zu dem Mädchen rüber, aber ihre Zweifel waren unbegründet. Nika war gerade dabei, ihre Jeans auszuziehen, unter der sie tatsächlich nackt war. Ihr Oberkörper war bereits entblößt. Na also! Beide krochen sie unter die riesige Decke, für die Sam nur selten ausreichend große Bezüge bekam. Die Detektivin löschte das Licht. Sie war wirklich müde, aber sobald die Dunkelheit sie gefangen hielt, kamen die Tränen wieder. Obwohl sie nur leise weinte, musste Nika es mitbekommen haben, denn Sam spürte eine Hand, die erst über ihren Kopf, dann über ihren Rücken streichelte. Wie lange sie weinte, wusste sie nicht. Irgendwann schlief sie ein.

24 | Ungeahnt

Gregor hatte ihr Kaffee gemacht und ans Bett gebracht. Er konnte wirklich süß sein. Aber Moment … Gregor war doch gar nicht da! Sie war alleine … nein, alleine war sie auch nicht, irgendwer war bei ihr. Natürlich, die Kleine!

Sam öffnete die Augen. Sie lag auf dem Bauch, ein Bein leicht angewinkelt, und den Kopf zur Seite gedreht. Nika hatte dasselbe Tablett benutzt wie anderntags Gregor. Es war die gleiche Szenerie mit dem dampfenden Kaffee, nur saß heute Nika auf dem Bettrand. Sie war vollständig bekleidet.

„Guten Morgen, Samantha", sagte Nika.

Die Detektivin drehte sich auf die Seite. „Guten Morgen. Wenn du willst, darfst du einziehen." Dabei griff sie nach ihrer Kaffeetasse.

„Pass auf, was du sagst, ich könnte es für bare Münze nehmen", warnte Nika.

„Ich suche sowieso noch eine Haussklavin", gab Sam zurück, und sah zum Nachttischchen. Es waren keine Taschentücher zu sehen. Ihr Geheule am Vorabend hatte Spuren in Form von einer noch immer verstopften Nase hinterlassen. Sie würde aufstehen müssen, um sich etwas zum Naseputzen zu holen. Kaum hatte sie diesen Gedanken zu Ende gedacht, da tauchte wie von Geisterhand ein Taschentuch vor ihrem Gesicht auf. Es war nicht die Hand eines Geistes, sondern die von Nika.

„Kannst du hellsehen oder so etwas?“, fragte Sam, während sie das dargebotene Taschentuch nahm.

„Es war nicht schwer zu erkennen, wonach du gesucht hast“, erklärte das Mädchen.

Sam schnäuzte sich und sagte dann: „Noch so eine Aktion, und ich lege dich umgehend in Ketten, damit du nicht weglaufen kannst.“

„Darf ich zwischendurch zur Uni gehen?“

„Klar doch, du bekommst einen Peilsender implantiert.“ Sam genoss den Kaffee. Irgendwie war der Morgen erträglicher, als sie erwartet hatte. Die Anwesenheit der Studentin schien ihr tatsächlich zu helfen. Jans Tod war zwar noch präsent, aber nicht mehr ganz so nahe, wie Sam befürchtet hatte. Es war gut gewesen, dass sie am Vorabend schon trauern konnte. Plötzlich wurde ihr klar, dass sie wahrscheinlich nur durch Nika hatte weinen können. Hätte sie Nika nicht bei sich gehabt, wäre es wie bei Sabsi gewesen. Es hätte tagelang in ihr gebrodelt, bevor ihr Unterbewusstsein endlich kapiert hätte, dass Jan nie wieder mit ihr sprechen würde. Neugierig sah sie zu Nika und fragte: „Wie hast du das gemacht?“

„Was meinst du?“

„Ach, vergiss es.“ Es spielte keine Rolle. "Unterschreibe einfach den Sklavenvertrag und hole deine Sachen von zuhause." Dann lächelte Sam. „Nimm mich nicht ernst. Vielen Dank, Nika. Du hast mir gut getan, und ich bin sehr froh, dass du hergekommen bist.“

„Ich kann wirklich ein paar Tage hier bleiben, wenn du magst“, bot die Studentin an. „Ich kann auch von hier aus zur Uni fahren.“

„Aber du brauchst wesentlich länger von hier aus.“

„Na und?“, meinte Nika leichthin.

Sam setzte sich etwas weiter auf. Sie hatte plötzlich den Eindruck, dass Nika aus einem ganz anderen Grund gerne eine Weile bei ihr bleiben würde. „Wenn du zuhause Ärger hast, dann kannst du natürlich gerne herkommen. Platz habe ich. Nur wenn Kunden kommen, musst du dich zurückziehen."

Nika sah sie mit einem undefinierbaren Gesichtsausdruck an. Nach kurzem Nachdenken fragte Sam: „Hast du Ärger?"

„Nein." Pause. Dann: „Und wenn ich einfach gerne eine Weile hier sein möchte, ohne dass ich Ärger habe?"

Sam trank ihre Tasse leer, stellte sie zurück aufs Tablett, und sagte: „Verstehe. Wenn du ganz nahe am Geschehen bist, dann hast du Informationen aus erster Hand für deine Diplomarbeit."

„Schon okay", sagte die Studentin, nahm das Tablett und lief damit zur Tür.

„Das ist schon in Ordnung", rief Sam ihr hinterher, „du hast es dir redlich verdient. Wenn du willst, komme eine Weile zu mir."

„Vergiss es", antwortete Nika und verschwand in der Küche.

Sam stand auf, schnappte sich ihre weiße Trainingshose sowie das leichte Top, und ging ins Badezimmer. Während der Morgentoilette dachte sie über das Mädchen nach. ‚Das spielt im Moment keine Rolle', hatte Nika gesagt, als Sam gefragt hatte, warum sie sich so für Sam einsetzte. Und nun wollte sie gerne ein paar Tage bleiben. Konnte da mehr hinter stecken als ihre Diplomarbeit? Welcher Teufel hatte sie eigentlich geritten, dieses fremde Mädchen einfach so bei sich schlafen zu lassen? Aber irgendwie ... irgendwie hatte sie einfach ein gutes Gefühl bei Nika. Ohne es erklären zu können, vertraute sie ihr – bei Weitem nicht grenzenlos, zumindest bis zu einem gewissen Punkt. Mit ihr zusammen zu sein hatte etwas sehr herzliches. Vielleicht war Sam ja auch nur verrückt geworden, aber aus einem unerfindlichen Grund verspürte sie eine starke Zuneigung zu Nika. Sicher konnte sie sich auch mal irren, aber sie würde einfach aufpassen. Sollte von der jungen, so unschuldig wirkenden Frau doch eine Gefahr ausgehen, würde sie problemlos mit ihr fertig werden. Sie hatte schon schlimmeren Gegnern gegenüber gestanden. Und solange nichts passierte, würde sie einfach diese neue Freundschaft genießen. Gerade jetzt, wo Jan nicht mehr da war, tat es ihr gut.

Als sie fünf Minuten später in die Küche kam, war bereits der

Tisch gedeckt.

„Ich wusste nicht, ob du Eier zum Frühstück magst, deshalb habe ich keine gekocht.“ Nika lächelte und schien sich über Sams strahlendes Gesicht zu freuen.

„Jetzt weiß ich es“, stellte Sam fest. „Du bist ein Engel und wurdest mir geschickt, weil ich immer so brav bin!“ Sie setzte sich an den Tisch und sagte einer Eingebung folgend: „Ernsthaft: Wenn du hier eine Zeit lang wohnen möchtest, dann habe ich nichts dagegen. Vielleicht wäre es gar nicht schlecht, ein paar Tage nicht alleine zu sein.“ Dann überlegte sie, was sie da für einen Unsinn redete. Sie war bisher immer alleine klar gekommen, und eine fremde Person im Haus konnte schnell zu einer Belastung werden. Wie würde sie es organisatorisch machen, wenn Kunden kamen? Nein, es war undenkbar, dass Nika hier wohnte. Inständig hoffte sie auf eine negative Antwort.

„Ich möchte nicht, dass du glaubst, ich wolle nur hier sein um zu spionieren, deshalb lasse ich es.“ Sie biss von ihrem Brot ab und sah Sam an.

Die Detektivin wollte sich nicht weiter mit dem Thema beschäftigen und sagte: „Weißt du, was das Schlimmste ist? Die Polizei glaubt, dass Jan der Mörder von seiner Freundin ist. Sie werden nicht weiter ermitteln, weil alle Indizien gegen ihn sprechen. Aber ich schwöre dir, ich werde herausfinden, was wirklich passiert ist.“

„Lass' da lieber die Finger von. Wenn du Recht hast, dann ist das viel zu gefährlich.“

Jetzt fiel Sam ein, dass Nika noch nichts von der Detektei wusste. Warum hätte sie ihr auch davon erzählen sollen?

„Ich habe noch ein zweites Gewerbe“, klärte sie das Mädchen auf. „Neben der Prostitution betreibe ich noch eine kleine Detektei.“

„Ja klar“, antwortete Nika mit vollem Mund.

Natürlich glaubte sie ihr nicht. „Warte“, sagte Sam und lief aus dem Zimmer. Aus ihrer Lederjacke holte sie eine Visitenkarte, die sie, zurück in der Küche, vor Nika auf den Tisch legte. Sie sah, wie sich die Augen des Mädchens ein wenig weiteten, als sie die wenigen Zeilen auf dem kleinen Kärtchen las.

„Wow“, war zunächst der einzige Kommentar. Schweigend aßen sie, bis Sam den Eindruck hatte, dass Nika etwas auf der Zunge lag.

„Was ist?“, fragte die Detektivin.

„Eine Detektei ist doch etwas Tolles. Warum prostituierst du dich noch?“

Sam lachte. „Ob du es glaubst oder nicht, es macht mir Spaß. Bevor ich die Detektei hatte, war es nicht immer so, denn da habe ich es zunächst gemacht, weil ich mir mein Studium finanzieren wollte. Ich habe manchen Kunden angenommen, den ich heute nicht mehr nehmen würde. Aber ich bin Domme mit Leib und Seele, und das war ich schon, bevor ich Geld dafür genommen habe. Ehrlich gesagt würde ich die meisten meiner wenigen Stammkunden auch behalten, wenn sie nicht dafür bezahlen würden. Aber wehe, du sagst ihnen das! Hin und wieder nehme ich mir einen Neuen, aber nicht aus Geldmangel, sondern wegen der Abwechslung. Ich habe sogar schon daran gedacht, mir einen Sklaven zu suchen, von dem ich kein Geld nehme, und der mir immer zur Verfügung zu stehen hat, wenn mir danach ist.“

Nika kaute ihr Brot und gab keine Antwort.

„Bist du nun schockiert?“, fragte Sam.

„Nein, schockiert ist nicht das richtige Wort. Es ist nur so, dass du in einer völlig fremden Welt lebst, die ganz anders ist als meine. Ich dachte immer, ich hätte ungewöhnliche Vorlieben, aber gegen dich bin ich ja völlig normal.“

„Jeder tickt eben anders. Es gibt sicher auch Leute, die deine Vorlieben für ungewöhnlich halten.“ Sam zögerte kurz, konnte es sich dann nicht verkneifen zu fragen: „Was sind das denn für Vorlieben?“

Jetzt war es an Nika zu zögern, und Sam konnte deutlich erkennen, dass das Mädchen rot wurde. Ganz entgegen ihrer sonstigen Art sah Nika auf ihren Teller, als sie antwortete: „Ich mag Frauen.“

„Oh“, sagte Sam nur, und biss herzhaft in ihr Honigbrot. Dann schmunzelte sie, als sie daran dachte, dass sie mit dieser jungen Dame letzte Nacht nackt in einem Bett gelegen hatte.

Jetzt sah Nika wieder auf. „Warum lachst du?“, wollte sie wissen.

Sam schluckte ihren Bissen hinunter und antwortete: „Ich habe gerade überlegt, ob du mich letzte Nacht zu verführen versucht hättest, wenn die Situation eine andere gewesen wäre."

„Und wie du dich darauf verlassen kannst", sagte Nika gerade heraus. „Schlimm?"

Jetzt hatte Sam das Gefühl, dass Nika ihr fast provozierend in die Augen sah.

„Wieso schlimm? Ich bin durchaus in der Lage so abweisend zu sein, dass auch du es verstehst." Sam grinste mit einem ebenso provozierenden Blick.

„Das ist schon klar", erwiderte Nika. „Die Frage ist, ob du überhaupt abweisend sein wolltest." Freches Grinsen.

„Meine Güte, was mache ich hier?", sprach Sam ihre Gedanken aus. „Ich unterhalte mich mit einer Lesbe darüber, ob ich mit ihr ins Bett steigen will." Sie lachte herzhaft.

„Ich bin keine Lesbe, ich bin bi", korrigierte die Studentin. „Und es geht nicht nur ums Bett."

Jetzt wurde Sam ernst. „Wie meinst du das?", wollte sie wissen.

„Wann musst du heute eigentlich anfangen zu arbeiten?", fragte Nika ausweichend.

„Ich will wissen, wie du das gemeint hast."

„Ach, ist doch egal. Lass uns darüber reden, wie du untersuchen willst, ob dein Freund unschuldig war oder nicht." Nika lächelte und sah wirklich interessiert aus.

Sam blieb stur. „Ich will wissen, wie du das gemeint hast", wiederholte sie. Dabei erhob sie ihre Stimme nicht, sondern sprach die Worte immer wieder in der gleichen Stimmlage aus.

Das Lächeln auf dem süßen Gesicht des Mädchens verschwand, und sie sah wieder auf ihren Teller. Auch nachdem Sam längere Zeit gewartet hatte, blieb Nika stumm.

„Kleines", begann Sam, „ich mag dich und du hast mir sehr geholfen. Soll unsere Freundschaft überschattet werden, weil wir uns nicht einmal so weit vertrauen, dass wir uns zumindest alles sagen können, was uns beide betrifft?"

Stille. Dann ein Flüstern: „Ich will nicht, dass du böse auf mich bist."

„Ich bin nur böse auf dich, wenn du mir etwas verschweigst, was mit mir zu tun hat."

Nika schluckte schwer, dann flüsterte sie: „Ich glaube, ich habe mich in dich verliebt." Noch immer sah sie auf den Teller.

„Oh", sagte Sam nüchtern. Dann nahm sie sich noch ein Brot und bestrich es mit Honig.

„Soll ich jetzt verschwinden?", fragte Nika und blickte auf.

„Nein, warum?", antwortete Sam erstaunt. „Ich sagte doch, ich mag dich. Du musst mir allerdings ein bisschen Zeit geben, mich an den Gedanken zu gewöhnen, dass du in mir mehr siehst als eine gute Freundin. Damit war ich tatsächlich noch nie konfrontiert. Kannst du denn damit leben, wenn wir einfach nur gute Freundinnen sind?"

„Ich komme schon klar damit. Aber du darfst mir nicht böse sein, wenn ich es irgendwann schaffe, dich zu verführen." Jetzt war wieder dieses freche Lächeln, das die junge Frau so süß machte, in Nikas Gesicht.

„Da hast du dir einiges vorgenommen."

Das Grinsen wurde noch frecher, als Nika sagt: „Schön. Du hast nicht gesagt, dass ich es nicht versuchen darf."

Was hatte Sam sich da nur eingehandelt? Und wie würde sie damit umgehen? Konnte sie mit Nika freundschaftlich zusammen sein, ohne dem Mädchen weh zu tun? Oder spürte sie irgendwo tief in sich den Reiz, es mit einer Frau auszuprobieren? Als sie ihr letzte Nacht beim Ausziehen zugesehen hatte, war ihr durchaus aufgefallen, dass Nika einen sehr attraktiven Körper hatte. Die körperliche Nähe hatte sie auch nicht gestört. Hatte sie es sogar als angenehm empfunden? Und was wäre, wenn? Würde sie sich dessen schämen? Um Himmels willen, da gab es im SM-Bereich sicher verurteilungswürdigere Dinge, als Sex mit einem gleichgeschlechtlichen Partner zu haben.

„Lassen wir einfach alles auf uns zukommen", sagte Sam. „Jetzt muss ich überlegen, wie ich weiter ermitteln werde."

„Hast du denn eine Spur?"

„Nein, überhaupt nicht." Der Zeitungsbericht fiel ihr wieder ein, den sie vor Prangers Haus im Auto gelesen hatte. „Aber mir kommt gerade ein Gedanke. Ich muss mal eben telefonieren."

Sie holte ihr Telefon und rief Gregor auf dem Handy an. Ohne Einleitung fragte sie, ob er sich an die tote Frau aus dem Wald erinnern konnte.

„Ja, aber das ist schon ein paar Monate her", antwortete er. „Wir konnten die Frau leider nicht identifizieren."

„Weißt du, wo das genau passiert ist? In der Zeitung stand nur Taunus, und der ist groß."

„Das war bei dir in der Nähe, an der B455 zwischen Vockenhausen und Niedernhausen, wo es auch zur A3 geht."

„Das sind nur sehr wenige Kilometer bis zu der Stelle, an der Deborah auf die Schienen gelegt wurde", stellte Sam fest.

„Ja, aber die Frau von der Landstraße ist dort nicht hingelegt worden", erklärte Gregor. „Es war definitiv ein Unfall, daran gibt es nicht den geringsten Zweifel."

„Dann hatte ihre Leiche keine Spuren von SM-Praktiken?"

„Keine Ahnung, aber vermutlich nicht. Ich kann mich dunkel daran erinnern, dass die Todesursache ein gebrochenes Genick war."

„Aber ihr habt sie untersucht?", fragte Sam.

„Ich habe mich zwar nicht darum gekümmert, aber es werden die Standarduntersuchungen gemacht worden sein."

„Was heißt das?", bohrte Sam nach.

„Wenn ich dir das im Detail erklären wollte, dann wären wir eine Weile beschäftigt. Es ist sicher untersucht worden, woran sie gestorben ist. Aber es war von Anfang an klar, dass kein Gewaltverbrechen vorlag. Dann sind noch Dinge gecheckt worden, um ihr Alter und so weiter zu bestimmt, aber viel mehr auch nicht."

„Tust du mir einen Gefallen?"

„Kommt drauf an."

„Würdest du dir bitte die Akten von dem Fall ansehen?"

„Und dann?"

„Und dann mir die Dinge sagen, die keiner größeren Geheimhaltung unterliegen."

„Ich sehe zu, was ich tun kann, aber ich kann dir nichts versprechen."

„Gut." Sie überlegte einen Moment und fragte dann: „Weißt du ungefähr, auf welchem Teilstück der Straße das passiert ist? Eher in der Nähe von Niedernhausen, oder mehr in Richtung Eppstein?"

„Es war von dir aus kommend noch vor der Abzweigung nach Niederjosbach."

„Ich danke dir. Bis bald."

Sie legten auf, und Sam musste Nika erzählen, was Gregor gesagt hatte.

„Was kannst du damit jetzt anfangen?", fragte Nika.

„Zunächst nicht viel. Da wir nicht wissen, wer die Frau war, können wir auch nicht ermitteln, ob es Parallelen gab. Jan können wir auch nicht mehr fragen, ob er die Frau schon einmal gesehen hat. Es ist genauso, wie es bei Deborah gewesen ist, nachdem sie von Jan weggegangen war. Wir wissen nicht, was sie vor ihrem Tod getan hat oder wo sie ..." Ein Gedankenblitz ließ sie sich selbst unterbrechen. „Allerdings hat Jan nach Deborahs Verschwinden sehr wohl noch etwas über sie herausgefunden, und zwar dass sie eine Anzeige in einem Internetforum aufgegeben hatte."

„Was für ein Internetforum?" Nika sah sie mit neugierigen Augen an. Daraufhin erzählte Sam ihr die volle Geschichte, angefangen bei Jans und Deborahs Kennenlernen, bis hin zu dem Tag, an dem die Polizei ihr Studio und Jans Auto untersucht hatte.

„Und was hast du nun vor?", wollte Nika wissen.

„Ich werde mir den Tag am Computer um die Ohren schlagen. Es ist nur ein Versuch, wahrscheinlich ein völlig sinnloser, aber es könnte doch sein, dass die Tote von der Landstraße im gleichen Forum inseriert hat. Vielleicht sucht sich jemand in dem Forum seine Opfer."

„Ich dachte, es war ein Unfall", wandte die Studentin ein.

Sam seufzte. „Ja, es sieht zumindest so aus. Trotzdem finde ich, dass es einige Parallelen gibt. Zu verlieren habe ich ja nichts – außer meine Zeit."

„Und du meinst, dass es da vielleicht einen Verrückten gibt, der sich seine Opfer im Internet sucht?“

„Immerhin wäre es doch eine Möglichkeit, oder? Eine Kollegin von Gregor hatte mal einen ähnlichen Fall, da hatte sich eine Gruppe von Chattern einen Wettstreit geliefert, bei dem der gewann, der sich die meisten Opfer im Chat gesucht hatte. Du kannst dich sicher erinnern, es stand damals in allen Zeitungen.“

Das Mädchen nickte. „Kann ich dir irgendwie dabei helfen?“

„Nein, leider nicht. Ich habe nur einen Computer hier, ansonsten könnten wir gemeinsam suchen.“

„Ich habe einen Laptop zuhause. Wenn du willst, hole ich ihn.“

„Du musst in die Uni. Hey, müsstest du nicht schon längst dort sein? Wann beginnt die Vorlesung?“

„Ich schwänze heute“, sagte Nika leichthin.

„Kommt gar nicht in Frage“, brauste Sam auf. „Wegen mir wird nicht geschwänzt!“

„Gut, ich schwänze nicht. Ich bin krank, es geht mir nicht gut.“ Die Studentin blieb bei diesen Worten sehr ernst.

„Ach ja? Und was hast du?“

Jetzt lächelte Nika verschmitzt und sagte: „Liebeskummer.“

Sam zog die Mundwinkel zurück, verdrehte die Augen, und sagte: „Blödmann.“

„Wenn, dann Blödfrau. Ich fahre jetzt meinen Lapi holen. Da wir nicht wissen, wie lange das heute Abend dauert, würde ich vorschlagen, dass ich mir ein paar Klamotten mitbringe und die Nacht über wieder hier bleibe.“

„Du schläfst auf der Couch!“, rutschte es Sam heraus, noch bevor sie nachgedacht hatte.

„Ja klar“, antwortete Nika, keineswegs überzeugt, und stand auf. „Kann ich dich mit der Küche alleine lassen?“

„Wenn du meine Haussklavin werden willst, dann nicht“, maulte Sam.

„Zum Glück will ich nur deine Geliebte werden, also bis gleich.“ Schon verschwand sie aus der Küche, und Sam blickte ihr nach.

„Geliebte ohne Sklavenstatus gibt es bei mir nicht!“, rief Sam ihr hinterher. Kurz darauf hörte sie die Tür zufallen.

25 | Suche

Sam schmerzte das Kreuz. Schreibtischarbeit war eindeutig nicht ihr Ding. Seit sechs Stunden saß sie nun am Computer, für Nika waren es zwei Stunden weniger. Die junge Studentin hatte zunächst eine halbe Ewigkeit damit verbringen müssen, ihren Laptop so einzurichten, dass ihr Internetzugang bei Sam funktionierte.

„Ich glaube, es hat keinen Zweck", meinte Nika seufzend. „Dieses Forum hat mehr als zwanzigtausend Mitglieder. Selbst bei einer Suche nach Geschlecht, Postleitzahlenbereich und einem Alter zwischen fünfundzwanzig und fünfundvierzig bleiben noch Tausende übrig. Bis wir uns davon jedes Bild angesehen haben, vergehen doch Jahre."

„Ich habe dich nicht gezwungen, mir zu helfen", antwortete Sam schroff. Aufgeben kam für sie nicht in Frage.

„Ich meinte ja nur."

Der Zeitungsartikel lag auf dem Schreibtisch zwischen ihnen, und abwechselnd hatten sie ihn immer wieder zur Hand genommen, um das Bild genauer zu betrachten. Das eine oder andere Mal hatten sie Ähnlichkeiten entdeckt, die sich aber bei genauerem Hinsehen als trügerisch erwiesen hatten.

„Ich mache uns frischen Kaffee", eröffnete Nika und stand auf.

„Klar, dafür habe ich ja eine Sklavin", gab Sam zurück.

„Ich bin nicht deine Sklavin", maulte Nika. „Weißt du, dass du ganz schön damit nervst?" Sie verschwand aus dem Büro.

Vielleicht sollte Sam wirklich damit aufhören. Immerhin hegte das Mädchen offenbar Gefühle für sie. Irgendwann musste sie sich ausgiebig Gedanken darum machen, wie sie mit Nika umgehen sollte. Jetzt stand zunächst im Vordergrund, Jans Unschuld zu beweisen.

Drei weitere Stunden und viele Kaffeetassen später saßen sie noch immer an ihren Tastaturen. Die Gespräche waren komplett eingeschlafen, und die beiden Frauen waren kurz davor, es auch zu tun.

Mit der Konzentration war es nicht mehr weit her, und Sam überlegte, ob sie für heute aufhören sollten. Dann zerbrach Nikas Flüstern die Stille: „Samantha, schau!“

Alleine an Nikas Stimmlage erkannte Sam sofort, dass es diesmal mehr als nur eine leichte Ähnlichkeit sein musste. Sie spürte, wie sich auf ihren Schultern und ihrem Rücken eine Gänsehaut ausbreitete, die dann langsam an ihren Armen hinabwanderte. Mit ihrem rollenbewehrten Bürostuhl schob sie sich zu Nikas Arbeitsplatz und starrte auf das Display. Die Gänsehaut verstärkte sich, und rann erneut über ihren Rücken. Kein Zweifel, das war sie. Im Gegensatz zum Bild in der Zeitung lächelte die Frau hier.

Sam konnte ihren Erfolg kaum fassen, denn ihr Unterbewusstsein hatte – ebenso wie Nika – schon fast aufgegeben. Nur ihre Sturheit hatte sie noch beflügelt weiter zu machen, wie so oft schon in ihrem Leben. Von der Freude über den Fund getrieben, umarmte sie ihre Mitstreiterin spontan und küsste sie auf die Stirn.

„Du hast sie gefunden!“, rief sie, und strahlte Nika an.

„Und du hast meine Stirn mit meinem Mund verwechselt“, konterte Nika.

Obwohl sie auf solche Dinge eigentlich gar nicht eingehen wollte, konnte Sam es nicht verhindern, dass sie lachte.

„Blödmann“, sagte sie schmunzelnd, und drehte sich wieder zum Laptop. Die Frau hieß offenbar Gina. Wie Deborahs Profil war der überwiegende Teil der Beschreibung in Portugiesisch gehalten, aber es gab ebenfalls einen deutschen Satz: „Brasilien frau suchen deutsch mann, haben hubsch körper 37 jahre junger aussehen.“

Sam sah sich die Details von dem Profil an. Es war am sechzehnten Januar diesen Jahres angelegt worden. Das letzte Mal hatte sich Gina am ersten April eingeloggt. Mehr war ohne Sprachkenntnisse nicht festzustellen. „Ich brauche jemanden, der der portugiesischen Sprache mächtig ist“, bemerkte Sam.

„Du kannst es in die Übersetzungsmaschine von Google eingeben. Kennst du nicht die Sprachtools?“

„Natürlich kenne ich die, aber die Übersetzungen sind grammatikalisch nicht perfekt."

„Ist doch egal, es geht doch nur um den Inhalt, oder?"

„Der Anzeigeninhalt interessiert mich kaum, er wird nicht sehr aufschlussreich sein. Eine südamerikanische Frau sucht einen deutschen Mann. Die Details sind mir im Moment noch nicht so wichtig. Was ich brauche ist jemand, der mir etwas vom Deutschen ins Portugiesische übersetzt."

Nika sah sie zunächst fragend an und runzelte die Stirn, dann schien es ihr zu dämmern: „Du willst eine eigene Anzeige aufgeben!"

„Exakt", bestätigte Sam. „Wir haben zwei tote Frauen, und beide haben in diesem Forum inseriert. Ich fresse einen Besen, wenn es da keinen Zusammenhang gibt."

„Aber Gina ist doch verunglückt, oder?"

„Letztendlich schon, aber wissen wir, warum sie aus dem Wald gekommen ist? Außerdem sollte es bei Deborah auch aussehen wie ein Unfall."

„Hm." Nika schien nicht überzeugt zu sein.

„Ich glaube nicht an Zufälle", beharrte Sam. „Hier stimmt etwas nicht, da bin ich mir ganz sicher."

„Wenn du meinst." Die Studentin zuckte mit den Schultern und schlug dann vor: „Ich könnte Pablo anrufen."

„Wer ist Pablo?"

„Ein Kommilitone. Seine Mutter ist Italienerin, sein Vater Portugiese. Er kann für dich den Übersetzer spielen."

„Das wäre toll. Meinst du, er macht das?"

„Wenn nicht, rede ich zwei Wochen nichts mit ihm." Als sei das Erklärung genug, lächelte das Mädchen Sam an.

Die überlegte kurz und antwortete: „Er ist in dich verknallt."

Jetzt strahlte Nika regelrecht. „Genau. Er meint zwar, ich sei eine Zicke, aber er liebt mich und tut alles, was ich will."

„Ist er nett?", fragte Sam neugierig.

Nika seufzte theatralisch. „Ja, zu nett. Nett ist langweilig. Ich kann mit ihm nichts anfangen." Sie hielt kurz inne, und korrigierte sich dann schulterzuckend: „Außer ihn auszunutzen."

„Dann solltest du das jetzt tun und ihn anrufen.“

Nika nickte. „Schreibe du solange den Text auf, den du übersetzt haben möchtest.“

Zwanzig Minuten später hatte Sam eine E-Mail in ihrer Mailbox mit der Übersetzung. Pablo war, wie Nika angekündigt hatte, überglücklich gewesen, etwas für seine Angebetete tun zu können.

„Jetzt brauchst du noch ein Bild“, stellte Nika fest. „Dafür kannst du aber nicht deins nehmen, du siehst viel zu wenig südländisch aus.“

„Das ist das kleinste Problem, ich leihe mir einfach eins.“

Sam öffnete ihren Internetbrowser und googelte nach Erotikseiten mit brasilianischen Frauen. Sie klickte ein paar davon an, bis sie eine Seite gefunden hatte, die kostenlos war und auch keinen Alterscheck erforderte. Dann suchte sie sich das Bild einer hübschen Frau und speicherte es auf ihrer Festplatte. Als nächstes öffnete sie die Datei mit einem Bildbearbeitungsprogramm und beschnitt die Ränder, sodass am Ende nur noch das Gesicht übrig blieb. Damit erstellte sie die Anzeige in dem Forum. Wie auch Deborah und Gina fügte sie einen Satz in gebrochenem Deutsch hinzu, der eine hübsche und jünger aussehende Frau versprach. Zuvor hatte sie sich bei mail.com eine Fake-Email-Adresse angelegt, die sie für die Anmeldung benutzte.

„Und du glaubst, dass sich der Mörder jetzt mit dir in Verbindung setzen wird?“, fragte Nika.

„Ich habe keine Ahnung, aber immerhin besteht die Möglichkeit. Das heißt natürlich nicht, dass ich mich jetzt ausruhen kann. Bei beiden Frauen hat es einige Monate vom Aufgeben der Anzeige bis zu ihrem Tod gedauert. Wenn ich Pech habe, meldet sich nie jemand. In jedem Fall war es wichtig, das Kontaktprofil der anderen Frau zu finden. Das gibt mir die Sicherheit, dass es irgendeinen Zusammenhang zwischen ihr und Deborah geben muss.“

Nika gähnte. „Was hältst du davon, wenn wir bald ins Bett gehen? Ich bin hundemüde.“

„Das ist eine gute Idee. Dann kann ich morgen sehr früh aufstehen und den Tag nutzen. Was heißt überhaupt wir? Du schläfst auf der Couch.“

„Ja, ja“, erwiderte Nika nur. „Ich gehe schnell duschen, wenn das für dich okay ist.“

„Klar.“

Das Mädchen war bereits im Begriff, das Büro zu verlassen, als Sam sie noch einmal rief. Nika drehte sich herum und sah die Detektivin fragend an.

„Danke, dass du mir geholfen hast“, sagte Sam ernst. Alleine hätte sie doppelt solange für die Aktion gebraucht.

„Kein Problem.“

Eine halbe Stunde später waren sie beide geduscht. Sam ging ins Schlafzimmer und zog den Bademantel aus, um sich sofort aufs Bett fallen zu lassen. Als sie zur Tür sah, bemerkte sie Nika.

„Es wäre nett, wenn du mir wenigstens eine Decke geben könntest“, sagte das Mädchen in beleidigtem Tonfall.

„Versprichst du mir, mich nicht anzufassen, wenn ich dich hier schlafen lasse?“, fragte Sam.

Das „Nein“ kam schnell und bestimmt.

Die Detektivin dachte nach. Mit der Kleinen hätte sie im Zweifelsfall leichtes Spiel. Aber wenn es zu einer solchen Situation einmal gekommen war, würde es immer zwischen ihnen stehen, und das wollte sie nicht. Sie mochte Nika und wollte keinen Streit mit ihr. Mit einem Seufzen fragte sie: „Was soll ich nur mit dir machen?“

„Mich hier schlafen lassen?“, schlug Nika vor.

Wieder seufzte Sam und antwortete: „Lass bloß die Finger von mir.“ Damit drehte sie sich auf die Seite und signalisierte so, dass das Gespräch beendet war. Sie hörte, wie Nika sich auszog. Dann bewegte sich das Wasser in der Matratze, als das Gewicht des Mädchens es verdrängte. Sam löschte das Licht, und sie sagten sich „Gute Nacht“.

Schlafen konnte Sam allerdings nicht. Sie überlegte, wie sie reagieren würde, wenn Nika sie tatsächlich anfasste. Wie stand sie zu Frauen? Sie erinnerte sich dunkel an die Zeit, als sie in die Pubertät gekommen war. Damals hatte sie mit Jungs nichts anfangen können. Die meinten alle, wie toll sie seien, aber Sam konnte selten etwas Tolles an ihnen finden. Die Mädchen waren viel reifer und auch lieber gewesen, und hatten sich mit sinnvolleren Dingen beschäftigt. Für Sam waren Zärtlichkeiten mit Jungen schlichtweg nicht in Frage gekommen, weil Jungs einfach uninteressant gewesen waren. In ihren Fantasien, wenn sie es sich selbst machte, hatten tatsächlich Mädchen eine Rolle gespielt. Das gab sich allerdings schlagartig, als sie ihr erstes sexuelles Erlebnis mit einem Mann gehabt hatte. Es war ein viel älterer Mann gewesen, der ihr seine Liebe gestanden hatte. Zunächst war Sam eher belustigt gewesen, auch wenn sie sich geschmeichelt gefühlt hatte. Sie hatte ein bisschen verbal mit ihm herumgespielt, bis sie bemerkte, dass der Kerl offenbar bereit war, einiges zu machen, um Zärtlichkeiten mit ihr austauschen zu können. Er hatte gesagt, dass er alles für sie tun wollte, was immer es sei. Sie war neugierig darauf geworden, wie weit dieses "Alles" ging und hatte die Probe aufs Exempel gemacht. Keck hatte sie gefordert, dass er sich fesseln lassen sollte, wenn er sie begehrte. Er hatte sich ohne Diskussion darauf eingelassen, und ihr erstes Spiel begann.

Die Macht, die sie dabei empfunden hatte, war unglaublich gewesen. Sie hatte über das Wohlsein oder Unwohlsein eines Mannes entschieden, eines Mannes, der um einiges reifer als sie gewesen war, hatte mit ihm spielen können, wie es ihr beliebte, ohne dass er auch nur das Geringste dagegen hätte unternehmen können. Als sie dann noch festgestellt hatte, dass es dem Mann durchaus ebenso Spaß machte, war die Domina Sam geboren. Bei den wenigen Malen, an denen sie sich nochmals mit dem Mann getroffen hatte, konnte sie der Versuchung nicht widerstehen und trieb ihre Spiele immer weiter. Je weiter die Spiele gingen, umso mehr Gefallen hatte sie daran gefunden.

Der Gedanke an gewöhnlichen Sex mit Jungen langweilte sie fortan. Dabei hatte sie sich so sehr mit der Thematik beschäftigt, dass ihre Gedanken an Frauen langsam verblasst waren.

Davor aber hatte sie regelmäßig an das gleiche Geschlecht gedacht. Eine ihrer Fantasien von damals drängte sich in ihr Gehirn, und der früher gesichtslose Frauenkörper bekam das Gesicht von Nika.

Sam erschrak. Sie fühlte sich erregt. Hätte es sich einfach um ein Spiel gehandelt, wäre es überhaupt kein Thema gewesen. Sie hätte sich einfach den neuen Gefühlen hingegeben, denn sie schämte sich keiner ihrer sexuellen Bedürfnisse, egal wie ungewöhnlich sie einem Stino – einem Stinknormalen – auch erscheinen mochten. Doch von Nika wusste sie, dass da Gefühle mit im Spiel waren, und das verkomplizierte das Ganze. Sie hatte ja noch nicht mal eine normale Liebesbeziehung zu einem Mann gehabt – das war für sie bisher immer undenkbar gewesen. Sie wollte keine Beziehung. Das würde sie nur binden und einengen. Auf der anderen Seite kannte sie natürlich auch die Einsamkeit. Manchmal war sie froh gewesen, wenn sie sich bei Jan ein wenig anlehnen konnte. Er war der einzige Mensch in ihrem Leben gewesen, bei dem sie das hatte tun können. Aber er war nicht in den Nächten bei ihr gewesen, wenn sie traurig war, aus welchem Grund auch immer, oder wenn sie sich einfach nur nach irgendetwas sehnte, von dem sie nie genau gewusst hatte, was es war.

„Nika?“, flüsterte Sam. „Schläfst du schon?“

„Nein.“

„Könntest du einschlafen, wenn du mich im Arm hieltest, ohne gleich Sex mit mir haben zu müssen?“

Es dauerte eine Weile, bis eine Antwort kam. „Ich wäre glücklich, das tun zu können.“

Soll ich? Soll ich nicht? Langes Überlegen wird mir auch keine Antwort bringen …

Sam drehte sich zu dem Mädchen, und sie hielten einander fest. Dabei nahm Sam den Geruch der Studentin wahr, spürte ihre Wärme, und musste sich eingestehen, dass sie sich wohl fühlte. Fünf Minuten später war sie eingeschlafen.

26 | Nullrunde

Es schien langsam zur Gewohnheit zu werden, dass Sam mit Kaffee am Bett geweckt wurde. Sie nahm den Geruch wahr, noch bevor sie die warmen Lippen an ihrem Hals spürte. Dann war Nikas leise Stimme da: „Samantha, ich muss gleich gehen. Ich habe meiner Mutter versprochen, heute mit ihr in die Stadt zu fahren. Du hast gesagt, dass du früh aufstehen wolltest, deshalb habe ich schon Frühstück gemacht."

Eine halbe Stunde später hatten sie gegessen, ohne dass Nika noch einmal Anstalten gemacht hatte, Sam zu berühren. Als die Studentin sich verabschiedete, sagte sie, dass sie gegen vierzehn Uhr wieder da sein würde.

Nachdem das Mädchen ihres Weges gezogen war, nahm Sam das Telefon und wählte die Nummer einer Bekannten.

„Hallo Sam", begrüßte die Frau am anderen Ende die Anruferin. Offenbar hatte sie die Nummer im Display erkannt.

„Guten Morgen, Ghalisa, was macht die Kunst?"

„Wo soll ich anfangen? Wenn du dich nur alle paar Wochen meldest, sammelt sich soviel an, dass ich zwei Stunden erzählen müsste."

Sam lachte. „Fasse das Wichtigste zusammen, das reicht mir."

„Das Wichtigste oder das Beste? Das Beste ist, dass ich seit letzter Woche einen neuen Sklaven habe", erklärte Ghalisa stolz.

„Wow, wo hast du den denn aufgetrieben?" Sam wusste durchaus, dass es sehr schwer war, einen echten Sub zu finden. Zwar trieben sich zahllose Gestalten sowohl in der realen als auch in der virtuellen Szene herum, aber es waren bei weitem nicht alle so devot wie sie vorgaben. Bei den verbleibenden Männern dann noch einen zu finden, der nicht verheiratet und bereit war, sich auf eine 24/7 Sache einzulassen, also auf eine Geschichte, die 24 Stunden am Tag und sieben Tage die Woche gelebt wurde, war sehr schwer. Dazu musste man sich auch noch mögen, sonst funktionierte gar nichts. Ideal war es, wenn die Neigungen zueinander passten, damit beide mit der Beziehung glücklich waren.

„Du wirst es nicht für möglich halten, aber es ist ein Neuling. Ich bin zufällig im Chat der Sklavenzentrale mit ihm ins Gespräch gekommen. Er war nett, nicht aufdringlich, höflich zurückhaltend, ohne dabei langweilig zu werden, und irgendwie hat es von Anfang an geknistert. Es ist ja eigentlich nicht mein Ding, aber wir haben uns noch am selben Abend in einem Restaurant getroffen."

„Da warst du aber sehr schnell, dieses Mal. Ich freue mich für dich und drücke dir die Daumen, dass es etwas Langfristiges wird. Wie stellt er sich denn an?“

„Wie soll ich sagen? Man merkt, dass er zwar versucht hat, sich einiges anzulesen, aber dennoch ein Neuling ist. Ich kann ihn noch sehr oft in Erstaunen versetzen.“ Sam vernahm ein gehässiges Lachen. Dann wurde ihre Bekannte ernst und fragte: „Aber was hast du auf dem Herzen? Du rufst doch nicht ohne Grund an?“

„Da kann ich leider nicht widersprechen. Ich würde mich gerne mit dir über Nadeln und so Sachen unterhalten.“

„Oho“, gab Ghalisa von sich, „bist du endlich auf den Geschmack gekommen?“

Sam lachte. „Das möchte ich nicht behaupten. Ehrlich gesagt hat es mit einem Fall aus meiner Detektei zu tun. Irgendetwas geht da vor, was mit Leuten zu tun hat, die sich damit beschäftigen.“

Kurzes Schweigen. „Kannst du genaueres dazu sagen? Ich meine, wo soll ich anfangen zu erzählen? Was exakt möchtest du denn wissen?“

„Wenn ich das selbst so genau wüsste. Ich befürchte, dass es irgendwo im Rhein-Main-Gebiet Leute geben könnte, die es übertreiben. Ich kenne aber niemanden, dem ich es zutrauen würde. Das ist sicher nicht verwunderlich, denn wie du weißt stehe ich nicht so auf Nadeln, Branding und Ritzen.“

„Ich hoffe nicht, dass du Recht hast. Das wäre etwas, was wir überhaupt nicht gebrauchen könnten. Aber wie soll ich dir da helfen? Du bist die Detektivin, nicht ich.“

„Und du hast keine Idee?“

„Wie weit übertreiben sie es denn?“

„Es gibt Tote, Ghalisa“, sagte Sam.

„Ach du lieber Gott. Und es sind welche von uns?“ Die Frau war hörbar erschüttert.

„Das habe ich nicht gesagt. Es hat aber sehr wahrscheinlich etwas mit BDSM zu tun. Ob sie aus der Szene sind, weiß ich nicht. Vielleicht sind es auch Leute, die völlig abgeschottet agieren. Nicht jeder,

der SM praktiziert, hat auch mit der sogenannten Szene zu tun, wobei mir das Wort sowieso nicht gefällt."

„Wie ist es, wenn ich dir einfach ein paar Leute vorstelle? Nächste Woche treffen wir uns im Grande Opera, da gibt es ein Special."

„Dafür wäre ich dir sehr dankbar."

„Es wäre gut, wenn du einen deiner Subs mitbringen könntest, dann hättest du einigermaßen Ruhe vor Bewerbern." Ghalisa lachte, und fügte dann hinzu: „In jedem Fall würdest du nicht nach Beobachterin aussehen, wenn du in Gesellschaft bist. Ich werde mich nicht den ganzen Abend um dich kümmern können."

„Okay, ich überlege es mir. Wann nächste Woche ist das?"

„Am Dienstag. Ich habe ehrlich gesagt auch keine Ahnung, warum sie das nicht am Wochenende machen."

„Gut. Dann rufe ich dich am Dienstagmittag noch einmal an."

„Mach' das. Und Sammymaus … "

„Ja?"

„Pass' auf dich auf!"

„Das werde ich. Bis dann."

Sie legten auf. Nachdem Sam sich angezogen hatte, sah sie nach, ob es schon Reaktionen auf ihre fingierte Anzeige gab. Nichts. Dann druckte sie sich das Bild von Ginas Anzeige im Internet aus. Es war wesentlich lebendiger als das Portrait in der Zeitung. Bewaffnet mit dem Ausdruck fuhr sie nach Vockenhausen, um von hier aus die Straße zur A3 abzufahren. Die Böschung rechter Hand war zum Teil sehr hoch und steil. Warum sprang dort jemand hinunter? Was hatte eine Person, die offenbar niemand kannte, in diesem Wald verloren?

An der Einmündung nach Niederjosbach drehte Sam und fuhr die Strecke zurück. In Vockenhausen wendete sie abermals. Sie hatte nur eine Abzweigung ausmachen können, die sie auch früher schon unbewusst wahrgenommen hatte. Der Weg führte ihres Wissens nach zu einem Hof. Tatsächlich wies ein Schild nicht nur auf einen Hof hin, sondern auch auf eine Pension mit Namen „Waldglück".

Zunächst war der schmale Weg noch asphaltiert. Als er sich trennte, lief das befestigte Sträßchen rechts weiter zu dem Hof, während es links auf einem Schotterweg zur Pension ging. Zunächst fuhr Sam zu dem Hof, auf dem reges Treiben herrschte. Sam nahm ein großes Haus, sowie verschiedene Nebengebäude und Stallungen wahr.

Nachdem sie ihren Wagen am Wegesrand abgestellt hatte, stieg sie aus und nahm sofort den typischen Geruch eines Reiterhofes wahr. Das Anwesen war sehr groß. Sam empfand es als sehr ordentlich und sauber. Der Innenhof wurde gerade von einem Jugendlichen gekehrt, nirgendwo lag Pferde- oder Kuhmist herum. Während sie sich ein Bild vom Äußeren der Anlage machte, lief ein kräftiger Mann Anfang vierzig an ihr vorbei, im Schlepptau ein riesiges, schwarzes Pferd, das, den Kopf majestätisch in die Luft gereckt, erhaben hinter ihm schritt.

„Entschuldigen Sie, darf ich Sie kurz etwas fragen?“ Sam versuchte, ihr Lächeln so unschuldig und harmlos wie möglich aussehen zu lassen.

Der Mann drehte sich zu ihr. „Was kann ich denn für Sie tun?“

Sam erklärte, warum sie da war, zeigte dem Mann das Bild.

„Die Polizei war doch damals schon da. Ich habe danach auch noch bei den Leuten herumgefragt, aber niemand wusste etwas von der Frau. Wäre sie hier gewesen, dann hätte sie irgendwer gesehen, darauf können Sie sich verlassen. Ich erfahre immer, wenn Fremde hier auf dem Hof waren. Diese Frau war es jedenfalls nicht. Tut mir leid, wenn ich Ihnen nicht weiterhelfen kann.“

„Haben Sie etwas dagegen, wenn ich auf Ihrem Hof noch ein paar Leute frage?“

„Das ist nicht mein Hof, und warum sollte ich etwas dagegen haben? Tun Sie, was Sie tun müssen, aber viel Hoffnung mache ich Ihnen nicht. Wir achten alle sehr darauf, dass hier immer alles in Ordnung ist. Wenn Sie ein Pferd unterstellen wollen, dann finden Sie sicher keine bessere Adresse. Fragen Sie nur, die Leute hier sind hilfsbereit und freundlich.“

„Vielen Dank. Ich denke, Ihre Aussage reicht mir zunächst. Es ist sehr nett, dass Sie sich die Zeit genommen haben.“

„Keine Ursache, junge Dame.“ Der Mann nickte ihr noch einmal zu und führte dann sein Pferd zu einem Stall.

Sam setzte sich in ihren Wagen und überlegte, was sie sich davon versprechen konnte, wenn sie hier noch weitere Leute ansprach. Nach kurzer Bedenkzeit entschied sie, es erstmal dabei zu belassen.

Stattdessen versuchte sie es bei der Pension. Auf dem Schotterweg wurde sie kräftig durchgerüttelt. Der Zustand der Pensionszufahrt ließ eindeutig zu wünschen übrig. Das Haus, zu dem sie gelangte, kam ihr sehr klein für eine Pension vor, aber vielleicht täuschte das ja auch. Ein einziges Fahrzeug stand auf dem ebenfalls nur geschotterten Parkplatz. Viele Gäste gab es offenbar nicht.

Sam stellte ihren Wagen neben dem großen Ford ab und ging dann zum Eingang. Die Tür, die im Gegensatz zu dem eher ältlichen Bau sehr modern wirkte, war verschlossen. Ein kleines Schild forderte potentielle Gäste auf, die Klingel zu betätigen. Nachdem Sam auf den bronzefarbenen Knopf gedrückt hatte, tat sich eine Weile nichts, sodass Sam die Zeit hatte, an der grob verputzten, grauen Mauer hinauf zu sehen. Während die Fassade eher renovierungsbedürftig aussah, erschienen Sam die Fenster neueren Baujahres. Es gab zwei Stockwerke plus Dachgeschoss, insgesamt nur drei Fenster auf dieser Front, davon zwei in der oberen Etage und eins im Dach, keines im Erdgeschoss. Sam überlegte, wer dieses Haus als einladend empfinden würde.

Endlich meldete sich jemand an der Gegensprechanlage. Die weibliche Stimme, die sich nach Sams Wünschen erkundigte, klang nicht mehr sehr jung.

„Guten Tag, ich wollte mich nach Ihren Zimmern erkundigen“, log Sam. Irgendwie sagte ihr Bauch, dass man sie gar nicht erst einlassen würde, wenn sie die Wahrheit sagte.

„Kommen Sie herein“, krächzte die blecherne Stimme aus dem Lautsprecher. Ein Summen signalisierte Sam, dass ihr Einlass gewährt wurde. Sie drückte die Tür auf, und gelangte in einen kleinen, aber sehr aufwendig gestalteten Flur. Sowohl die Wände als auch der Boden waren mit hellen Natursteinen ausgekleidet. Sam fragte sich, ob es Marmor war. Beleuchtet war der Gang indirekt. Das Licht hatte einen sehr warmen Ton. Nach wenigen Schritten eröffnete sich rechts die Rezeption, deren Theke aus dunklem Holz gearbeitet war. Die

Frau, die lächelnd dahinter saß, musste nach Sams Meinung die sechzig schon überschritten haben. Auch das viel zu dick aufgetragene Make-up konnte dies nicht verbergen.

„Es tut mir leid, aber ich bin derzeit ausgebucht“, sagte die Frau ohne einleitende Begrüßung.

„Das ist kein Problem, ich suche auch nichts für heute. Eigentlich suche ich auch nichts für mich selbst, sondern für Freunde, die nächste Woche aus Österreich zu Besuch kommen.“

„Oh, da muss ich Sie leider auch enttäuschen. Für nächste Woche haben sich ein paar Stammkunden angemeldet, die jedes Jahr zu uns kommen.“

„Und die mieten sämtliche Zimmer?“, fragte Sam erstaunt.

Die Frau lächelte entschuldigend. „Vielleicht hätte ich mich doch nicht Pension nennen sollen. Ich fand, es klingt besser als ‚Fremdenzimmer‘. Ich habe nur drei Zimmer, und die sind meistens belegt.“

„Ach so, das wusste ich nicht. Eine Freundin hatte mir erzählt, dass sie vor einem halben Jahr Besuch aus Brasilien hatte, der hier abgestiegen ist und es als sehr schön empfunden hatte.“

„Das glaube ich nicht. Seit ich vor zwei Jahren beschlossen habe, meine kleine Rente hiermit etwas aufzubessern, hatte ich ausschließlich deutsche Gäste. Sie müssen eine andere Unterkunft meinen.“

Sam spielte die erstaunte: „Also meine Bekannte hat gesagt, ich solle der B455 über Eppstein hinaus folgen, und mich dann rechts halten. Ihr Schild war das Einzige, das ich an der Straße gesehen habe.“

„Fahren Sie die Landstraße noch ein kleines Stück weiter. Da, wo es auch nach Niedernhausen geht, fahren Sie rechts. Dann kommt bald ein großes Hotel. Sicher haben Ihre Freunde das gemeint.“

„Da haben Sie vermutlich Recht. Allerdings ist Ihre Pension viel näher für mich. Schade, dass nichts mehr frei ist.“

„Drei Zimmer sind schnell ausgebucht. Wenn in Frankfurt Messe ist, dann reißen die Leute sich darum.“ Die Frau lächelte unverbindlich und reichte ein kleines Kärtchen über die Theke. „Hier, nehmen Sie meine Karte mit, falls Sie ein anderes Mal ein Zimmer brauchen. Dann müssen Sie nicht herkommen um zu fragen, ob etwas frei ist.“

Sam bedankte sich, wünschte der Frau einen schönen Tag und verließ das Haus. Während sie zu ihrem Auto ging, blickte sie sich um. Scheinbar gab es keinen Spazierweg in der Nähe, lediglich die geschotterte Zufahrt endete hier. Sonst war rund um das Haus nur dichter Wald zu sehen.

‚Diese Frau hätte sich bestimmt an Gina erinnert, wenn sie hier ein Zimmer gehabt hätte', dachte Sam und stieg in ihren Peugeot. Sie war ziemlich unzufrieden mit ihren Ergebnissen und fuhr nach Hause. Es war Zeit ihren Körper zu trainieren.

27 | Zusammenhang

Nachdem sie neunzig Minuten hart trainiert hatte, ging Sam duschen. Als sie danach das Badezimmer verließ, spürte sie sofort den kalten Luftzug an ihrem nackten Körper. Hatte sie irgendwo das Fenster aufgelassen? Kurzerhand nahm sie sich den Bademantel, der an der Innenseite der Badezimmertür hing, und ging der kalten Luft nach. Diese schien von der Küche zu kommen, was Sam nun wirklich wunderte. In der Küche hatte sie eigentlich nur das Fenster auf, wenn sie kochte.

Als sie den Raum betrat, erkannte sie erschrocken, woran es lag, dass ihre Heizung die Luft für draußen erwärmte. Zwar standen die Fensterflügel nicht offen, aber in den Scheiben befanden sich zwei große Löcher, in die einzelne Glasspitzen hineinstachen. Die kühle Luft des frühen Nachmittags wehte ungehindert in ihre Wohnung. Scherben lagen auf zwei großen, ausgebreiteten Pappbögen inmitten einer sonderbaren, bernsteinfarbenen Masse.

In der Mitte des Raumes lagen noch weitere Gebilde, ähnlich den Scherben, nur merkwürdig anders geformt. Um das merkwürdige, weißlich-durchsichtig anmutende Etwas besser erkennen zu können, ging Sam ein paar Schritte näher. Dann weiteten sich ihre Augen, und schlagartig fröstelte es sie, als ob ein eiskalter Hauch über ihren Rücken strich. Die kleinen, halbdurchsichtigen Würfel waren offenbar

Eiswürfel, und sie lagen in einer ganz bestimmten Anordnung dort. Eng aneinander gereiht formten sie zwei Zahlen, die mit einem Strich voneinander getrennt waren: *6-3*.

Wie eine geplatzte Bombe durchfuhr es sie: Die Nachricht war für sie bestimmt! Natürlich! Jan war tot, für ihn brauchte man keine Hinweise mehr zu hinterlassen. Die Zahlen an seiner Wand hatten ihr gegolten, und nicht ihrem Freund! Es war der erste Teil einer verschlüsselten Botschaft gewesen, die sich hier fortsetzte. Vielleicht hatte Jans Mörder es nun auf sie abgesehen, weil sie seine beste Freundin war.

Dann schaltete der Selbstschutzmechanismus ihres Gehirns auf Verteidigung. Plötzlich wurde ihr bewusst, dass jemand in ihrer Wohnung gewesen sein musste, während sie geduscht hatte. Dieser Jemand konnte durchaus noch da sein. Mit einer schnellen Bewegung riss die junge Frau eine Schublade auf und es schepperte laut, als das Besteck durch die Fliehkraft gegeneinander gewirbelt wurde. Entschlossen bewaffnete sie sich mit zwei großen Fleischmessern. Aus dem Augenwinkel registrierte sie, dass im Waschbecken blaue Eiswürfelformen lagen. Es waren nicht ihre. Er musste sich das Eis mitgebracht haben. Wie, um alles in der Welt, hatte er das bewerkstelligt, ohne dass es auf dem Weg zu ihr geschmolzen war? Im Auto, mit einer 12-Volt-Kühlbox?

Vorsichtig schlich sie aus der Küche. Sie gelangte direkt in das offene Büro, das sich barrierefrei an den Treppen- und Flurbereich anschloss. Dort lag das nächste Telefon. Als sie es erreichte, tauschte sie eines der beiden Messer gegen das Gerät aus und wählte Gregors Nummer. Dabei drehte sie ständig den Kopf und sah in alle Richtungen.

„Hallo Gregor, ich hoffe nicht, dass es zur Gewohnheit wird, aber du musst mir ein paar Leute schicken." Die Detektivin flüsterte, weil sie Angst hatte, sonst ein verdächtiges Geräusch im Haus überhören zu können.

„Du hast aber nicht schon wieder eine Leiche, oder?", stieß Gregor mit erschrockener Stimme hervor.

„Noch nicht, aber wenn, dann wäre die Tote diesmal ich selbst."

„Was ist los?"

„Als ich eben duschen war, hat mir jemand die Küchenfenster zerstört und mir eine kleine Nachricht hinterlassen."

Dabei fiel ihr Blick ins Schlafzimmer. „Oh nein!", sagte sie, lauter als sie es eigentlich wollte.

„Was ist?", fragte Gregor beunruhigt. „Siehst du ihn?"

„Nein, aber ich sehe mein Schlafzimmerfenster. Die Scheibe ist ebenso kaputt wie die in der Küche."

„Von was für einer Nachricht hast du gesprochen?"

„Es sind nur zwei Zahlen: sechs und drei."

„Scheiße", gab der Polizist von sich. Dann, rufend: „Axel, jemand soll sofort in die Königsteiner Straße nach Eppstein-Ehlhalten fahren. Bitte kontaktiere das zuständige Revier." Er nannte noch die Hausnummer, und sagte dann leiser: „Hast du Hinweise darauf, ob er noch im Haus ist?"

„Ich habe keine Ahnung, aber wenn ich ihn zu Gesicht kriege, werde ich ihn schlachten." Sams Stimme klang weniger selbstsicher, als sie sich gewünscht hatte. Sie war zwar viel ruhiger als in Jans Wohnung, denn hier war sie nicht mit der Leiche ihres besten Freundes konfrontiert, und körperliche Auseinandersetzungen schreckten sie nicht. Trotzdem spürte sie ein enormes Unbehagen, denn sie hatte keine Ahnung, welchen Waffen sie sich eventuell gegenüber sehen würde. Seit über zwanzig Jahren machte sie Kampfsport, ihren lieben Adoptiveltern sei Dank. Dabei hatte sie mehrmals die Kampfsportart gewechselt und ein sehr gutes Reaktionsvermögen erlangt. Wenn aber jemand mit einer Pistole vor ihr stand, hatte sie schlichtweg keine Chance. Ebenso gab es Waffen, deren Hiebe man kaum ausweichen konnte, wenn man sich in einer beengten Wohnung befand.

„Wir machen es wie beim letzten Mal", sagte Gregor. „Du bleibst, wo du bist, und ich bleibe am Telefon, bis die Kollegen da sind."

„Kommt ja gar nicht in Frage", antwortete Sam. „Deine Jungs würden mir die Haustür eintreten. Die Fenster werden schon teuer genug sein."

„Sam, du bleibst, wo du bist!“, befahl Gregor. „Es ist zu gefährlich.“

„Ja, ja“, bediente Sam sich der Wortwahl von Nika. „Pass auf, ich stecke das Telefon jetzt in meine Tasche. Du wirst also weiterhin mitbekommen, ob etwas passiert. Aber ich werde dich nicht mehr hören können.“

Ohne eine Antwort abzuwarten ließ sie das kleine Gerät in die Tasche ihres Bademantels gleiten und nahm das zweite Messer wieder auf. Selbstbewusst trat sie von dem offenen Bereich ins Schlafzimmer. Hier schien niemand zu sein. Ein Blick hinter die Tür zeigte ihr, dass sich auch dort niemand versteckte. Plötzlich fuhr sie zusammen, als ein lauter Knall in ihren Ohren krachte. In einer panischen Bewegung wirbelte sie herum und sah zum Fenster. Noch bevor ihr Gehirn verarbeitet hatte, dass dort niemand war, erkannte ihr Unterbewusstsein, dass der Knall von einer Fehlzündung auf der Straße gekommen war. Obwohl sie für den Moment beruhigt war, schlug ihr Herz bis zum Hals.

Vorsichtig ging sie zurück in den Büro-Flurbereich und wandte sich nach rechts. Hatte sie die Tür vom Badezimmer so weit auf gelassen? Sie war der Meinung, dass sie beim Verlassen des Bades die Tür weiter zugezogen hatte. Sicher war sie sich nicht, dennoch ging sie zunächst davon aus, dass er dort drinnen war – wer auch immer er sein mochte. Ohne zu zögern trat sie die Tür ganz auf. Laut krachte die Klinke gegen die Kacheln an der Wand. Niemand befand sich im Badezimmer. Sam sah nicht nach, vermutete aber, dass sie mit der Aktion mindestens eine Wandfliese zerstört hatte.

Sie drehte sich um und lief zur Tür ihres Trainingsraums, die stets verschlossen war, da sie den Raum nicht so stark beheizte wie den Rest des Hauses.

Plötzlich drang das Bewusstsein in ihr Gehirn, dass derjenige, der ihr die Eiswürfel hingelegt hatte, der Mörder von Jan sein musste.

Sie dachte wieder an die Fehlzündung auf der Straße. Ebenso hätte der Schuss aus einer Pistole sein können. Wenn der Fremde tatsächlich eine Schusswaffe hatte, würde er keine Sekunde zögern, auf sie zu schießen. Bei Jan war er auch völlig rücksichtslos vorgegangen. Sollte sie vielleicht doch besser auf die Polizei warten? Aber das stand im krassen Gegensatz zu ihrer Natur.

Kurz entschlossen zog sie den Ärmel ihres Bademantels über die Hand, um keine eventuell vorhandenen Fingerabdrücke zu verwischen, und drückte die Klinke zum Trainingsraum. Fast im gleichen Atemzug öffnete sie forsch die Tür und hechtete hinein. Geschickt rollte sie sich auf der dämpfenden Matte ab und kam sofort wieder in den Stand. Gekonnt hielt sie dabei die Messer so, dass eine Selbstverletzung ausgeschlossen war. Dass ihr Sprung in dem wehenden Bademantel mehr als lächerlich ausgesehen haben musste, störte sie nicht.

Sie war darauf vorbereitet, Jans Mörder gegenüber zu stehen. Sollte sie sich gegen ihn zur Wehr setzen müssen, würde sie sämtliche Tricks, die sie jemals gelernt hatte, gegen ihn einsetzen. Es würde ihr keine Mühe bereiten zu beweisen, dass sie in Notwehr gehandelt hatte, ganz egal, was dem Verbrecher bei der Auseinandersetzung passierte. Der Haken an der Sache war nur, dass er nicht da war.

Sam stellte fest, dass hier die Fenster nicht zerstört waren.

Okay, er befand sich also nicht mehr im oberen Stockwerk. Sam verließ den Trainingsraum und schlich die Treppe hinunter, die in der Mitte eine hundertachtzig Grad Wendung besaß. An der Ecke streckte sie zunächst vorsichtig den Kopf vor, um nach unten sehen zu können. Dann ließ sie ihren Körper folgen.

Wieder fraß sich der Gedanke an einen möglichen Revolver in ihr Bewusstsein. Mit einem leichten Ärger spürte sie, dass ihre Hände, die noch immer die Messer hielten, feucht waren.

Auf der Treppe würde sie ein leichtes Ziel abgeben. Langsam ging sie in die Hocke, um mehr von dem Raum unter ihr sehen zu können. Es war nichts Ungewöhnliches zu entdecken, aber auch von unten kam ein kalter Luftzug. Sam würde vermutlich noch weitere zerbrochene Scheiben zu beklagen haben. Vielleicht hatte er aber auch nur die Tür offen stehen lassen, als er geflüchtet war. Vorsichtig schlich sie die Treppe hinunter, stets die Wohnzimmertür im Auge behaltend. Die Zugänge zu den anderen Räumen waren geschlossen.

Ein Blick ins Wohnzimmer zeigte ihr, dass die Terrassentür offen stand und ebenfalls zerstört war. Eine Person, die sie dafür verantwortlich machen konnte, war nicht anwesend. Die Detektivin vermutete, dass er hier eingedrungen war.

Sie widerstand der Versuchung, nach weiteren Eisbotschaften zu suchen. Dafür hätte sie mit dem Rücken zur Tür gestanden, und noch hatte sie nicht das ganze Haus durchsucht. Plötzlich meinte sie, eine Bewegung hinter ihrem Rücken zu spüren. Ruckartig drehte sie sich wieder zum Flur, wobei sie mit einem zischenden Geräusch hektisch die Luft einsaugte. Die Augen wanderten flink von links nach rechts, die Treppe hinauf. Ihr Gefühl hatte sie getrogen: Da war niemand.

Sie ließ das Wohnzimmer hinter sich und lief zu ihrem Studio, welches links von ihr lag. Auch diese Tür war immer geschlossen. Zwar war das Studio stets gut beheizt, aber Besucher sollten nicht einfach einen Blick hineinwerfen können. Denjenigen, die nichts von ihrer dominanten Seite wussten, erzählte sie, dass sie aus ihrem ehemaligen Büro eine Abstellkammer gemacht hatte. Jetzt drückte sie mit dem Ellenbogen die Klinke herunter und stellte fest, dass die Tür noch immer verschlossen war. Der Schlüssel steckte zwar stets, aber da Sam verhindern wollte, dass noch einmal jemand, wie Jan kürzlich, versehentlich dort hinein ging, war die Tür seither abgeschlossen. Okay, dort war er also auch nicht.

Jetzt blieben nur noch die Gästetoilette und die Garage. Doch auch hier war keine Menschenseele. Irgendwie war Sam enttäuscht. Einerseits fürchtete sie sich vor einer Konfrontation, andererseits wünschte sie sich die Genugtuung, den Täter selbst bestrafen zu können.

Nachdem sie sicher war, dass außer ihr niemand im Haus war, verwandelte sich ihre Anspannung langsam in Ärger. Sie hatte eine kaputte Terrassentür und mehrere zerbrochene Fenster. Außerdem versuchte irgendein Idiot, ihr Angst zu machen. Dieser musste dazu auch noch verrückt sein, wie sonst hätte er das mit Jan anstellen können?

Plötzlich war wieder das unangenehme Gefühl in ihrer Magengegend, das Sam bereits gespürt hatte, als sie ihre Wohnung nach dem eventuell bewaffneten Mann abgesucht hatte. Wenn es ein Verrückter war, dann durfte sie nicht davon ausgehen, dass er mit normalen Mitteln kämpfte. Was, wenn er ihr eine Falle stellte? Wenn er ihr in einem unvorbereiteten Moment von hinten auflauerte und sie einfach hinterrücks erschlug? Oder wenn er nachts in ihr Haus eindrang, während sie schlief, und sich auf die wehrlose Frau im Bett stürzte? Die Gänsehaut kam diesmal langsamer als in Jans Wohnung, schleichend, wie eine Katze auf Samtpfoten. Doch die Pfoten schienen ihre Krallen ausgefahren zu haben. Krallen mit Widerhaken, die sich tief in Sams Gemüt gruben. Sie würde vorsichtig sein müssen.

Mit einem Mal fiel ihr wieder der aufgeschnittene Reifen ein. War es möglich, dass dies das erste Zeichen gewesen sein konnte, welches gegen sie gerichtet war? Das zweite Zeichen war in Form ihres toten Freundes gekommen. *6-2* stand an seiner Wand.

Nun hatte ihr jemand signalisiert, dass es kein Problem war, in ihr Haus einzudringen, am helllichten Tage und während sie zuhause war. Die dritte Nachricht, *6-3*.

Die jeweils zweite Zahl schien fortlaufend zu sein. Aber was bedeutete die erste? Würde diese sich auch beim nächsten Mal nicht verändern? War sie feststehend? Was verriet sie, diese Sechs? Etwas, das mit einer Hausnummer sechs zu tun hat? Oder der Sechste eines beliebigen Monats? Heute war der achte, also war der nächste Sechste noch fast einen Monat entfernt. Was würde geschehen am Sechsten in einem Monat? Und warum war Sam das Ziel? Was hatte sie getan? Welche Feinde hatte sie? Den Mörder von Sabsi, den sie vor vier Jahren ins Gefängnis gebracht hatte? Unmöglich, der würde noch lange Zeit im Gefängnis verbringen. Oder war er draußen? Konnte das sein? Sie würde Gregor bitten, sich zu erkundigen.

Sam schüttelte zweifelnd den Kopf. Sie sah keinen Grund, warum es jemand so massiv auf sie abgesehen haben sollte. Ein Mann, den sie des Fremdgehens überführt hatte, würde nicht mordend durch die Gegend laufen, zumal die Zielpersonen meistens gar nicht wussten, wer die Beweise für ihre Schuld besorgt hatte.

Es hatte alles erst angefangen, als die Leiche von Deborah gefunden worden war. Bestimmt gab es einen Zusammenhang mit dem Ableben von Jans Freundin. Etwas anderes konnte Sam sich nicht vorstellen. Vielleicht war ja auch Deborahs Tod das erste Zeichen gewesen, und ihr zerschnittener Reifen nur ein großer Zufall, der nichts mit alledem zu tun hatte.

Der kaputte Reifen. Er war just in dem Moment gekommen, in dem sie auch die ersten Ermittlungen in dem Fall anstellte. Wollte ihr jemand klar machen, dass sie sich heraus halten sollte? Aber wer hatte wissen können, dass sie auf dem Weg zur Sprachschule gewesen war, um die Mitschüler von Deborah zu befragen? Jan war der Einzige gewesen. Ihr wurde schlecht als ihr klar wurde, dass Jan in etwas ganz Schreckliches hineingeraten sein musste.

‚Jan, mit was für Leuten hast du dich eingelassen?', dachte sie. ‚Und warum hast du das getan?'

Gehörte er am Ende doch zu den BDSMlern, wie Gregor vermutet hatte? Aber dann hätte Sam ihm irgendwann über den Weg laufen müssen. In letzter Zeit war es zwar eher selten geworden, dass sie die hiesigen Clubs besuchte, aber vor wenigen Jahren war sie regelmäßig in der Szene unterwegs gewesen.

Vielleicht hatte er erst kürzlich seine Vorlieben entdeckt? Warum eigentlich nicht? Es gab einige, die erst recht spät damit anfingen.

Nach einer Zeit, die ihr wie eine Ewigkeit vorkam, traf endlich die Polizei ein. Die Beamten durchsuchten das Haus noch einmal gründlich, fanden aber auch niemanden. Bald trafen zusätzliche Beamte ein, die wohl von Gregor geschickt worden waren. Während sie ihre Untersuchungen anstellten, rief Sam bei einem Glaser an, der im Internet damit warb, dass er im Notfall sogar nachts kommen würde. Der Mann versprach, zwei Stunden später da zu sein. Als Sam fragte, für wie wahrscheinlich er es hielt, dass er passende Scheiben vorrätig hatte, machte er ihr wenig Hoffnung. Die Isolierverglasung, die Sam nach dem Hauskauf hatte einsetzen lassen, würde eine maßgenaue Anfertigung erforderlich machen. Aber man würde ihr kurzfristig eine Notverglasung einsetzen.

Damit Nika nicht in dieses Chaos platze, schickte Sam ihr eine SMS, in der sie das Mädchen bat, zunächst nicht zu ihr zu kommen.

Kurze Zeit später trafen Gregor und Oberkommissar Sorghardt ein. Gregors Vorgesetzter stellte Sam viele Fragen zu Jan, die sie nur zum Teil beantworten konnte. Der Polizist ging weiterhin davon aus, dass Jan für Deborahs Tod verantwortlich war, und die neuesten Ereignisse damit in Zusammenhang standen. Immerhin stellte Sam befriedigt fest, dass wieder an dem Fall gearbeitet wurde.

Als Sam zwischendurch alleine mit Gregor im Büro war, bat sie ihn, sich nach dem Verbleib von Sabsis Mörder zu erkundigen. Er versprach es und informierte sie gleichzeitig darüber, dass es nichts Besonderes von der Toten, die vom Bus erfasst worden war, zu berichten gab. Das Einzige, was etwas merkwürdig erschien, war die Tatsache, dass sie barfuß durch den Wald gelaufen war.

„Sie heißt vermutlich Gina", gab Sam bekannt, „und hatte eine ähnliche Anzeige im Internet aufgegeben wie Deborah."

Gregor sah sie erstaunt an. Dann sagte er nur: „Schickst du mir den Link per Email?"

Sie versprach es und fragte, was alles unternommen worden war, um die Identität der Frau festzustellen. Gregor erklärte, dass man in der näheren Umgebung herumgefragt hatte, aber niemand hatte die Frau jemals gesehen. Auch die Angestellten der nächsten Tankstellen konnten sich nicht an die Frau erinnern. Selbst in den Lebensmittelgeschäften der Umgebung hatte man herumgefragt, ebenso ergebnislos. Gregor vermutete, dass die Frau nicht aus der Gegend stammte.

„Was hatte sie dann dort im Wald zu suchen?", fragte Sam, aber Gregor sah sie nur an und schien keine Antwort darauf zu haben.

Sams Handy klingelte. Nika wollte sich erkundigen, was denn genau passiert sei. Schnell erklärte Sam, was vorgefallen war. Dann überlegte die Detektivin, dass es weder für das Mädchen noch für sie selbst eine gute Idee war, in dem Haus zu schlafen.

„Dann machen wir es umgekehrt", schlug Nika vor. „Du kommst her und schläfst hier."

Sam dachte kurz darüber nach. Warum eigentlich nicht?

„Wenn das für deine Eltern in Ordnung ist", sagte sie dann.

„Was sollten die denn dagegen haben?", fragte Nika lachend.

„Ich weiß aber noch nicht, wann ich da sein kann. Bis wann kann ich denn kommen?“

„Da heute Samstag ist, geht hier keiner vor Mitternacht ins Bett.“

Sam bedankte und verabschiedete sich.

Sorghardt betrat das Büro. „Man hat die Terrassentür aufgehebelt. Die Scheiben wurden erst nachträglich eingeschlagen, vermutlich nur, um Schaden anzurichten. Dabei war man sehr vorsichtig, was den Geräuschpegel beim Zerschlagen der Scheiben angeht. Damit es keine laut klirrenden Scherben gab, die auf den Boden gefallen wären, hat man große Kartonbögen mit einer heftig klebenden Substanz eingeschmiert und auf das Glas gedrückt. Daran blieben die Splitter beim Einschlagen hängen, und man konnte dann alles zusammen abnehmen und auf den Boden legen. Das ganze hat man zunächst mit dem inneren Glas der doppelwandigen Isolierscheibe gemacht, und danach mit dem äußeren wiederholt. Ziemlich trivial, aber effektiv.“

„Was meinst du, warum jemand das getan hat?“, fragte Gregor.

Sorghardt sah ihn an, strich sich kurz über den kurzgeschnittenen Schnauzbart, und sagte dann: „Wenn du mich fragst, dann hat jemand, der Deborah sehr nahe stand, herausbekommen, was mit ihr passiert ist. Wenn dieser Jemand auch in Erfahrung gebracht hat, dass mit der Frau SM-Sachen gemacht worden sind, dann wird er sich gefragt haben, ob Herr Patersen sie ganz alleine dazu überredet hat. Sollte der Täter auf eigene Faust Recherchen angestellt haben, dann musste er unweigerlich auf Frau Veselkova treffen, nicht wahr? Er möchte den Tod einer Frau rächen, und zu den Personen, an denen er sich rächen will, gehört eben auch Frau Veselkova.“ Er drehte sich zu Sam und fuhr fort: „Nehmen Sie es mir bitte nicht übel, aber aus emotionaler Sicht ist das Verhalten des Täters sogar verständlich.“

Sam zog die linke Augenbraue hoch. „Interessant, wofür Sie alles Verständnis haben.“

„Ich habe sogar Verständnis dafür, dass Sie kein Verständnis für meine Gedankengänge haben.“ Er sah ihr noch einen Augenblick mit undeutbarem Blick in die Augen und drehte sich wieder zu Gregor. „Ich wäre dir dankbar, wenn du dafür sorgen würdest, dass Frau Veselkova heute Nacht sicher ist. Ehrlich gesagt habe ich ein wenig Angst um sie. Wer sagt uns, dass sie nicht auch sterben soll?"

„Ich kümmere mich darum", versprach Gregor, erwähnte aber nicht, dass das Thema bereits erledigt war.

„Gut. Ein paar Leute sind bereits unterwegs, um in der Nachbarschaft herum zu fragen, ob jemand etwas gesehen oder gehört hat."

„Vielleicht haben wir hier bei der Spurensicherung mehr Glück als in der Wohnung von Jan Patersen", sagte Gregor ohne Überzeugung.

„Da habt ihr nichts gefunden?", wollte Sam wissen.

„Nichts Brauchbares", antwortete Sorghardt an Gregors Stelle. Zu seinem Kollegen gewandt sagte er: „Lass uns nachher noch mal telefonieren." Damit wandte er sich zur Treppe. Bevor er die erste Stufe hinabsteigen konnte, rief Sam: „Herr Sorghardt?"

Der Oberkommissar drehte sich um und sah Sam fragend an.

„Sie haben vorhin gesagt: ‚Sie haben die Tür aufgehebelt'. Gibt es Anzeichen dafür, dass es mehrere waren?"

„Nein, das gibt es nicht. Solange wir noch nicht wissen, ob es eine, einer oder mehrere waren, springe ich ständig zwischen den Personalpronomen hin und her. Eine Marotte von mir."

„Danke."

Er nickte und begab sich endgültig nach unten. Kurz darauf hörte man die Haustür zufallen.

„Irgendwie habe ich den starken Eindruck, dass bei euch kaum etwas Ernsthaftes unternommen wird, außer dass man nach Spuren sucht, die offenbar nicht gefunden werden", konfrontierte die Detektivin Gregor mit ihren Überlegungen.

„Du bekommst nicht alles mit", erklärte der Polizist. „Warum sollte ich dir von jeder Kleinigkeit erzählen, wenn es keine neuen Erkenntnisse dadurch gibt?"

„Was für Kleinigkeiten wären das denn zum Beispiel?"

„Die Überprüfung der Verbindungen von Deborahs Handy. Sie hat nur mit ihrem Freund und Maria telefoniert, was uns nicht weiter bringt. Außerdem haben wir den PC von Herrn Patersen untersucht. Wir wollten herausfinden, ob von dem Gerät aus irgendwelche Emails nach Brasilien verschickt oder andere suspekte Kontakte gepflegt wurden. Leider ebenso ergebnislos. Auch von seinem Anschluss aus gab es keine verdächtigen Telefonate. Die einzige brasilianische Nummer, die von dort aus angerufen wurde, gehört zur Mutter von Deborah. Wir gehen sämtliche Kontakte von Herrn Patersen durch, die wir einerseits aus seinem kleinen Adressbüchlein und andererseits von seinem Computer nehmen. Weiterhin gehen wir ..."

„Okay, okay", unterbrach sie ihn. „Lass gut sein."

Den Rest des Nachmittags verbrachte Sam mit Warten auf den Glasnotdienst, der nach zweieinhalb Stunden kam, die beschädigten Fenster ausmaß, und tatsächlich für eine einfache Notverglasung sorgen konnte.

Bevor sie und Gregor das Haus verließen, schlossen sie sämtliche Rollläden. Damit sollten wenigstens die Fenster besser geschützt sein. Gregor riet Sam zu einer Alarmanlage und gab ihr eine Adresse, an die sie sich diesbezüglich wenden konnte.

28 | Aber am Ende dann…

Am Sonntagmorgen kam Sam schon früh nach Hause. Sie hatte schlecht geschlafen in der fremden Umgebung, obwohl es gemütlich und still gewesen war. Nikas Eltern hatte sie nicht kennen gelernt. Entgegen Nikas Aussage waren sie bereits zu Bett gegangen, als Sam eingetroffen war. Dafür hatten sie am frühen Morgen, noch bevor die Detektivin aufgestanden war, das Haus verlassen.

Jetzt musste Sam endlich die Hausarbeiten erledigen, die zum Teil seit ein paar Tagen angestanden hatten. Die unliebsame Arbeit passte zu ihrem Wohlbefinden und ihrer Stimmung. Bereits am Vorabend war sie von ihrer Periode heimgesucht worden, die sich ja schon vorher angekündigt hatte. Zum Glück dauerte es bei Sam nie länger als zwei Tage, sodass sie am Dienstag, wenn sie ins Grande Opera wollte, wieder Ruhe haben würde.

Nachdem Sam zuhause alles erledigt hatte, rief sie Michael Höppel an. Das Wetter war fantastisch, und Sam musste einfach mal abschalten. Also sagte sie einem Treffen zu.

Gegen Mittag trafen sie sich auf halbem Weg zwischen Eppstein und Bad Camberg. Gerhard hatte kurzfristig abgesagt, weil seine Freundin krank geworden war, und er sie nicht alleine lassen wollte. Sam konnte auch nur zwei bis drei Stunden fahren, denn am frühen Abend hatte sie noch eine Session mit einem Stammkunden. Davor wollte sie sich noch eine halbe Stunde zum Entspannen in den Whirlpool legen.

Kurz bevor sie den Treffpunkt erreicht hatte, war sie noch einmal kurz stehen geblieben, um Frau Höppel anzurufen. Irgendwie hatte sie es für ihre Pflicht gehalten, Michaels Frau Bescheid zu sagen, dass sie sich mit ihm traf. Diese war jedoch bereits von ihrem Mann über das Treffen informiert worden.

Die heutige Motorradtour führte sie quer durch den Taunus. Zwischendurch fuhren sie ein kleines Café an, in dem sie Kuchen aßen und Cappuccino tranken. Sam versuchte, die Gedanken an ihren toten Freund so weit wie möglich zu verdrängen. Wenn sie mit Nika zusammen war, ging das nicht, denn mit Nika hätte sie darüber geredet. Doch Michael gehörte nicht zu ihrem Leben, und wenn sie mit ihm unterwegs war und Motorrad fuhr, kam es ein wenig dem Eintauchen in eine andere Welt gleich.

Während sie sich im Café unterhielten, fühlte Sam sich wohl. Michael war sowohl charmant als auch humorvoll, und bei alledem nicht aufdringlich. Er war völlig entspannt und so locker, wie Sam es bisher selten bei Männern beobachten konnte, die mit ihr ausgegangen waren. Es war fast ein Jammer, dass er vergeben war. Mit ihm war es möglich, einen schönen, stressfreien Tag zu verbringen, er konnte Motorrad fahren wie der Teufel, und er sah sogar gut aus. Vielleicht war es aber auch gut so, dass er nicht frei war. Wer weiß? Womöglich wäre Sam noch auf dumme Gedanken gekommen.

Nach der Rast tourten sie noch eine Stunde über die herrlichen Landstraßen des Taunus', danach geleitete Michael sie noch bis nach Hause. Während Sam ihre Maschine in die Garage fuhr, stellte Michael seine Suzuki auf der Straße ab. Dann kam er lächelnd die Garageneinfahrt herunter gelaufen. „Gehört das Haus dir, oder hast du es gemietet?“, rief er, während er einen begutachtenden Blick auf die alten Mauern warf.

„Ich habe es gekauft, aber der Kredit läuft noch eine Weile. Es gehört also zum Teil mir und zum Teil der Bank. Aber mehr mir als der Bank.“

„Nicht schlecht. Hast du es dir zusammen mit deinem Mann gekauft?“

Sam lachte. „So etwas habe ich zum Glück nicht.“

„Zum Glück? Bist du ein Männerhasser?“

„Aber nein, ich liebe Männer. Aber ich liebe auch meine Freiheit.“

Er nickte, schien aber nicht zu wissen, was er darauf sagen sollte. Daher ergriff Sam wieder das Wort: „Wenn du willst, kannst du ganz kurz mit reinkommen, aber wirklich nicht lange, weil ich noch einen Termin habe.“

„Dann verschieben wir es besser, ich möchte dir keinen Stress bereiten.“

„Okay, das passt mir ehrlich gesagt auch besser. Hey, es hat viel Spaß gemacht heute.“

„Finde ich auch, Frau Ganz-anders-als-andere-Frauen.“ Das präsentierte Lächeln war umwerfend. Völlig unbefangen nahm er Sam kurz in die Arme, drückte sie, gab sie wieder frei, und sagte: „Bis zum nächsten Mal.“ Noch immer lächelnd drehte er sich um und schritt hinauf zu seinem Motorrad.

„Bis bald“, rief Sam ihm hinterher. Sie wartete noch, bis er sich den Helm aufgesetzt hatte und wegfuhr. Dann ging sie in die Garage, verschloss von innen das Tor, und begab sich in ihr Haus.

Ihr Sub kam pünktlich um achtzehn Uhr und blieb fast vier Stunden. Nachdem er gegangen war und Sam ihr Studio gereinigt hatte, sah sie, wie jeden Tag vor dem Schlafengehen, ob jemand angerufen oder eine SMS geschickt hatte. Die Mailbox ihres Detekteienhandys meldete eine Nachricht. Diese kam von einer etwas nervösen Mareike Höppel, die sich erkundigen wollte, ob Sam noch mit ihrem Mann unterwegs war. Die Nachricht war von Viertel nach acht.

Sam dachte nach. Hatte Michael etwas gesagt, dass er noch ein wenig alleine herumfahren wollte? Nein, im Gegenteil, er hatte gesagt, dass er den Rest des Tages mit seiner Frau verbringen wollte, die sich bestimmt darüber freuen würde. Er hätte also schon längst zu Hause sein müssen. War er vielleicht mittlerweile angekommen? Sollte Sam Frau Höppel anrufen und nachfragen? Aber was, wenn Michael ranging? Natürlich wusste er nichts von ihrer Verbindung zu seiner Frau.

Sie konnte ja immer noch auflegen. Sam nahm das Festnetztelefon, bei dem sie für ausgehende Gespräche die Rufnummernübermittlung unterdrückt hatte. Frau Höppel meldete sich bereits nach dem ersten Freizeichen.

„Hallo Frau Höppel, Veselkova hier. Wenn Michael mittlerweile angekommen ist, dann tun Sie einfach so, als hätte sich jemand verwählt."

„Nein, er ist noch nicht da", kam die sehr nervöse Stimme von Frau Höppel. „Aber wenn er jetzt erst bei Ihnen losgefahren ist …" Sie vollendete nicht den Satz, aus dem eine stille Hoffnung sprach.

„Ich melde mich erst jetzt, weil mein Handy aus war. Michael ist seit ungefähr vier Uhr weg, und soweit er gesagt hatte, wollte er direkt zu Ihnen fahren. Er müsste seit Stunden da sein. Aber vielleicht hat Gerhard ihn unterwegs angerufen, und er hat sich doch noch mit ihm getroffen. Oder mit einem anderen Freund."

„Bei Gerhard habe ich nachgefragt. Er kümmert sich heute um seine kranke Freundin und hat Michael nicht gesehen."

Sams Gehirn schaltete auf Detektivmodus. Ihre eigene Sorge um den netten Mann verdrängte sie in einen kleinen, dunklen Winkel ihres Gehirns. „Wie oft kommt es vor, dass er so spät kommt, ohne vorher Bescheid zu sagen?"

„Das kommt überhaupt nicht vor. Wenn er länger bleibt, ruft er wenigstens an."

„Was hat er Ihnen heute gesagt, wann er wieder da sein würde?"

„Dass es kaum später als sechs oder sieben werden würde."

Das war nicht sehr beruhigend. „Und auf dem Handy, nehme ich an, haben Sie es auch schon mehrfach versucht?", wollte Sam wissen.

„Sein Handy ist aus. Oh, Frau Veselkova, es hat gerade an der Haustür geklingelt. Kann ich Sie gleich zurück rufen?"

„Natürlich. Sagen Sie mir aber bitte auch Bescheid, wenn alles in Ordnung ist. Sonst mache ich mir die ganze Nacht Sorgen."

Frau Höppel versprach das und legte dann schnell auf.

Was konnte da nur geschehen sein? Hoffentlich hatte Michael keinen Unfall gehabt. Er war ein sehr guter Fahrer, aber es konnte immer etwas passieren.

Sams Firmenhandy piepte bereits wieder. Die Detektivin wurde enttäuscht, denn es war nicht Michaels Frau, die anrief, sondern lediglich eine SMS von einer unbekannten Absendernummer. Mit einem Druck auf die entsprechende Taste ließ Sam sich die Nachricht anzeigen. Sie hatte mit einer Werbe-SMS gerechnet, doch die kurze Mitteilung pries kein Produkt an. Ihr Inhalt ließ Sam erschauern. Auch wenn sie die genaue Bedeutung noch nicht durchschaute, wusste sie doch, dass sie nichts Gutes verhieß. Der nur drei Zeichen lange Text lautete: *6-4*.

Sam fror plötzlich. War es Zufall, dass die SMS gerade jetzt hereingekommen war? Oder gab es einen Zusammenhang mit Michaels Verschwinden? Aber das war doch Unsinn. Der Schreiber der Nachrichten hatte mit Jan zu tun, und zwischen Jan und Michael gab es keinerlei Verbindung.

Doch jedes Mal, wenn es eine Sechsernachricht gab, dann war auch etwas passiert, also lag es nahe, dass auch dieses Mal irgendwas vorgefallen war. Plötzlich stürmte Sam durch das Haus. Hatte sie überall die Rollläden runtergelassen? Oder hatte sich jemand in einem der Zimmer versteckt? Lauerte er ihr vielleicht genau in diesem Moment auf? Aber sie würde vorbereitet sein! Sollte er doch kommen! Er hatte Jan auf dem Gewissen, und das würde sie ihm zurückzahlen. Wenn er nicht gerade eine Schusswaffe bei sich hatte, würde sie ihm keine Chance lassen. Wie eine Furie rannte sie durch ihr Haus, riss eine Tür nach der anderen auf, sah in jedem Winkel nach, und ließ auch die Garage nicht aus.

Erfolglos. Niemand war da. Die Rollläden waren auch allesamt heruntergelassen, sodass ein Einschlagen der Scheiben nicht möglich war. Sam verschloss gerade wieder die Tür zur Garage, als sie oben das Telefon klingeln hörte. Sie hatte es im Büro liegen lassen. Mit schnellen Sätzen jagte sie die Treppe hinauf und erreicht ihr Handy beim dritten Klingeln. Es war Frau Höppel.

„Er hatte einen Unfall", kam die aufgelöste Stimme aus dem Lautsprecher. „Ich fahre jetzt nach Idstein. Er liegt dort im Krankenhaus."

Sams Herz setzte einen Schlag aus. „Meine Güte", entfuhr es ihr. „Wissen Sie, wie schlimm es ist?"

„Ich habe gleich im Krankenhaus angerufen. Man sagte mir, dass er wohl mehr Glück als Verstand gehabt haben muss. Die Ärzte haben zwar eine Not-OP vornehmen müssen, aber die scheint sehr gut verlaufen zu sein. Offenbar ist nichts passiert, was bleibende Schäden hinterlassen könnte. Natürlich weiß ich nicht, was sie mir nur erzählt haben, um mich zu beruhigen. Immerhin ist er noch nicht endgültig aus der Narkose aufgewacht."

Die Detektivin unterdrückte den Impuls zu fragen, ob sie auch ins Krankenhaus kommen durfte. Es traf sie mehr, als sie gedacht hätte, dass dem fröhlichen Motorradfahrer etwas passiert war. Auf der anderen Seite war sie sich ziemlich sicher, dass man Frau Höppel am Telefon kaum eine falsche Auskunft gegeben hätte. Michael würde also aller Voraussicht nach wieder gesund werden.

„Hat man Ihnen sagen können, was genau passiert war?"

„Nein, das hat man mir nicht gesagt."

„Halten Sie mich bitte auf dem Laufenden?"

„Ja, natürlich. Bis wann darf ich Sie denn anrufen?"

„Die ganze Nacht. Ich möchte wissen, wie es ihm geht. Immerhin ist er die Strecke, die er heute gefahren ist, hauptsächlich wegen mir gefahren." Sam hatte in Wirklichkeit keine Schuldgefühle, denn es war Michaels eigene Entscheidung gewesen, gemeinsam mit ihr zu fahren, und sie hatte ihn auch nicht von dem Motorrad geschupst. Doch sie brauchte einen Grund, warum sie unbedingt wissen wollte, wie es Michael ging. Natürlich gab es nichts zu verheimlichen, aber Sam wollte nicht, dass ein falscher Eindruck entstand.

„Ich rufe Sie an."

Dann ließ Frau Höppel die Detektivin alleine mit ihren Gedanken. *6-4*. Galt die vier dem Unfall von Michael? Aber wieso? Oder deutete sie die Zahlen falsch? War es einfach eine Nummerierung der aufeinander folgenden Tage, die bis zu einem ganz bestimmten Ziel, zum Beispiel der Sechs, hoch zählten? Aber zwischen der Zwei und der Drei lag ein Tag, der offensichtlich nicht gezählt wurde. Ebenso zwischen ihrer Reifenpanne und Jans Ermordung. Nein, das konnte nicht die Erklärung sein.

War am Ende doch noch etwas anderes passiert, und sie wusste es noch nicht? Je länger Sam überlegte, umso weniger konnte sie sich einen Zusammenhang zwischen Jan und Michaels Unfall vorstellen.

Michael fuhr Motorrad, und das war nun mal gefährlich. Die Vier musste sich auf etwas anderes beziehen. Was hatte Jan noch für Bekannte gehabt, mit denen er sich über die Sache mit Deborah ausgetauscht haben könnte? Sam überlegte, konnte sich aber niemanden vorstellen, der irgendwie mit Deborahs Tod in Verbindung zu bringen war.

Auf einmal wurde Sam schlecht. Das Tagebuch ihrer Mutter! Hatte es vielleicht jemand gestohlen oder beschädigt? Sie raste die Treppe hinunter, sprang ins Wohnzimmer, öffnete die Schublade, in die sie ihr kleines Heiligtum gelegt hatte und … atmete auf.

Es lag noch dort. Mit zitternden Händen holte sie es heraus und blätterte es durch. Nichts schien dem Büchlein geschehen zu sein. Sam klappte die Seiten wieder zu und presste es ganz fest an ihre Brust. Es war ihre einzige Verbindung zu ihrer wirklichen Herkunft.

„Ich werde dich lesen, wenn das alles vorbei ist", flüsterte sie. „In aller Ruhe." Sie wischte sich die Tränen aus den Augen, nahm das Tagebuch mit hinauf in ihr Schlafzimmer, und legte es unter ihr Kopfkissen. Dann schüttelte sie den Kopf. Niemand konnte wissen, wie viel ihr das Buch wert war. Hier, unter dem Kopfkissen liegend, war es leicht zu erraten. An einem anderen Ort aber war es in der Nacht ungeschützt. Morgen war Montag, da würde sie sich um die

Absicherung ihres Hauses kümmern.

Als drei Stunden später ihr Handy einen Anruf signalisierte, schlief Sam noch immer nicht. Seit einer Stunde lag sie im Bett, aber der Schlaf wollte nicht kommen. Nun nahm sie das Telefon vom Nachttischchen und drückte den grünen Knopf, um das Gespräch entgegenzunehmen.

„Hier ist Höppel. Sie haben mich gebeten, in jedem Fall anzurufen."

„Ja, ich freue mich, dass Sie sich melden. Wie geht es Michael?"

„Ich habe kurz mit ihm gesprochen, es geht ihm relativ gut. Er hat sich an einem scharfkantigen Zaun, in den er mit voller Wucht geflogen ist, den Bauch aufgeschlitzt. Zuerst hatten die Ärzte wohl Angst gehabt, dass einige lebenswichtige Organe beschädigt sein konnten, deshalb hat man ihn sofort operiert. Dabei haben sie festgestellt, dass er offenbar einen Engel gehabt hatte. Ohne die Lederbekleidung wäre er nicht mehr am Leben, soviel steht fest."

Sam konnte das Zittern in Frau Höppels Stimme selbst durchs Telefon hören.

„Hat man Ihnen gesagt, wie es passiert ist?"

„Ja, zumindest soweit man es rekonstruieren konnte. Es gibt bisher keine Zeugen. Etwa am Ortsausgang von Ehlhalten muss ihn ein Auto von der Straße gedrängt haben, wobei das Wort gedrängt sehr untertrieben sei, hat der Polizist gesagt."

Sam hatte plötzlich einen Kloß im Hals. Am Ortsausgang von Ehlhalten! Es musste wenige Sekunden, nachdem er losgefahren war, passiert sein. Hätte sie die Garage nicht so schnell geschlossen, wäre sie vielleicht in der Lage gewesen, den Aufprall zu hören.

„Und der Autofahrer hat Fahrerflucht begangen?", vermutete Sam.

„Ja. Man weiß, dass es wahrscheinlich ein dunkelblaues Fahrzeug gewesen ist, weil an Michas Verkleidung entsprechende Spuren sind."

„Hat die Polizei irgendeine Vermutung, wie es zu dem Unfall gekommen sein könnte?"

„Sie sagen, dass es entweder ein Betrunkener oder ein Verrückter gewesen sein muss."

‚Das war kein Zufall', schoss es Sam durch den Kopf. Die Vier hatte Michael gegolten. Aber wie war die Verbindung von Deborah und Jan zu Michael? Was übersah sie nur? Irgendetwas musste es geben!

„Bleiben Sie heute Nacht im Krankenhaus?"

„Ja."

„Ich würde mich freuen, wenn Sie morgen wieder anrufen könnten und mir sagen, wie es ihm geht."

„Das werde ich."

Sie verabschiedeten sich und Sam legte sich zurück.

Wo waren ihre Gedankengänge falsch? Es passte alles nicht. Aber wo machte sie einen Fehler?

Die Sechser-Nachrichten ließen alles danach aussehen, als sei Sam selbst der zentrale Punkt. Doch wie passte das mit dem Tod von Deborah zusammen?

Sie wählte die Nummer von Gregors Privathandy und bat ihn über die Mailbox um einen Rückruf. Dann versuchte sie zu schlafen.

29 | Fremd

Der Montag stand ganz im Zeichen der Sicherheit. Dabei hatte Sam sich nicht an die Adresse gewandt, die Gregor ihr gegeben hatte, sondern war auf Marc zugegangen, um ihn zu fragen. Marc hatte für sie kurzfristig einen Termin bei einem Freund, der Spezialist für Einbruchmeldeanlagen war, organisiert. Es war auch nur dem Einfluss von Marc zu verdanken gewesen, dass noch am gleichen Tag der größte Teil der Einbauten realisiert wurde. Sam hatte sich für ein umfassendes System entschieden, das über dreitausend Euro kosten würde. Aber was waren dreitausend Euro gegen den Wert ihres kleinen Hauses? Hier wollte sie nicht an der falschen Stelle sparen. Zu den Alarmsystemen hatte sie einen Einbausafe bestellt, der erst ein paar Tage später geliefert werden würde. Sam hatte weniger Angst um ihr Bargeld, von dem sie sowieso nie allzu viel im Haus behielt, als viel mehr um das Tagebuch ihrer Mutter. Das würde sie zukünftig wegschließen. Bis der Safe eintraf, legte sie es, in eine schützende Tüte gehüllt, unter ihr Bett. Während die Arbeiten in ihrem Haus durchgeführt wurden, bestellte sie sich auch endlich diverse Kataloge für technische Spielereien im Detektivbereich.

Auch an diesem Tag erreichte sie Gregor nicht. Sam vermutete, dass er eine außergewöhnlich lange Schicht gehabt hatte und sich ausschlief. Dafür rief Michaels Frau an und berichtete, dass es ihrem Mann gut ginge. Das beruhigte Sam.

Am Montagabend saßen Nika und Sam am Küchentisch und aßen Pizza, die Sam bei einem Lieferservice bestellt hatte.

„Ich habe Angst um dich, Samantha", sagte Nika. „Ich glaube nicht, dass die Polizei dich beschützen kann."

„Genau deshalb muss ich den Kerl kriegen, bevor er mich kriegt", antwortete die Detektivin.

„Wenn ich dir irgendwie dabei helfen kann, dann würde ich das gerne tun."

Sam sah sie ernst an. „Du weißt, dass du dich damit vielleicht auch in Gefahr bringst?"

Das Mädchen schluckte ihren Bissen herunter, bevor es antwortete: „Ja, das weiß ich. Ich möchte dir trotzdem helfen."

Eine Idee hatte Sam schon, aber es war etwas heikel. Normalerweise war sie kein Typ, der lange zögerte, sondern war entschlussfreudig. Doch einen Stino bitten, sich in die andere Welt zu begeben, war nicht so ohne.

„Raus mit der Sprache", sagte Nika forsch. „Du weißt doch schon irgendwas, das sehe ich dir doch an."

„Es wird dir nicht gefallen."

„Lässt du mich bitte selbst denken und entscheiden, was mir gefällt?"

Sam wusste, dass sie genauso reagiert hätte, wenn es umgekehrt gewesen wäre. Aber irgendwie hatte sie das Gefühl, die Verantwortung für Nika zu haben, obwohl das Mädchen lange volljährig war. Genauso, wie sie für jeden ihrer Subs die Verantwortung hatte, wenn sie mit ihnen zusammen war. Doch Nika war nicht ihre Sub.

„Ich höre?“, bohrte Nika.

„Morgen Abend werde ich zwei Dinge tun. Zum einen besuche ich noch mal die Sprachschule. Vielleicht kann ich ja doch noch etwas herausfinden. Das kann ich sehr gut alleine machen. Später am Abend werde ich dann einen Insiderclub besuchen, weil ich mich mit den Leuten unterhalten möchte, die ähnliche Dinge praktizieren, wie sie Deborah angetan wurden. Außerdem möchte ich mich umhören, ob irgendwer schon mal Jan gesehen hat.“

„Du meinst, er ist doch schuldig?“

„Nein, aber ich muss trotzdem in Betracht ziehen, dass ich mich irren könnte.“ In Wirklichkeit war Sam schon lange nicht mehr sicher, was sie von Jan glauben sollte. Warum hatte man ihn umgebracht, wenn er so unschuldig war, wie sie glaubte?

„Und wie kann ich dir nun bei deinem Besuch in dem Club helfen?“ Große, fragende Augen.

„Es ist unauffälliger, wenn ich nicht alleine dahingehe. Außerdem hätte ich dann eher meine Ruhe. Deshalb wäre es schön, wenn du mitkämst. Natürlich bezahle ich den Eintritt und sämtliche Getränke.“

„Kein Problem, ich mag Clubbesuche. Müssen wir dann ein Liebespaar spielen?“ Da war es wieder, dieses freche Grinsen.

„So was ähnliches“, begann Sam vorsichtig. „Wir müssen schon Frauen spielen, die auf erotischer Ebene zusammen sind.“

Aus dem Grinsen wurde ein Strahlen: „Überhaupt kein Problem, verlasse dich ganz auf mich!“

„Doch ein Problem“, widersprach Sam. „Du müsstest als meine Sub mitkommen.“

„Als deine was?“

„Als meine kleine Sklavin.“ Jetzt war es an Sam, zu grinsen.

„Im Leben nicht!“, brauste Nika auf.

„Kein Problem“, versuchte Sam das Mädchen wieder runterzuholen. „Ich habe nur gefragt, weil du mir deine Hilfe angeboten hast. Detektivarbeit ist leider nicht so einfach.“

„Warum gehst du nicht als meine Sklavin dahin?“, fragte Nika trotzig.

„Weil auch einige Leute da sein werden, die mich kennen und die wissen, dass ich alles andere als devot bin."

Eine Weile aßen sie schweigend, dann murmelte Nika mit leiser Stimme: „Okay, ich mache es."

„Du musst es nicht machen. Ich bin nicht böse, wenn du es nicht machst. Wahrscheinlich war es sowieso eine dumme Idee von mir."

„Jetzt kannst du keinen Rückzieher mehr machen." Wieder brauste die Studentin auf. „Du hast mich gefragt, und ich sage: Ich komme mit. Also komme ich auch mit. Punkt."

Sam sah ihr an, dass sie es vollkommen ernst meinte. „Gut. Dann werden wir nachher die Kleiderordnung und deine Verhaltensregeln besprechen."

„Kleiderordnung?"

Mit einem gehässigen Lachen erklärte Sam: „Sei froh, dass ich dir überhaupt etwas anziehe! Viele Subs haben dort nackt zu erscheinen. Außer ihren Ketten oder Fesseln und Halsbänder haben sie nichts an." Mit einem hämischen Grinsen fügte sie hinzu: „Aber ich bin ja gut zu meiner Sub und lasse dir ein wenig am Leib."

„Du sagst das alles, als wenn es das Normalste auf der Welt sei."

„Das ist es für mich auch", bestätigte Sam mit einem Schulterzucken. „Aber mache dir keine Sorgen, ich weiß sehr gut, wie es einem Vanilla geht, wenn er das erste Mal damit konfrontiert wird."

„Einem was?", unterbrach Nika.

„Einem Vanilla. Das ist jemand, der nichts mit BDSM zu tun hat."

„SM ist Sado-Maso, das weiß jedes Kind, aber wofür steht eigentlich das BD?"

„Für die englischen Worte Bondage und Discipline. Wie gesagt, mache dir keine Sorgen. Wenn du dich an ein paar einfache Regeln hältst, musst du nichts machen, was du nicht willst."

„Solange du es mir als mein Sklaventreiber nicht befiehlst."

„Nicht doch, Süße, ich bin keine Sklaventreiberin, ich bin deine Herrin."

„Du hast mich Süße genannt." Grinsen.

„Warum sollte ich dir nicht sagen, dass du süß bist, wenn es so ist", gab Sam zurück.

„Schleimerin", versetzte Nika. „Aber wenn ich deine Sklavin bin, dann bist du meine Sklaventreiberin, basta."

Jetzt musste Sam herzlich lachen. „Du gehst viel zu gefühllos an die Sache heran", sagte sie.

„Ich brauche kein Gefühl, um mich von einer Sklaventreiberin verprügeln zu lassen."

„Meine Güte, hast du ein Bild von SM."

„Wundert dich das? Auf der einen Seite erzählst du mir, dass diese Leute wahrscheinlich Deborah getötet haben, auf der anderen Seite willst du mir etwas von Gefühlen einreden."

Sam schüttelte den Kopf. „Verdrehe mir bitte nicht die Worte im Mund! Ich habe gesagt, dass meiner Meinung nach die Leute, die Deborah umgebracht haben, etwas mit BDSM zu tun haben. Damit habe ich nicht gemeint, dass BDSMler allgemein mordend herumlaufen. Diejenigen, die BDSM richtig machen, haben ein sehr großes Verantwortungsbewusstsein für ihre Subs. Ja, natürlich gibt es auch Idioten, die kopflos draufprügeln, aber meistens ist BDSM viel subtiler."

„Samantha, ich verstehe das alles nicht. Aber ich werde mit dir da hingehen und das Spiel mitspielen, solange du mir nicht weh tust. Ich werde es als Verkleidung ansehen, wie bei Fasching, eine Art Partygag." Nika aß ihr letztes Stückchen Pizza und forderte Sam dann auf: „Los, zeige mir mein Kostüm. Irgendwie freue ich mich auch darauf. Es wird bestimmt witzig sein, wenn ein paar Männer von ein paar Frauen herumkommandiert und verprügelt werden."

„Es werden genauso männliche Doms mit ihren weiblichen Subs da sein. Trotzdem, denke ich, wirst du deinen Spaß haben." Die Detektivin stand auf. „Du hast mein Studio noch nie gesehen, oder?"

„Nein." Irgendwie schien Nika plötzlich kleinlaut.

„Dann komm." Mit energischen Schritten ging Sam voraus. Als sie das Studio betrat und Nika dann an sich vorbei in das Zimmer ließ, spürte sie Nikas Nervosität. Ja, es gab keinen Zweifel, das Mädchen hatte tatsächlich ein wenig Angst. Alles, ihre Körperhaltung, ihre Bewegungen, der nervös umherschweifende Blick, alles strahlte es aus.

Sam konnte der Versuchung nicht widerstehen und sagte in hartem Ton: „Bleib stehen."

Nika tat, wie ihr geheißen. Die Hausherrin schloss die Tür und verriegelte sie. Dabei hatte sie das Mädchen immer im Blick. Als das Geräusch des sich drehenden Schlüssels zu hören war, wandte Nika leicht den Kopf, offenbar um nach hinten sehen zu können.

„Schau nach vorne!", rief Sam streng, und der Kopf drehte sich wieder in die Ursprungsstellung.

Langsam ging Sam um Nika herum und musterte sie von oben bis unten. Als sie wieder hinter dem Mädchen stand, hätte Sam beinahe den Befehl ‚Ziehe dich aus!' gegeben, doch dann dachte sie plötzlich: ‚Verdammt, was tue ich hier?'

Laut sagte sie: „Das machst du sehr gut. Wenn du es morgen genauso hinkriegst, dann nimmt uns das jeder ab."

Nikas Körper entspannte sich. „Warum hast du die Tür abgesperrt?", fragte sie leise.

„Weil ich sehen wollte, ob du mir vertraust", log Sam. In Wahrheit war sie kurz davor gewesen, mit Nika zu spielen. Es hatte sie gereizt, obwohl Nika eine Frau war. Es hatte sie sogar sehr gereizt.

„Dann habe ich ja wohl bestanden", antwortete das Mädchen, während sie sich zu Sam drehte. „Dann zeige mir mal, was ich morgen tragen muss."

„Wir suchen es zusammen aus, ich möchte, dass es dir gefällt." Mit diesen Worten ging sie zu einem breiten, offenen Regal, in dem die verschiedensten Utensilien lagen. Sam deutete auf ein Fach in dem verschiedene Halsbänder lagen. „Suche dir eins aus."

Nika zuckte mit den Schultern, nahm ein breites, schwarzes Lederband in die Hände, begutachtete es, legte es wieder weg, und entschied sich stattdessen für eine einfache Kette mit etwa drei Zentimeter langen Gliedern: „Ist das okay?"

Mit einem Lächeln nahm Sam aus einem anderen Fach ein kleines Vorhängeschloss. „Das ist absolut okay. Ketten haben den Vorteil, dass man an jedem Kettenglied, also rundum, noch etwas befestigen kann, wenn man will.“

Die Domina nahm Nika die Kette ab und legte sie ihr um den Hals. Dann verband sie die beiden Enden mit dem Schloss, das sie auch zudrückte. Als nächstes nahm sie vier kürzere Ketten, legte sie um Nikas Hand- und Fußgelenke, und verschloss auch diese. „Das gefällt mir gut. Morgen werde ich dann noch zwei längere Ketten nehmen und die Hände mit den Füßen verbinden.“ Schnell öffnete sie die fünf Schlösser wieder und legte alles an seinen Platz zurück. „Dann gehen wir mal ins Schlafzimmer, da habe ich die Klamotten.“

Sie stiegen die Treppe hinauf, durchquerten das Büro, und traten dann ins Schlafzimmer. Sam öffnete die Schranktür, hinter der ihre Fetischkleidung war. Sie begutachtete ein paar Kleidungsstücke. Dann ging sie einen Schritt zurück und musterte Nika. Das Mädchen war etwas zierlicher als sie selbst und hatte auch nicht ihr breites Kreuz.

„Ich ziehe keinen Rock und kein Kleid an“, gab Nika bekannt.

„Schade“, erwiderte Sam. „Dann bleibt keine allzu große Auswahl mehr. Hier, schau mal, ob dir die passt.“ Sie zog eine schwarze Lederhose aus dem Schrank, deren Beine an den Außenseiten geschnürt waren und einiges an nacktem Fleisch preisgaben. Sam beobachtete Nika genau und war gespannt auf deren Reaktion, wenn sie bemerkte, dass es am Gesäß für jede Backe ein relativ großes Loch gab. Sie brauchte nicht lange zu warten, bis der patzige Ausruf kam: „Damit sehe ich ja aus wie eine Nutte!“

„Oh, das wäre natürlich fatal, wenn du mit einer wie mir Ähnlichkeit hättest“, sagte Sam spöttisch.

„So habe ich es nicht gemeint“, beeilte sich Nika zu sagen.

Sam schmunzelte als sie erkannte, dass Nika errötete. „Doch, genau so hast du es gemeint“, stellte Sam fest. „Ich habe kein Problem damit. Nur musst du dir überlegen, was du willst. Entweder, du hilfst mir, dann geht es nur nach gewissen Spielregeln, oder du versteckst dich hinter deiner Keuschheit und lässt es.“ Ihr war bewusst, dass ihre Worte nicht ganz fair waren, aber es war ihr egal. Einerseits hielt sie Nika für stark genug, andererseits hatte sie sie mittlerweile fest eingeplant und würde auch dafür sorgen, dass sie es nun gemeinsam durchzogen. Es würde für das Mädchen nicht gefährlich sein, während es für Sam eine wirkliche Hilfe bedeutete, wenn Nika mitkam. Außerdem fing es an, Sam Spaß zu machen, und irgendwie hatte sie das Gefühl, dass es auch Nika gefallen würde.

Mit einem Seufzen wechselte das Mädchen ihre Jeans gegen Sams Hose, und zog den Reißverschluss im Schritt zu. Dass ihr Unterleib zwischenzeitlich völlig unbekleidet war, da sie wieder keine Unterwäsche trug, schien ihr nichts auszumachen.

Dann fuhren ihre Finger an dem Reißverschluss nach unten, und Sam wusste genau, dass Nika zu ergründen versuchte, wo sein Anfang war. Als das Mädchen festgestellt hatte, dass der Reißverschluss fast bis zum Steißbein geöffnet werden konnte, seufzte sie erneut, und sagte kopfschüttelnd: "Nur für dich, Samantha, nur für dich!"

Die Domina schmunzelte, kniete sich neben Nika, und zog die Lederschnüre an den Beinseiten straffer, denn sie waren auf Sams muskulöse Beine eingestellt. Am Ende schmiegte sich das Leder eng an Nikas Haut.

„Was für Schuhe zieht man dazu an?"

Einen Moment musste Sam überlegen, zuckte dann die Schultern, und sagte: „Du gehst barfuss."

Nika sah Sam an und öffnete den Mund, behielt ihre Gedanken dann aber doch für sich. „Und was für ein Oberteil?", fragte sie stattdessen.

„Da kommt für mich nur eins in Frage." Sam griff in den Schrank und holte ein höchstens zwölf Zentimeter breites Lederband heraus, welches sich zu den Enden hin verjüngte. Mit einem Grinsen reichte sie es Nika.

Die rief: „Das ist ein Nichts!", nahm es aber trotzdem. Kopfschüttelnd zog sie ihr T-Shirt aus, und Sam half ihr, das schwarze Nichts anzulegen. Durch Haken und Ösen wurde es auf dem Rücken geschlossen. Jetzt stellte Sam sich zwei Schritte weg, und forderte Nika auf, sich zu drehen.

„Du siehst umwerfend aus!", sagte Sam.

„Sexy?", fragte Nika mit einem verschmitzten Lächeln.

„Sehr sexy", bestätigte Sam.

Das Mädchen schritt einmal durch den Raum, bewegte sich dabei erstaunlich anmutig und kam dann auf Sam zu. Ihre Augen leuchteten. „Begehrst du mich?"

„Würde ich auf Frauen stehen, dann wärest du meine erste Wahl."

Nika blieb vor ihr stehen und sah ihr in die Augen. „Aber wenn du morgen vorgibst, eine weibliche Sklavin zu haben, dann wirst du so tun müssen, als ob du auch Frauen mögen würdest."

„Das ist richtig", gab Sam zu.

„Gut. Dann probieren wir das jetzt ebenso aus wie meine Kleidung. Wir wollen doch, dass morgen alles echt aussieht, oder?"

„Das bekomme ich schon hin", erklärte Sam, „das kannst du mir glauben. Außerdem: Wie sollten wir das ausprobieren?"

Nikas Blick ruhte fest in Sams Augen, als sie sagte: „Küss mich!"

Sam durchfuhr ein Schauer. Diese zwei Worte bewegten sie. Vor ihr stand dieses süße Mädchen in den aufreizenden Kleidern, sah sie voller Gefühl und mit einem glühenden Feuer in den Augen an, und verlangte nach Zuneigung und Zärtlichkeit.

„Na los", drängte Nika. „Es muss von dir kommen, denn du bist die Herrin. Wenn du das nicht kannst, dann wird das morgen nichts."

Es war Sam klar, dass das so nicht stimmte. Sie würde ihre Sub keineswegs küssen müssen. Aber Nika überwand sich zu so vielem für sie, warum sollte sie nicht etwas dafür zurückgeben? Wäre es ihr wirklich unangenehm gewesen, hätte sie es niemals getan, doch es war ihr gar nicht so unangenehm, wie sie tat.

„Nur dieser eine Kuss, und den auch nur als Vorbereitung für morgen", sagte Sam leise. Dann vereinten sich ihre Lippen, und Sam konnte sich nicht dagegen wehren, dass sie ein starkes, körperliches Verlangen spürte, als ihre Zunge wie elektrisiert von Nikas berührt und liebkost wurde. Sie schloss die Augen und gab sich einige Sekunden diesem Gefühl hin, dann löste sie sich sanft von dem Mädchen. „Wir werden perfekt sein", sagte sie grinsend.

„Und gefallen hat es dir auch", kommentierte Nika.

„Ich bin eine gute Schauspielerin", gab Sam zurück.

„Ja, ja“, sagte Nika, und lächelte weiterhin.

Sam wurde bewusst, dass sie der Kleinen nichts vormachen konnte. Sie drehte sich um und lief zur Tür.

„Ich gehe duschen“, gab sie bekannt. „Und dann sollten wir langsam schlafen gehen.“ Noch bevor Nika etwas erwidern konnte, war Sam verschwunden.

30 | Sam

Am Dienstag hatte Sam sich endlich um neue Reifen gekümmert. Dabei hatte sie sich kurzerhand in neue Alufelgen verliebt und diese gleich mit gekauft.

Später fuhr sie, wie geplant, in die Sprachschule. An diesem Abend war sie eine halbe Stunde früher dort. Sie ging in das Gebäude, hielt sich eine Minute darin auf, ohne etwas zu tun und ohne mit jemandem zu sprechen, und verließ es dann wieder. Mit wachsamem Blick beobachtete sie die Szenerie um sich herum, versuchte sich alle Menschen einzuprägen, die in ihrem Sichtbereich waren, und lief dann langsam zur Straße.

Dort postierte sie sich in einiger Entfernung von ihrem Auto an einem Laternenpfahl, imitierte ein Gespräch übers Handy, und wartete gespannt darauf, ob sich irgendjemand ihrem Fahrzeug näherte.

Nach einer Viertelstunde hatte sich noch immer nichts getan, und Sam ging wieder zum Eingang der Sprachschule. Ein Junge, der gerade erst das Teenageralter erreicht haben musste, kam ihr entgegen.

„Hey“, sprach Sam ihn an. „Willst du zwanzig Euro verdienen?“

„Was muss ich n dafür machn?“ Zurückhaltende Stimme.

„Hast du ein Handy mit eingebauter Kamera?“

„Klar. Soll ich n Bild von Ihn machn?“

„Nein. Siehst du da hinten das Cabriolet?“

„Der Peugeot?“

„Genau der. Wenn du eine halbe Stunde unauffällig darauf aufpasst und fotografierst, wenn jemand sich daran zu schaffen macht, kriegst du zwanzig Euro."

„Die Hälfte im Voraus. Das müssn Se verstehn, ich weiß ja nich, ob Se mich übern Tisch ziehn wolln."

Das war ein Argument. Sie gab ihm einen Zehn-Euro-Schein und verschwand dann in der Schule. Vor dem Klassenraum waren die Schüler schon versammelt, das Zimmer war aber noch verschlossen und die Lehrerin nicht da. Einer der Schüler erklärte ihr umständlich, dass die Lehrerin angerufen und mitgeteilt hätte, dass sie etwas später käme. Um zu erklären, warum die Frau zu spät war, fehlten dem Mann die deutschen Worte.

„Wer aus Ihrer Klasse spricht am besten Deutsch?" Sam hoffte, dass der Mann diese einfachen Worte verstand.

„Früher Maria. Heute, weiß nicht. Ich vielleicht."

„Maria spricht gut Deutsch? Aber sie wiederholt die Klasse."

„Maria sagt, sie viel Zeit. Sehr wichtig Grundlagen sehr gut sein. Deshalb wiederholen Klasse mit Grundlagen."

Sam fand diese Einstellung interessant, vertagte aber die Überlegung, ob ihr diese Information irgendwas sagte. Stattdessen versuchte sie zu erfahren, ob jemand an dem Abend, an dem Deborah das letzte Mal in der Schule gewesen war, gesehen hatte, ob die Frau alleine oder mit jemanden zusammen weggefahren sei. Es konnte sich niemand daran erinnern, und etwas Neues war auch keinem eingefallen.

Als Sam zu ihrem Wagen ging, waren kaum zwanzig Minuten vergangen. Der Junge kam auf sie zu und erklärte: „Da war n großer Mann an ihrm Auto. Keine Ahnung, wasa gemacht hat. Aba ich hab n Bild von ihm."

Jetzt fing es an, spannend zu werden. Neugierig beugte sich Sam über das kleine Handy und betrachtete das Display. Sie war einigermaßen überrascht, als sie den Mann erkannte: „Pfarrer Ferdinand Klaussen", sagte sie mehr zu sich als zu dem Jungen. Den schien auch nicht zu interessieren, wer das war, er fragte nur: „Krieg ich jetz die annern zehn Euro?"

Sam gab ihm fünfzehn. Sie hätte den Mann das letzte Mal nicht gehen lassen sollen, oder wenigstens später seinen Namen überprüfen können. Diese mächtige Gestalt hatte zwar freundlich lächeln können, aber wer wusste schon, was sich in so einem Kopf dabei abspielte?

Mit schnellen Schritten ging sie auf ihren Wagen zu. Langsam umkreiste sie ihn, suchte nach platten Reifen oder sonstigen Defekten. Auf den ersten Blick war nichts zu entdecken. Die Scheiben waren alle noch vorhanden, augenfällige Kratzer gab es keine, und auch die Überprüfung von Türen, Motorhaube und Kofferraum ergab, dass alles noch immer fest verschlossen war. Sam entriegelte die Türen. Erst, als sie einsteigen wollte, bemerkte sie das kleine Zettelchen, welches hinter den Scheibenwischer geklemmt war. Neugierig holte sie es heraus und versuchte, die krakelige Schrift zu entziffern. Es gelang ihr, wobei sich das eine oder andere Wort nur durch den Sinn ergab:

Warte noch immer auf Ihren Anruf. Dachte, Sie wären wenigstens zuverlässig, nachdem sie mich fast umgebracht haben. Ich werde dafür beten, dass Gott nachsichtig mit Ihnen ist – Pfarrer Ferdinand

Sam schüttelte den Kopf. Sie sah Gespenster. Aber besser, ein Gespenst zuviel sehen, als eine reale Bedrohung zu übersehen.

Sie fuhr nach Hause, wo Nika bereits wartete. Am Vorabend hatte Sam ihr einen Hausschlüssel gegeben, sodass sie nach der Uni kommen konnte, egal ob Sam da war oder nicht.

Die Detektivin staunte nicht schlecht, als sie die Tür zum Studio offen stehen sah. Sie betrat den großen Raum, in dem Nika nur die düstere, indirekte Beleuchtung angemacht hatte. Sie hatte bereits die ausgesuchte Kleidung an, nur die Ketten fehlten noch. Das Mädchen stand an dem schmalen Regal, in dem Sam ein paar besondere Dinge liegen hatte, die sie eher selten benutzte. In der linken Hand des Mädchens glänzte ein japanisches Fleischmesser, dessen Klinge schärfer war als die aller Messer, die Sam in der Küche aufbewahrte. Die Finger von Nikas rechter Hand strichen über den polierten Stahl.

„Wie viel Kraft braucht man, um damit jemandem den Hals durchzuschneiden?“, fragte Nika sachlich. Obwohl sie nicht zur Tür gesehen hatte, musste sie Sam bemerkt haben, was die Detektivin nicht wunderte, denn sie hatte sich nicht bemüht, leise zu sein.

Von einer Sekunde auf die andere war Sams Körper in Alarmbereitschaft. Hatte sie sich am Ende in diesem so harmlos erscheinenden Mädchen geirrt? Hatte Nika sich bei ihr eingeschlichen, um sie letztendlich umzubringen? Aber warum?

„Ich würde es an deiner Stelle nicht ausprobieren", antwortete Sam trocken.

Nika drehte sich zu ihr. „Warum und an wem sollte ich es ausprobieren? Ich mache mir nur gerade Gedanken, ob du es vielleicht irgendwann an mir ausprobieren willst."

„Wie kommst du denn darauf?", fragte Sam, und ging auf Nika zu. Dabei achtete sie auf jede noch so kleine Bewegung von Nika, meinte aber, mehr Furcht als Angriffslust zu erkennen.

„Nun, du hast mir erzählt, du würdest nichts machen, was mit Blut zu tun hat. Jetzt entdecke ich hier dieses Messer, von dessen Hersteller ich weiß, dass er nur Eins-A-Qualität liefert und so ziemlich die schärfsten Messer überhaupt herstellt. Es liegt nicht in der Küchenschublade, sondern hier in deinem Studio. Und deinem Freund ist die Kehle durchgeschnitten worden."

Sam bemerkte das leichte Zittern in Nikas Stimme. „Bist du verrückt?", fragte sie ungläubig.

„Warum? Weil ich überlege, ob man eins und eins zusammenzählen und dabei auf zwei kommen könnte?"

Sam schüttelte den Kopf. „Nein, nein, absolut nicht, deine Gedankengänge kann ich schon nachvollziehen. Aber stell dir doch mal vor, du hättest Recht! Meinst du, ich würde dich hier jemals wieder herauslassen, wenn du mir so offen deine Überlegungen mitteilst? Das war lebensmüde, was du gerade gemacht hast." Jetzt war bei Sam der absurde Gedanke verschwunden, dass Nika eine Mörderin sein könnte. Da waren sie wieder gewesen, die Gespenster. Sie ging den letzten Schritt zu dem Mädchen, streckte die Hand aus, und sagte: „Gib mir bitte das Messer."

Ohne zu zögern reichte Nika ihr den gefährlichen Gegenstand und fragte dabei: „Was machst du denn hier mit dem Messer?"

Sam legte den glänzenden Stahl an seinen Platz und erklärte: „Es ist nicht zum Schneiden da, sondern nur dafür, dass ich es zeigen kann. Mit ihm mache ich Spiele auf der Ebene der Psyche. Wenn ich einen Mann hier irgendwo fixiert habe, so dass er sich keinen Zentimeter rühren kann, und ich mit diesem Messer in der Hand um ihn herumlaufe, es ihm zeige, ihm erkläre, was die Klinge anrichten kann und ihn das kalte Metall auch mal an den Genitalien spüren lasse, selbstverständlich mit der stumpfen Seite, was meinst du, wie viele dabei schon zu schwitzen angefangen haben."

Die Studentin verengte die Augen. „Ein bisschen pervers bist du schon, oder?"

Amüsiert lachte Sam und antwortete: „Wo fängt pervers an und wo hört es auf, Kleines?" Sie machte eine kurze Pause und wechselte dann das Thema. „Nachher wirst du mich ausschließlich Herrin nennen und auch jeden Satz mit diesem Wort abschließen. Außerdem wirst du mich immer siezen."

„Wenn Sie mich dafür küssen, sobald wir wieder zuhause sind, Herrin", gab Nika zurück und setzte ihr so liebenswertes, freches Lächeln auf.

Sam grinste und sagte: „Blödmann."

Dann gingen sie zu dem Schrank mit den Ketten. Bald war Nika in selbige gelegt. Wie am Vortag angekündigt, verband Sam noch Nikas rechtes Handgelenk durch eine weitere Kette mit der rechten Fessel. Auf der linken Seite verfuhr sie ebenso. Nika konnte ihre Hände maximal bis auf Augenhöhe anheben, danach limitierten die Ketten die Bewegungsfreiheit.

„Nicht, dass ich es lieber wollte, aber müssten die Ketten nicht kürzer sein?", fragte Nika.

„Eigentlich schon, aber wenn du irgendwie stolpern solltest, könntest du dich nicht richtig mit den Armen abfangen."

„Und bei einem deiner Subs wäre dir das egal?"

„Natürlich", antwortete Sam und sah Nika fragend an, weil sie nicht wirklich verstand, wie das Mädchen auf diese Frage kam. „Ich gehe schnell duschen, und dann wirst du sehen, wie ich mich ein wenig verwandle."

Sam beeilte sich im Bad, und als sie nackt ins Schlafzimmer kam, stand Nika vor dem geöffneten Schlafzimmerschrank und begutachtete diverse Kleider.

„Ich werde für dich meine Lieblingssachen anziehen", gab Sam bekannt. Jetzt war sie an der Reihe, ihr Outfit anzulegen. Aus einer Schublade suchte sie sich die feinen Ars Vivendi Nylons heraus. Sie rollte die hautfarbenen Strümpfe an ihren Beinen hinauf, und zog die weiße Naht an ihren Oberschenkeln zurecht, bis sie mit dem Sitz zufrieden war.

„Wow", sagte Nika, „das sind aber keine von Woolworth."

„Ganz sicher nicht", lachte Sam. „So was hat man in den Fünfzigern getragen. Chic, oder?"

Nika saß auf dem Bett, betrachtete Sam, nickte, und meinte dann: „Du ziehst dich merkwürdig an. Bei mir ist der Slip immer das erste, was ich anziehe."

Die Detektivin lächelte. „Warst du es nicht gewesen, die mir erklärt hatte, sie würde nicht immer einen Slip tragen?"

„Oh, ich dachte, du würdest ein Kleid anziehen."

„Tue ich auch."

„Oh."

Sam holte ein ärmelloses Minikleid aus weißem Nappaleder hervor und streifte es über. Die Seiten waren mit weißem Stretch eingefasst, sodass sich das Kleid eng an ihren Körper schmiegte. Ein hoher Kragen umschloss ihren schlanken Hals, als hätte sie einen Rollkragenpullover an. Sie liebte das Gefühl des weichen Leders auf ihrer Haut.

„Weiß passt nicht zu deinen blonden Haaren", bemerkte Nika.

„Willst du damit sagen, dass deine Herrin dir nicht gefällt, wenn sie weiß trägt?"

„Mal sehen", antwortete das Mädchen.

Als nächstes holte Sam ihre weißen Heels von Gianmarco Lorenzi hervor und zog sie an. Das waren ihre Lieblingsschuhe. Dieser Traum aus Wildleder gab Sams Zehen frei, deren Nägel sie am Morgen schon mit einem perlmuttfarbenem Lack gestrichen hatte. Während die Fußinnenseite von dem Leder umschlossen wurde, waren die Außenseiten wie ein offener Schuh mit Riemchen gestaltet.

Nun nahm Sam einen zylinderförmigen Behälter aus dem Schrank und öffnete ihn. Es kam eine schwarze Perücke zum Vorschein. Sam setzte sie gekonnt auf, richtete hier und da ein wenig, und schon besaß sie eine Bob-Frisur in der Form der zwanziger Jahre. Zum Schluss kam als Kontrast noch ein Paar kurzer, schwarzer Handschuhe von Röckl. Das dünne Leder ließ ihr weiterhin viel Tastgefühl.

Jetzt drehte sie sich zu Nika und bedachte sie mit einem überlegenen Lächeln.

„Hammer!“, rief das Mädchen aus. „Jetzt weiß ich auch, warum du mich dabei haben willst. Du hättest keine Ruhe vor Interessenten, wenn du alleine hingingest.“

Sam stolzierte einmal durchs Zimmer, bewegte ihren Körper dabei grazil wie eine Gazelle, und konnte in Nikas Blick etwas sehen, das sie bisher nur bei Männern wahrgenommen hatte, wenn sie sich so gab wie jetzt. Sie liebte es, wenn sie spürte, dass die Männer um sie herum vor Verlangen nach ihrem Körper fast vergingen. In diesem Moment schien es Nika ähnlich zu gehen, und Sam lächelte amüsiert.

„Eigentlich stimmt das gar nicht“, erklärte Sam. „Wenn du dort Ruhe haben willst, dann hast du sie auch. Niemand wird aufdringlich, und ein Nein wird auch als solches akzeptiert. Außerdem kannst du es vergessen, dass die Subs reihenweise die Dommen anmachen. Die wissen meistens, was sich gehört, zumindest wenn es anständige Subs sind.“ Sam lächelte. „Und ich hoffe, dass auch du dich benehmen wirst.“ Sie zwinkerte dem Mädchen zu.

Gemeinsam gingen sie ins Badezimmer, zogen ihre Augenränder mit Kajal nach, betonten die Wimpern mit Mascara, und legten etwas Rouge auf. Hierfür hatte Sam kurzzeitig Nikas Ketten geöffnet.

Während Sam sich für dunkelblauen Lidschatten und einen ebenso dunklen Lippenstift entschied, ließ Nika ihre Lippen unbemalt und trug eine diskrete, babyblaue Farbe auf ihre Augenlider auf.

31 | Hass

Er wartete noch zehn Minuten, nachdem er sie hatte wegfahren sehen. Langsam setzte er den blauen Opel rückwärts in ihre Einfahrt und brachte ihn einen guten Meter vor ihrem Garagentor zum Stehen.

Bevor er ausstieg sah er sich wachsam um. Es war gefährlich, dass er diesen Wagen noch einmal benutzte. Viel lieber hätte er sich ein anderes Auto besorgt, aber Fahrzeuge zu klauen war gar nicht so einfach. Immerhin war er kein Autodieb. Den Opel hatte er in Frankfurt auf der Zulassungsstelle an sich genommen. Dort, so wusste er es von früher noch, gab es immer mal jemanden, der unbedarft und für angebotene Hilfe dankbar war. Die ältere Frau hatte noch nie in ihrem Leben ein Auto zugelassen oder umgemeldet, das hatte bisher immer ihr kürzlich verstorbener Ehemann gemacht. Vom Montieren der Nummernschilder ganz zu schweigen. Bisher stets im Schutz ihres Mannes gewesen, hatte die gute Frau keine Ahnung davon gehabt, wie böse und schlecht die Menschheit war. Bereitwillig hatte sie ihr Auto dem netten Mann übergeben, der sich angeboten hatte, sich um die Montage zu kümmern. Völlig selbstverständlich war er von dem großen Gelände gefahren, angeblich nur um die Ecke. Die Nummernschilder, die er an der nächsten Straßenecke montierte, hatte er in einem Parkhaus entwendet, in dem viele Langzeitparker standen. Er war richtig gut gewesen und ziemlich stolz auf sich. Aber trotzdem hatte die Aktion ein gewisses Risiko geboten, deshalb wollte er sie nicht wiederholen, wenn es nicht unbedingt sein musste. Der Wagen musste für dieses Mal noch gut sein, danach würde er ihn abstoßen.

Er stieg aus. Zunächst lief er noch einmal das kurze Stück zur Straße hinauf. Dort blickte er nach rechts und links, um sicherzugehen, dass nicht von irgendwoher ein Passant kam. Dann schweiften seine Blicke über die Fenster der Nachbarhäuser. Wenn nicht gerade jemand im Dunkeln an seinem Fenster stand, dann war er nicht gesehen worden. Mit entschlossenen Schritten ging er zum Wagen zurück und öffnete den Kofferraum. Der grüne Benzinkanister, den er entnahm, fasste zehn Liter. Er stellte ihn auf den Boden und holte die Farbspraydose heraus. Nach kurzem Überlegen ging er wieder um das Auto herum. Die Nachricht durfte nicht zu nahe an der Garage sein, sonst würde sie womöglich noch zerstört und unkenntlich werden. Erneut blickte er sich vorsichtig um, bevor er mit großen Ziffern auf den Boden der Einfahrt sprühte: *6-5*. Dann ging er wieder zu dem Kanister. Schnell hatte er ihn geöffnet und begann, die entzündliche Flüssigkeit direkt am Garagentor auszugießen. Durch das Gefälle floss der Treibstoff sofort unter dem Tor durch, und da passierte es.

Ihm schmerzten die Ohren, als die entsetzlich laute Sirene plötzlich ertönte. Die verdammte Göre hatte eine Alarmanlage einbauen lassen! Wie konnte es sein, dass ein Bewegungsmelder das bisschen Flüssigkeit registrierte? So empfindlich waren die doch normalerweise gar nicht. Der gelbe, kreisende Lichtkegel, der von einer Alarmleuchte an der Haustür ausging, erfasste ihn und versetzte ihn in Panik. Gehetzt sah er sich um. Dann sprang er in den Wagen und jagte mit kreischenden Reifen davon. Den Kanister, den er wohlweißlich nur mit Handschuhen angefasst hatte, ließ er vor der Garage liegen. Verdammt, warum hatte er nicht wenigstens noch das Benzin entzündet? Die aufsteigende Wut machte ihn fast handlungsunfähig.

32 | Club

Sie waren früh am Grande Opera in Offenbach. Sam wollte Nika die Lokation, insbesondere die Playrooms, zeigen, bevor viel los war. Immerhin wusste sie nicht, welche Vorstellungen Nika von dem hatte, was in einem solchen Fetisch- und BDSM-Club so alles passierte.

Die Parkplätze des ehemaligen Hassia-Geländes waren noch einigermaßen leer und Sam hatte einen recht nahe am Eingang ergattert. Da sie nicht zum ersten Mal hier war, wusste sie, dass der Zugang des Grande Opera hinten war.

„Wie fühlst du dich?“, fragte sie Nika, bevor sie ausstiegen.

„Willst du das wirklich wissen?“

„Natürlich."

„Komisch."

„Gut, es könnte schlimmer sein. Drinnen gibt es einen Umkleideraum. Wenn du möchtest, kannst du deine Schuhe also anlassen, bis wir im Haus sind."

„Wie sieht das denn aus? Diese Klamotten und die Sportschuhe!"

„Draußen ist es, glaube ich, ziemlich steinig. Behalte die Schuhe also noch an."

„Nichts da", antwortete Nika.

Jetzt wurde Sam streng: „Behalte sie an, oder möchtest du dir eine Strafe einfangen, noch bevor wir reingegangen sind?"

Nika seufzte und sagte in übertrieben freundlichem Tonfall: „Nein, Herrin. Bitte entschuldigen Sie meinen Widerspruch."

Sam lächelte. „So ist es brav." Dann verließen sie das Auto und liefen über den Innenhof in Richtung Eingang. Sie kamen an eine kleine Schleuse, errichtet aus einer Trennwand und einem kleinen Kassenhäuschen. Sam hatte die Karten für den Abend übers Internet reserviert und legte die Bestätigung vor. Zwei Plastikkarten in der Größe von Kreditkarten wurden ihr ausgehändigt. Jede der weißen Karten war mit einer großen, schwarzen Nummer versehen.

„Wenn du Getränke von der Bar holst, dann zeigst du einfach die Karte vor", erklärte Sam und reichte die beiden Karten dem Mädchen. „Abgerechnet wird dann später, wenn wir gehen."

Nika nahm die Karten an sich und steckte sie in die Tasche der Lederhose. „Brauchen Sie denn keine Karte, Herrin?", fragte sie.

Mit Genugtuung registrierte Sam die korrekte Anrede und antwortete dann in spöttischem Tonfall: „Wofür sollte deine Herrin so etwas brauchen, Kind?"

„Um …" Offenbar wurde Nika in dem Moment klar, dass es ihre Aufgabe sein würde, alles zu besorgen, wonach Sams Herz begehrte.

Sam lächelte nur und ging weiter. An den Tischen vor dem Eingang stand eine kleine Gruppe Menschen und rauchte. Als Sam und Nika durch die Tür schritten, wurde die Musik lauter. Sam erkannte in dem Lied einen Slowfox, konnte sich an den Titel des Stückes aus den sechziger Jahren aber nicht erinnern. Eine Frau, die angezogen war wie eine englische Gouvernante und einen Rohrstock in der Hand hielt, kam auf die beiden zu. „Samantha, wie schön dich auch mal wieder zu sehen.“ Nachdem sie der Detektivin ein Lächeln geschenkt hatte, begutachtete sie mit strengem Blick Nika. „Entzückend, aber seit wann stehst du auf Mädchen?“

„Man muss immer mal etwas Neues ausprobieren, oder?“

„Wie wahr, wie wahr.“ Mit diesen Worten verschwand die Frau zur Tür hinaus.

„Komm mit“, sagte Sam und öffnete linker Hand eine Tür. „Hier kannst du deine Schuhe lassen. Die Toiletten findest du übrigens auch hier.“

Nachdem Nika sich von ihren Schuhen befreit hatte, gingen sie wieder in den Hauptsaal des Grande Opera.

„Es ist schon mehr los, als ich vermutet habe“, sagte Sam. Sie waren noch keine fünf Schritte weit gekommen, als ihnen ein nackter Mann entgegen kam, dessen Haut lückenlos von einer goldenen Farbe überzogen war. In seiner Hand trug er ein verchromtes Tablett mit gefüllten Sektgläsern. „Herzlich willkommen“, begrüßte er die Gäste und bot ihnen Sekt an. Die beiden Frauen nahmen je ein Glas.

Sam sah Nika in die Augen. „Auf deine Einführung im G.O.“, sagte sie und stieß mit dem Mädchen an. Nachdem sie einen Schluck getrunken hatten, bemerkte Sam Nikas Blick, der an einer Installation an der Wand klebte. Ein wenig über ihnen waren zwei metallene Handgelenksmanschetten angebracht, dazwischen eine entsprechende Manschette für den Hals. Das ganze wurde von einem Bilderrahmen in Menschengröße umrahmt. Zu dem kleinen Podest davor führten zwei Stufen. „Wenn du nicht brav bist, werde ich dich dort fest machen. Dann wirst du als lebendes Bild dienen.“ Sam erkannte an Nikas Blick, dass das Mädchen nicht wusste, ob Sam das ernst meinte oder nicht. Die Detektivin lächelte und fragte: „Möchtest du in die Playrooms, bevor dort zu viel los ist?“

„Wenn ich schon hier bin, möchte ich auch alles sehen“, gab Nika bekannt.

„Lies dir die Regeln durch, bevor wir hinein gehen“, forderte Sam das Mädchen auf und deutete dabei auf eine Tür links neben dem Bilderrahmen. In Augenhöhe war eine Zusammenfassung der Regeln für die Benutzung der Spielzimmer angebracht. Neben verschiedenen Verhaltensweisen war dort zu lesen, dass niemand in ein Spiel eingreifen würde, solange das allgemein bekannte Safeword 'Mayday' nicht benutzt wurde. Während Nika las, öffnete sich die Eingangstür und eine Frau in einem prächtigen, roten Abendkleid betrat den Raum. Dabei wurde die Tür von einem Mann in einem grauen Anzug aufgehalten. Beide waren in den Vierzigern. Die Frau kam sofort auf Sam zu. Der Mann kam nach, sobald er die Tür geschlossen hatte.

„Hallo Samantha, schön, dass du gekommen bist“, grüßte die Frau und umarmte Sam kurz.

„Hallo Ghalisa, ich freue mich auch.“

„Das ist Theo“, stellte die Frau ihren Begleiter vor, der Sams angebotene Hand nahm, sich korrekt verbeugte und die Hand andeutungsweise küsste.

„Ich bin sehr erfreut“, sagte er, drehte sich um und verschwand in der Menge. Nachdem Sam Nika vorgestellt hatte, kehrte Theo mit zwei Gläsern Sekt zurück und reichte eines davon Ghalisa. Die stieß mit ihm an und wandte sich wieder Sam zu. „Ich muss erstmal selbst sehen, wer von denen da ist, die für dich von Interesse sein könnten.“

„Wir werden geduldig warten. Nika möchte sowieso zunächst alles sehen. Aber ich möchte dich noch etwas fragen. Kannst du dich an Jan erinnern? Ihr seid euch mal über den Weg gelaufen, als du bei mir warst.“

„Dieser etwas eigentümliche Mann, den du von der Uni kennst?“

„Ja, genau den meine ich. Hast ihn zufällig mal auf einer Party getroffen?“ Zunächst hatte Sam sich überlegt, ein Bild von Jan mitzunehmen und die Leute nach ihm zu fragen. Dann hatte sie sich doch dagegen entschieden, weil sie kein Aufsehen erregen wollte.

„Nein, das habe ich nicht.“

„Danke für die Auskunft. Wir sehen uns jetzt noch ein wenig um.“

„Gut. Bis später dann.“ An Nika gewandt sagte Ghalisa lächelnd:

„Willkommen bei den Verrückten und viel Spaß.“

„Danke“, erwiderte Nika schüchtern.

Ghalisa zog mit ihrem Sub weiter.

„Dann wollen wir mal“, sagte Sam, stellte ihr noch nicht geleertes Glas auf einen Tisch, der sich direkt neben dem Bilderrahmen befand, und öffnete die Tür zu den Playrooms. Nika stellte ihr Getränk ebenfalls ab, trat nach Sam ein und schloss die Tür hinter sich.

In dem kleinen Raum, der eine Art Vorzimmer darstellte, befand sich ein altmodischer Gynäkologiestuhl.

„Wow, ein antikes Ausstellungsstück“, kommentierte Nika das Objekt.

„Von wegen Ausstellungsstück“, erwiderte Sam. „Der Stuhl wird durchaus gebraucht.“

Im weiteren Verlauf des Vorraums stand ein mit schwarzem Leder bezogener Bock, wie man ihn vom Bockspringen im Schulsportunterricht kannte.

„Und was macht man damit?“, wollte Sam wissen.

„Wenn du dich auf dem Bauch darüber legst, dann kann ich deine Extremitäten an den vier Beinen befestigen. So wird einerseits dein Hinterteil sehr schön präsentiert, man kann aber auch wunderbar mit Rohrstock oder Peitsche arbeiten, ohne dass der Körper durch heftige Reaktionen verrutscht. Das kann sehr wichtig sein, denn stelle dir einmal vor, dass du gerade in dem Moment wegzuckst, in dem ich zuschlage. Im schlimmsten Fall treffe ich dann einen Punkt, den ich gar nicht treffen will oder darf.“

„Ich werde nicht wegzucken, weil ich mich gar nicht erst darüber legen werde und du auch nicht probieren wirst, mich zu schlagen“, antwortete Nika patzig, als hinter ihnen gerade weitere Gäste hereinkamen.

„Was fällt dir ein?“, fragte Sam scharf und blitzte Nika mit den Augen an. Sie wollte es nicht zulassen, dass ihr eine solche Antwort in dieser Situation gegeben wurde.

Nika bemerkte ihren Fauxpas augenblicklich und sah schuldbewusst zu Sam. „Entschuldigen Sie bitte, Herrin. Es war nicht so gemeint."

„So, es war nicht so gemeint", sagte Sam spöttisch und laut. „Wie war es dann gemeint?"

Als das Mädchen nicht antwortete, fuhr Sam fort: „Wenn es nicht so gemeint war, dann würdest du dich also liebend gerne für mich darüber legen, nicht wahr?" Die Detektivin war sich sicher, dass den lauernden Tonfall niemand überhören konnte.

„Natürlich, meine Herrin, wenn Sie es wünschen, dann würde ich es gerne tun."

Als Erfolg ihrer kleinen Konversation scharte sich eine kleine Gruppe von Leuten um sie herum. Die gespannte Erwartungshaltung war deutlich zu spüren, obgleich niemand etwas sagte. „Na, dann kannst du es mir ja auch zeigen." Sams Tonfall triefte vor Spott. „Los, lege dich über den Bock!"

Sie ließ sich von dem flehenden Blick nicht erweichen. Wenn es über Nikas Grenzen gehen würde, dann kannte sie ja das Safeword. Allerdings hoffte Sam, dass sie es nicht gebrauchte, denn in dem Fall würden sie das Grande Opera umgehend verlassen. Nika bewegte sich sehr langsam auf das Gerät zu, so als würde sie zu ihrer Hinrichtung gehen. Dabei sah sie fortwährend zu Sam, und die Domina konnte die Erwartung in ihren Augen sehen – eine Erwartung, die Sam nicht zu erfüllen gedachte.

Wie in Zeitlupe beugte sich Nika über den Bock, wobei ihre Ketten klimperten wie bei einem Schlossgespenst. Sam lächelte zufrieden, trat an den Bock heran, holte ein weiteres, kleines Vorhängeschloss aus der Tasche, und verband damit die beiden langen Ketten unter dem Bock miteinander. „So, du wartest nun hier bis ich wieder komme und machst dir Gedanken über einen korrekten Tonfall. Und wehe du lässt dich von irgendwem anfassen!" Sie bemerkte, dass Nika etwas auf den Lippen lag, es aber für sich behielt.

Ohne weitere Worte verließ Sam die Playrooms und ging an die Bar. Da sie sich nicht viel aus Sekt machte, wollte sie sich ein Glas Wein holen. Als sie daran dachte, was sie sich später von Nika würde anhören müssen, huschte ein Lächeln über ihr Gesicht. Mitleid hatte sie jedoch keins.

An der Bar, die auf der rechten Seite von einem riesigen, altertümlichen Kerzenleuchter geziert wurde, tauchte neben ihr ein Mann in einem schottischen Kilt auf. „Sam, es ist ja ewig her, dass ich dich gesehen habe“, begrüßte er die Frau und nahm sie fest in den Arm. „Mit wem bist du hier?“

„Korbal, wie geht es dir? Ich habe meine neue, kleine Sklavin dabei.“ Innerlich schon wieder schmunzelnd überlegte sie, ob sie Korbal schicken sollte, um Nika ein wenig in Angst und Schrecken zu versetzen. Die Versuchung war groß.

„Eine Sklavin!“, rief der kräftige Mann mit den langen, roten Haaren. „Wo ist sie? Stell sie mir vor!“

„Sie hängt über dem Bock in den Playrooms. Geh hin und sieh sie dir an.“

„Das mache ich glatt. Darf ich böse Dinge zu ihr sagen?“

Sein hämisches Grinsen brachte Sam zum Lachen. „Tue, was du nicht lassen kannst, aber fasse sie nicht an.“

„Sowieso nicht.“ Er zwinkerte ihr zu und ging.

Sam hielt ihn kurz zurück und fragte nach seiner Karte, denn ihre hatte ja Nika, und ohne konnte sie nichts bestellen. Der Mann gab ihr seine Karte und erklärte, dass er sie zu dem Getränk einlud. Sam fand, dass das gerecht war, wenn er ein wenig Spaß mit Nika haben durfte. Sie fragte an der Bar, was der teuerste Cocktail war und bestellte ihn. Dazu verlangte sie ein Glas Weißwein und ließ beides auf Korbals Karte schreiben.

Mit den Gläsern in der Hand bahnte sie sich den Weg durch die Menschen. Es waren mehr geworden. Ein paar Minuten stand sie an der Tanzfläche, die sich dem Hauptraum anschloss, und sah den Tänzerinnen und Tänzern zu. Am besten gefiel ihr eine Frau, die ebenso wie die Bedienung zuvor völlig nackt und mit goldener Farbe überzogen war. Mit geschlossenen Augen bewegte sich die Frau anmutig und wie in Trance zur Musik, als sei sie eins mit den Klängen. Für einen Moment fragte Sam sich, ob sie gerade anfing, auf weibliche Körper zu stehen.

Dann sagte sie sich, dass sie auch früher schon Menschen bewundert hatte, die schön tanzen konnten, ganz egal ob es Männer oder Frauen waren.

Irgendwann war die Zeit gekommen, zurück zu Nika zu gehen. Der noch unberührte Cocktail und ihr angenipptes Weinglas stellte sie auf den selben Tisch, auf dem auch schon ihre Sektgläser standen, dann ging sie durch die Tür zu den Playrooms. Korbal kam ihr gerade entgegen, lächelte ziemlich dreckig und sagte nur: „Nice!“

Sam lachte zurück und ging zu Nika, vor der ein Pärchen stand, dessen Mann außer Hand-, Hals- und Fußfesseln nackt war. Die dazugehörige Frau war in ein schwarzes Lackkostüm gehüllt. Beide standen einen Schritt von Nika entfernt und fassten sie nicht an, aber sie blickten auf das Mädchen hinab.

„So, mein Kind, hast du dir überlegt, wie du mit deiner Herrin sprechen solltest?“

„Ja, meine Herrin, das habe ich“, kam die leise Antwort.

„Gut“, sagte Sam und befreite Nika von dem Bock. Als sich das Mädchen aufrichtete war ihr Gesicht rot und Sam überlegte, ob das mehr die Zornesröte war oder ob sich einfach zuviel Blut im Kopf angesammelt hatte.

„Hat dich jemand angefasst?“, fragte Sam, obwohl sie die Antwort kannte.

„Nein, meine Herrin, niemand hat mich angefasst, aber ein Mann war kurz davor gewesen.“ Das Blitzen in Nikas Augen konnte nicht missgedeutet werden. Das Mädchen kochte vor Wut.

Das wiederum rang Sam ein weiteres schadenfrohes Lächeln ab. „Komm mit, ich zeige dir den Rest.“

„Ja, Herrin.“ Sie traten durch eine Tür in einen weiteren Raum, der sich zu beiden Seiten hin erstreckte. Links war er allerdings durch ein massives Gitter, wie man es sich in einem Gefängnis vorstellt, unterteilt. Eine Öffnung von Türbreite ließ einen Durchgang zum jenseitigen Bereich. An den Gittern standen einige Zuschauer, die eine Session im linken Teil beobachteten. Dort lag eine Frau auf einem Gynäkologiestuhl. Dieser war allerdings ein modernes Modell. Zwei

Männer standen daneben und zogen die Frau langsam aus. Hinter dem Stuhl wurde der Raum durch einen roten Vorhang begrenzt.

„Hinter dem Vorhang ist noch ein Playroom", flüsterte Sam Nika ins Ohr. Die sah sich um und musterte neugierig den niedrigen Käfig, der zwischen Gitter und Gynstuhl auf dem Boden stand. Rechts von ihnen, wo der dunkle Raum nur wenige Schritte maß, stand ein großes, schwarzes Andreaskreuz, an dem man Menschen fixieren konnte.

„Magst du zuschauen?" Auch die Frage war geflüstert.

Nika schüttelte den Kopf. Gemeinsam gingen sie zurück in den Vorraum, von dem ein weiterer Playroom abging, der, wie Sam wusste, von einer Schwarzlichtlampe erhellt wurde. Jetzt aber war der Vorhang zu, und das bedeutete: Draußen bleiben.

Sie waren alleine in dem Vorraum, und Sam fragte leise: „Hast du dich beruhigt?"

„Ich bringe dich um, sobald wir zuhause sind", zischte Nika.

Sam lächelte. „War doch halb so wild. Komm, amüsiere dich!"

Sie ging voran, zurück in den Hauptraum. Dort nahm sie die beiden Gläser vom Tisch und reichte Nika das mit dem teuren Cocktail.

„Hier, das geht auf Kosten des Kerls, der eben bei dir war."

„Dann will ich es nicht", maulte Nika.

„Jetzt führe dich nicht auf wie ein kleines Kind und nimm es gefälligst!", herrschte Sam sie an. Das Mädchen wurde rot und Sam war sicher, dass es bemerkt hatte, wie albern ihre Reaktion war.

„Ja, Herrin. Entschuldigen Sie bitte." Nika nahm das Glas und trank.

„Und, wie ist er?", fragte Sam im entspannten Plauderton.

Nachdem Nika einen weiteren Schluck genommen hatte, antwortete sie: „Er schmeckt wirklich gut, Herrin. Darf ich Sie etwas fragen?"

„Ja, das darfst du."

Das Mädchen kam näher an sie heran und fragte leise: „Ist das hier wirklich bei jedem so, dass der Sub in jedem Satz Herrin sagt und man die dominante Person nicht duzen darf?"

„Nein, mein Kind, da hat jeder seine eigenen Regeln", erklärte Sam. „Das ist das wunderbare in unserer Welt: Es gibt keine wirklichen Standards. Jeder lebt seine Neigung hier nach seinen eigenen Vorstellungen aus. Oft sind die Vorstellungen sehr ähnlich, von manchen Dingen sogar gleich, aber ich kenne ebenso Herrinnen, die das in dieser Art nicht verlangen. Es ist nur so, dass hier viele Leute wissen, dass ich es von meinen Subs verlange, deshalb muss ich es auch von dir verlangen, damit wir glaubwürdig sind."

„Danke, Herrin."

Sie stellten sich an die Tanzfläche und sahen eine Weile den Menschen zu. Nika stieß Sam mit dem Ellenbogen an und nickte nach rechts. Am Ende der Tanzfläche gab es ein Podest, auf dem ein etwa zwei Meter hohes, schwarzes Andreaskreuz stand. Im Gegensatz zu dem in den Playrooms war das hier nicht unbenutzt. Ein Mann, ausschließlich mit Frauenunterwäsche bekleidet, war dort angebunden.

„Hat er seiner Herrin auch eine falsche Antwort gegeben?", wollte Nika wissen.

„Kann sein. Vielleicht hat er ihr aber auch einfach nicht schnell genug den Stuhl zurecht gerückt, auf dem sie sitzen wollte, oder etwas anderes versäumt. Im Übrigen wissen wir auch nicht, ob er eine Herrin oder einen Herrn oder sogar ein Herrscherpaar hat."

„Was es alles gibt", sagte Nika.

Ghalisa gesellte sich zu ihnen. „Meine Teure, es ist kaum jemand da, der sich mit den Dingen beschäftigt, nach denen du gefragt hast. Korbal kennst du ja, dann sind noch die Richards da. Sie sind beide dom und extreme Sadisten. Bisher habe ich aber noch nie davon gehört, dass sie irgendwas mit jemandem gemacht haben, das er nicht wollte. Ich finde sie sehr nett, und nachdem, was ich gehört habe, sind sie sehr einfühlsam."

„Wie kann ein Extremsadist einfühlsam sein?", bemerkte Nika abfällig.

Ghalisa bedachte sie mit einem nachsichtigen Blick. „Du musst noch viel lernen, mein Kind."

„Wer sind die Richards?", fragte Sam.

„Siehst du drüben die beiden, vor denen die Frau kniet?"

An der gegenüberliegenden Seite der Tanzfläche saß ein Pärchen, gekleidet wie zwei Adelige des vorletzten Jahrhunderts. Davor kniete eine nackte Frau und küsste die Schuhe der Dame, während der Herr seiner Sklavin zärtlich über den Rücken streichelte.

„Was machen sie alles?“ Sam war neugierig geworden.

„Frage lieber, was sie nicht machen. Aber das, was sie machen, können sie auch. Sie machen es richtig.“

Aus dem Augenwinkel bemerkte Sam, wie Nika den Kopf schüttelte. Offenbar hatte das Mädchen nicht das leiseste Verständnis.

„Sonst ist niemand da?“, fragte Sam.

„Nicht, dass ich wüsste. Natürlich gibt es einige, die ich selbst nicht kenne. Aber Spezialisten in den Bereichen, die du suchst, sind mir hier keine bekannt. Nadeln machen viele, die meisten kennst du aber selbst. Branding ist etwas anderes. Damit muss man sich schon intensiv beschäftigen, um das richtig zu machen. Davor schrecke selbst ich zurück.“ Ghalisa lachte herzlich.

„Trotzdem vielen Dank, Ghalisa. Es war ein Versuch wert.“

„Soll ich dir die Richards vorstellen? Dann kannst du dich mit ihnen ein wenig unterhalten?“

„Nein, ich denke, das ist keine gute Idee. Was soll ich ihnen denn sagen? Dass ich einen ihrer Bekannten suche, weil der vielleicht etwas Unrechtes getan hat? Ich hatte gehofft, dass du mich einer ganzen Gruppe vorstellen kannst, so dass ich an den Kreis heran komme.“

„Tja, ich dachte auch, dass mehr hier sein würden, aber man weiß es vorher eben nie“, pflichtete Ghalisa bei.

„Ich werde meiner Freundin das hier dann nicht weiter zumuten. Wir verschwinden gleich.“

Sam und Ghalisa umarmten sich zum Abschied, dann ging Ghalisa in Richtung Ausgang. Eine Minute blieben Sam und Nika noch an der Tanzfläche stehen, dann wandte sich die Domina dem Mädchen zu.

„Komm mit“, sagte sie, zog leicht an Nikas Kette, drehte sich herum und wollte loslaufen, als sie beinahe mit einem Mann zusammengestoßen wäre.

Augenblicklich hielt sie den Atem an. Es waren nicht die zahllosen Tätowierungen an seinem Körper, die sie für einen Moment in grenzenloses Erstaunen versetzte, sondern das Gesicht. Zwar war es nicht unfreundlich, aber es verschlug ihr dennoch für einen Moment die Sprache, denn den Mann von Maria hätte sie hier kaum vermutet. Seine damals leeren Ohrlöcher waren nun mit großen Creolen besetzt.

„Erschrocken, Lady?“, fragte er und grinste gehässig. Seine Halbglatze glänzte. Sam vermutete, dass er bereits in einem der Playrooms aktiv gewesen war. Wahrscheinlich war er in dem hintersten gewesen, bei dem der Vorhang zugezogen gewesen war. Sofort hatte Sam sich wieder unter Kontrolle. Ihr wurde bewusst, dass er sie nicht erkennen konnte. Nicht in diesem Aufzug und mit der Perücke. Wenn sie so in einen Spiegel sah, würde sie sich selbst nicht mal für ihre eigene Schwester halten – ganz abgesehen davon, dass sie keine hatte.

„Nicht so eingebildet, junger Mann“, erwiderte sie.

Er betrachtete Nika. „Vielleicht könnten wir gemeinsam ihre entzückende Sklavin bespielen, was halten sie davon?“

„Gar nichts. Sie ist mein Eigentum und mein bestes Stück, ausschließlich für mein Wohlbefinden und mein Amüsement gedacht. Sie wird niemals verliehen. Aber ich bin gut zu ihr und sie soll auch ihren Spaß haben. Ich suche noch einen kleinen Sklaven, der für ihre Unterhaltung sorgt, wenn ich sie gerade nicht brauche. Es wäre für mich ein großes Vergnügen, wenn ich sie dabei beobachten könnte, wie sie einen übermütigen Kerl erzieht. Bewerbungen nehme ich gerne entgegen.“

Er lachte laut. „Das ist wirklich gut, Lady.“ Dann zwinkerte er ihr zu und ging seiner Wege. Offenbar hatte er auch ihre Stimme nicht erkannt, was Sam allerdings nicht wunderte. Der sonst eher freundliche Tonfall war jetzt mit einer gehörigen Portion Arroganz versetzt, die sie ihm gegenüber ins unermesslich Übertriebene gesteigert hatte.

Sie drehte sich zu Nika und sagte ernst: „Wir gehen.“

„Gerade fängt es an mir zu gefallen“, konterte das Mädchen. „Auf der Tanzfläche ist noch Platz, und eigentlich, verehrte Herrin, schuldet ihr mir mindestens einen Tanz.“

Sam hatte keine Lust zu diskutieren und drohte: „Wir können noch bleiben, dann aber in einem der Playrooms. Und wenn ich heute noch einmal einen Playroom betrete, dann spiele ich auch, und zwar mit der Person, die gerade als Sub bei mir ist. Möchtest du das?" Ihre Stimme ließ keinen Zweifel an der Ernsthaftigkeit ihrer Worte zu.

Kleinlaut schüttelte Nika den Kopf und folgte Sam zum Ausgang. Bevor sie ihn erreichten, kam ihnen Ghalisa entgegen. Sam zog sie sofort beiseite und fragte leise: „Sag mal, kennst du Herbert Storckmann?"

„Wer soll das sein?"

„Der Tätowierte mit dem grauen Haarkranz, einen Kopf größer als ich und an die fünfzig Jahre alt."

„Der Spieler? Ich habe keinen Kontakt zu ihm, aber er ist, wenn er kommt, immer der Erste, der im Playroom ist. Heute war er schon kurz nachdem aufgemacht wurde am Spielen."

Sam dachte kurz nach. Hier war der falsche Ort, um sich zu unterhalten. „Ich rufe dich noch mal an."

„Passe auf dich auf, Herzchen."

„Dir wünsche ich einen schönen Abend und viel Spaß noch." Sam beeilte sich, mit Nika aus dem Club herauszukommen.

Als sie im Auto waren, erzählte Sam, woher sie den Mann kannte.

„Ob es ein Zufall ist, dass er zur Szene gehört?", fragte sie dann, mehr sich selbst als Nika. „Ausgerechnet der Mann von Deborahs engster Bekannten?"

„In jedem Fall ist es verdächtig", sagte Nika.

„Ja, das ist es. Ich werde morgen noch einmal in die Sprachschule gehen und versuchen zu ergründen, ob Gina dort auch Schülerin gewesen ist. Immerhin wurde der Kontakt zwischen Maria und Deborah dort hergestellt." Jetzt fielen ihr die Worte des Schülers wieder ein, den sie gefragt hatte, wer aus der Klasse am besten deutsch sprach. Er hatte behauptet, dass dies früher Maria gewesen sei, die den Grundkurs noch einmal wiederholte. „Außerdem interessiert mich, seit wann Maria eigentlich diese Schule schon besucht."

Einige Minuten sprachen sie nicht, dann ergriff Nika das Wort: „Duhu", sagte sie nur.

„Jaha?", antwortete Sam.

„Wenn wir irgendwann wirklich zusammen sind, dann werde ich nicht deine Sub sein. Ich fand es sehr interessant, das alles zu sehen, aber das ist nichts für mich. Wenn, dann wäre ich eher geeignet, eine Domme zu sein."

Sam wusste nichts darauf zu sagen.

Auch Nika schwieg eine Weile, dann fügte sie hinzu: „Ich wollte nur, dass du das weißt."

„Jetzt weiß ich es", bestätigte Sam.

„Wo hast du eigentlich die Schlüssel? Ich würde ganz gerne die Ketten loswerden."

„Oh, die sind zuhause." Die Detektivin konnte sich ein Schmunzeln nicht verkneifen. „Ich habe nur den Schlüssel von dem Zusatzschloss bei mir, das ich benutzt habe, um dich an den Bock zu ketten."

„Erinnere mich daran. Dafür schuldest du mir etwas."

Sam lachte herzhaft. „Okay, du hast etwas gut bei mir. Das war es mir wert. Was möchtest du haben?"

„Sex mit dir", kam die spontane Antwort.

Wieder lachte Sam. Eine Antwort gab sie nicht.

Als sie eine Dreiviertelstunde später die Königsteiner Straße in Ehlhalten entlang fuhren, erkannte Sam schon von weitem den Streifenwagen und die Feuerwehr, die vor ihrem Haus standen. Außerdem machte die gelbe Blinkleuchte von ihrer Alarmanlage deutlich, dass die Einsatzfahrzeuge definitiv wegen ihrem Haus dort waren. Das bedeutete nichts Gutes. Ein unangenehmes Gefühl breitete sich in Sams Magengegend aus.

„Die sind sicher nicht umsonst da", bemerkte sie.

Da das Polizeifahrzeug ihre Garageneinfahrt versperrte, blieb sie dahinter stehen.

„Dann lasse uns mal sehen, was passiert ist."

„Ich bleibe hier", erklärte Nika trotzig.

„Wie bitte?" Sam zog die linke Braue hoch und sah Nika fragend an.

„Du glaubst doch nicht, dass ich mich so mit den Ketten präsentiere, oder?"

„Oh“, erwiderte Sam nur.

Die Detektivin sah, wie sich Fahrer- und Beifahrertür der Streife öffneten und zwei Personen ausstiegen. Es waren ein Mann und eine Frau, die beide in Uniform waren.

„Guten Abend“, begann der männliche Polizist. „Sind Sie Frau Veselkova?“

„Ja.“

„Entschuldigen Sie, wenn wir Sie so überfallen“, unterstützte die Polizistin ihren Kollegen. „Es ist nichts wirklich Schlimmes. Mein Name ist Undin, und mein Partner heißt Willte.“

Sie schüttelten sich die Hände und Sam fragte: „Und was ist das nicht wirklich Schlimme? Sie stehen sicher nicht umsonst hier und warten auf mich.“

„Jemand wollte scheinbar ihre Garage in Brand stecken, aber offenbar waren Sie schlau genug, Ihr Haus abzusichern. Die Alarmanlage ist losgegangen und ein Nachbar hat uns angerufen.“ Jetzt war es wieder der Mann, der sprach.

„Wenn das kein Timing ist“, warf Sam ein.

„Wie meinen Sie das?“

„Das Sicherheitssystem ist gestern erst installiert worden.“

„Da haben Sie aber Glück gehabt. Wer immer das war, er hat Benzin unter dem Garagentor durchlaufen lassen. Vermutlich hatte er keine Gelegenheit mehr gehabt, es anzuzünden. Aber die Feuerwehr musste aus Sicherheitsgründen das Tor aufbrechen. Der Kraftstoff in der Garage wurde bereits weitgehend beseitigt. Sie werden aber ein neues Schloss benötigen. Außerdem würden wir Ihnen gerne etwas zeigen“, erklärte die Polizisten. Sie ging ein paar Schritte die Einfahrt hinauf. Dabei leuchtete sie mit einer großen Stablampe auf den Boden. Sam sah sofort die beiden Zahlen.

„Okay, Sie sollten Gregor Kern von der Kripo Frankfurt anrufen. Ein ähnliches Zeichen wurde kürzlich in der Wohnung eines Freundes hinterlassen, nachdem er ermordet wurde.“

„Gut, dann schlage ich vor, dass wir erstmal reingehen. Was ist mit der Frau in Ihrem Auto?“

Sam blickte zu ihrem Peugeot. „Die hole ich nach, sobald wir drin sind“, sagte sie, ohne weitere Erklärungen abzugeben.

Die Beamten zuckten die Schultern und begaben sich mit Sam ins Haus. Die Polizisten gingen vor und sahen sich um. Sam fand es sehr pflichtbewusst, dass die beiden das ganze Haus durchkämmten, bevor sie sich im Wohnzimmer auf der angebotenen Couch niederließen. Die Detektivin brachte ihnen Mineralwasser und stellte einen Kaffee auf. Dann gab sie dem Polizisten ihr Telefon und holte Nika, die jammerte, weil ihr kalt war. Während das Mädchen nach oben ging um sich umzuziehen, setzte Sam sich zu den Polizisten.

„Herr Kern hat ein paar Tage Urlaub, aber wir konnten Oberkommissar Sorghardt auf dem Handy erreichen. Er würde herkommen, wenn Sie es wünschen, hält es aber nicht unbedingt für erforderlich. Die Arbeit vor Ort würde ohnehin die Spurensicherung machen. Die Zahlen in Ihrer Einfahrt zeigen deutlich, dass es mit dem Fall Patersen zusammenhängt, und dazu gibt es derzeit nichts zu fragen, was er nicht schon wüsste.“

Das stimmte wohl. Was sollte Sorghardt hier? Sam nickte. „Kein Problem, er soll bei seiner Familie bleiben“, sagte sie und fügte in Gedanken hinzu: ‚Wenn er eine hat.‘ Dann fragte sie: „Haben Sie schon in der Nachbarschaft herumgefragt, ob jemand etwas gesehen hat?“

„Ein Mann, der gerade ein paar Häuser weiter seine Mülltonne auf die Straße stellen wollte, hat berichtet, dass ein dunkles Auto mit überhöhter Geschwindigkeit weggefahren ist, kurz nachdem die Alarmanlage losging.“

„Hat er erkennen können, was es für ein Fahrzeug war oder welche Farbe es hatte?“

„Es war ein Kombi, aber was es genau war, konnte er nicht sagen. Anthrazit oder dunkelblau meinte er. Vielleicht denken Sie mal nach, ob Sie jemanden mit einem dunklen Kombi kennen. In jedem Fall ist er ziemlich sicher, dass es nicht schwarz war. Auf die Marke hat er nicht geachtet, weil er sich aufs Nummernschild konzentriert hatte.“

„Er hat Teile vom Nummernschild identifizieren können?“, platze Sam heraus.

„Nein, er hat das ganze Nummernschild. Solch aufmerksame Zeugen sind selten, und ich war sehr froh darüber. Leider hilft es uns nicht viel. Das Auto zu dem Nummernschild steht in einem Parkhaus. Der Besitzer lässt sich in Australien die Sonne auf den Pelz scheinen. Wir haben das überprüft. Die Schilder waren einfach gestohlen. Übrigens wäre es ein gelber Smart gewesen."

„So ein Mist", sprach Sam ihre Gedanken aus. Sie dachte nach. Ein vielleicht blaues Auto. „Es kann sein, dass das gleiche Fahrzeug am Sonntag in einen Unfall mit Fahrerflucht involviert war. Am Ortsausgang ist zwischen vier und fünf Uhr ein Motorradfahrer von einem Auto umgefahren worden. Er liegt in Idstein im Krankenhaus. An der Motorradverkleidung hat man blaue Lackspuren gefunden."

„Ein Bekannter von Ihnen?"

„Ja. Wir hatten eine Tour gemacht und er hatte mich noch bis nach Hause begleitet."

Dann tauchten die Leute von der Spurensicherung auf. Während die Polizei sich unten zu schaffen machte, ging Sam hinauf zu Nika, die wieder ihre Jeans und ein T-Shirt anhatte.

„Herbert Storckmann ist nicht unser Mann", erklärte Sam. „Er war noch vor uns im Grande Opera. Es ist unmöglich, dass er hergekommen ist und die Garage anzünden wollte."

Stumm saßen sie auf dem Bett. Sam wurde von maßlosem Ärger erfüllt, weil sie gedacht hatte, mit Storckmann endlich eine Spur zu haben. Es wäre bisher die einzige gewesen. Nika bemerkte offenbar ihre Stimmung, legte den Arm um sie, und drückte sie an sich.

„Du solltest morgen trotzdem in die Schule gehen und in Erfahrung bringen, was du dir vorgenommen hattest."

„Worauf du dich verlassen kannst", antwortete Sam verbissen, während sie sich aus Nikas Arm befreite. Sie wandte ihr Gesicht dem Mädchen zu. „Ich habe Angst um dich, Kleines."

„Ach was", entgegnete Nika nach kurzem Zögern etwas unsicher.

„Ich meine das Ernst, Nika. Habe ich dir von Sonntag erzählt? Nein, oder? Ein Freund von mir ist von einem Auto über den Haufen gefahren worden, kurz nachdem er mich hier abgeliefert hat. Es war ein blaues Auto. Bei dem, was heute Nacht hier passieren sollte, war auch ein Auto involviert, das blau gewesen sein könnte."

„Aber warum sollte jemand sich an deinen Freunden vergreifen?"

„Verdammt! Warte einen Moment", bat Sam und rannte nach unten zu den Polizisten. „Frau Undin, könnte ich Sie bitte einen Moment sprechen?"

„Selbstverständlich." Die Frau lächelte und ging mit Sam nach oben. Dort setzten sie sich auf die Stühle im Büro.

„Was haben Sie denn auf dem Herzen?" Die Polizistin sah sie mit offenen Augen an. Sie war nett und hatte eine warme Ausstrahlung.

„Ich arbeite unter anderem als Privatdetektivin. Vor vier Jahren habe ich einen Mann ins Gefängnis gebracht, der einen Mord begangen hatte. Liegt es in Ihrer Kompetenz herauszufinden, ob er schon wieder entlassen wurde?"

Die Frau überlegte einen Moment, dann fragte sie nach dem Namen des Mörders.

„Karl Lohen."

„Bitte warten Sie einen Moment hier oben." Dann ging die Frau die Treppe hinunter. Sam warf einen Blick ins Schlafzimmer und erkannte, dass Nika offenbar die ganze Zeit zu ihr gesehen hatte.

„Du kannst ruhig herkommen, Nika. Ich habe keine Geheimnisse vor dir, zumindest nicht, was diese Dinge betrifft."

Das Mädchen kam heraus und setzte sich zu Sam. „Du hast wirklich mal einen Mörder gefangen?", wollte sie wissen.

„Ja. Er hatte meine beste Freundin umgebracht." Kurz tauchten vor ihrem inneren Auge Bilder von Sabsi auf. Sexy Sabsi hatte sie sich genannt. Eine Hure. Eine Hure, und ein durch und durch guter Mensch. Sam vertrieb die Gedanken. „Die Polizei hatte damals die Suche aufgegeben. Es gab keine Anhaltspunkte. Aber ich wusste, wie Sabsi war und imitierte sie. Irgendwann hat der Mörder angebissen und ich konnte ihn überführen." Dass sie dabei fast ums Leben gekommen wäre, erzählte sie nicht.

„Das war wahrscheinlich die beste Tat, die du jemals in deinem Leben vollbracht hast", meinte Nika.

„Nein." Sam sah auf einen imaginären Punkt irgendwo in der Ferne. „Das war nicht meine beste Tat. Die liegt viel weiter zurück."

Die Schritte auf der Treppe ließen die beiden Frauen aufschauen. Sam sah die Polizistin herauf kommen.

„Ich kann Sie beruhigen, der Kerl wird noch eine Weile dort bleiben, wo Sie ihn hingebracht haben."

Der Detektivin fiel ein Stein vom Herzen. Kurzzeitig hatte sie daran gedacht, dass die ganzen Dinge gar nicht Jan und der Sache mit Deborah galten, sondern ihr, und dass es lediglich ein riesiger Zufall war, dass alles so zeitgleich passierte.

„Ich danke Ihnen", sagte sie zu der Beamtin. „Sie können sich gar nicht vorstellen, wie sehr mich das beruhigt."

„Keine Ursache. Fallen Ihnen sonst noch irgendwelche Feinde ein, die in Frage kämen?"

„Nein, keine, die in Frage kämen."

„Fallen Ihnen denn noch Feinde ein, die nicht in Frage kämen?", hakte die Beamtin nach.

„Was soll ich dazu sagen? Es gab in der Vergangenheit viele verschmähte Verehrer. Dazu einige Leute, über die ich als Detektivin einiges herausbekommen habe. Vermutlich kann man auch zahlreiche Menschen finden, denen ich einfach unsympathisch bin."

Es wurde drei Uhr morgens, bis die Polizei mit ihren Arbeiten fertig war. Erschöpft gingen Nika und Sam zu Bett, aber Sam wusste, dass sie noch lange nicht einschlafen würde. Eine Weile lag sie still unter ihrer Decke, spürte Nikas Hand auf ihrer Schulter, und grübelte vor sich hin.

„Samantha? Darf ich dich etwas fragen?" Offenbar konnte auch Nika nicht schlafen.

„Frag!"

„Was war deiner Meinung nach deine bisher beste Tat?"

Sollte sie darüber reden? Bisher war Jan der einzige gewesen, dem sie davon erzählte hatte. Dabei gab es eigentlich keinen Grund, es zu verschweigen. Sie hatte ja nichts Schlimmes getan – im Gegenteil. Trotzdem hatte sie immer das Empfinden gehabt, dass es niemanden etwas anging. Und Nika? Sie kannten sich erst so kurz, und doch kam es Sam so vor, als würde sie ein unsichtbares Band verbinden, das zwar noch sehr zart und zerreißbar war, aber dennoch vorhanden.

„Du musst es natürlich nicht erzählen, wenn du nicht magst“, flüsterte Nika.

Sollte sie? Sollte sie nicht?

„Es ist so lange her, dass es mir vorkommt, als sei es in einem anderen Leben gewesen“, begann Sam. „Ich war erst zwölf Jahre alt. Damals habe ich in einem Heim gelebt.“

„Was war mit deinen Eltern?“, unterbrach Nika.

„Meine Mutter starb bei meiner Geburt, und mein Vater wusste wahrscheinlich gar nichts von mir. Ich hatte sogar eine Weile Adoptiveltern, aber die sind bei einem Autounfall ums Leben gekommen, als ich zehn war.“ Sam versuchte, die Bitterkeit in ihrer Stimme zu unterdrücken, aber es gelang ihr nur unvollkommen. Dafür spürte sie, wie Nika ihren Arm um sie legte und sie fest an sich drückte.

„Das tut mir sehr leid“, sagte das Mädchen leise.

„Ist schon okay, es ist lange her. Die Geschichte, die dich interessiert, hat damit auch nichts zu tun. Ich war jedenfalls damals bei einer Freundin zu Besuch. Barbara ging mit mir in eine Klasse. Sie war sehr lieb, aber immer ein bisschen schüchtern. Oft war sie mir fast ängstlich vorgekommen. Irgendwie hatte ich schon immer einen Beschützerinstinkt in mir, wenn es um schwache Menschen geht, also hatte ich mich ihrer ein wenig angenommen. An dem Tag war ich bei ihr und wir spielten in ihrem Zimmer. Ich kann mich noch genau daran erinnern, dass Barbara unbedingt mit Barbie-Puppen spielen wollte.“ Sam machte eine kleine Pause, und fuhr dann fort: „Ich tat ihr den Gefallen. Plötzlich war ein Schrei zu hören. Er war gedämpft, trotzdem war mir irgendwie klar, dass er sehr laut ausgestoßen worden sein musste. Die Stimme war die des jüngeren Bruders von Barbara. Es war kein spielerisches Gröhlen, sondern ein panikerfüllter, gequälter Schrei. Man kann es nicht beschreiben, aber wenn du einen solchen Schrei einmal hörst, dann wirst du sofort den Unterschied erkennen.“ Nika kuschelte sich fest von hinten an die auf der Seite liegende Sam.

„Ich fragte Barbara, was das gewesen war, doch meine Freundin tat so, als hätte sie es gar nicht gehört. Natürlich merkte ich ihr an, dass sie log, also stand ich auf und lief zur Tür. Babs wollte mich zurück halten, sagte, dass wir das Zimmer nicht verlassen dürften, aber das war mir egal. Weil der Schrei so gedämpft war, nahm ich an, dass er von unten kam, daher ging ich hinunter. Frage mich nicht warum, aber instinktiv suchte ich die Tür, die zum Keller führte. Als ich sie öffnete, hörte ich das Wimmern des Jungen."

„Wie alt war er?", wollte Nika wissen.

„Ich glaube, er war damals neun oder zehn."

„Wie ging es weiter?"

„Ich bin die Treppe hinuntergestürmt. Der Mann hörte mich nicht, denn ich hatte keine Schuhe an. In dem Moment, in dem ich den Keller betrat, war mir sofort klar, was da vor sich ging. Zwar war ich selbst noch ein Kind, aber in einem Heim lernt man sehr früh, was es so alles an Schlechtem in der Welt gibt."

„War es das, was ich vermute?"

„Ich denke schon. Barbaras Pflegevater vergewaltigte den Jungen. Es war mir sofort klar, weil ich schon einiges von Vergewaltigungen gehört hatte. Weißt du, was komisch ist?"

„Was denn?"

„Dass ich überhaupt keine Angst hatte. Theoretisch wäre es ja möglich gewesen, dass der Mann auch über mich herfallen würde, aber darum machte ich mir überhaupt keine Gedanken. Ich betrat den Kellerraum und schaute mich nach etwas um, das ich zum Schlagen benutzen konnte. Einfach so, als wäre das ganz selbstverständlich. Ich vermute, dass mich die wenigen Jahre bei meinen Adoptiveltern so gemacht haben. Sie hatten sich so vorbildlich um mich gekümmert, mich von Anfang an mit intelligenten Dingen beschäftigt, und mich zu großer Selbständigkeit erzogen. Vieles von dem, was sie mir sagten, verstand ich damals noch gar nicht wirklich, aber mein Unterbewusstsein hatte es trotzdem teilweise umgesetzt. Es ist so ungerecht, dass so tolle Menschen so früh sterben müssen."

„Hast du etwas gefunden? Ich meine, etwas, womit du zuschlagen konntest?"

„Ja, natürlich", sagte Sam, als wenn es absolut abwegig gewesen wäre, etwas anderes zu vermuten. „Auf einem Sideboard direkt neben der Tür stand ein massiver Kerzenleuchter. Wenn ich heute an ihn denke, dann vermute ich, dass er aus Messing war. Der Mann hatte den Rücken zu mir gewandt, also war es leicht für mich. Ich nahm den Leuchter, und schlug mehrmals so fest ich konnte auf seinen Kopf. Damals hatte ich bereits einige Jahre Kampfsport gemacht, so dass ich wusste, dass ich mit viel Schwung am meisten erreichen konnte. Offenbar hatte ich es richtig gemacht, denn der Mann war nach dem ersten Schlag bewusstlos und hatte in seinem Kopf eine blutende Wunde."

Als Sam nicht weitererzählte, fragte Nika: „Und was ist dann passiert?"

„Ich habe die 110 angerufen. Als die Polizei kam, steckte der Schwanz von Barbaras Vater noch immer in Julians After. Ich hatte mich nicht getraut, den Mann da wegzuziehen, weil ich nicht wusste, ob ich damit Julian noch mehr wehtue. Der Junge war auch nicht ansprechbar, er wimmerte nur die ganze Zeit leise, sodass mir nichts anderes übrig blieb, als seine Hand zu halten und ständig zu wiederholen, dass alles wieder gut werden würde. In jedem Fall hatte die Polizei den Mann somit im wahrsten Sinne des Wortes auf frischer Tat erwischt. Es kam natürlich heraus, dass auch Barbara missbraucht worden war, was mich nicht im Geringsten wunderte. Aber das war noch nicht alles. Man fand auch noch ein totes Kind, das er auf dem Gewissen hatte. Er wanderte jedenfalls sehr schnell ins Gefängnis."

„Und er hatte dich nie angefasst?"

„Ich hätte ihm seinen verdammten Schwanz abgebissen, wenn er es versucht hätte. Aber er hat es auch nie probiert. Als ich ihn kennen gelernt hatte, war er sehr freundlich zu mir gewesen. Ich hätte nicht gedacht, dass er ein böser Mann ist, im Gegenteil, er kam mir immer extrem lieb und nett vor. So kann man sich irren."

Einen Moment lang dachte Sam darüber nach, ob sie dieses Erlebnis verändert hatte, kam aber zu dem Ergebnis, dass dem nicht so war, außer dass sie vielleicht noch selbstsicherer geworden war, als ohnehin schon. Und noch vorsichtiger.

„Warst du nicht erstmal völlig schockiert? Ich meine, du warst zwölf! Ich glaube, ich fand in diesem Alter alles schockierend, was mit Sex zu tun hatte."

„Ach, ich bin im Heim auch schon in Zimmer von Älteren geplatzt, die gerade Sex hatten. Aber die haben sich nicht aufgeregt oder so, sondern haben sich ganz normal benommen, als würden sie das Selbstverständlichste auf der Welt tun. Also wurde es auch für mich selbstverständlich, was es ja auch ist. Meine Güte, bin ich froh, dass ich nicht so verklemmt aufgewachsen bin!"

Es blieb eine Weile still, dann fragte Nika: „Sag mal, du hattest dir doch Gedanken darüber gemacht, ob der Mörder von Sabsi schon aus dem Gefängnis gekommen sein könnte. Besteht nicht die Möglichkeit, dass es Barbaras Vater ist, der dir Böses will?"

Sam dachte eine Weile darüber nach. Sie hatte diese Möglichkeit merkwürdigerweise noch gar nicht in Betracht gezogen. Vielleicht, weil es so unglaublich weit weg erschien. Sie hatte seitdem so viel erlebt, dass die Erinnerung daran schon stark verblasst war. Hin und wieder dachte sie daran, aber doch nur ganz selten.

„Ich weiß nicht", sagte sie. „Eigentlich halte ich es für unwahrscheinlich. Soweit ich mich erinnern kann, hatte er damals lebenslänglich gekriegt, mit anschließender Sicherheitsverwahrung. Aber vielleicht gaukelt mir das auch nur mein Gedächtnis vor, weil es das war, was ich mir damals gewünscht habe. Doch selbst wenn er rausgekommen ist, würde er mich nicht finden. Ich hatte damals einen anderen Namen, nämlich den von meinen Adoptiveltern. Heute trage ich den Namen meiner leiblichen Mutter. Das habe ich aber erst ändern lassen, als ich volljährig geworden bin, man kann es also übers Jugendamt nicht in Erfahrung bringen."

„Hm."

Das Gespräch erstarb. Nach einer Weile küsste Nika Sams Hals, kuschelte sich noch fester an sie. Die Detektivin schlief bald darauf ein.

33 | Informationen

Am nächsten Morgen telefonierte Sam umgehend mit der Firma, von der sie die Sicherheitsanlage gekauft hatte.

„Ich möchte Überwachungskameras haben, die jeden Winkel meines Grundstückes um mein Haus herum überwachen und aufzeichnen“, sagte sie, „egal was es kostet. Und ich möchte es heute haben! Von mir aus berechnen Sie mir einen Aufschlag, aber bringen Sie mir diese Dinger heute.“

„Versprechen kann ich Ihnen nichts, Frau Veselkova“, kam die verhaltene Antwort, „aber ich will sehen was ich tun kann.“

„Ist Ihr Chef da?“, fragte Sam ungeduldig.

„Der wird Ihnen auch nichts anderes sagen können ...“

„Ist Ihr Chef da?“, wiederholte Sam die Frage in einem Tonfall, der keine Widerworte duldete.

„Ja“, kam eine wenig freundliche Antwort.

„Dann verbinden Sie mich bitte mit ihm!“

Ohne ein weiteres Wort wurde Sam durchgestellt. „Hallo Sam“, erklang die Stimme von Marcs Freund. „Was kann ich für dich tun?“

„Gestern wurde mir beinahe mein Haus abgefackelt. Kannst du dafür sorgen, dass ich noch heute Überwachungskameras rund um mein Haus installiert bekomme?“

Es gab eine nachdenkliche Pause, bevor die Antwort kam: „Es wird einen kleinen Aufschlag kosten, denn meine Leute werden Überstunden machen müssen. Wenn du damit leben kannst und sie bis in die Nacht hinein arbeiten können, ist das machbar. Gegen zwölf wird jemand bei dir sein.“

„Perfekt!“

Notfalls würde sie ihr Konto überziehen. Nichts war wichtiger als Sicherheit. Jetzt würde sie Nika zur Uni begleiten. Ihr war klar geworden, dass sie, solange sie nicht genau wusste, was überhaupt los war, davon ausgehen musste, dass es tatsächlich jemand auf sie und nicht auf Jan abgesehen hatte. So sehr sie auch daran zweifelte, die Möglichkeit bestand immerhin. Und wenn dem so war, dann war nicht nur sie selbst in Gefahr, sondern auch Nika. Deshalb würde sie bis Frankfurt hinter Nika herfahren und darauf achten, ob das Mädchen verfolgt wurde.

„Du machst dir echt ernsthafte Sorgen um mich?“, fragte Nika.

„Nur eine Vorsichtsmaßnahme, sonst nichts. Ich möchte nicht, dass dir etwas Ähnliches geschieht wie Michael.“

„Der Motorradfahrer?“

„Genau der.“

„Ein wie guter Freund ist er?“, fragte Nika neugierig.

Mit einem Lächeln sagte Sam: „Mache dir keine Gedanken. Ich kenne ihn nicht wesentlich länger als dich. Außerdem ist er verheiratet.“

„Du magst ihn trotzdem sehr“, behauptete Nika.

„Wieso meinst du das?“

„Man sieht es deinen Augen an, wenn du über ihn sprichst.“

„Oh.“ Sam zuckte die Schultern, dann sagte sie: „Lass uns gehen.“

Bevor sie losfuhren, untersuchte Sam Nikas Auto, das über Nacht draußen gestanden hatte. Es gab nichts zu entdecken. Sie fuhren los, und Sam blieb wenige Meter hinter Nika. An der Ortsausfahrt fiel ihr ein roter VW Jetta auf, der in Fahrtrichtung parkte. An was erinnerte er sie nur? Sie kam nicht darauf. Offenbar sah sie schon wieder Gespenster. Michael war von einem blauen Wagen angefahren worden, und der Kerl, der ihr Haus anzünden wollte, hatte auch ein dunkles Auto. Trotzdem sah sie lange in den Außenspiegel. Ihre Aufmerksamkeit wurde belohnt. Der Jetta ließ noch zwei Autos vorbei, und reihte sich dann in den Verkehr ein. Das konnte natürlich Zufall sein, aber Sam würde auf ihn aufpassen.

Kurz nachdem sie auf die A66 gefahren waren, rief Sam die Studentin auf dem Handy an.

„Man soll beim Fahren nicht telefonieren“, sagte Nika zur Begrüßung.

“Halt dich mal rechts und mach langsam. Fahre nicht schneller als achtzig.“

„Dann sind wir ein Verkehrshindernis.“

„Eben drum."

Nika seufzte, kam aber Sams Aufforderung nach.

„Hast du eine Freisprechanlage?", fragte Sam. „Ich würde die Verbindung gerne aufrecht erhalten."

„Ich habe so ein Bluetooth-Teil, was man hinters Ohr klemmt."

Noch immer waren zwei Fahrzeuge zwischen der Detektivin und dem roten Jetta. Der Wagen hinter ihr überholte fast sofort, als sie plötzlich so langsam fuhren. Der nächste benötigte eine Weile, bis er sich in die linke Spur einfädeln konnte, war dann aber auch schnell vorbei. Der Jetta ließ sich etwas weiter zurückfallen.

„Okay, jetzt fahre wieder schneller."

Das Mädchen gab Gas, und kurz darauf reihte sie sich auf der linken Spur hinter einem Mercedes ein. Sam folgte ihr, wobei sie ein wenig drängeln musste. Der graue Toyota, der wegen ihr bremsen musste, beschwerte sich mit der Lichthupe. Im rechten Außenspiegel sah Sam, dass der potentielle Verfolger beschleunigte.

„Ich glaube, wir haben Besuch", sagte Sam zu Nika. „Siehst du den roten Wagen auf der rechten Spur hinter uns?"

„Den sehe ich."

„Er ist seit Ehlhalten hinter uns. Kennst du dich an der Abfahrt Ludwig-Landmann-Straße aus?"

„Hey, ich bin Frankfurterin", sagte Nika, als wäre das Antwort genug.

„Okay, du fährst Ludwig-Landmann-Straße ab, und dann wieder auf die A66, dann gleich wieder runter, und noch mal zurück auf die Autobahn, so dass wir wieder in der ursprünglichen Richtung sind."

„Jawohl, meine Herrin." Sam konnte das Grinsen des Mädchens regelrecht durchs Telefon hören.

„Fahre etwas zügiger, so dass er Gas geben muss, um dranzubleiben."

Bald waren sie auf der gleichen Autobahn in der entgegengesetzten Richtung. Nika fuhr erneut bei der Ausfahrt Ludwig-Landmann-Straße ab.

„So, jetzt haben wir eine lange, einspurige Gerade vor uns. Mache nun ganz langsam, nicht schneller als vierzig."

„Oha, da verlangst du etwas von mir."

„Ach was, es kann dich noch nicht mal jemand aushupen, denn hinter dir bin nur ich."

Tatsächlich fuhr das Mädchen knapp vierzig, und im Rückspiegel konnte Sam den nachfolgenden Wagen sehen. Er konnte unmöglich noch langsamer fahren, denn hinter ihm zog sich eine Schlange weiterer Fahrzeuge. Schnell schloss das Auto auf, und Sam konnte in ihm unschwer den roten Jetta erkennen. Er versuchte noch immer, auf Abstand zu bleiben. Sam grinste und trat aufs Bremspedal, wurde langsamer. Der Jetta näherte sich schnell. Jetzt konnte Sam das Autokennzeichen erkennen. Sie prägte sich die Nummer ein. Sie frohlockte innerlich. Den Fahrer konnte sie hinter seiner Windschutzscheibe zwar nicht erkennen, aber mehr konnte sie im Moment nicht tun.

„Du kannst wieder Gas geben", informierte sie Nika. „Wenn er jetzt noch immer hinter uns bleibt, rufe ich die Polizei an."

Als sie von der Ludwig-Landmann-Straße aus erneut auf die A66 abbogen, sah Sam, dass der Jetta geradeaus weiter fuhr.

„Wir sind ihn los", berichtete Sam. „Er weiß, dass wir ihn entdeckt haben, und wollte wahrscheinlich nichts riskieren."

„Du hast es echt drauf, Samantha."

„Hell, yeah!" Sam war auch ein wenig stolz auf sich. Sobald sie zuhause war, würde sie mit Gregor oder Kommissar Sorghardt telefonieren und das Kennzeichen durchgeben. Natürlich bestand die Gefahr, dass es sich wieder um ein gestohlenes Nummernschild handelte. Aber da ihr der Wagen ja schon vor einiger Zeit aufgefallen war und Sam nicht glaubte, dass jemand wochenlang mit einem geklauten Kennzeichen herumfahren würde, war sie guter Hoffnung, mit der Nummer etwas sehr Hilfsreiches ermittelt zu haben.

Sie erreichten ohne weiteren Zwischenfall die Uni, bei der Sam das Mädchen sich selbst überließ. Auf dem Weg nach Hause beobachtete Sam die Fahrzeuge in ihrer Nähe sehr aufmerksam, entdeckte aber nichts Ungewöhnliches. Als sie bei ihrem Haus ankam, wartete bereits jemand von der Sicherheitsfirma auf sie.

„Der Chef hat gesagt, ich soll so schnell wie möglich bei Ihnen sein“, erklärte er.

Sam wies den Mann auf die ausgemachte Uhrzeit hin. Er wusste auch davon, daher war er einfach vor ihrem Haus geblieben und hatte auf sie gewartet. Zwei große Kisten waren es, die er ins Haus schleppte. „Sie werden das Beste vom Besten kriegen. Aber tun Sie sich einen großen Gefallen und posaunen es nicht überall herum, denn es ist nicht so ganz legal.“

„Warum das denn? Ich will doch nur mein Haus sichern.“

„Erstens werden Sie auf dem Bild Teile vom Gehweg, also von öffentlichen Plätzen, haben. Das dürfen Sie generell nicht überwachen. Eine Einstellung, wo rein gar nichts davon mit drauf ist, würde aber leider nicht sehr sinnvoll sein, weil dann auch große Teile Ihres eigenen Grundstücks nicht erfasst werden. Zweitens müssten Sie an Ihrem Grundstück sehr deutliche Hinweisschilder anbringen, dass es videoüberwacht wird. Ich glaube kaum, dass Sie das wollen.“

„Das will ich in der Tat nicht.“

„Wir bringen alles so an, dass es Passanten kaum auffällt. Aber wenn Sie es natürlich überall herum erzählten, dann hätten Sie bestimmt bald Ärger.“

„Ich kann mich beherrschen“, versicherte Sam. „Wie lange werden Sie brauchen?“

„Das kann ich nicht genau sagen, aber es wird schon eine Weile dauern. Gegen zwölf kommen noch zwei Kollegen, die mir helfen werden.“

„Ich muss nachher noch mal wegfahren. Bis die Installation fertig ist, werde ich aber wieder zu Hause sein.“ Sie überließ den Mann seiner Arbeit und ging hinauf ins Büro. Schnell kritzelte sie das Autokennzeichen auf ein Blatt Papier, damit sie es nicht mehr vergessen konnte.

Jetzt bewegte sich endlich etwas! Auch wenn dies nicht der Wagen war, der Michael angefahren hatte, so war er ihnen in jedem Fall gefolgt. Und … genau, das war es! An dem Tag, als sie Michael das erste Mal beschattet hatte, war ihr der Wagen in ihrer Straße aufgefallen. Damals hatte er nur wenige Meter von ihrem Haus entfernt geparkt, und war kurz nach ihr losgefahren.

Sam nahm das Telefon zur Hand und wählte Gregors Nummer. Als sich nur die Mailbox meldete, versuchte sie, Kommissar Sorghardt zu erreichen. In seiner Dienststelle sagte man, dass er momentan nicht da sei, aber zurückrufen würde. Gut, die paar Stunden konnte sie auch noch warten.

Jetzt fuhr sie wieder nach Frankfurt, diesmal zur Sprachschule. Hätte sie nicht den Termin mit der Sicherheitsfirma gehabt, wäre sie direkt nach der Fahrt zu Nikas Uni hingefahren.

Es gab keinen Verfolger, und auch keinen roten VW Jetta in der näheren Umgebung der Sprachschule.

Ihr Ziel an diesem Tag war kein bestimmter Klassenraum, sondern das Sekretariat. Sam hatte sich vorher im Internet nach dessen Öffnungszeiten erkundigt. Eine Frau in den Vierzigern mit streng zurückgebundenen, schwarzen Haaren und ebenso strenger Brille fragte nach Sams Wünschen.

„Mein Name ist Veselkova. Sie haben bestimmt von Deborah da Silva gehört. Sie war eine Schülerin an Ihrem Institut."

„Ja, natürlich, wir haben alle davon gehört. Eine schreckliche Geschichte."

„Ich ermittle in der Sache und bräuchte noch ein paar Auskünfte."

„Sie sind von der Polizei? Das sieht man Ihnen gar nicht an."

Schnell stellte Sam ihre erste Frage. „Sagen Sie, wie oft kann man den Grundkurs für eine bestimmte Sprache wiederholen?"

„So oft sie wollen." Die Art und Weise, wie die Frau sprach, strafte ihr Äußeres Lügen. Der freundliche und sanfte Ton, den sie anschlug, verbreitete etwas Warmes, während ihr Erscheinungsbild die Kälte pur war. „Wir sind ja keine staatliche Schule, in der Sie weiterkommen, wenn Sie versetzt werden. Uns ist es mehr oder weniger egal, ob Sie sich anstrengen, einen Kurs überspringen, oder einen mehrmals machen. Wir haben eine Schülerin, die den Deutschgrundkurs zum ..." Den Zeigefinger auf die Unterlippe gelegt dachte sie einen Moment nach, bevor sie weiter sprach: „... ich glaube, zum vierten Mal macht.

Unglaublich, oder?“

„Sie sprechen nicht zufällig von Maria Alves?“

Die grünen Augen der Frau wurden hinter den Brillengläsern ganz groß. „Doch, genau von der rede ich! Dabei spricht sie so gut Deutsch. Ich glaube, sie nutzt die Schule hauptsächlich als Kontaktmedium. Andere Menschen drücken sich in Internetchats herum, sie knüpft eben reale Freundschaft. Warum auch nicht, wenn sie das Geld dazu hat, ständig die Kurse zu bezahlen.“

„Wie lange geht denn der Deutschgrundkurs?“, wollte Sam wissen.

„Es gibt verschiedene Varianten. Je nachdem, ob Sie ganztags, zwei Mal die Woche oder eben nur ein Mal kommen wollen, dauert ein solcher Kurs zwischen zwei Wochen und vier Monaten. Die Kurse von Frau Alves laufen vier Monate.“

„Dann ist sie ja schon seit weit über einem Jahr hier“, sagte Sam erstaunt.

„Hm“, stimmte die streng-sanfte Frau nickend zu.

Sam holte ein Bild von Gina, der anderen toten Frau, aus der Tasche. Sie hatte sich sowohl das Bild von der Internetanzeige, als auch das von dem Zeitungsartikel ausgedruckt. Jetzt nahm sie das von der Internetanzeige. „Sagen Sie, war dies auch mal eine Schülerin bei Ihnen?“ Dabei legte sie den Ausdruck auf den Tresen.

Mit zusammengekniffenen Augen studierte die Frau das Bild und sagte: „Sie werden verstehen, dass ich mich nicht an jedes Gesicht erinnern kann, das jemals hier gewesen ist, aber das hier ist Gina Madeireira.“

Sam spürte, wie sie von einer inneren Aufregung erfasst wurde. Gleichzeitig wurde ihr Rücken von einer Gänsehaut überzogen. Jetzt ging es langsam voran. Sie würde den Fall aufklären, früher oder später. Und sie würde Jan entlasten – oder endgültig belasten. Auf alle Fälle würde sie am Ende wissen, ob sie sich in dem Mann geirrt und dem Falschen vertraut hatte.

„Ich zweifle nicht an Ihren Worten“, begann Sam vorsichtig, „aber wenn Sie, wie Sie ja gerade selbst sagen, sich kaum an jedes Gesicht erinnern können, warum sind Sie sich in diesem Fall so sicher? Es muss ein paar Monate her sein, dass Gina hier gewesen ist."

„Ja, das ist es allerdings, aber Sie müssen wissen, dass ich auch unterrichte. Neben fünf anderen Sprachen gebe ich auch Deutschunterricht für Ausländer. Frau Madeireira war in einer meiner Klassen, deshalb kann ich mich an sie erinnern."

„Fünf Sprachen?", fragte Sam beeindruckt, ohne wirklich eine Antwort haben zu wollen. „Dann wundert es mich, dass Sie auch noch Sekretariatsarbeiten machen."

Jetzt lachte die Frau, und alles Kalte und Harte wich aus ihrem Gesicht. „Wenn jemand wegen Krankheit ausfällt, dann übernehme ich den Job auch schon mal selbst. Diese Sprachschule gehört mir."

Jetzt war Sam erst recht beeindruckt. „Ich verstehe", sagte sie voller Respekt. „Sie haben allen Erfolg der Welt verdient, denke ich."

„Vielen Dank."

„Könnten Sie vielleicht feststellen, ob Frau Madeireira und Maria Alves in einer Klasse waren?"

Die Besitzerin der Schule zog die Stirn in Falten. „Ich denke schon, dass sie das waren, aber warten Sie einen Moment, ich werde das verifizieren." Sie ging zu einem Computer und tippte ein paar Dinge ein. Kurz darauf sah sie auf und sagte: „Ja, allerdings. Frau Madeireira hat nur den Grundkurs besucht, und zu dieser Zeit war Frau Alves ebenfalls in dem Kurs. Sie dürfen mir sicher nicht sagen, was das nun zu bedeuten hat, oder?"

Sam lächelte. „Bis jetzt noch gar nichts. Es könnte durchaus ein Zufall sein. Aber eventuell ist es auch ein sehr wichtiger Hinweis. Ich darf doch mit Ihrer Diskretion rechnen?"

„Aber natürlich, machen Sie sich da keine Gedanken. Kann ich Ihnen sonst noch irgendwie weiterhelfen?"

„Wissen Sie vielleicht, ob Frau Alves und Frau Madeireira miteinander befreundet waren?"

„Daran kann ich mich wirklich nicht mehr erinnern. Aber Frau Alves ist eine sehr beliebte Frau, daher kann ich es mir durchaus vorstellen."

„Haben Sie vielen Dank, Sie haben mir wirklich sehr geholfen."

Damit verabschiedete sie sich. Als sie die Sekretariatstür öffnete, kam ihr Maria entgegen.

„Oh, hallo“, sagte Sam, und sah in zwei höchst erstaunte Augen.

„Hallo“, entgegnete Maria, aber es klang irgendwie nicht freundlich.

Sam lächelte sie an, und schritt dann an ihr vorbei. „Grüßen Sie bitte Ihren Mann von mir“, sagte sie dabei, wartete keine Antwort ab und lief die Treppe hinunter. Jetzt hoffte sie, dass sie sich auf die Schulleiterin verlassen konnte. Dass Sam unter anderem in der Schule ermittelte, war für Maria und ihren Mann ja nichts Neues. Wenn sie allerdings erfuhren, wonach Sam sich erkundigt hatte, könnte es die beiden nervös machen. Zwar hatte Sam noch immer keine Ahnung, was da eigentlich vor sich ging, aber was immer es war, es stank zum Himmel und noch viel weiter.

Bei ihrem Auto angekommen überprüfte sie sämtliche Reifen, die Muttern der Felgen, alle Türen und Fenster, und stieg dann ein. Offenbar war ihr Fahrzeug in Ruhe gelassen worden.

Auf der Heimfahrt versuchte sie ihre Gedanken zu ordnen. Maria war sowohl bei Gina als auch bei Deborah in der Klasse gewesen und kannte sie daher. Beide waren nun tot. Marias Mann war offenbar vertraut mit BDSM. An Deborahs Leiche wurden eindeutige Hinweise auf SM-Praktiken gefunden. Wenn es da keinen Zusammenhang gab!

Auf der anderen Seite war Marias Mann im Grande Opera gewesen, als man den Brandanschlag auf ihre Garage verüben wollte. Konnte Maria vielleicht…? Warum eigentlich nicht? Sam war auch eine Frau und tat Dinge, die man einer Frau nicht zutrauen würde. Viele Dinge sogar. Maria hatte zwar ein gelbes Auto, aber wer sagte, dass sie nicht einen anderen Wagen benutzt hatte?

Dass man es auf Sam abgesehen hatte, zeigte ihr ganz deutlich, dass sich irgendjemand von ihr bedrängt fühlte. Sie musste also auf der richtigen Spur sein.

34 | Gute Neuigkeiten, schlechte Neuigkeiten

Zuhause angekommen sah sie nach den Fortschritten der Installateure. Man versicherte ihr, dass sie bis acht Uhr am Abend fertig sein würden. Sechs Kameras würden alles sehen, was rund um ihr Häuschen passierte. Ein digitaler Festplattenrekorder würde die Bilder aller Kameras aufzeichnen.

Auf Sams Anrufbeantworter des Festnetzes war eine Nachricht von Sorghardt, der inzwischen zurückgerufen hatte. Sam wählte die Nummer, die er hinterlassen hatte. Er meldete sich sofort. Sie erzählte ihm mit möglichst wenigen Worten, was sie herausgefunden hatte. Dabei begann sie mit Gina Madeireira, deren Tod zwar ein Unfall gewesen sein musste, aber vielleicht trotzdem auf die gleichen Dinge zurückgeführt werden konnte wie Deborahs Tod. Die Detektivin erklärte, dass Gina in der gleichen Sprachschule gewesen ist wie Deborah, und dass sie mit Maria in einer Klasse war, ebenso wie Jans Freundin. Außerdem erzählte sie, wie sie Marias Mann im Grande Opera bei einem SM-Abend gesehen hatte.

Der Oberkommissar nahm die Tatsachen zur Kenntnis und zeigte großes Erstaunen. Er gab zu, dass die Sache nun in einem ganz anderen Licht erschien. Dabei ging er sogar soweit, dass auch er jetzt die Schuld von Jan anzweifelte. Mit dem Versprechen, umgehend zu Sam zu kommen, um mit ihr ausführlich und in aller Ruhe reden zu können, verabschiedete er sich. Bevor sie auflegten, gab Sam ihm noch das Kennzeichen ihres Verfolgers durch, welches Sorghardt überprüfen lassen wollte.

Der Detektivin fiel ein Stein vom Herzen. Sie würde es schaffen, Jan posthum vom Verdacht zu befreien. Wenn die Polizei durch ihre Hinweise nun anfing, in die richtige Richtung zu ermitteln, würde man sehr schnell die wirklichen Hintergründe herausfinden. Mit etwas Glück würde noch vor Jans Beerdigung alles ausgestanden sein.

Während sie auf Sorghardt wartete, ließ sie sich von einem der Techniker erklären, wie die Überwachungsanlage funktionierte und wie sie sich die Aufzeichnungen von den Kameras ansehen konnte. Es war so einfach wie das Bedienen eines gewöhnlichen DVD-Players. Sie sah sich gerade eine Probeaufnahme von einer der Kameras an, als ihr Detekteienhandy klingelte. Als sich der Mann von Maria meldete, staunte Sam nicht schlecht.

„Sie ermitteln doch in der Sache mit Deborah", sagte er freundlich. „Mir ist da noch etwas eingefallen, was vielleicht wichtig für Sie sein könnte, aber das möchte ich nicht am Telefon besprechen. Könnten Sie noch einmal zu uns kommen?"

Jetzt ging es los. Sam war sich sicher, dass der Mann sie im Grande Opera nicht erkannt hatte. Also war das auslösende Moment ihre Begegnung mit Maria in der Schule gewesen. Die Schulleiterin musste doch etwas gesagt oder sich zumindest auffällig benommen haben.

„Wann hätten Sie denn Zeit?", fragte die Detektivin.

„Am besten heute noch, weil ich die nächsten Tage nicht allzu viel Zeit haben werde."

„Gerne. Geben Sie mir bitte noch etwas Zeit. Ich werde in ein bis zwei Stunden bei Ihnen sein."

„Sehr schön. Ich werde dafür sorgen, dass Maria einen guten, brasilianischen Kaffee macht."

Nach dem Gespräch war Sam in einer hochmütigen Stimmung. Oberkommissar Sorghardt würde bestimmt mit ihr nach Fechenheim fahren und vor dem Haus warten. Wenn Herbert Storckmann irgendwelche Dummheiten ausheckte, dann würde sie durch den Kriminalbeamten wohl beschützt sein. Sie hoffte nur, dass sich Sorghardt darauf einließ. Immerhin war sie keine Polizistin und brachte sich durch einen Besuch bei Storckmann eventuell in Gefahr. In jedem Fall würde sie alles tun, um ihn zu der Aktion zu überreden.

Eine halbe Stunde später war der Oberkommissar da. Sam berichtete von Herbert Storckmanns Anruf. Schnell war man sich über das weitere Vorgehen einig. Sorghardt würde vor dem Haus warten und dafür sorgen, dass sich für den Notfall ein mobiles Einsatzkommando bereit hielt.

Sam wollte zunächst mit ihrem eigenen Wagen fahren, um unabhängig zu sein, aber Sorghardt bestand darauf, dass sie mit ihm fuhr: „Sehen Sie, wir wissen nicht, zu was diese Leute fähig sind. Ihr Freund wurde offenbar absichtlich umgefahren, kurz nachdem er mit Ihnen eine Motorradtour gemacht hatte. Auf ihr Haus sollte ein Brandanschlag verübt werden. Wenn ich Herrn Storckmanns Anruf richtig deute, dann fühlt sich jemand ziemlich stark auf die Zehen getreten. Ich werde nicht riskieren, dass Ihnen im letzten Moment noch etwas passiert. Eigentlich dürfte ich noch nicht mal alleine mit Ihnen dort hinfahren. Bei solchen Einsätzen müssen wir immer zu zweit sein. Deshalb werde ich noch einen Kollegen hinbestellen, den wir vor Storckmanns Haus treffen. Erst, wenn der eingetroffen ist, werden Sie reingehen."

Sam konnte und wollte nicht widersprechen, und so fuhren sie zusammen in Sorghardts BMW los, nachdem der Kriminalbeamte kurz mit einem Kollegen telefoniert hatte, den er um die nötigen Maßnahmen bat.

Als sie den Ort verließen, fragte der Polizist: „Sagt Ihnen der Name Bruno Kaufling etwas?"

Augenblicklich wurde Sam übel. Sie hätte vielleicht mit jeder Frage gerechnet, aber in keinem Fall damit, diesen Namen zu hören. „Woher haben Sie diesen Namen?", fragte sie und bemühte sich, ihre Stimme so ruhig wie möglich zu halten.

„Das Kennzeichen, das Sie mir durchgegeben haben. Es gehört zu einem siebzehn Jahre alten VW Jetta. Er ist zugelassen auf einen Mann namens Bruno Kaufling, der in der Waitzstraße wohnt."

Sie hatte sich also nicht verhört. Es war für sie unfassbar. In den letzten Jahren hat sie sich so oft Gedanken darüber gemacht, was passieren würde, wenn Sabsis Mörder irgendwann entlassen wurde. Vielleicht würde er ihr nachstellen und versuchen, sich an ihr zu rächen. Aber die Sache mit Barbaras Pflegevater war so entsetzlich lange her, dass es ihr gar nicht mehr wahr erschien. Nie hätte sie damit gerechnet, dass sie jemals wieder etwas von dem Mann hörte. Der Kontakt zu Barbara hatte sich vor über zehn Jahren verloren.

„Wer ist der Mann?", fragte Sorghardt. „Ihrer Reaktion entnehme ich, dass Ihnen der Name durchaus ein Begriff ist. Dass er vorbestraft ist, habe ich natürlich schon selbst feststellen können, aber was hat er mit Ihnen zu tun?“

Sam war klar, dass der Oberkommissar keine Zeit gehabt haben wird, sich die Akte von dem Fall zu besorgen. „Ich war damals daran schuld, dass man ihn eingesperrt hat.“

„Sie?“, kam der erstaunte Ausruf. „Kaufling hat zwölf Jahre gesessen. Sie müssen damals ein Kind gewesen sein.“

„Ja, ich hatte gerade so viele Jahre auf dem Buckel, wie er im Knast war. Seine Tochter war eine Freundin von mir. Er hatte sie und ihren jüngeren Bruder sexuell missbraucht. Einmal war ich bei Barbara zu Besuch gewesen, als er sich an dem Jungen vergriffen hat. Ich bin dazwischen gegangen und habe die Polizei verständigt.“

„Sie sind dazwischen gegangen!“, rief Sorghardt, und sein Erstaunen war nicht abgeklungen. „Junge Frau, ich bewundere Sie.“

„Da gibt es nicht viel zu bewundern. Ich habe hinterrücks mehrmals mit einem massiven Gegenstand auf ihn eingeschlagen. Nach dem sechsten Schlag war er ohnmächtig. Er hatte nicht die Möglichkeit gehabt sich zu wehren.“

„Ob hinterrücks oder nicht, es war verdammt mutig von Ihnen“, beharrte Sorghardt, während er nach rechts Richtung Niedernhausen abbog.

„Über die Landstraße geht es schneller als über die A3“, bemerkte Sam. „Wenn wir Pech haben, stehen wir am Wiesbadener Kreuz.“

„Diesen Weg kenne ich wenigstens. Außerdem möchte ich unterwegs noch schnell etwas erledigen. Immerhin werfen die Informationen, die wir von Ihnen bekommen haben, neue Fragen zu der Unfalltoten auf. Deshalb will ich mir in einer kleinen Pension in der Nähe eine Liste der Gäste geben lassen, die dort am Tag des Unfalls ein Zimmer hatten.“

Sam war positiv überrascht, dass der Polizist so schnell auf die neuen Informationen reagierte. Hier waren sie immerhin auf der Straße, auf der Gina von dem Bus erfasst worden war. Es lag nahe, die Fahrt mit einem Besuch in der Pension zu verbinden.

Wenig später fuhren sie den schmalen Weg hinauf. An der Abzweigung hielt der Polizist sich links und parkte dort, wo auch Sam damals ihren Wagen abgestellt hatte. Diesmal stand kein einziges Fahrzeug auf den Parkplätzen.

„Möchten Sie mitkommen?", fragte Sorghardt.

Was für eine Frage? Wenn sie schon die Möglichkeit hatte, direkt bei der Polizeiarbeit anwesend zu sein, dann gab es nichts, was sie davon abhalten würde. Gemeinsam gingen sie zu dem Haus und Sorghardt drückte die Tür auf, die nicht abgeschlossen war. Sam folgte ihm bis zur Rezeption, an der die Frau saß, die sie bereits kannte. Der Polizist drehte sich zu Sam und sagte: „Sie glauben gar nicht, wie überaus praktisch es ist, dass es diesen Bruno Kaufling gibt. Es wird ein Leichtes sein, ihm ihren Mord anzuhängen." Bei diesen Worten zog er seine Pistole aus dem Schulterholster und richtete sie auf Sam.

Im ersten Moment wusste sie das Geschehen überhaupt nicht einzuordnen. Sie brauchte etliche Sekunden, um zu begreifen, dass sie scheinbar dem Falschen vertraut hatte.

„Ich verstehe nicht …", begann sie, und ärgerte sich darüber, diese dämlichen Worte von sich gegeben zu haben.

„Es ist ganz einfach", erklärte der Mann. „Sie haben sich in etwas eingemischt, das – unter anderem in meinem Interesse – nicht bekannt werden sollte. Wir werden verhindern, dass Sie Schaden anrichten, und der werte Herr Kaufling wird dafür zur Verantwortung gezogen werden."

Sam nahm sich vor, keine dummen Sachen mehr zu sagen. Am besten hielt sie ganz den Mund. Ändern konnte sie momentan ohnehin nichts, und sie dachte nicht daran, Angst zu zeigen. Natürlich sagte ihr heftig pochendes Herz, dass sie durchaus Angst hatte; begründete Angst. Sie war hier offenbar einem Ring von Verbrechern in die Hände geraten, die selbst bei der Polizei ihre Leute hatten. Vielleicht sollte sie doch nicht ganz schweigen, sondern versuchen, so viel wie möglich über die Organisation zu erfahren. Wenn sie es irgendwie schaffte, hier heraus zu kommen, dann konnte jede noch so kleine Information wichtig sein. Also nahm sie sich zusammen und sagte: „Nun, wenn eine ganze Abteilung der Kriminalpolizei da hinein verstrickt ist, dann werden Sie sicher kein Problem damit haben, es so zu drehen, wie sie es brauchen." Ihre Stimme war weniger ruhig, als sie gehofft hatte. So mutig sie in vielen Situationen auch war: Die Möglichkeit des nahen Todes versetzte sie in eine beinah beklemmende Angst. Gegen eine Pistole hatte sie keine Chance, das war ihr klar. Zudem wurde die Waffe von jemandem gehalten, der damit umzugehen wusste und mit Sicherheit auch nicht reaktionsschwach war. Während Sorghardt sie in Schach hielt, würde sie machtlos sein. Dennoch nahm sie sich zusammen. Bis jetzt war sie am Leben, und solange sie das war, würde sie versuchen zu agieren.

„Nun ist Ihre Fantasie ein wenig zu groß, junge Dame. Sie dürfen es als großen Zufall betrachten, dass ich bei der Polizei bin. Ein sehr nutzbringender Zufall nunmehr, aber dennoch ein Zufall."

„Dann weiß Gregor Kern nichts davon?", fragte sie provokativ. Es war ihr wichtig, herauszufinden, ob Gregor involviert war oder nicht. Im Stillen hoffte sie, dass dem nicht so war.

„Ist Gregor Ihnen wichtig? Interessant. Kennt er sie vielleicht besser, als er behauptet hat?" Ein süffisantes Lächeln umspielte seine Lippen.

Als sie keine Antwort gab, sagte er: „Ich kann Sie beruhigen. Gregor ist genauso integer wie ich es normalerweise bin."

Sam lachte bitter auf. „Sehr witzig", sagte sie abfällig.

„Das ist mein Ernst", sagte Sorghardt. „Sowohl bei Gina als auch bei Deborah war es ein Unfall. Aber Sie können sich vorstellen, was mit mir passieren würde, wenn herauskäme, dass ich etwas damit zu tun habe."

„Ein Unfall", wiederholte Sam. „Die Spuren an Deborahs Körper sahen nicht nach Unfall aus."

Er nickte. „Ich zeige Ihnen etwas, dann werden Sie vielleicht verstehen, worum es geht. Von Gregor weiß ich, dass Sie sich in unserem Bereich auskennen und mehr oder weniger eine von uns sind."

Sam lag eine boshafte Bemerkung auf der Zunge, aber sie schluckte sie herunter. Der Polizist dirigierte sie mit der Pistole den Flur entlang. „Los", sagte er, „am Ende des Ganges ist rechts eine Tür. Die werden Sie öffnen und die dahinter liegende Treppe hinabgehen. Übrigens kann ich Ihnen sagen, dass die nächste menschliche Ansiedlung ein Hof ist, der einen knappen Kilometer von hier entfernt ist. Rufen oder Schreien hat also keinen Zweck. Selbst wenn Sie mich zwingen würden, abzudrücken, würde es kein Mensch hören." Seine Stimme war ruhig.

Sam schätzte ihre Chancen ab. Er stand nahe genug. Die Frage war nur, ob ihre Schnelligkeit ausreichte. Doch er würde sie niemals gehen lassen. Jetzt, wo sie wusste, dass er dazu gehörte, war sie eine persönliche Bedrohung für ihn.

„Ich warte", sagte der Mann. In diesem Augenblick erkannte Sam, dass sie entweder jetzt agieren musste, oder nie wieder eine Möglichkeit dazu bekam.

Sie drehte sich langsam in die Richtung, in die sie gehen sollte. In dieser Drehung hob sie das rechte Bein, zunächst so langsam, dass es so aussah, als würde sie einen Schritt machen wollen. Im gleichen Moment, in dem sie in seinen Augen sah, dass er sich als Gewinner fühlte und die Konzentration nicht mehr zu hundert Prozent aufrecht hielt, beschleunigte ihr Bein die Bewegung und schnellte zu seiner Hand. Einen Wimpernschlag später flog seine Waffe durch den Raum. Ihr Fuß beschrieb einen Kreis, der zunächst nach unten ging. Kurz vor dem Boden schwang er wieder nach oben, um im nächsten Augenblick seinen Unterleib zu erreichen. Der Mann machte einen kleinen Hüpfer. Sam schritt auf den momentan wehrlosen Mann zu, und schlug mit aller Kraft ihre Faust auf seinen Kehlkopf.

Dem deutlichen Knacken folgte ein undeutliches Gurgeln. Beide Hände des Mannes griffen zu seinem Hals, während der Körper sich unkoordiniert herumwarf und zu Boden fiel. Dort zappelte er weiter. Hin und wieder erhaschte Sam einen Blick in die panisch geweiteten Augen, die in einem rot angelaufenen Gesicht um Hilfe flehten.

Der Detektivin wurde klar, dass er sterben würde. Sein Kehlkopf verschloss aller Wahrscheinlichkeit nach die Luftröhre. Sie empfand kein Mitleid, aber ein Bedauern darüber, dass sie von ihm keine Informationen mehr kriegen würde.

Das Zappeln wurde weniger. Von der Eingangstür her hörte Sam ein lautes Geräusch, wie von einem hastig betätigten Schloss. Ruckartig drehte sie den Kopf, es war aber niemand an der Tür.

„Elektrische Schlösser sind etwas Tolles", hörte sie die Stimme der Frau hinter der Theke. Sam wandte sich ihr zu. In den Händen hielt die Rezeptionistin ein mächtiges Jagdgewehr, welches sie auf die Detektivin gerichtet hatte.

„Der einzige Grund, warum ich Sie nicht erschieße, ist, dass ich Sie noch leiden sehen will."

Sam zuckte die Schultern. „Er hätte mich umgebracht, wenn ich nichts getan hätte", sagte sie leichthin.

„Ja, und genau das werden Sie sich wünschen: Dass er sie umgebracht hätte, bevor Sie so dumm waren, etwas Unüberlegtes zu tun."

„Oh, ich kann sie beruhigen, es war nicht unüberlegt. Wissen Sie, es gibt Menschen, die etwas schneller denken können als andere." Das Gefühl der Angst, das Sam dem Polizisten gegenüber verspürt hatte, wollte sich vor der älteren Dame trotz des Gewehrs nicht einstellen.

„Ihre schlauen Sprüche werden Ihnen noch vergehen." Jetzt nahm die Frau den Hörer eines Telefons ab, ohne dabei den Blick von Sam zu lassen.

Die Detektivin überlegte, wie lange ein Sprung über die Theke dauern würde. Zu lange, entschied sie. Viel zu lange.

„Ihr müsst sofort herkommen", sprach die Frau in den Hörer. „Sie hat Florian ausgeschaltet. – Nein, ich habe sie unter Kontrolle, aber ich kann sie alleine nicht fesseln. Seht euch vor, wenn ihr kommt, sie ist verdammt schnell."

Sie legte auf, und sagte an Sam gerichtet: „Dieses Mal sind wir vorgewarnt. So was können Sie nur einmal abziehen."

„Kein Problem", gab Sam sich noch immer betont gelassen. „Ich habe nicht vor, jedes Mal das Gleiche zu machen. Es gibt noch tausend Varianten, die ich alle der Reihe nach durchspielen kann."

„Halten Sie einfach die Klappe", sagte die Frau.

Sam ließ sich nicht aus der Ruhe bringen. „Waren Sie schon mal im Gefängnis? Wissen Sie, was Ihnen in einem Frauengefängnis passiert, wenn sie als Frauenmörderin dort hinein kommen?"

„Ich komme nirgendwo hinein, und jetzt sei ruhig!"

„Das Üble für Sie ist, dass sie nicht weg können. Sie werden die Dinge viele Jahre ertragen müssen, Tag für Tag."

Ein entsetzlich lauter Knall unterbrach sie. Die Luft war plötzlich schwarzpulvergeschwängert, und links neben Sam flogen ein paar Brocken Putz aus der Wand. Die Frau hatte einen Schritt rückwärts gemacht, wozu sie wahrscheinlich durch den Rückstoß der Waffe gezwungen worden war. Sie hielt den Lauf aber bereits wieder auf Sam gerichtet. „Dass der Schuss daneben ging, war kein Unfall", erklärte die Frau. „Und jetzt halte die Klappe! Kapiert?"

35 | Schlechter Umgang

Sam nickte. Wie kam sie an die Frau heran? Wenn ihre Kumpanen erst einmal eingetroffen waren, würde sie es doppelt schwer haben. Aber die Fremde würde keine Sekunde zögern, sie nieder zu schießen.

Sam sah sich um. War vielleicht etwas in der Nähe, was sie werfen konnte? Nein, da war nichts. Vielleicht konnte sie Sorghardts Pistole nutzen. Sie lag zwei bis drei Meter von Sam entfernt. Wenn sie die Waffe bei einer Flugrolle aufnahm, hätte sie ein kleine Chance. Aber eben nur eine kleine. Die Wahrscheinlichkeit, dass die Frau sie dabei erwischte, war wesentlich größer. ‚Eins zu drei gegen mich', dachte Sam. Und wenn sie abwartete, bis irgendwelche Gehilfen kamen und sie es mit zwei oder mehr Gegnern aufnehmen musste? ‚Eins zu zehn gegen mich', stellte sie fest. Jetzt fing die Angst wieder an, sie einzufangen. Das hier war kein Karate Dojo, keine Kampfsportschule, wo eigentlich alles immer ein Spiel war. Dies war ernst – im wahrsten Sinne des Wortes: todernst.

Würde sie genauso enden wie Deborah? Was sollte die Leute schon davon abhalten, sie zu ermorden? Nichts. Gar nichts.

Die Tür, zu der Sorghardt sie dirigieren wollte, öffnete sich, und zwei Männer kamen herein. Einer von ihnen trug einen schottischen

Kilt, der andere eine schwarze Lederjeans und eine passende Lederweste. Ein Tätowierer hatte an dem Mann mit der Weste lange Zeit seinen Spaß gehabt. Die Fremden waren körperlich nicht besonders eindrucksvoll, ihre Handfeuerwaffen dafür umso mehr.

„Scheiße, was ist mit Florian?", fragte der Schotte.

„Du, leg dich auf den Bauch!", befahl der andere.

Jetzt war es also soweit. Es gab nichts, was sie in dieser Situation tun konnte, außer sich zu fügen. Aber alles in ihr wehrte sich dagegen, sich auf den Boden zu legen, sodass sie zunächst zögerte. Der Mann im Kilt war jedoch schnell bei der Sache, wenn es ums Schießen ging. Der Einschuss war wenige Zentimeter vor ihren Füßen. Sam vermutete, dass der Körper von Sorghardt, der im Übrigen ziemlich tot aussah, die Männer nervös machte. Also gut.

Sie ging langsam in die Knie, wobei sie noch einen kleinen Schritt nach vorne ging. Dann streckte sie sich der Länge nach aus und erkannte auf die Schnelle, dass Sorghardts Pistole jetzt so nahe lag, dass sie sie erreichen konnte, wenn sie danach griff. Natürlich war im Moment nicht daran zu denken, aber wer weiß, vielleicht ergab sich noch eine Gelegenheit. In jedem Fall prägte sie sich ein, wo sich die Waffe befand.

„Beine spreizen und Arme weit auseinander!", kam der nächste Befehl. Sie tat, wie ihr befohlen und sah zu den beiden Männern. „Was glotzt du? Nase zum Boden!" Die Aggressivität beim Schreien konnte die Nervosität des Mannes nicht verbergen. Sofort richtete Sam ihren Blick dem Boden entgegen. Angst und Nervosität waren schlechte Gefährten für eine überlegte Denkweise. Vermutlich würde der Mann schießen, wenn Sam auch nur falsch Luft holte. Nicht, weil er es wirklich wollte, sondern weil sein Zustand ihn dazu zwang. Mit einer ruhigen, tiefen Atmung versuchte Sam die aufkeimende Panik zu ersticken. Sie musste sich kurzfristig ablenken, an andere Dinge denken, wenn sie nicht durchdrehen wollte, denn nüchtern betrachtet war es ziemlich sicher, dass sie dieses Abenteuer nicht überleben würde. Ihr Herz wollte einfach nicht gehorchen und trommelte weiter von innen gegen ihre Brust, als würde es den Beat für ein Hardrock

Lied schlagen.

Sam hörte einen der Männer auf sich zukommen. Plötzlich spürte sie ein Gewicht auf ihrem Rücken und wusste, dass der Kerl sich auf sie gekniet hatte. Kurz darauf berührte kaltes Metall ihren Hinterkopf.

„Eine falsche Bewegung, und ich blase dir das Hirn aus dem Schädel." Jetzt klang die Stimme sicher. Der Mann war nun eindeutig in der stärkeren Position, und das wusste er auch.

„Los, komm her und lege ihr Handschellen an. Sie ist wehrlos."

Leider hatte er Recht. Sams Arme wurden an den Handgelenken nach hinten gerissen, und wenig später waren sie hinter ihrem Rücken zusammen gekettet. Nun war sie also gefesselt und dem Großteil ihrer Wehrhaftigkeit beraubt. Sie spürte, wie sie an den Armen und Schultern gepackt und hochgezogen wurde. Jetzt stand sie wieder.

Das alles war so schnell gegangen, dass ihre Angst noch keine Zeit gehabt hatte, sich in eine alles verzehrende Panik zu wandeln.

„Bring sie runter. Ich kümmere mich um Florian."

Langsam wurde Sam klar, dass der Schotte hier das Sagen hatte.

„In einer halben Stunde kommt Herbert, und dann werden wir eine Menge Spaß mit der Kleinen haben."

„Herbert Storckmann wird nicht kommen", ergriff Sam reflexartig die Gelegenheit für einen Bluff.

Der Mann in Leder, den Sam Leatherman getauft hatte, sah sie mit aufgerissenen Augen an. „Was willst du damit sagen?" Seine Stimme klang hektisch und überschlug sich.

Die Detektivin wusste intuitiv, dass der Mann trotz seiner stärkeren Position noch viel mehr Angst hatte als sie. Vermutlich waren die Dinge ohne seinem Zutun aus dem Ruder gelaufen und er hatte die Kontrolle verloren. Wenn sie es richtig anstellte, konnte sie sich das vielleicht zu Nutze machen. Sie musste nur geschickt genug sein.

„Wenn du ganz brav bist, dann erzähle ich es dir vielleicht", sagte sie überheblich.

Der Schotte war selbstsicherer. „Ich kann dir auch jeden Finger einzeln brechen, bis du es sagst", drohte er.

„Wenn du dir noch mehr Ärger aufhalsen willst, dann bitte. Zwei

Morde an Zivilpersonen ist eine Sache, aber wenn du dich an einer Spezialagentin des BKA vergreifst, glaube mir, dann werden meine Leute eine Menge Spaß mit *dir* haben." Sie lachte süffisant und sah dem Mann direkt in die Augen.

„Erzähle uns doch keine Märchen", erwiderte der Mann, jetzt nicht mehr ganz so sicher.

Sam lachte. „Aus dem Märchenalter bin ich raus. Was meinst du, warum ich problemlos mit einem Kripobeamten fertig werde? Er ist ausgebildet und hatte eine Pistole, ich war unbewaffnet. Aber ich habe eine Spezialausbildung, weil ich nur undercover arbeite. Meinst du, eine Situation wie diese ist mir unbekannt?" Sie schüttelte den Kopf. „Was ich hier habe, ist relativ harmlos. Ihr seid doch nur ein paar Schlappschwänze, die hier den großen Mann markieren. Meistens muss ich es mit richtigen Kerlen aufnehmen."

„Das haben wir gleich", erklang die Stimme von der Frau hinter der Theke. Während sie zum Telefon griff, erklärte sie: „Ich rufe Herbert auf dem Handy an, dann werden wir ja sehen, ob er kommen wird oder nicht."

Sams Herz begann heftig zu klopfen. Wenn ihr Bluff nun zusammenfiel, dann konnte dieser Tag sehr schnell zu dem letzten in ihrem Leben werden. Doch wie sollte sie die Frau von dem Anruf abhalten?

Ihr fiel keine Möglichkeit dazu ein. Sie schickte ein stilles Stoßgebet an alle Funklöcher dieser Welt, damit sie sich über Storckmann vereinen mögen. Der Hardrockbeat ihres Herzens beschleunigte sich noch weiter. Für einen kurzen Augenblick wurde ihr sogar schwindelig, ein Gefühl, das ihr sonst völlig fremd war.

Die Sekunden verstrichen so langsam, als würden sie sich zu Minuten aufspielen wollen. Deutlich spürte Sam ihren Herzschlag bis in den Hals hinein. Die Zeit schien stehen zu bleiben, und die Stille war von einer beinahe körperlich spürbaren Spannung durchdrungen.

Dann legte die Frau auf. „Nicht erreichbar", sagte sie knapp.

Die Detektivin dankte den Handynetzbetreibern für ihre Unvollkommenheit. Sie konnte förmlich sehen, wie es im Kopf des Schotten arbeitete. Er versuchte offenbar seine Chancen abzuwägen. Während seine Anspannung immer mehr zunahm, entspannte Sam sich langsam. Leatherman war noch schneller weich. „Es war alles Herberts Idee!“, platzte er heraus.

„Halt die Klappe!“, herrschte der Schotte ihn an.

„Nein, ich will nichts mehr damit zu tun haben!“, rief Leatherman. „Ich habe mit den Toten nichts zu tun, das wart ihr, nicht ich!“

Der Mann schwitzte. In seinen Augen glänzte der Wahnsinn. Sam vermutete, dass er schon lange mit der Sache überfordert gewesen und ein nervliches Wrack war.

Der Schotte ohrfeigte ihn mit seiner freien Hand, während die andere die Pistole hielt. „Sei ruhig! Als du im Mund der kleinen Debi gekommen bist, während sie gewimmert hat, hast du sehr wohl etwas damit zu tun gehabt.“

„Aber meine Herren“, mischte sich Sam ein. Sie hatte sich wieder gefangen. Der Schwindel war verschwunden. Ihre Stimme war laut und durchdringend. Sie hatte einen freundlichen Ton hineingelegt. „Sich gegenseitig die Schuld zuzuweisen, bringt doch auch nichts. Vielleicht sind Sie ja beide unschuldig, und Herbert Storckmann trägt die ganze Verantwortung. Ob man Ihnen glauben wird, hängt sicher zu einem Großteil von meiner Aussage ab. Vielleicht sollten Sie sich überlegen, wie sie mit mir weiter verfahren, bevor meine Kollegen hier sind und mich gefesselt vorfinden.“

Sie musste sich beeilen. Wenn Marias Mann erstmal auftauchte, fiel ihr ganzer Bluff wie ein Kartenhaus zusammen. Sie hatte die Angst und Unsicherheit der Männer durchschaut und musste nun versuchen, diese noch zu schüren.

Der Schotte war noch nicht ganz überzeugt. „Vielleicht erfinden Sie das alles nur“, machte er noch einen halbherzigen Versuch.

„Ach ja?“, fragte Sam und ging einen Schritt auf ihn zu. „Dann fragen Sie sich doch mal, warum ich in der stärkeren Position bin, obwohl Sie mich gefesselt haben?“ Dabei machte sie einen weiteren, kleinen Schritt in seine Richtung. „Ich könnte Sie beide töten, wenn ich wollte, auch ohne meine Hände zu benutzen.“

Sie übertrieb absichtlich, um zunächst ein Bild aufzubauen, welches für die Männer völlig unglaubwürdig sein musste. Als der Schotte jetzt grinsend zu seinem Partner sah, nutzte Sam seine Unachtsamkeit aus. Sie war sich sicher, dass Leatherman nicht schießen würde. Ihn hatte sie bereits soweit, dass er sich vor Angst in die Hosen machte. Daher war ihr erstes Ziel der Schotte. Katzenartig tänzelte sie noch einen Schritt vor und führte einen schnellen Kick aus, noch bevor der Mann sich ihrer Bewegung überhaupt bewusst wurde. Die Pistole des Schotten flog durch die Gegend. Bei Leatherman nahm die Detektivin sich sogar noch die Zeit, ihm grinsend in die Augen zu schauen, bevor sie auch ihm die Waffe aus der Hand trat.

Jetzt ging Sam einen Schritt zurück und blieb lächelnd stehen. Dabei versuchte sie, nicht schneller zu atmen als gewöhnlich. Tatsächlich war ihre Aktion sehr anstrengend gewesen. Normalerweise hatte sie die Hände frei, wenn sie zutrat. Erst, wenn die Aktion mit gefesselten Händen ausgeführt wurde, merkte man, wie wichtig die Arme zum Austarieren des Gleichgewichts waren. Die beiden Männer sollten aber den Eindruck bekommen, dass sie die Entwaffnung völlig problemlos durchgeführt hatte, also zwang sie ihre Atmung zu tiefen, ruhigen Zügen.

Leatherman sah sie entsetzt an, dem Schotten waren die Gesichtszüge eingefroren. Plötzlich musste ihnen das eben noch völlig überzogene Bild sehr realistisch vorkommen. Nachdem sie es geschafft hatte, eine derart unglaubwürdige Behauptung so aussehen zu lassen, als würde sie sehr schnell Wirklichkeit werden, konnte sie alles Mögliche behaupten, und die Männer würden es ihr abkaufen.

„Ich hätte euch jetzt noch den Kehlkopf in euren Hals treten können, wie ich es mit Sorghardt gemacht habe, oder eure Eier zu Rührei verarbeiten, oder euch mit einem Tritt gegen den Solarplexus flachlegen. Aber ich brauche ja noch jemanden, der gegen Herbert Storckmann aussagt, denn der wird vermutlich alles auf euch oder auf Sorghardt schieben wollen."

Jetzt drehte Sam sich herum, so dass sie mit dem Rücken zu den Männern stand.

„Macht mich los!", befahl sie. Dabei erhaschte sie einen Blick auf die Frau hinter dem Tresen, die zwar noch immer das Gewehr in der Hand hielt, es aber auf den Boden richtete. Die Frau zitterte am ganzen Leib.

Es war der entscheidende Moment. Entweder, sie kamen jetzt ihrer Aufforderung nach, oder Sam hatte verloren. Es dauerte viele Sekunden, in denen sie nichts hörte. Innerlich zum Zerreißen gespannt, versuchte sie nach außen einen völlig gelassenen Eindruck zu machen.

Dann bewegte sich etwas hinter ihr. Ihre linke Hand wurde kurz berührt, dann hörte sie das Klicken der sich öffnenden Handschellen. Fast hätte sie erleichtert aufgeatmet, aber das durfte sie noch nicht, denn es hätte sie verraten. Nichts durfte ihre eigene Angst erkennbar machen. Mit einem Ruck drehte sie sich herum und hielt erwartungsvoll die Hand auf. Der Schotte, der ihr gegenüber stand, sah zu Boden und übergab ihr die Handschellen. Umgehend benutzte sie diese, um den Schotten zu fesseln. Der andere Mann hätte tausendmal die Möglichkeit gehabt, sich eine der Pistolen vom Boden zu nehmen und Sam zu erschießen, aber er war ganz offensichtlich fertig und zu keiner Handlung in der Lage.

„Ihr habt doch noch mehr Fesseln hier, oder?“, wandte Sam sich an Leatherman. „Wenn ich undercover bin, kann ich leider keine eigene Ausrüstung mitnehmen.“

„Unten“, sagte er nur und deutete mit dem Kopf zu der Tür, durch die sie gekommen waren.

Sam bückte sich und nahm Sorghardts Pistole auf. Dabei hatte sie ein unangenehmes Gefühl, denn im Rücken wusste sie die Frau mit dem Gewehr. Hoffentlich drehte die nicht durch. Trotz der gebotenen Eile machte Sam zwar schnelle, aber keine hektischen Bewegungen. Noch musste sie die coole, selbstsichere Agentin spielen. Jetzt wandte sie sich zu der Frau, die noch immer zitternd hinter dem Tresen stand.

„Geben Sie mir das Gewehr.“ Die Frau rührte sich nicht. „Machen Sie schon“, drängte Sam und richtete die Pistole auf die ältere Dame, die dadurch nur zu noch stärkerem Zittern angeregt wurde.

Nun begriff Sam. Die Rezeptionistin stand unter Schock. Egal.

Sam beugte sich über die Theke und nahm die Waffe an sich. Was sollte sie nur mit den ganzen Waffen tun?

Auf dem Boden lagen noch zwei Pistolen, die konnte sie unmöglich einfach liegen lassen. Irgendwann würde Marias Mann kommen, und bis dahin musste sie hier alles geklärt haben.

Ihr fiel ein, dass sie ganz sicher Hilfe brauchen würde. Sie lehnte das Gewehr gegen die Wand, behielt den Lauf der Pistole auf Leatherman gerichtet, und angelte mit der linken Hand nach ihrem Handy. Hoffentlich war Gregor erreichbar. Nachdem sie gewählt hatte, musste sie lange warten, aber immerhin ging nicht sofort die Mailbox dran. Das war ein gutes Zeichen. Erst nach dem achten Freiton hob er ab und meldete sich: „Kern."

„Hallo Gregor, bin ich froh, dich zu erreichen. Bitte unterbrich mich nicht", begann sie. „Ich habe die Mörder von Deborah, zumindest einen Teil davon, und halte sie in Schach. Es werden aber voraussichtlich sehr bald noch Freunde von ihnen kommen, deshalb brauche ich so schnell wie möglich Verstärkung. Momentan habe ich vier Personen hier, von denen eine zumindest ohnmächtig, vielleicht sogar tot ist. Wir sind in der Pension, in der damals wegen der Toten vom Busunglück nachgefragt wurde, direkt an der B455 zwischen Vockenhausen und Niedernhausen."

„Ich schicke sofort jemanden hin", sagte Gregor. „Ich bleibe wieder am Telefon, bis die Kollegen bei dir sind."

„Vergiss es, ich habe hier noch zu viel zu regeln. Ich weiß ja, dass ihr gleich kommt. Und Gregor …"

„Ja?"

„Du brauchst deinem Vorgesetzten nicht Bescheid zu sagen, er ist hier."

„Dann hast du ja Unterstützung!" Gregors Stimme klang erleichtert.

„Nicht wirklich", sagte Sam, wollte aber keine langen Erklärungen abgeben. „Bis nachher", sagte sie und unterbrach die Verbindung.

Sam sah sich um. An einer Wand hing ein alter Heizkörper. Der war perfekt. Sie holte die beiden Männer dort hin, öffnete die Handschellen noch einmal, zog die Kette hinter dem Heizungsrohr durch und schloss dann Leathermans rechte Hand ebenso wie die linke des Schotten in die Schellen. Nun waren sie gemeinsam an die Heizung gekettet. Als nächstes sollte sie das kleine Waffenarsenal sichern.

„Wie viele Leute sind noch im Haus?“ Sie wandte sich bewusst an den schwächeren Leatherman.

„Im Moment nur noch eine Sklavin. Sie ist im Keller. Die Gäste kommen erst gegen Abend.“

‚Die Gäste …‘, dachte Sam. Sie musterte die Rezeptionistin. Es war ein kalkuliertes Risiko, sie für einen Moment unbeobachtet zu lassen. Zunächst holte sie aus der Tasche des am Boden liegenden Polizisten die Fahrzeugschlüssel. Dann sammelte sie die Pistolen ein. Um noch eine Hand für das Gewehr frei zu haben, hielt sie alle in ihrer rechten. So konnte sie natürlich nicht mehr schießen, aber momentan sah sie keine Bedrohung. Nachdem sie das Gewehr wieder aufgenommen hatte, lief sie zur Tür und wollte sie aufdrücken. Vergebens. Ihr fiel ein, dass die Frau irgendeine elektronische Verriegelung betätigt hatte.

„Los, aufmachen!“, rief sie streng, ohne sich umzudrehen. Dabei hatte sie kaum Hoffnung, dass die zitternde Frau sich regen würde. Zu ihrer Überraschung hörte sie, wie sich das Schloss öffnete. Dann drückte sie die Tür auf und lief zu Sorghardts Wagen.

Schnell waren alle Waffen, bis auf die Pistole des Polizisten, im Kofferraum verstaut. Aus ihrer Handtasche, die sie zuvor im Auto zurückgelassen hatte, holte sie eine kurze Kette mit Vorhängeschloss. Die hatte sie immer bei sich, weil sie so praktisch war. Universell einsetzbar konnte die Kette einen Sub jederzeit fast überall fixieren. Jetzt würde Sam sie bei der Frau einsetzen.

Die Detektivin betrat gerade wieder das Haus, als ihr ein ohrenbetäubender Knall entgegen scholl. Instinktiv warf sie sich zurück, fiel wieder nach draußen, drehte sich noch im Sturz und schaffte es gerade noch, sich abzurollen. Kurz konzentrierte sie sich auf ihren Körper. War sie irgendwo verletzt? Nein. Jedenfalls tat nichts weh.

Verdammt, es musste noch eine weitere Waffe in dem Haus gewesen sein. Sam hätte nie gedacht, dass die Frau jetzt noch auf sie schießen würde. Dieses Häufchen zitternden Elends sollte dazu noch in der Lage sein? Oder gab es doch noch mehr Personen in dem Haus? Als sie eben ihren Fuß über die Schwelle gesetzt hatte, war niemand zu sehen gewesen. Jetzt, wo sie darüber nachdachte, wurde ihr klar, dass sie auch die Rezeptionistin nicht gesehen hatte, obwohl sie doch sehr aufmerksam gewesen war.

Vielleicht sollte sie besser warten, bis die Polizei eintraf. Aber es gab noch eine Sklavin, wie einer der Männer gesagt hatte. Nach dem, was mit Deborah und Gina geschehen war, glaubte Sam nicht daran, dass diese Sklavin freiwillig dort war. Was war, wenn man sie nun als Geisel nahm?

Sam musste versuchen das zu verhindern. Langsam näherte sie sich wieder der Haustür, die zugefallen war. Dann konzentrierte sie sich einen Moment, trat die Tür auf, und brachte sich fast gleichzeitig hinter der Wand neben der Tür in Sicherheit. Mit einem lauten Krachen flog die Tür gegen die Wand, ansonsten blieb es ruhig. Was war los? Warum schoss niemand mehr auf sie? War der Schütze in den Keller gegangen? Oder ins obere Stockwerk? Viel Zeit blieb nicht, bevor die Tür wieder zufallen würde. Um eine Reaktion von innen zu provozieren hechtete sie an der Tür vorbei, rollte sich ab und kam sofort wieder in den Stand.

Nichts. Eine Falle? Erneut ging sie zur Tür, die wieder zugefallen war, trat sie nochmals auf und versteckte sich hinter der Wand. Dann spähte sie vorsichtig ins Haus. Die beiden Männer standen weiterhin an der Heizung und schienen auch noch angekettet zu sein. Hinter die Theke konnte Sam aus diesem Blickwinkel nicht sehen. Langsam schob sie sich vor. Dann ergriff Leatherman das Wort: „Sie hat sich selbst erschossen."

Der Mann war schweißgebadet und die Haare klebten an seinem Kopf. Sam überdachte seine Worte. Es konnte möglich, aber ebenso gut eine Falle sein. Langsam tastete Sam sich vor, bis sie die Rezeption einsehen konnte. Bevor sie den Körper auf dem Boden sah, entdeckte sie den großen, roten Fleck an der Wand. Der Körper, dessen Gesicht man nicht mehr erkennen konnte, hielt eine kleine Pistole in der

Hand. Der Mann hatte also die Wahrheit gesagt. Die Detektivin empfand eine gewisse Genugtuung. Die Frau gehörte zu den Leuten, die vermutlich Schuld an Jans und Deborahs Tod trugen. Vielleicht war der Tod sogar besser als das, was sie im Gefängnis erwartet hätte.

Die Detektivin drehte sich zu den Männern und sagte: „Beschreibt mir, wo die Sklavin ist, von der ihr gesprochen habt!"

Der Schotte deutete mit dem Kopf zur hinteren Tür.

Sam nickte und machte sich auf den Weg. Bevor sie die Treppe hinabstieg, rief sie: „Schön brav sein!"

Sam hoffte nur, dass wirklich niemand von der Bande mehr im Haus war. Es hatte sich glaubhaft angehört, aber vor Fehleinschätzung war niemand sicher. Deshalb hielt sie die Waffe schussbereit vor sich, als sie Stufe für Stufe nach unten stieg. Stets bereit zu reagieren, lauschte sie auf jedes kleine Geräusch.

Unten kam Sam in einen schlecht beleuchteten Gewölbekeller. Altertümliche Werkzeuge hingen an den Wänden. Der vorhandene, schwache Lichtschein kam von großen Kerzen.

Rechts, links und vor sich sah Sam türlose Öffnungen, die oben in Spitzbögen abschlossen. In den Räumen dahinter herrschte ein ähnliches Licht wie in dem Vorgewölbe. Rechter Hand vernahm Sam einen kaum hörbaren Laut. Es war kein Schreien, dafür war es viel zu leise, aber auch kein Wimmern oder Weinen. Das Geräusch war kaum zu identifizieren, und doch Sam wusste sofort was es war.

So klang es, wenn ein Mensch zu schreien versuchte, der einen Knebel im Mund hatte. Sam betrat den Raum, aus dem der Laut gekommen war. Auch hier waren die Wände aus Natursteinen gemauert und schlossen sich an der runden Decke zusammen. Sie hätte nicht damit gerechnet, dass es einen so geräumigen Keller unter diesem Haus gab. Das Licht der riesigen Kerzen beleuchtete zahlreiche Spielgeräte, von denen einige auch in ihrem Studio vorhanden waren.

Und dann sah sie sie. Der Tisch, auf dem sie lag, musste eine Spezialanfertigung sein. Zumindest hatte Sam so etwas noch nicht gesehen. Die Frau lag auf dem Rücken und war fixiert, aber nicht mit gewöhnlichen Riemen. Stählerne Halterungen waren wie kleine Brücken über verschiedenen Körperteilen angebracht.

Nachdem Sam sich davon überzeugt hatte, dass sonst niemand in dem Raum war, sprang sie mit wenigen Schritten zu der Frau. Dann sah sie in das Gesicht der Fremden, welches Sam glauben machte, dass auch sie aus Brasilien stammte. Die panikgeweiteten Augen, in denen ein Funke Wahnsinn schimmerte, brannten sich in Sams Seele ein. Sie kannte panische Blicke, immerhin führte sie selbst Menschen über so manche Grenze. Schon mehr als ein Mann hatte bei ihr den Adrenalinkick wirklicher Angst verspürt. Was sie hier sah, ging aber weit über das hinaus, was sie einem Sub zumuten würde. Sam war Domina mit Leib und Seele, doch der Anblick der Frau schockierte sie.

Die Detektivin legte die Pistole auf ein nahestehendes Regal. Sie brauchte freie Hände. Dabei hoffte sie inständig, dass die Polizei noch vor Storckmann eintreffen würde.

Während sie beruhigend auf die Fremde einredete, entfernte sie den Knebel aus dem Mund. Ein lautes Seufzen entwich der Kehle, gefolgt von einem vernehmbaren, tiefen Einatmen. Bevor sie die Frau befreien konnte, musste Sam sich über die Funktionsweise des Tisches klar werden, um die Fremde nicht versehentlich zu verletzen.

„Ich hole Sie hier heraus", sagte Sam leise, ohne zu wissen, ob die Frau sie verstand.

Bei genauerem Hinsehen stellte die Detektivin fest, dass in der Tischoberfläche in regelmäßigen, sehr kleinen Abständen Löcher eingelassen waren. Der Konstruktion nach vermutete die Detektivin, dass es Gewindelöcher waren, um die variierenden Halterungen in jeder möglichen Position anzuschrauben. Es gab verschieden lange und unterschiedlich hohe Brücken. Während die über den Oberarmen und Oberschenkeln eng an der Haut lagen und keine Bewegung des Körperteils zuließen, gaben die Brücken über den Unterarmen und Schienbeinen die Freiheit, die Extremitäten seitlich zu bewegen. Die Oberschenkel waren gespreizt und die Knie nach außen gedreht, so dass die Frau ihre Unterschenkel ein wenig bewegen konnte. Allerdings nur theoretisch, denn sowohl neben Waden und Füßen als auch neben Unterarmen und Händen waren Stahlspitzen installiert, die sich bei einer Bewegung von mehr als einem Zentimeter in das Fleisch bohren würden. Ebenso waren rechts und links des Kopfes derartige Dornen angebracht. An der Rückseite der stählernen Spitzen konnte Sam Anschlüsse für Elektrokabel sehen. Man konnte also die Funktion um einen elektrischen Schlag erweitern.

Auf einem Regal ein Stück weit neben dem Tisch entdeckte Sam zahllose, verschieden große Brücken, Spitzen, Führungsschienen und andere Utensilien, die offenbar zur Installation auf dem Tisch gedacht waren. Dieses Gerät war extrem vielseitig und die Dinge auf jede beliebige Körpergröße, Arm- und Beinlänge einstellbar. Rein nüchtern betrachtet war es ein sehr ausgereiftes Folterinstrument. Viele Foltern, die man der fixierten Person mit Peitsche, heißem Wachs, Klammern, Nadeln oder sonstigem zufügte, würden doppelt wirken. Zum einen würde es den Initialschmerz geben. Dadurch würde sich der Körper aufbäumen, soweit der Schmerz groß genug war. Durch die Extremitäten würden Zuckungen gehen. Hierbei würde das Opfer sich unweigerlich an den Stahlspitzen mindestens stechen, wenn nicht gar aufspießen, und so zusätzliche Qualen leiden.

Sam ging näher an die Apparatur heran, bis sie direkt neben dem Tisch stand. Zwischen den Beinen der Frau war ein seltsames Gebilde montiert. Es sah ein wenig aus wie ein Miniaturkran mit einer kleinen Kurbel. Unten war ein offenbar ebenfalls stählerner Dildo befestigt, der momentan eine Hand breit vor der Vagina der Frau harrte.

Sam entdeckte eine zweite kleine Kurbel. Sie musste dafür gut sein, den Dildo vor oder zurück zu fahren. Die andere galt der Höhenregulierung. Mit den Fingern strich die Detektivin über die Oberfläche des Dildos. Er hatte viele kleine Erhebungen, die zwar nicht wirklich spitz waren, aber auch nicht rund und glatt. Die raue Oberfläche wies Kanten auf, und Sam konnte sich vorstellen, dass es sehr unangenehm sein konnte, dieses Objekt in sich zu spüren, besonders wenn durch fehlende Stimulation die Feuchtigkeit fehlte. Zusätzlich hatte auch der Dildo Anschlüsse für Stromkabel. Sam sah die Höhenkurbel an. Man würde den Dildo in sie einführen, dann den Unterleib und den Bauch, vielleicht sogar die Oberschenkel von den Fesseln befreien. Diese würden nicht mehr gebraucht werden, denn die merkwürdige Konstruktion war so massiv gebaut, dass die Frau durch den stählernen Dorn in ihrem Körper festgehalten würde. Als nächstes würde man wohl an der Höhenverstellung drehen, sodass der Unterleib langsam von innen heraus angehoben wurde. Interessiert musterte Sam die Befestigungen sämtlicher an der Tischoberfläche angebrachten Hilfsmittel. Robuste Schrauben mit Sechskantköpfen versprachen einen festen Halt. ‚M13', dachte Sam, und meinte damit die Größe des Schlüssels, den man zum Öffnen der Schrauben brauchte. Sie warf einen Blick zum Regal und entdeckte dort das nötige Werkzeug. Der Proxxon-Ratschenkasten stand offen, die Nüsse waren sauber an ihre Plätze sortiert.

Obwohl sie selbst in gewissen Grenzen mit Menschen spielte, spürte sie einen eiskalten Schauer über ihre Haut ziehen. Ihr wurde klar, dass hier vielleicht Menschen im wahrsten Sinne des Wortes zu Tode gequält worden waren. Für Sam hatte das hier nichts mehr mit BDSM zu tun. Hier wurde mit Menschen gespielt, die keinerlei positives Empfinden dabei hatten.

Die Frau, die sie gerade befreite, schien noch unversehrt. Sie war vorbereitet worden. Vorbereitet für wen? Hatte vorhin nicht jemand etwas von Gästen gesagt?

‚Gäste!', schoss es ihr durch den Kopf. Gäste in einer Pension wurden nicht kostenlos eingelassen. Verdammt, hier bezahlten Kunden dafür, ihre sadistische Neigung an Stinos ausleben zu können! An fremden Frauen, die sich nie und nimmer für so etwas hergegeben hätten. Den Kunden war es scheinbar nicht genug, sich mit freiwilligen Subs oder submissiven Prostituierten zu beschäftigen, wo es fast immer Grenzen gab. Bei der einen Frau lagen diese Grenzen höher, bei der anderen niedriger. Den Sub, der wirklich ausnahmslos alles mit sich machen ließ, hatte Sam noch nicht kennen gelernt. Es gab sie zwar, aber persönlich kannte Sam keinen. Sie waren selten.

Hier, bei den Frauen, die man irgendwie gezwungen hatte, sich darauf einzulassen, gab es keine Grenzen.

Sam schluckte schwer. Ihre Gedanken wanderten zu Deborah.

Was hatte die sympathische Frau über sich ergehen lassen müssen? Und wie hatte man sie dazu gebracht, Jan zu verlassen? War sie wirklich auf der Suche nach einem anderen Mann gewesen und dabei an einen hier aktiven Kerl geraten, der ihr zunächst ein tolles Leben versprochen, sie stattdessen aber hierher gezerrt hatte? Aber wie war es mit den anderen gewesen, mit Gina und der Frau, die jetzt vor ihr lag? Noch immer starrte Sam in das angstverzerrte Gesicht. Sie musste die Frau befreien.

„Ich hole Sie hier raus“, wiederholte Sam sanft. Vermutlich verstand die Ausländerin sie gar nicht, aber alleine der Tonfall bewirkte eine Entspannung der Gesichtszüge.

Sam umrundete den Tisch, nahm sich die Ratsche aus dem Regal, steckte die Dreizehner-Nuss auf das Tool, und wandte sich wieder zum Tisch. Durch ihre Motorradfahrerei war Sam es gewohnt mit Werkzeugen umzugehen, und der gewählte Schlüssel passte auf Anhieb. Sie begann mit den Halterungen an den Armen. Danach folgte die Halsmanschette.

„Gut“, ertönte hinter ihr die Stimme von Marias Mann. „Sobald du sie losgemacht hast, kannst du dich selbst dort hinlegen.“ Zu der Stimme gesellte sich ein metallisches Klicken, das Sam unschwer als das Spannen des Hahns einer Pistole identifizieren konnte. Sie dreht sich nicht um und schraubte weiter die Halterungen los.

„Wir machen es umgekehrt: Ich lege dich drauf. Mal sehen, was du alles aushältst, bevor du krepierst.“ Ihre Stimme war völlig ruhig und spiegelte keinerlei Emotionen wider. Innerlich aber kochte sie. Am liebsten wäre sie umgehend über Herbert Storckmann hergefallen, so sehr brodelte es unter der Oberfläche. Doch Sam wusste, dass emotionale Reaktionen oft ein Schuss nach hinten waren. Sie musste ihre Gefühle unterdrücken. Ihr Verstand gewann die Oberhand und ihre Seele versteinerte für den Moment. Ihre eigene Kälte erschreckte sie.

Schraube um Schraube drehte sie die Halterungen heraus, ohne der Frau noch irgendwelche Beachtung zu schenken.

„Du hast ein ziemlich großes Mundwerk“, sagte Herbert.

„Das kann ich mir auch leisten. Haben deine unfähigen Helfer dir nicht gesagt, dass die Polizei gleich hier sein wird?"

„Die Gelegenheit habe ich ihnen nicht gegeben, bevor ich sie bestraft habe. Aber wenn du glaubst, dass Sorghardt wirklich seine Kollegen angerufen hat, dann irrst du dich. Er ist einer von uns."

„Das ist doch ein alter Hut", sagte Sam gelangweilt, während sie eine weitere Schraube löste. „Keine Ahnung, was du glaubst, was da oben passiert ist, aber Sorghardt habe ich auf dem Gewissen."

In diesem Moment hörte man von oben eine Stimme rufen: „Frau Veselkova, sind Sie da unten? Hier ist die Polizei."

„Scheiße", hörte Sam hinter sich Herberts Stimme. Dann rief er: „Bleiben sie oben, sonst erschieße ich Frau Veselkova."

Sam schwieg und setzte ihre Arbeit fort. Obwohl ihr eigentlich wichtigere Dinge durch den Kopf gehen mussten, wunderte sie sich momentan hauptsächlich darüber, wie viel Arbeit es war, diesen Tisch zu benutzen. Für ihren Geschmack eindeutig zu viel.

Dann kam erneut die Stimme des unbekannten Polizisten: „Frau Veselkova, stimmt das? Sind Sie bei dem Mann im Keller?"

Ohne ihr Tun zu unterbrechen rief Sam im entspannten Plauderton: „Ja. Wir haben folgende Situation: Eine wahrscheinlich nicht deutschsprachige, weibliche Person, die ich gerade von ihren Fesseln befreie. Sie scheint gesund. Hinter mir steht ein bewaffneter Mann. Sein Name ist Herbert Storckmann. Vermut…" Das Krachen eines Schusses unterbrach sie. In dem Keller klang es doppelt so laut. Eine der Halterungen wurde vom Regal gefegt, als die Kugel diese traf.

„Sei ruhig!", brüllte Herbert.

Ohne das Pfeifen in ihren Ohren zu beachten, das durch den Knall hervorgerufen worden war, rief Sam weiter: „Vermutlich ist Storckmann der Boss der Bande." Wieder ein Schuss.

„Ich erschieße die Frau, wenn du weiter sprichst!"

„Quatsch", erwiderte Sam selbstsicher. „Dann hast du keine Geisel mehr, die du gegen mich einsetzen kannst. Aber du hast Glück, ich bin sowieso schon fertig."

Von oben kam die Frage: „Sind noch weitere Personen da unten?"

„Nein!", rief Sam. Jetzt hörte sie, wie Herbert schnellen Schrittes näher kam. Ruckartig drehte sie sich um, und abrupt blieb der Mann etwa zwei Schritte vor ihr stehen.

„Was soll denn das jetzt werden?“, fragte sie in einem Tonfall, als würde sie die Waffe in der Hand halten, und nicht er.

„Du scheinst nicht ganz zu begreifen, dass ich dein erbärmliches Leben in der Hand halte“, erwiderte Herbert.

„Umgekehrt“, widersprach Sam. „Ich bin deine Fahrkarte hier heraus. Wenn du uns umlegst, hast du keine Geisel mehr.“

„Wenn ich dich umlege, habe ich noch die kleine Schlampe da.“ Er merkte es also auch schon. Sie brauchte also eine andere Taktik. Warum sie noch immer so entspannt war, konnte Sam nicht genau sagen. Sie schob es auf das Wissen, dass die Polizei vor Ort war, was ihr die trügerische Annahme verlieh, unbeschadet herausgeholt zu werden.

„Herr Storckmann!“, kam wieder die Stimme des Polizisten. „Tun Sie den Frauen nichts. Wir sind bereit zu verhandeln.“

„Siehst du“, sagte Sam, „wenn du mich am Leben lässt, werden sie nicht herunterkommen und dich holen. Wenn du mich erschießt, hast du noch einen Mord mehr am Hals. Aber okay, darauf kommt es wohl auch nicht mehr an. Ich vermute, du bist am Tod von Gina und Deborah schuld, oder?“

„Gina war ein Unfall. Die Idioten haben nicht aufgepasst und die Frau ist abgehauen. Hugo hat sie verfolgt, und dabei ist sie vor den Bus gerannt. Ich war überhaupt nicht anwesend, als das passiert ist.“

„Aber du hast Deborah umgebracht“, riet Sam.

„Unsinn, wir haben niemanden umgebracht. Sie ist einfach so gestorben, bei einer Session. Ein Kunde hatte mit Atemreduktion gearbeitet, und dabei hat sie vermutlich einen Herzanfall oder so etwas bekommen. In jedem Fall war sie plötzlich tot.“

„Und warum habt ihr sie dann auf die Gleise gelegt?“

„Was hättest du denn getan? Du hättest sicher die Bullen angerufen und dich für das verknacken lassen, was du hier abziehst! Freiheitsberaubung, Nötigung, schwere Körperverletzung, sexueller Missbrauch, Vergewaltigung ... Was weiß ich, was die Juristen noch alles ausgekramt hätten.“

Sam nickte. „Ihr habt euch die Frauen immer in der Sprachschule gesucht, richtig? Und dabei die gewählt, die sich gerade von ihren Freunden trennen wollten und sonst niemanden in Deutschland kannten. So konntet ihr sicher sein, dass keiner sie vermissen würde."

Herbert lachte ein hässliches Lachen. „Wir waren noch viel besser! Hätten wir auf die richtigen Frauen gewartet, dann wären wir schwarz geworden. Nein, wir haben uns die richtigen Frauen gemacht. Wichtig war zunächst, dass wir die aussuchten, die außer ihrem Freund keine anderen Bekannten in Deutschland hatten. Mit diesen hat Maria sich angefreundet. Es gab verschiedene Treffen, wobei natürlich auch Bilder gemacht wurden. Sehr bald konnten wir anfangen, eine Geschichte für die Frau aufzubauen, mit der wir sie später in der Hand hatten. Zu Anfang gaben wir eine Internetanzeige unter dem Vornamen der jeweiligen Frau auf, in der wir sie einen Mann suchen ließen. Ein Bild, das wir bei einem der Treffen gemacht hatten, machte die Anzeige glaubwürdig."

„Die Anzeige stammte gar nicht von Deborah!", rief Sam aus, als sie seine Worte jäh begriff.

„Natürlich nicht. Sie hatte nie vorgehabt, ihren Freund zu verlassen. Aber es würde in jedem Fall so aussehen. Wir ließen die Freundschaft enger werden, bis die Frau auch mal übers Wochenende bei uns blieb. Natürlich musste die Dame unter anderem duschen. Das tat sie, ohne dass ihr unsere zahlreichen Kameras im Bad aufgefallen wären, die alle gut versteckt sind. Hiermit hatten wir wunderbare Nacktfotos von ihr. Natürlich war alles digital, sodass wir Ausschnitte machen konnten, die eine Identifikation unseres Badezimmers unmöglich machten, andrerseits aber die Frau erkennbar ließen."

„Ihr habt die Frauen damit unter Druck gesetzt."

„Ja. Wir waren bestens gerüstet. In einem netten Gespräch offenbarten wir ihr, dass wir ihrem Freund die Story von der Männer ausnutzenden Brasilianerin erzählen würden. Er würde den Link zu der Internetanzeige bekommen, und wir würden ihm erklären, dass sie an den Wochenenden, an denen sie angeblich bei uns war, in Wirklichkeit bei einem anderen Mann gewesen sei. Natürlich hatten wir diesen anderen Mann auch parat, der dann vorgegeben hätte, die Nacktaufnahmen gemacht zu haben. Da sie nicht mehr mit ihm ins Bett gehen wollte, weil sie schon wieder einen Neuen hatte, wurde der Mann von seiner Eifersucht übermannt und spielte deshalb dem Freund die Anzeige und die Bilder zu."

Einen Moment lang versank der Mann in Selbstgefälligkeit und Stolz, dann erzählte er weiter. „Die meisten Frauen ließen es gar nicht darauf ankommen. Sie fragten, was wir wollten. Natürlich konnten wir unmöglich sagen, dass wir sie als Spielzeug für unsere Kunden brauchten. Um halbwegs glaubhaft zu wirken, gaben wir vor, eine rechtsradikale Gruppe zu sein. Unser Wunsch sei es, dass die Ausländerinnen sofort das Land verließen, und wir uns davon überzeugen würden, in dem wir sie persönlich zum Flughafen brachten. Den Frauen war es lieber, einen selbstverfassten Abschiedsbrief zu hinterlassen, als dass die Trennung vom Mann aus ging und durch unsere kleine Geschichte initiiert wurde."

„Der Brief von Deborah war also tatsächlich von ihr geschrieben. Nur der Inhalt entsprach nicht der Wahrheit."

„Genau. Selbstverständlich brachten wir die Frauen nicht zum Flughafen, sondern hierher, nachdem sie all ihr Hab und Gut aus der Wohnung des Freundes geholt hatten. Wir konnten sie so lange benutzen, wie ihr Visum galt. Zwei Wochen vor Ablauf haben wir sie geschont, damit ihr Zustand am Flughafen nicht auffiel. Dann haben wir sie in den Flieger gesetzt, und somit waren wir die Opfer los. Es war einfach perfekt."

„Und wenn eine der Frauen nicht darauf eingegangen wäre?"

„Bei einer haben wir tatsächlich dem Freund unser Märchen auftischen müssen. Was riskierten wir dabei schon? Zu dem Zeitpunkt wusste die Frau ja noch nicht, was wirklich dahinter steckte. Noch während wir uns mit der Frau unterhielten, schickten wir unseren Mann los, der bei ihrem Freund auftauchte. Als guter Schauspieler fragte er nach seiner Geliebten und verlangte eine Aussprache. Bis sie nach Hause kam, hatte ihr Freund sowohl die Internetanzeige als auch die Aktaufnahmen gesehen. Er ließ ihr keine Chance für Erklärungen und warf sie hinaus. Die einzige wirklich riskante Aktion war, als wir sie zu uns ins Auto zerren mussten, denn sie hatte natürlich keinen Drang, freiwillig mit uns zu kommen."

„Und keine der Frauen hat dann versucht, bei ihrer Ausreise die Polizei zu verständigen?"

„Und wenn sie es getan hätten? Wir hätten vorgegeben, dass sie freiwillig mitgespielt haben. Ihrem angeblichen neuen Freund hätten sie erklärt, dass sie devot waren. Wir haben sogar einen entsprechenden Emailverkehr fingiert. Natürlich mit einem Emailkonto, das ihren Namen trug, auf das die Frau selbst aber niemals Zugriff gehabt hatte. Wir haben die Emailadresse selbst bei einem kostenlosen Anbieter angelegt.

Zudem hätte die Frau gar nicht gewusst, wo sich dieser Ort hier befindet. Niemand hätte ihr geglaubt. Eine kaum deutsch sprechende Ausländerin, die bei Nacht und Nebel ihren Partner verlassen hat, um zu einem anderen zu gehen, und nun ihrerseits von dem Neuen abserviert wurde und ihm deshalb Schaden zufügen will."

„Herr Storckmann, hören Sie mich?!" Von oben kam die rufende Stimme von Gregor.

„Ich erschieße die Frau, wenn jemand herunter kommt!"

„Sam, bist du okay?", kam erneut Gregors Stimme.

„Ja", antwortete sie, wobei sie in Storckmanns Augen zu lesen versuchte, ob er gleich schießen würde, wenn sie weiter sprach. „Es ist, wie er sagt: Er wird mich erschießen, sobald er etwas hinter sich hört."

„Mach dir keine Sorgen, wir bleiben hier oben." Wie immer war Gregors Stimme ruhig und fest. „Herr Storckmann, wir sind bereit zu verhandeln."

„Du hast also endlich erkannt, wer hier das Sagen hat", sagte Herbert. „Du kannst noch so gut sein, aber für einen Angriff auf mich stehst du zu weit weg, glaube mir. Ich werde dir keine Chance lassen."

Sams neuer Plan sah es vor, Zeit zu gewinnen. Ob sie mit Storckmann ähnlich verfahren konnte, wie mit den Männern oben, bezweifelte sie. Aber vielleicht konnte sie ihn auf ähnliche Weise hinhalten. „Ich werde auch nicht gegen dich kämpfen müssen, denn ich werde einen Deal mit dir machen", sagte sie.

Der Mann zog die Augenbrauen hoch. „Was kannst du mir schon anbieten?"

„Sehr viel, würde ich sagen. Schau, wenn du eine von uns beiden umbringst, dann wirst du dich wegen Mordes verantworten müssen. Im Moment bist du nur für Dinge dran, die gegen einen Mord Lappalien sind. Wenn du dich jetzt stellst, dann könnte ich meine Aussage etwas frisieren. Nimm einmal an ich würde aussagen, dass Sorghardt der Kopf gewesen ist und mir dies auch so erzählt hat. Das ist plausibel, denn immerhin hat er ja sogar einen Deal mit mir vorgeschlagen um zu erfahren, wie weit ich mit meinen Ermittlungen bin. Von diesem Deal weiß auch der Polizist, der da oben ist. Weiterhin könnte Sorghardt ja berichtet haben, dass er dich und deine Frau unter Druck gesetzt hat, damit ihr mitmacht. Ihr seid beide selbst nur Opfer. Dazu kenne ich den ermittelnden Polizisten und kann etwas Einfluss nehmen. Ehrlich gesagt glaube ich, dass du nicht mehr als eine Bewährungsstrafe kriegen wirst. Was hältst du davon?"

„Und warum solltest du das tun?", kam die berechtigte Frage.

„Weil ich zu euch gehöre, wie du von Sorghardt wissen solltest." Innerlich war Sam von ihren eigenen Worten angewidert, denn das, was sie mit ihren Subs praktizierte, geschah stets mit Einverständnis des Mannes. Niemals würde sie einem unschuldigen Menschen, der dies nicht wollte, eine derartige Pein zufügen. Nach außen hin aber war sie kalt wie ein Felsen und zeigte nicht die mindeste Gefühlsregung. „Übrigens haben wir uns gerade erst im Grande Opera getroffen. Du hast mich nicht erkannt, weil ich eine Perücke aufhatte. Erinnerst du dich an die Frau, die du gefragt hast, ob wir gemeinsam meine kleine Sklavin bespielen wollen?"

Das erstaunte Gesicht wäre ein Foto wert gewesen. „Du warst das!?"

Jetzt lachte Sam locker und ging einen Schritt auf ihn zu. „Ja, das war ich. Also, was ist?"

Nun bloß keinen Fehler machen. Die Detektivin registrierte jede kleine Veränderung in seiner Körperhaltung und seiner Miene. Wie reagierte er? Seine Gesichtszüge waren angespannt, die Waffe direkt auf sie gerichtet. Er war eindeutig in Kampfbereitschaft. Wie schnell auch immer sie sein mochte, sie würde keine Möglichkeit haben, ihn zu erwischen, bevor er eine oder vielleicht sogar zwei Kugeln in ihren Körper jagte. Die Sicherheit, die Sam eben noch verspürt hatte, war plötzlich verflogen. Irgendwie musste sie noch mehr Zeit gewinnen. Wenn sie selbst keine Chance hatte, sollte sie dafür sorgen, dass Gregor die Möglichkeit bekam, sich etwas einfallen zu lassen.

Der Mann schien eine Weile über ihren Vorschlag nachgedacht zu haben, bevor er sagte: „Vergiss es, darauf falle ich nicht herein. Mit euch als Geiseln werde ich hier herauskommen. Den größten Teil unseres Geldes haben wir ohnehin schon in Brasilien. Es war sehr lukrativ, unser kleines Studio hier. Du kannst dich darauf verlassen, dass man mich drüben nicht aufspüren wird. Dort werde ich als ein ganz Anderer weiterleben."

Wenn nicht bald etwas geschah, würde es vorbei sein. Was konnte sie noch sagen, um ihn hinzuhalten?

Sie musste nicht weiter überlegen. Fast zeitgleich mit dem krachenden Schuss wurde Herbert nach vorne geschleudert. Er verlor die Waffe und blieb stöhnend liegen.

Sam sah, wie Gregor, noch immer in der Tür stehend, seine Waffe herunter nahm. Dann ging er schnellen Schrittes zu Herbert und fesselte ihm mit seinen Handschellen die Hände auf den Rücken.

Jetzt, wo die Gefahr urplötzlich vorüber war, begann Sam leicht zu zittern. „Ich hatte gehofft, dass du meine Worte richtig deuten würdest", sagte sie.

„Als du sagtest, dass er dich erschießen würde, sobald er hinter sich etwas hört, war mir klar, dass er mit dem Rücken zur Tür stehen musste. Das gab mir die Möglichkeit, die Treppe runter zu schleichen. Außerdem sagte es aus, dass er eine Schusswaffe auf dich gerichtet hatte. Damit war der Schuss auf ihn gerechtfertig." Der Polizist kam auf Sam zu und blieb vor ihr stehen. „Geht es dir gut, Sam?"

Sie versuchte ein Lächeln und antwortete: „Den Umständen entsprechend. Komm, hilf mir die Frau loszumachen!"

Er nickte. „Kommt runter, es ist alles unter Kontrolle!“, rief er, bevor er mit Sam an den Tisch trat, auf dem die Frau lag. Die Südamerikanerin sah die beiden ängstlich an. Da Gregor ein Kripobeamter war, trug er keine Uniform. Woher sollte sie wissen, dass die Fremden nichts Böses im Schilde führten?

Gemeinsam entfernten sie die letzten Halterungen, bis die Frau endlich frei war. In der Zwischenzeit waren ein Dutzend Polizisten in den Keller gekommen, unter anderem eine Beamtin, die sich sofort zu Sam und Gregor gesellte.

Jetzt erkannte die ausländische Frau offenbar, dass hier Leute am Werk waren, die ihr zu Hilfe kamen. Die Polizistin zog ihre Jacke aus und hüllte den Körper der Frau darin ein. Dann besorgte sie sich eine weitere Jacke von einem Kollegen, und wickelte sie notdürftig wie einen Rock um die Hüfte der Brasilianerin. Langsam führte sie das Opfer aus dem Raum.

„Weißt du, was das hier alles sollte?“

„Ja, ich habe noch einiges von Herbert Storckmann erfahren, bevor er … nun, bevor er sich nicht mehr so gut fühlte. Man hat hier unschuldige Frauen, ohne ihr Einverständnis wohlgemerkt, gut zahlenden Sadisten zur Verfügung gestellt. Offenbar gab es den Männern einen ganz besonderen Kick, wenn sie wussten, dass die Frauen wirkliche Opfer und keine Freiwilligen waren. Es waren alles non-con Sessions.“

Gregor nickte. „Non consensual, nicht einvernehmlich. Es wurde alles gemacht, ohne Grenzen und ohne Rücksicht auf die Subs.“ Am Ende des Satzes ging das Nicken in ein Kopfschütteln über.

„Ja, und dein Vorgesetzter hatte sich hier offenbar auch vergnügt. Es war wohl niemals geplant, dass jemand sterben sollte. Wenn man in diesem Zusammenhang von Unfall reden kann, dann waren es wohl Unfälle, zumindest rein rechtlich. Aber sie wollten es trotzdem vertuschen, damit nicht herauskam, was sie hier trieben. Deshalb war Sorghardt so erpicht auf eine Zusammenarbeit mit mir. Nur so konnte er sicherstellen, dass er stets erfuhr, was ich herausgefunden hatte.“

Gregor sah ihr mit einem resignierten Blick in die Augen,

erwiderte aber nichts.

„Übrigens werden heute offenbar noch Gäste erwartet, die sich vermutlich schon darauf freuen, dass sie hier ihre Neigungen ausleben dürfen. Ich denke, wenn ihr bis dahin die Polizeifahrzeuge verschwinden lasst, kriegt ihr die auch noch."

36 | Schlimmer geht immer

„Fährst du mich nach Hause?", fragte Sam. Sie standen vor Sorghardts Auto, dessen Schlüssel Sam dem Polizisten ausgehändigt hatte, nachdem sie ihre Tasche heraus geholt hatte.

„Ich muss mich hier noch um einiges kümmern, aber ich werde einen Kollegen bitten, dich zu fahren", sagte Gregor.

Zwanzig Minuten später wurde Sam vor ihrem Haus abgesetzt. Die Ereignisse hatten sie ziemlich mitgenommen. Sie verstand es zwar, körperliche Auseinandersetzungen für sich zu entscheiden, aber jemandem mit einer Schusswaffe gegenüber zu stehen war etwas ganz anderes. Die aufgestaute Anspannung und Angst, die sie in der Pension mit ihrer Coolness überspielt hatte, brach jetzt, wo sie alleine war, mit voller Wucht über sie herein. Obwohl sie schon viel erlebt hatte, war das, was sie gesehen und gehört hatte, unfassbar für sie. Während sie ihre Einfahrt hinunterlief, spürte sie, wie sich ihre Augen mit Tränen füllten. Nur verschwommen nahm sie die Schmiererei wahr, die seit kurzem den Boden der Auffahrt verschandelte. Sie musste es auch nicht genau erkennen, um sich an die Herkunft der beiden Zahlen zu erinnern. Eine Sechs und eine Fünf standen da, und sie waren dort hingesprüht worden von … verdammt, was hatte Sorghardt erzählt? Der Jetta war auf den Namen Bruno Kaufling angemeldet! Das bedeutete, dass sie es die ganze Zeit mit zwei verschiedenen Dingen zu tun gehabt hatte! Deshalb passte es auch alles nicht so richtig zusammen. Der platte Reifen, die zerbrochenen Scheiben, der Unfall von Michael, das missglückte Brandattentat … und der Mord an Jan. Das alles ging gar nicht auf die Kappe derjenigen, die für

Deborahs Tod verantwortlich waren. Fortwährend war Sam davon ausgegangen, dass es einen gemeinsamen Drahtzieher gab, doch lediglich ein großer Zufall hatte zwei verschiedene Verbrechenslinien zeitlich zusammengelegt. Die Zahlennachrichten hatten von Anfang an ihr gegolten, ihr, und nur ihr alleine. Auch Jans gewaltsames Ableben. Letzten Endes war es ihm zum Verhängnis geworden, dass er Sams Freund gewesen war. Nur wegen seiner Verbindung zu Sam war er durch Kauflings Hand ums Leben gekommen. Ihr Innerstes wehrte sich gegen diese Erkenntnis, aber es war zu offensichtlich, um es beiseite schieben zu können. Ein Gefühl baute sich in ihr auf, ein Gefühl, das neben der Liebe die stärkste treibende Kraft auf der Welt war: Hass. Ein Hass auf den Mann, den sie in einem anderen Leben, wie es ihr heute schien, seiner gerechten Bestrafung zugeführt hatte.

Die plötzliche Kälte, die sie überfallen hatte, vertrieb die Tränen aus ihren Augen. Es war noch nicht vorbei. Noch durfte sie sich nicht gehen lassen. Verdammt, warum hatte sie es versäumt, Gregor davon zu erzählen? Das war das Erste, was sie gleich tun musste. Sie betrat ihr Haus und deaktivierte die Alarmanlage. Nika schien nicht da zu sein. Zum Glück. Sie wäre alleine nicht sicher in dem Haus gewesen. Wenn Bruno Kaufling nicht davor zurückgeschreckt hatte, sich an Jan und Michael zu vergreifen, dann würde er auch vor Nika nicht Halt machen.

Genau bei diesem Gedanken hatte sie das Gefühl, als würde ein Stromstoß durch ihren Körper gehen. Nika würde die nächste sein!

Was hatten sie ausgemacht, bevor Nika zur Uni gefahren war? Gar nichts. Sie hatten überhaupt nicht darüber gesprochen, ob das Mädchen am Abend wieder kam, zu ihren Eltern fuhr oder vielleicht eine Bandprobe hatte. Aber sie kannte Nika mittlerweile gut genug um zu wissen, dass sie wieder kommen würde. Wo Nika über Tag gewesen war, konnte Kaufling nicht wissen, denn er hatte die Verfolgung aufgegeben, nachdem Sam ihm offen gezeigt hatte, dass er nicht unbemerkt geblieben war. Aber wenn er vor Sams Haus gewartet hatte …

Noch während die Gänsehaut sich auf ihrem Rücken ausbreitete, holte Sam ihr Handy aus der Tasche, um Nika anzurufen. Das Gerät meldete eine neu eingegangene SMS. Mit zitternden Fingern öffnete Sam die Nachricht und erblasste, als sie den Text las:

„6 mal hattest du zugeschlagen, 6 mal habe ich zugeschlagen. jetzt bist DU dran kleine samantha!“

Ohne ihr Zutun kam die Erinnerung zurück. Wieder stand sie in der Kellertür und erkannte auf den ersten Blick, was die Szenerie zu bedeuten hatte. Der sich rhythmisch bewegende Mann hatte ihr den Rücken zugewandt. Von dem Jungen konnte sie kaum etwas erkennen. Obwohl sie noch ein Kind war, hatte sie überhaupt keine Angst. Ein kurzes Umherschweifen des Blickes ließ sie den schweren Kerzenleuchter entdecken, der fast in Reichweite neben der Tür stand. Fast automatisch nahm sie den Gegenstand und lief damit zu dem Mann, der sie nicht zu hören schien. Dann holte sie aus und ließ den Leuchter zweimal auf den Kopf des Mannes niederfahren. Sie hatte Angst, ihn zu erschlagen, deshalb waren die Schläge offenbar nicht fest genug gewesen. Der dritte und vierte Schlag trafen nicht richtig, weil der Mann sich plötzlich bewegte. Das alles war sehr leise passiert, denn der Mann gab nicht einmal einen Schmerzensschrei von sich. Der fünfte Hieb gebot seiner Bewegung Einhalt. Unter dem sechsten, nun mit beiden Händen ausgeführten Schlag, brach der Mann über dem Jungen zusammen.

„Sechs mal habe ich zugeschlagen“, flüsterte Sam. „Nika!“

Mit fahrigen Bewegungen wählte sie aus dem Telefonbuch ihres Handys die Nummer von Nika aus und drückte den grünen Knopf zum Wählen. Die Mailbox antwortete mit Nikas Stimme. Doch es war keine normale Mailboxansage. Die Worte ließen Sam das Blut in den Adern gefrieren: „Leg nicht auf, Samantha, sondern höre dir den Text an! Bruno hat mich. Er sagt, du weißt, wer er ist. Du sollst nicht die Polizei anrufen, sonst sehe ich aus wie Jan. Er wird sich bei dir melden.“ Dann kam der Piepton.

Trotz ihrer körperlichen Fitness wurde Sam schwindelig. Für einen Moment musste sie sich an der Wand anlehnen. Sie merkte, wie hektisch sie atmete.

‚Ruhig!‘, ermahnte sie sich im Geiste. ‚Wenn du schwach bist, wirst du verletzt …‘

Mit aller Kraft zwang sie sich dazu, tief durchzuatmen. Ihre Gefühle für Nika, die sie ohnehin nicht eindeutig zuordnen konnte, verbannte sie in einen abgelegenen Winkel ihrer selbst, den sie umgehend verschloss.

Einen Plan konnte sie nicht machen, da sie nicht wusste, was auf sie zukam. Aber sie würde warten und dann kurzfristig reagieren.

An diesem Tag hatte sie es bereits mit einer ganzen Gruppe von Verbrechern aufnehmen können. Bruno Kaufling war ein einzelner Mann. Aber, er hatte Nika in seiner Gewalt.

Das Schlimmste würde das Warten sein. Sobald sie ihm gegenüber stand, würde sie handeln können. Bis dahin musste sie die Ruhe bewahren. Abwarten und sich ablenken. Nicht an Nika denken.

Aber wie würde das gehen? Konnte sie vielleicht doch schon vorher etwas machen? Hatte sie irgendeine Möglichkeit, ihn ausfindig zu machen? Von einem jähen Aktionsdrang getrieben rannte sie die Treppe hinauf. Im Büro startete sie ihren Computer, der doppelt so lange wie sonst zu brauchen schien, um raufzufahren. Dann suchte sie in den Onlinetelefonbüchern nach Bruno Kaufling. Ohne Ergebnis.

Sollte sie zur Polizei gehen? Aber Kaufling hatte mehrmals bewiesen, dass er Ernst machte. Sam war davon überzeugt, dass er keine Sekunde zögern würde, Nika umzubringen. Damit war die Polizei eine sehr schlechte Alternative.

Konnte sie Gregor involvieren und davon überzeugen, dass er seine Kollegen aus dem Spiel ließ? Sam überdachte diese Idee. Gregor war ein guter Polizist, der von der Arbeit der Polizei überzeugt war. Es war seine Pflicht, wenn ihm etwas derartiges zu Ohren kam, seine Kollegen zu informieren. Wie sehr konnte sie sich auf ihn verlassen? Und was waren die Alternativen?

Ihr Handy klingelte. Ein Blick aufs Display zeigte einen unbekannten Anrufer. „Ja“, meldete sie sich kurz.

„Samantha“, kam eine hässliche Stimme. Sam erkannte sie nicht. Es war zu lange her. Außerdem hatte sie damals mit Barbaras Vater kaum ein Wort gewechselt. „Weißt du schon, dass ich deine kleine

Freundin habe?“

„Ja, das weiß ich.“ Nur mit großer Mühe konnte sie das Zittern in ihrer Stimme unterdrücken.

„Sie stirbt, wenn du nicht machst, was ich will. Verstehst du das?“

Als Sam nicht antwortete, schrie der Mann ins Telefon: „Verstehst du das?“

„Ja“, erwiderte Sam knapp.

„Dann wiederhole es!“, forderte er sie auf.

„Ich verstehe das.“

„Was verstehst du? Sag, dass sie sterben wird, wenn du nicht tust, was ich sage!“

Sam schluckte schwer. „Sie wird sterben, wenn ich nicht tue, was du sagst.“

„Wer wird sterben, wenn du nicht tust, was ich sage?“ Er schien Gefallen an dem Spiel zu haben.

„Das Mädchen.“

„Nein, nicht das Mädchen. Deine kleine Freundin ist es. Das ist etwas anderes. Sag, dass deine kleine Freundin stirbt, wenn du nicht artig bist.“

„Meine kleine Freundin stirbt, wenn ich nicht artig bin“, gehorchte Sam, und fragte dann, ohne ihm Zeit für eine neue Aufforderung zu lassen: „Okay, was willst du?“

„Dich will ich, Samantha. Und du …“

Die Detektivin unterbrach ihn: „Dann lass das Mädchen gehen. Sobald sie frei ist, kannst du mich haben.“

„Halt dein Maul!“, brüllte Bruno. „Wenn du noch einmal ungefragt etwas sagst, dann wird deine kleine Freundin es zu spüren bekommen. Pass mal auf, was deine aufmüpfige Art anrichten kann!“ Eine Sekunde lang war Stille, dann gab es ein lautes, klatschendes Geräusch und im Hintergrund schrie Nika auf.

„Du kannst sie so oft schreien hören, wie du willst, wenn du so weiter machst“, erklärte Bruno. „Also, wirst du brav sein?“

„Ja, ich werde brav sein.“

„Gut. Und warum wirst du brav sein?“ Den lauernden Unterton

konnte Sam nicht überhören. Jetzt durfte sie keinen Fehler machen. Sie spielte manchmal ähnliche Spiele mit ihren Subs und konnte sich daher makabrer Weise in die Gedankengänge des Mannes hineinversetzen. Was genau wollte er hören?

„Weil meine kleine Freundin sonst stirbt“, antwortete sie.

„Genau“, kam Brunos Stimme voller Genugtuung.

Dann trat eine unangenehme Stille ein. Sam war sich sicher, dass er nur auf einen Fehler ihrerseits wartete, darauf, dass sie irgendetwas sagte, das er sofort als aufsässig interpretieren und deshalb Nika wehtun konnte. Die Frau schwieg. Nach ihrem Gefühl war es bestimmt eine Minute gewesen, in der niemand etwas sagte. Dann sprach Bruno wieder: „Ich sehe, du hast verstanden. Wenn du deine kleine Freundin lebendig wiedersehen willst, dann kommst du freiwillig zu mir, sobald ich es sage. Aber erst sollst du spüren, wie schlimm es ist, einfach nur abwarten zu können. Mehr als zehn Jahre habe ich einfach nur abgewartet. Ständig war ich nur mit meinen Gedanken alleine. Weißt du wie das ist? Du wirst es lernen, Samantha. Überlege jede Minute, was ich mit deiner kleinen Freundin mache, während du darauf wartest, dass ich dich anrufe und dir sage, wo du hinkommen sollst.“

Ein tiefes Entsetzen erfasste Sam bei seinen Worten, denn sie wusste genau, dass er Nika vergewaltigen würde.

„Und du wirst nicht die Polizei einschalten, denn sonst wird sie sterben, langsam und qualvoll. Ich habe Sicherheitsvorkehrungen getroffen. Genug Zeit zum Planen hatte ich ja. Sei versichert, dass du beobachtet und überwacht wirst. Nicht immer, aber du weißt nicht, wann und wo. Du weißt nicht, ob ich in der Lage bin, deine Telefone zu überwachen oder deine Handys zu orten. Wer weiß, vielleicht überwache ich noch mehr von dir. Im Gefängnis habe ich viel gelernt, und obwohl ich nicht im öffentlichen Leben stand, weiß ich mehr über moderne Kommunikationseinrichtungen als viele andere. Wenn man nichts zu tun hat, dann bildet man sich weiter. Also probiere gar nicht erst aus, jemanden anzurufen. Ich habe sowohl deine Festnetznummer als auch die Handynummer von deiner lächerlichen Detektei. Dazu hat deine kleine Freundin noch eine weitere Handynummer von dir in ihrem Telefon gespeichert. Also ganz egal, was du benutzt, du läufst immer Gefahr, dass ich es mitkriege und deine kleine Freundin es ausbaden muss. Wenn du dich mit jemandem triffst, dann könnte es sein, dass ich in der Nähe bin und dich sehe. Selbst wenn du tanken gehst und dich zu lange mit der Kassenkraft unterhältst, könnte ich es missdeuten. Hast du begriffen, worauf ich hinaus will?"

„Ja, ich habe es begriffen."

„Gut, dann male dir die nächsten Stunden aus, was ich heute Nacht mit deiner kleinen Freundin mache, und vor allem, was ich danach mit dir mache.

Ich weiß übrigens, dass du mein Autokennzeichen hast. Du kannst es dir sparen, zu mir nach Hause zu kommen, falls du meine Adresse schon kennst. So blöd, es dort zu machen, bin ich nicht." Er ließ eine kurze Pause und sagte anschließend: „Sei erreichbar, wenn ich dich anrufe."

Dann wurde die Verbindung unterbrochen. Sam konnte zunächst gar nichts denken. Sie legte das Telefon weg, holte eine Flasche Cognac heraus und goss ein kleines Glas voll. Wenn es für sie eine Grenze des Ertragbaren gab, dann war sie jetzt erreicht. Warum sollte sie ihrem Geist nicht ein wenig Erleichterung durch Alkohol verschaffen? Sie nahm das Glas und hob es vor ihren Mund. Der Geruch des hochprozentigen Getränks stieg in ihre Nase und verursachte einen Brechreiz. Nein, sie war definitiv nicht in der Stimmung, sich zu betrinken. Das hatte bei ihr noch nie funktioniert. Die Detektivin lief in die Küche, kippte die bernsteinfarbene Flüssigkeit ins Waschbecken und spülte mit Wasser nach, um dem Geruch keine Chance zu geben sich zu verbreiten. Dann ging sie hinunter ins Wohnzimmer und legte sich auf die Couch.

Langsam beruhigte sie sich etwas. Nach einer Viertelstunde war sie wieder in der Lage zu denken. Was konnte sie tun, ohne Nika zu gefährden? Gregor zu kontaktieren kam nach dem Gespräch mit Bruno nicht mehr in Frage.

Aber was war die Alternative? Sollte sie wirklich einfach warten, bis er sich wieder meldete? Und dann? Sich einfach in seine Hände begeben? Wahrscheinlich würde er Nika trotzdem töten, nur weil er wusste, dass er Sam damit traf. Das hatte er schon mit Jan getan. Deshalb konnte sie nicht einfach abwarten. Was also hatte sie für Möglichkeiten? Die einzige Chance, die sie hatte, war, ihn aufzuspüren und zu überrumpeln, bevor er sich meldete. Doch wie sollte das geschehen? Hätte sie Gregor kontaktieren können, dann hätte man vielleicht über die Telefongesellschaft den Standort von Nikas Handy ermitteln können. Auf der anderen Seite war es offenbar ausgeschaltet, sonst würde nicht sofort die Mailbox antworten. Bruno würde nicht so dumm gewesen sein, sie mit eingeschaltetem Handy in sein Versteck zu führen, gerade wenn er sich die letzten Jahre mit der modernen Technik befasst hatte.

Doch welche Möglichkeiten gab es sonst noch? Sie hatte sein Autokennzeichen. Damit konnte sie höchstens herausbekommen, wo er gemeldet war, aber Bruno würde dort kaum seine Geisel verstecken. Nach dem Wagen müsste gefahndet werden, aber dafür bräuchte sie wieder Gregor. Außerdem war Sam nicht sicher, ob der Verbrecher nicht sogar in der Lage war, den Polizeifunk abzuhören. Und ohne Polizei konnte sie kaum ein Fahrzeug finden, das überall und nirgends sein konnte. Dafür hätte sie eine große Anzahl von Helfern gebraucht, die ihre Augen offen hielten. Sie kannte zwar viele Menschen, aber die waren …

Plötzlich wurde Sam von einer Idee ergriffen. Würde ihr die BDSM-Szene vielleicht helfen? Und wenn nicht, was verlor sie bei einem Versuch? Eine wenig versprechende Möglichkeit war noch immer besser als überhaupt keine. Allerdings stellte sich die Frage, wie sie mit den Leuten in Kontakt treten konnte. Anrufen kam nicht in Frage, schon gar nicht, wenn sie möglichst viele erreichen wollte. Über das Internet? Aber wer wusste schon, ob Bruno nicht ein Spionierprogramm auf ihrem Computer installiert hatte, während er in ihrem Haus gewesen war. Sam wusste, dass es derartige Software gab. Und einfach das Risiko eingehen und hoffen, dass er es nicht getan hatte? Vielleicht bluffte er ja nur und hatte überhaupt keine Möglichkeiten, sie zu überwachen. Aber konnte sie einfach davon ausgehen?

Unmöglich! Alles, was Nika schaden konnte, kam nicht in Frage. Um den PC auf entsprechende Programme zu untersuchen, hatte sie nicht genügend Know-how. Sam überlegte angestrengt. Wie konnte sie sich nur helfen? Dann stellte sie fest: gar nicht.

Sie nicht – Marc vielleicht schon. Sie raste durchs Haus, stürzte ins Büro, nahm sich eines ihrer alten Handys und legte die SIM-Karte ein, deren Nummer Michael hatte. Von diesem Telefon konnte Bruno nichts wissen. Wenn er ordentlich recherchiert hatte, dann kannte er ihre Detekteiennummer und die Festnetznummer. Von Nika hatte er die Nummer der Domina, vermutlich ohne zu wissen, was für ein Job sich dahinter verbarg. Die andere Nummer aber war über das Internet nicht zu finden, und Nika hatte sie auch nicht.

Nachdem das Mobiltelefon sich eingebucht hatte, wählte sie Marcs Nummer, legte aber sofort wieder auf. Was, wenn Bruno in ihrem Haus Wanzen angebracht hatte? Verdammt! Sie fühlte sich so unsagbar hilflos. Wenn sie das Haus verließ, konnte es sein, dass er sie beobachtete. Sollte sie ins Auto gehen und von dort aus telefonieren? Und wenn auch da Wanzen waren?

Langsam kam Sam sich paranoid vor, aber sie traute dem Mann alles zu. Er hatte kaltblütig Jans Hals durchgeschnitten. Außerdem musste er sie schon eine ganze Weile beobachtet haben, wenn er von Jan, Michael und Nika wusste.

Gehetzt sah sie sich um, schaute nach links und nach rechts, und unsinnigerweise auch nach unten und nach oben.

Unsinnigerweise? Im Gegenteil! An der Decke lag die Lösung ihres Problems: Die Luke mit der ausziehbaren Leiter. Der nicht ausgebaute Dachboden war nur ein riesiger, sich über die gesamte Hausgrundfläche ziehender Abstellraum. Dort wäre eine Wanze kaum sinnvoll gewesen, da man sofort sah, dass sich hier niemals jemand länger aufhielt. Vermutlich war Bruno nicht einmal oben gewesen, denn die Stange zum Herabziehen der Luke stand nicht in der Nähe.

Nächstes Problem: Wo hatte sie eigentlich die Stange hingetan? In der Garage? Nein. Aber wo dann? Um sich nicht länger damit aufzuhalten, ging sie ins Schlafzimmer, nahm sich einen Drahtkleiderbügel, bog ihn auseinander, und missbrauchte ihn als Zugdraht.

Nachdem sie die Leiter herabgezogen hatte, stieg sie hinauf, zog die Leiter hoch, und verschloss die Luke wieder, um ihr Gespräch vor den unteren Räumlichkeiten zu verbergen. Jetzt wählte sie erneut Marcs Nummer.

„Wer stört?“, meldete er sich. Natürlich, diese Nummer kannte auch Marc nicht.

„Hallo Marc, ich brauche dringend deine Hilfe.“

„Was gibt’s denn?“

„Ich muss mit meinem Computer ins Internet, aber ich befürchte, dass jemand dort ein Spionageprogramm installiert haben könnte. Es ist wichtig, dass derjenige, der das gemacht hat, nicht mitlesen kann, was ich tue. Hast du eine Idee?“

„Nichts leichter als das“, kam Marcs gelassene Antwort. „Als ich dir den PC hingestellt habe, waren da auch ein paar CDs, die ich dir dazu gegeben habe. Auf einer davon steht Knoppix. Starte den Computer von der CD, dann hast du ein Betriebssystem, das unabhängig von der Festplatte läuft. Es ist ein Linux System. Allerdings hast du von da aus nicht ohne weiteres Zugriff auf die Daten deiner Festplatte. Wenn du das brauchst, rufst du noch einmal an, sobald der Rechner gestartet ist, dann führe ich dich da durch.“

„Nein, die Festplatte ist mir egal. Aber ich kenne mich mit Linux überhaupt nicht aus und muss ins Internet.“ Sam merkte selbst, dass ihre Stimme einigermaßen verzweifelt klang.

Marc hingegen behielt seine stoische Ruhe. „Kein Problem, das System startet automatisch X-Windows, wo es auch einen Browser gibt. Es sieht alles ein wenig anders aus, als du es von Windows gewohnt bist, aber der Browser arbeitet genauso wie die, die du kennst.“

„Du bist ein Schatz! Wenn ich nicht zurechtkomme, werde ich dich noch mal nerven.“

„Mach das, wenn du mich erreichst. Schlaf gut.“

Sie legten auf und Sam fiel nach kurzem Überlegen ein, wo sie die CDs verstaut hatte. Schnell klappte sie wieder die Luke mitsamt Leiter nach unten, stieg hinab, und fand auf Anhieb besagte CD im Schreibtisch. Wie Marc versprochen hatte startete ihr Computer nun mit einem ihr fremden Betriebssystem. Es sah alles anders aus, aber sie hatte einen Mauszeiger und eine Bildschirmoberfläche mit verschiedenen Symbolen. Sofort erkannte sie, dass Marc offenbar bereits vor langer Zeit an sie gedacht hatte: Alle Symbole waren mit selbsterklärenden Namen versehen. Eines war mit ‚Internetbrowser' beschriftet.

Sie startete das Programm, öffnete die Seite Sklavenzentrale.com, loggte sich dort ein und sah, dass sie achtundzwanzig neue Nachrichten hatte, was sie im Augenblick aber herzlich wenig interessierte.

Bevor sie sich in den Chat begab, überlegte sie, wie groß die Chance war, dass Bruno sich ebenfalls hier aufhielt. Eigentlich ging die Wahrscheinlichkeit gegen null, denn Bruno war ein Pädophiler, und kein BDSMler.

Oder irrte sie sich? Obwohl sie sich sicher war, dass Bruno keinen Kontakt zur Szene hatte, waren Sams Finger schweißnass, als sie den Chat öffnete. Sie begann beim Hauptchatraum, eines der fünf zur Auswahl stehenden Möglichkeiten. Es waren sehr viele Benutzer online. Sam schätzte sie auf über hundert, und kaum hatte sie den Chat betreten, wurde sie von einigen Bekannten begrüßt. Sie achtete nicht drauf, sondern tippte mit fliegenden Fingern:

„ACHTUNG! Ich brauche Hilfe!!!!!!

Eine Freundin von mir ist in Gefahr.

Wer mich nicht kennt, fragt einen der COPs, ob ich vertrauenswürdig bin – sie kennen mich alle.

Ich suche einen roten VW Jetta."

Sie fügte noch das Kennzeichen hinzu, damit der Wagen eindeutig identifizierbar war.

Bereits nach ihren ersten zwei Zeilen erstarb jegliche weitere Kommunikation im Chat. Sam fuhr dann fort:

„Bitte bildet eine Telefonkette. Jeder soll möglichst viele Bekannte anrufen und von denen soll jeder wiederum einige Personen kontaktieren.

Das Auto ist wahrscheinlich im Rhein-Main-Gebiet unterwegs.

Wenn jemand den Wagen sieht oder gesehen hat, soll er mich anrufen."

Sie gab die Handynummer an, die Bruno in keinem Fall kennen

konnte. Ohne darauf zu warten, ob es Reaktionen gab, kopierte sie ihren eigenen Text und schloss das Fenster. Dann öffnete sie den Chatraum „Mistress“, in dem sich dominante Frauen mit devoten Personen trafen. Nach dem Hauptraum war dies das meistbesuchte virtuelle Zimmer. Hier platzierte sie ihren zuvor kopierten Text, und schloss auch dieses Fenster gleich wieder. Im Darkroom befanden sich nur fünf Personen. Da sie aber vier davon kannte, wiederholte sie dort das Spiel. Die letzten Räume „single“ und „real“ waren leer und damit uninteressant. Um nicht von zahllosen Anfragen überhäuft zu werden, loggte sie sich aus der Sklavenzentrale aus.

Dann rechnete sie: Wenn es dreißig Leute aus dem Rhein-Main-Gebiet gab, die jeweils zehn Leute anriefen, und die Hälfte von den erreichten Personen wiederum zehn anriefen, und davon erneut die Hälfte zehn Bekannte kontaktierte, dann konnte sie einige tausend Menschen erreichen. War das realistisch? Konnte sie auf die Hilfsbereitschaft der Menschen zählen? Was hatten sie schon davon? Sam schüttelte gedankenverloren den Kopf. Kurzzeitig hatte sie sich eingeredet, etwas unternehmen zu können, aber wahrscheinlich war es ein absurder Gedanke gewesen. Was konnte sie sonst noch tun?

Sam dachte an Nika, überlegte, was Bruno mit ihr anstellen würde … sah vor ihrem geistigen Auge, wie das Mädchen nackt und wehrlos vor ihm lag … verdrängte den Gedanken. Wenn sie das jetzt zuließ, würde sie handlungsunfähig sein.

Das Handy signalisierte einen eingehenden Anruf. Hastig nahm Sam das Telefon und spurtete zu der Leiter. In Windeseile war sie wieder auf dem Dachboden und nahm das Gespräch an.

„Hallo Sam, hier ist Mia.“

„Hallo Mia“, grüßte Sam erstaunt. Sie kannte die hübsche Domme nur aus der Sklavenzentrale und von Bildern, hatte aber bisher weder realen noch telefonischen Kontakt zu ihr gehabt. Im Chat verstanden sie sich immer gut, aber Mia wohnte zu weit weg, um sich mal eben auf einen Kaffee mit ihr zu treffen.

„Sag mal, kannst du mir ein bisschen mehr über dein Problem mit deiner Freundin erzählen?“, fragte Mia.

Sam zögerte. „Eigentlich nicht, aber ich versichere dir, dass es wirklich um etwas sehr Ernstes geht.“

„Verstehe mich nicht falsch, Sam, aber für manche ist es etwas sehr Ernstes, wenn ihnen ihr Lebenspartner wegläuft.“

„Ich verstehe, was du meinst. Bei mir geht es nicht um so etwas. Eine Freundin von mir ist wirklich in Gefahr.“

„Warum wendest du dich dann nicht an die Polizei?“, wollte Mia wissen.

Langsam verlor Sam ihre Geduld. Wenn sie jedem Einzelnen aus dem Chat erklären wollte, was los war, würde sie Tage beschäftigt sein. Und öffentlich im Chat bekannt geben konnte sie es auch nicht, weil sonst garantiert jemand die Polizei rufen würde. „Mia, sei mir nicht böse, aber ich möchte nicht darüber sprechen. Außerdem will ich das Telefon freihalten, falls sich jemand meldet, der mir helfen kann.“

„Oh“, sagte Mia, „du hast den Eindruck, dass ich einfach neugierig bin. Aber darum geht es mir nicht. Vielleicht könnte ich dich ein bisschen unterstützen, aber das mache ich nur, wenn ich wirklich weiß, dass es um etwas geht, das den Aufwand rechtfertigt.“

„Mia, wie lange kennen wir uns schon?“

„Kennen? Wir kennen uns gar nicht, meine liebe Samantha. Ich finde dich in der SZ nett und sehr erfrischend, aber wenn du ehrlich bist, dann kennt man niemand, solange man ihn nicht real kennt.“

„Natürlich“, musste Sam zugeben. Sie hätte an Mias Stelle kaum anders reagiert. Da konnte ja jeder kommen und behaupten, dass irgendwas passiert sei. „Es geht um etwas wirklich furchtbares, deshalb möchte ich nicht darüber sprechen, wenn es nicht sein muss. Und wie möchtest du mir schon helfen? Du wohnst doch im Süden Deutschlands, oder?“

„Ich kenne jemanden aus deiner Gegend, der ein Taxiunternehmen hat. Er beschäftigt nicht nur selbst viele Fahrer, sondern kennt auch die meisten anderen Taxiunternehmer im Raum Frankfurt und Wiesbaden. Der Mann schuldet mir einen großen Gefallen, und wenn ich ihn bitten würde, dass er für offene Augen bei den Taxifahrern sorgt, dann wird er es mir kaum ausschlagen."

Das war natürlich eine phantastische Idee! Taxis fuhren Tag und Nacht durch die Gegend. Sie waren bestimmt so zahlreich wie umherfahrende Streifenwagen der Polizei, vielleicht sogar zahlreicher.

„Okay, versprich mir bitte, dass du nicht die Polizei anrufst."

„Du machst es aber spannend. Gut, ich verspreche es dir. Hast du etwas angestellt?"

„Quatsch. Es geht um eine sehr gute Freundin. Sie ist entführt worden. Wenn ich die Polizei einschalte, dann wird sie umgebracht. Vor wenigen Tagen ist erst mein bester Freund ermordet worden."

Schweigen. Dann: „Das soll ich dir glauben?"

Einen kurzen Moment überlegte Sam, womit sie ihre Behauptung untermauern konnte. Dann fiel ihr ein, dass Jans Tod in der Presse gelandet war. „Gehe auf die Internetseite einer beliebigen Frankfurter Zeitung. Suche dort nach Jan Patersen. Der Mord ist ziemlich breitgetreten worden. Du erinnerst dich sicher daran, dass ich einen Freund hatte, der Jan hieß. Ich hatte öfter erzählt, dass ich mich mit ihm treffen werde."

„Das war dein Stino-Freund, oder?"

„Genau."

„Mist! In was bist du da denn hineingeraten, Sam? Ich wusste schon immer, dass du nicht langweilig bist, aber dass dein Leben so aufregend ist, war mir nicht bekannt."

„Hilfst du mir jetzt?"

„Ich werde meinen Bekannten anrufen. Danach schaue ich ins Internet. Wenn du mich angeschwindelt hast, sorge ich dafür, dass du in der Sklavenzentrale keinen Fuß mehr in die Tür bekommst, glaub mir."

„Gut, damit kann ich leben."

„Soll ich deine Telefonnummer gleich weiter geben? Es macht ja keinen Sinn, wenn die mich anrufen, und ich gebe die Information dann an dich weiter."

„Klar kannst du meine Nummer weitergeben."

„Okay, dann lasse uns mal keine Zeit verlieren."

Sie legten auf. Nun hatte Sam doch eine kleine Hoffnung, dass jemand den roten Jetta entdecken könnte. Hoffentlich früh genug. Sie stieg hinunter, ging zum Fenster, öffnete es, und sah zum Himmel.

Perfekt, es würde voraussichtlich nicht regnen. Wenn jemand den Wagen entdeckte, würde sie mit dem Motorrad schnell dorthin gelangen. Vielleicht sollte sie noch ein paar Vorkehrungen treffen für den Fall, dass sie selbst ums Leben kam. Die Polizei sollte Bruno in diesem Fall wenigstens leicht überführen können. Sam setzte sich an ihren Computer und tippte alles, was sie von Bruno wusste, in ein Dokument. Dabei nutzte sie ein als ‚Textverarbeitung' markiertes Programm, das ähnlich arbeitete wie Word. Glücklicherweise hatte Marc auch auf der Version des CD-Betriebssystems ihren Drucker installiert, sodass sie das Dokument ausdrucken konnte. Sie legte es offen auf den Schreibtisch. Nun musste sie noch dafür sorgen, dass Gregor es zeitnah fand, wenn ihr etwas zustieß. Dafür brauchte sie einen Boten. Aber wer kam hier in Frage? Wem konnte sie etwas derartiges anvertrauen? Mia fiel ihr ein. Die Chatterin wusste jetzt ohnehin schon, worum es ging.

Sam wollte sie zurückrufen, musste aber feststellen, dass Mia mit unterdrückter Rufnummer angerufen hatte. Deshalb loggte Sam sich noch einmal in den Chat der Sklavenzentrale ein. Dort bat sie Mia in einem Dialogfenster, in dem nur die beiden Frauen sich befanden, am folgenden Tag bei Gregor anzurufen, wenn Sam sich bis dahin nicht gemeldet hätte. Mia gab Sam eine Handynummer, unter der die Detektivin sie erreichen konnte.

Dann einigten sie sich darauf, dass Sam alle drei Stunden dort anrufen würde. Wenn ein Anruf ausblieb, würde Mia den Polizisten kontaktieren. Bevor Sam sich wieder ausloggte, berichtete Mia noch, dass sie den Taxiunternehmer erreicht hatte und er sich bereits um alles Nötige kümmerte.

Jetzt lebte Sam wieder richtig auf. Zur Tatenlosigkeit verdammt zu sein war für sie das Schlimmste, was es gab. Jetzt nahm sie die Dinge wieder in die Hand und fühlte sich deutlich besser. Jedes Mal, wenn ihr Unterbewusstsein ihr zuflüsterte, dass Bruno gerade etwas Furchtbares mit Nika anstellte, rang sie den Gedanken nieder. Im Moment brauchte er Nika noch als Geisel und Druckmittel gegen Sam. Mit etwas Glück würde dem Mädchen nicht viel passieren, solange er Sam noch nicht in seiner Gewalt hatte. Zumindest redete die Detektivin sich das ein.

Was konnte sie noch tun, um Gregor das Auffinden ihrer Person zu erleichtern? Der Sender! Schnell sprang sie die Treppe hinunter und begab sich in die Garage. Dort nahm sie den Sender, tauschte vorsichtshalber die Batterien gegen neue aus, schaltete ihn ein und verstaute ihn unter der Sitzbank ihres Motorrades. Dann nahm sie den Empfänger aus dem Auto und brachte ihn hinauf ins Büro, wo sie ihn auf den Schreibtisch legte. Als Nächstes erweiterte sie ihre Zusammenfassung um eine Beschreibung zum Gebrauch des Gerätes. Dazu würde sie später noch angeben, in welche Gegend sie gefahren war. Außerdem schrieb sie dazu, dass sie weitere Informationen, die sie unterwegs eventuell erlangte, auf den Anrufbeantworter ihres eigenen Festnetzanschluss sprechen würde.

Einigermaßen zufrieden mit sich überlegte Sam, ob sie noch etwas tun konnte. War es überhaupt clever, alles im eigenen Haus auf dem Schreibtisch zu lassen? Wenn sie in Brunos Hände geriet, würde er eventuell ihr Haus durchsuchen, alles finden und beiseite schaffen. Sie musste das noch einmal überdenken und umplanen. Kurz entschlossen rief sie, wieder vom Dachboden aus, Mia an, ließ sich von ihr eine Emailadresse geben, und schickte dorthin die Nachricht für Gregor. Es dauerte eine Weile, denn Sam kam mit den Programmen von Linux nicht zurecht. Ihr Emailprogramm war nicht vorhanden. Am Ende loggte sie sich über den Internetbrowser in ihren web.de-Account ein und schickte den Text von dort an Mia.

Sollte Sam später unterwegs noch zusätzliche Neuigkeiten haben, würde sie es per SMS an Mia weiterleiten. Die Idee mit den Nachrichten auf dem Anrufbeantworter war schon deswegen nicht schlau, weil dies eine eventuelle Abhöranlage von Bruno aufzeichnen würde.

Um keinen Hinweis für Bruno zu hinterlassen, zerriss Sam die zuvor ausgedruckten Dokumente und warf sie in den Karton mit dem

Altpapier. Eigentlich war sie froh über das Hin und Her, denn letztlich schlug sie damit auch Zeit tot. Zeit, die sie sonst zum Nachdenken und Grübeln haben würde. Bruno hatte ihr gesagt, dass sie sich heute Nacht ausmalen solle, was er alles mit Nika und ihr anstellen würde, daher rechnete sie nicht vor dem nächsten Morgen mit einem Anruf des Mannes. An Schlafen war nicht zu denken, denn sie würde kein Auge zukriegen. Auf der anderen Seite musste sie ausgeruht sein, wenn sie auf ihn traf.

Hatte sie die Möglichkeit, ihm irgendwie eine Falle zu stellen? Oder irgendwelche Waffen an ihrem Körper zu verstecken? Aber was, wenn er sie fand? Wenn sie die Strafen dafür selbst zu spüren bekäme, dann konnte sie sicher damit leben, aber der Gedanke, dass er es an Nika auslassen konnte, war unerträglich. Also keine Waffen.

Nachdem sie noch eine Weile erfolglos hin und her überlegt hatte, ging sie in den Trainingsraum und trainierte eine halbe Stunde. Am liebsten hätte sie noch weiter gemacht, aber sie durfte nicht ihre ganze Kondition schon im Training verbrauchen. Sollte Bruno sich noch in der Nacht melden, würde sie ausreichende Reserven haben müssen. Nass geschwitzt legte sie sich aufs Bett. Da sie einen eventuellen Anruf nicht verpassen wollte, ging sie nicht duschen. Ihre Gedanken kreisten von Jan zu der Pension, von dort zu Gregor, und am Ende zu Nika. In was hatte sie das arme Mädchen nur hineingezogen?

Das Handy klingelte, und zwar auf der Nummer, die Bruno nicht kannte. Vielleicht hatte jemand den Jetta gesehen! Das Display zeigte einen unbekannten Anrufer. Aufgeregt raste Sam auf den Dachboden und nahm das Gespräch an.

„Sie suchen einen roten Jetta?“, kam eine Stimme, die leise gehalten wurde.

„Den suche ich dringend.“

„Wissen Sie, wo das Main-Taunus-Zentrum ist?“

„Ja, das weiß ich.“

„Kommen Sie so schnell wie möglich dahin. Ich werde vor dem Kinopolis auf Sie warten und Ihnen zeigen, wo er steht. Sie erkennen mich an einer dunkelblauen Baseballmütze.“

„Steht der Jetta draußen auf dem Parkplatz oder in dem Parkhaus?“, fragte Sam.

„Ich muss Schluss machen. Beeilen Sie sich, sonst ist er weg.“

Das Gespräch war zu Ende. Sam war mit drei Sätzen unten. Sie hielt sich nicht damit auf, ihre verschwitzte Kleidung auszuziehen. Sollte die Erkältung doch kommen, es war ihr egal. Lediglich die Trainingshose tauschte sie gegen die Motorradhose aus. Dabei entschied sie sich für ihre alte, schwarze Kleidung, denn mit weißem Leder befürchtete sie zu sehr aufzufallen. Die passende Jacke zog sie einfach über das, was sie gerade am Leib trug. Gehetzt schrieb sie noch einen Zweizeiler per Email an Mia, um mitzuteilen, dass sie von einem Unbekannten die Information bekommen hatte, dass sie den Jetta am MTZ finden würde.

Fünf Minuten nach dem Gespräch fuhr sie ihre Kawasaki aus der Garage, nachdem die Maschine gerade noch mit dem letzten Funken aus der Batterie angesprungen war. Das Tor ließ sie offen und hielt sich, ganz entgegen ihrer Gewohnheit und Überzeugung, nicht mit dem Warmfahren des Motors auf. Mit halsbrecherischen Überholvorgängen jagte Sam über die Landstraße.

Plötzlich fiel ihr ein, dass sie nicht bemerken würde, wenn das Handy klingelte. Selbst das Vibrieren würde sie nicht durch das dicke Leder spüren. „Sei erreichbar“, hatte er gesagt. Ihr wurde heiß unter dem Helm. Wenn er just in diesem Moment anrufen würde, hätte Sam mit ihrer Aktion Nika ernsthaften Schaden zugefügt. Auf dem mehrspurigen Teil der B8 hielt sie an, riss sich hektisch den dicken Handschuh von der rechten Hand, und tastete in der rechten Reißverschlusstasche nach dem Handy, dessen Nummer Bruno hatte. Es zeigte keinen verpassten Anruf. Zum Glück!

Die Detektivin öffnete die Jacke und stecke das Gerät zwischen Nierengurt und Bauch. Dort würde sie den Vibrationsalarm auch beim Fahren spüren. Dann zog sie sich wieder an und fuhr das letzte Stück zu dem großen Einkaufszentrum. Erst überlegte sie, ob sie ihre Maschine direkt am Kino hinstellen sollte, notfalls mit eingeschalteter Warnblinkanlage, einfach am Fahrbahnrand. Das aber, so entschied sie, würde zuviel Aufsehen erregen, daher stellte sie das Motorrad ein Stück weiter auf dem Parkplatz ab.

Den Helm in der Hand beeilte sie sich, zum Kino zu kommen, vor dem, wie fast immer am Abend, eine lose Ansammlung von Menschen war. Schon als sie auf der anderen Straßenseite auf eine Lücke im Verkehr wartete, hielt sie Ausschau nach einer Person mit einer Baseballmütze. Zunächst fand sie niemanden, und einen Augenblick lang dachte sie, dass man sich einen Spaß mit ihr erlaubt hatte. Doch als sie endlich die Straße überqueren konnte, sah sie einen Jugendlichen, der gerade aus der gläsernen Tür des Kinos herauskam. Er trug eine solche Mütze. Nachdem er sich etwas Abseits gestellt hatte, schien er zu warten. Im Laufschritt näherte Sam sich dem jungen Mann, der sie jetzt auch bemerkt. Als sie ihn erreichte, blickte er sich ängstlich um, bevor er fragte: „Sind Sie Sam?"

„Das bin ich. Wo steht er?"

Einen Moment lang sah der etwa Sechzehnjährige sie ernst an, dann drehte er sich um. Im Hintergrund sah Sam eine Clique junger Leute, die interessiert ihre Blicke auf sie richteten. „Das ist sie!", rief der Junge. Plötzlich brachen die anderen in schallendes Gelächter aus. Der Rädelsführer drehte sich wieder zu Sam. „Wie blöd muss man eigentlich sein, um seine Telefonnummer über einen Chat öffentlich weiterzugeben?" Jetzt prustete er vor Lachen.

Sam wäre am liebsten im Erdboden versunken. Selten hatte sie sich so blamiert gefühlt. Sie war von ein paar Jugendlichen vorgeführt worden. Das Schlimmste war: Der Junge hatte verdammt Recht!

Voller Wut drehte sich die Detektivin um und rannte zu ihrem Motorrad. Gerade, als sie es erreichte, meldete sich ihr Handy. Es war die Nummer, die Bruno nicht kannte.

„Ja", meldete sie sich schnell.

Die Stimme eines älteren Mannes fragte: „Willst du wissen, wo der Jetta ist?"

Vielleicht hatte sie doch Glück! „Ja", antwortete sie kurz.

„Sie haben Glück, dass ich von Ihrer Suche erfahren habe, denn ich bin gerade im Urlaub. Der Wagen ist hier in Madrid. Ich sitze in einem Café und er steht direkt auf der Straßenseite gegenüber."

Madrid? Wie lange war Nika verschwunden? Ohne zu fragen, ob der Mann noch bei Sinnen war, drückte Sam das Gespräch weg. Die Idee, die ihr so toll erschienen war, erwies sich als unbrauchbar und unsinnig. Sie hatte sich damit mehr Ärger eingehandelt als sie Nutzen davon haben würde.

Sam versteckte die Zornesröte unterm Helm, bestieg ihre Kawasaki und war einem regelrechten Wutanfall nahe, als ihr Fahrzeug beinahe nicht angesprungen wäre. Offenbar war die Batterie endgültig kaputt und lud kaum noch beim Fahren. Im allerletzten Moment, als Sam schon dachte, dass der Starter gar nicht mehr drehen wollte, sprang der Motor doch noch an und sie fuhr los. Auf dem Weg nach Hause war sie fast noch schneller unterwegs als zum Main-Taunus-Zentrum.

Als sie wieder in ihrem Arbeitszimmer saß, brauchte sie eine Weile, um wieder herunter zu kommen. Dann fraß sich die Sorge um Nika weiter in ihre Seele. Es war so entsetzlich, tatenlos herumsitzen zu müssen. Doch was konnte sie schon tun? Sie war auf die Hilfe Anderer angewiesen, und wie es aussah würde diese Hilfe nicht kommen. Gab es denn nichts, was sie selbst tun konnte? Aber wo sollte sie ansetzen? Sie hatte nicht einmal … doch! Hatte sie!

Sorghardt hatte ihr im Auto den Straßennamen von Brunos Wohnung genannt. Selbst wenn er nicht dort zu finden war, so konnte es dort Hinweise geben. Der Mann würde sich mit seiner Gefangenen kaum in der Öffentlichkeit aufhalten. Vielleicht war in seiner Wohnung etwas zu finden, das auf sein Versteck hinwies. Über Google Maps suchte sie sich die Waitzstraße heraus. Der Polizist hatte zwar keinen Ort dazu genannt, aber da das Kennzeichen des Fahrzeuges aus Frankfurt war, musste die Adresse ebenfalls dort liegen. Schnell erkannte Sam, dass die Straße im südlichen Bornheim lag, zwischen Ostbahnhof und Ostpark. Erneut ließ sie Mia eine Nachricht zukommen. Dann machte sie sich auf den Weg, ohne die geringste Idee, wie sie in die Wohnung des Mannes kommen würde.

37 | Aussichtslos

Bevor sie das Motorrad abstellte, war sie zunächst die ganze Straße durchgefahren. Ebenso die nächstgelegenen Quer- und Parallelstraßen. Immerhin konnte es sein, dass er doch zuhause war. Doch den roten Jetta konnte sie nicht entdecken. Trotzdem würde Sam vorsichtig sein. Vielleicht hatte Bruno das Auto abgestoßen und benutzte nun ein anderes. Nachdem sie ihren Helm abgezogen hatte, lief sie los. Zum Glück war es eine recht kurze Straße. Da sie die Hausnummer nicht kannte, würde sie sich sämtliche Klingeltafeln ansehen müssen. Dabei hoffte sie inständig, dass der Mann seinen Namen an der Klingel stehen hatte.

Sie stand gerade vor dem dritten Klingelfeld, als ein Anruf einging, wieder auf der Nummer, die sie im Chat öffentlich gemacht hatte. Ihr Enthusiasmus war verflogen, und so ließ sie sich Zeit mit dem Rangehen.

„Ich habe ihn gefunden!“, rief eine junge, weibliche Stimme.

Sam war vorbereitet. „Bist du sicher, dass es der blaue Jetta ist?“, fragte sie.

„Ja, ganz eindeutig! Er trägt auch das Nummernschild.“

Die Detektivin wollte sicher gehen. „Ist es nicht zu dunkel um zu erkennen, dass er blau ist?“

„Er steht unter einer Laterne. Ich stehe mit meinem Auto direkt hinter ihm. Er ist es! Ganz eindeutig!“

Ohne noch etwas zu sagen legte Sam auf und steckte das Handy ein. Die Telefonaktion war mit Abstand die übelste Idee, die sie jemals hatte.

Sie setzte ihre Suche fort. Nachdem sie sämtliche Häuser der einen Straßenseite abgeklappert hatte, nahm sie sich die andere Seite vor. Ihre Befürchtungen, dass Bruno vielleicht keinen Namen an der Klingel stehen hatte, bewahrheiteten sich nicht. Schließlich stand sie vor seinem Haus. In der mittleren Reihe der Klingeltafel stand eindeutig Bruno Kaufling.

Sams Atmung beschleunigte sich bei diesem kleinen Erfolg. Doch das größte Problem kam erst noch: Wie sollte sie zunächst ins Haus, und dann in Kauflings Wohnung kommen?

Sie drückte einen der obersten Klingelknöpfe. Nachdem sie eine Minute vergeblich auf eine Reaktion gewartet hatte, versuchte sie es mit dem nächsten. Diesmal dauerte es nur wenige Sekunden, bis eine ältere Herrenstimme aus der Gegensprechanlage zu vernehmen war: „Wer ist da?“

„Bitte entschuldigen Sie vielmals, dass ich um diese Zeit noch bei ihnen klingle, aber ich habe den Haustürschlüssel vergessen. Würden Sie mich bitte hereinlassen.“

Ein paar kaum verständliche Worte erklangen, die Sam einmal bedeuteten, das nächste Mal ihren Schlüssel mitzunehmen, und zum anderen einige Verwünschungen darstellten. Trotzdem ertönte das Summen des Öffners. Schnell drückte Sam die Tür auf. In dem Treppenhaus schaltete sie das Licht an. Warum sollte sie im Dunkeln hoch laufen? Der nette Mann mit seinen Verwünschungen hatte ihr offenbar geglaubt, dass sie im Haus wohnte. Hätte sie nun das Licht ausgelassen, wäre er vielleicht argwöhnisch geworden.

Zwei Stockwerke höher fand sie die Tür, die dem Namensschild nach zu Bruno Kauflings Wohnung gehörte. So weit, so gut.

Wie konnte sie nun feststellen, ob der Mann zuhause war? Warum eigentlich nicht klingeln? Was würde im schlimmsten Fall passieren? Er würde die Tür öffnen. Wenn sie sich so hinstellte, dass er sie nicht sehen konnte, wäre es sogar das perfekte Szenario, denn dann würde sie ihn mit Unterstützung des Überraschungsmoments schnell überwältigen können.

Andernfalls, wenn er gar nicht erst öffnete, würde er auch nicht wissen, dass Sam es war, die Einlass begehrte. In jedem Fall würde sie hören können, ob sich in der Wohnung etwas regte. Also drückte sie auf den Knopf und hörte einen Dreiklangton aus der Wohnung. Dann ging sie in die Hocke und legte ihr Ohr an die Tür. Sollte der Mann da sein und durch den kleinen Spion schauen, würde er sie nicht entdecken können. Sobald er aber die Tür öffnete, würde Sam einen schnellen Angriff von unten starten können.

Jetzt durften nur die Nachbarn nicht ihre Wohnung verlassen oder durch den Spion in ihrer Wohnungstür sehen.

Sam wartete lange, aber hinter der Tür gab es nicht den leisesten Laut. Irgendwann ging das Treppenhauslicht aus.

Wie sollte sie nun weiter machen? Die Tür hatte alt ausgesehen, dennoch war Sam nicht sicher, ob ihr ein energischer Tritt reichen würde, um sie zu öffnen. Außerdem wäre das so laut, dass sämtliche Hausbewohner es hören mussten. Irgendwer würde die Polizei anrufen. Sie war keine Meisterin des Einbruchs. Als Jugendliche hatte sie mit ein paar anderen Heimkindern den Kreditkartentrick geübt. Tatsächlich war es bei manchen Türen gar nicht so schwer, sie mit Hilfe einer kleinen Plastikkarte zu öffnen – sofern die Tür nicht verriegelt war. Wie groß war die Chance, dass Bruno seine Tür einfach nur hinter sich zugezogen hatte? Fünfzig-fünfzig schätzte Sam. Da sie sowieso keine Alternative hatte, musste sie es wenigstens probieren.

Ohne das Licht anzumachen, stopfte sie die Motorradhandschuhe in den Helm und legte diesen auf den Boden. Dann holte sie ihre Brieftasche heraus und tastete nach den Karten. Die mittlere auf der linken Seite war ihre ADAC-Karte. Diese hatte ohnehin keine Gültigkeit mehr, da sie die Mitgliedschaft gekündigt hatte. Nachdem sie viele Jahre die Beiträge gezahlt hatte, ohne den ADAC auch nur ein einziges Mal zu benötigen, war ihr die Ausgabe unnötig erschienen.

Vorsichtig tastete sie nach dem Schlüsselloch, um die Höhe des Schlosses zu ermitteln. Bei einer modernen Tür hätte sie sich keine Chance ausgerechnet, doch hier konnte sie Glück haben. Langsam schob sie die Karte zwischen Tür und Rahmen. Wenige Millimeter später stieß sie auf ein Hindernis. Sie war an einem Knick angekommen. Mit fiel Gefühl versuchte sie die Karte nun um die Ecke zu drücken. Dafür hielt sie sie etwas schräg, damit zunächst nur die abgerundete Ecke um die Biegung musste.

Das laute Geräusch der sich öffnenden Haustür ließ sie zusammenfahren. Kurz darauf ging das Licht an, und laut sprechende Menschen kamen die Treppe hoch.

Schnell griff sie ihren Helm und stieg ein weiteres Stockwerk hinauf. Dabei war sie dankbar für die Lautstärke der herumalbernden Leute, die sich ihr näherten. Mit ihren Motorradstiefeln war sie nämlich nicht besonders leise.

Irgendwo wurde eine Tür aufgeschlossen. Die Stimmen wurden leiser, und mit einem entsetzlich lauten Knall warf jemand die Tür zu. Es hallte noch einen Moment durchs Treppenhaus, dann war es wieder still.

Langsam schlich sie wieder runter und legte den Helm ab. Dann schob sie die Karte erneut in den winzigen Spalt an der Tür, nachdem sie noch einmal die Höhe überprüft hatte. Es war wichtig, so nahe wie möglich an der Türfalle zu sein, denn sobald sie das Plastik weit genug hineingeschoben hatte, musste sie es mit einem Ruck nach oben ziehen und hoffen, dass es die Falle kurzzeitig aufdrückte. Gleichzeitig würde sie mit dem Knie gegen die Tür drücken, damit sie nicht sofort wieder zuschnappte.

Es dauerte eine Weile, dann spürte sie, wie die Karte um die Ecke ging. Sie konnte sie ein ganzes Stück weit hineindrücken. Jetzt war es soweit. Das Knie an der Tür, zog sie die Karte heftig nach oben. Eindeutig hörte sie, wie die metallene Falle sich bewegte, aber offenbar nicht weit genug. Mit einem lauten Klacken rastete sie wieder in die Ausnehmung des Schließblechs ein.

Sams Herz begann zu pochen. Hatte jemand den Krach gehört? Sie hielt den Atem an und lauschte, doch es blieb still.

Hatte sie die Türfalle des Schlosses nicht weit genug aufgedrückt, oder hatte Bruno die Tür abgeschlossen? Wenn Letzteres der Fall war, dann konnte sie die ganze Nacht versuchen, die Tür zu öffnen, ohne dass sie es schaffen würde.

Sam beschloss, sich drei Versuche zu gönnen. Wieder schob sie ihre ADAC-Karte in den Schlitz. Jetzt bekam sie das Plastik schneller um die unsichtbare Ecke, da die Karte durch die letzte Aktion schon etwas vorgebogen war. Diesmal versuchte sie, noch weiter hinein zu kommen als zuvor. Für diesen Versuch ergriff sie die Karte mit beiden Händen: Die eine sollte nach oben ziehen und die andere dafür sorgen, dass sie bei der Bewegung die Karte nicht versehentlich weiter aus der Tür herauszog. Ihr Knie drückte jetzt nicht ganz so fest wie vorher, denn Sam befürchtete, dass ein zu hoher Druck die Falle fest gegen den Rahmen drücken und somit schwergängiger machen würde.

Ein Ruck, ein Klicken, ein angespannter Moment, dann gab die Tür nach. Sie hatte es geschafft!

Ohne zu lauschen, ob vielleicht jemand wegen des Geräusches seine Wohnung verließ, um nach dem Rechten zu sehen, stahl Sam sich in die Wohnung und schloss schnell die Tür hinter sich. Erst jetzt horchte sie. Im Treppenhaus war es still. Eine gute Minute wartete sie, ohne etwas hören zu können.

Dann wurde ihr der Fehler bewusst. Sie hatte den Helm draußen liegen lassen. Ein Blick durch den kleinen Spion zeigte ihr, dass im Treppenhaus noch immer kein Licht war. Vorsichtig öffnete sie die Tür, griff nach ihrem Helm, und schloss die Tür leise wieder.

Gut. Nein, schlecht! Sie hatte vergessen, eine Taschenlampe mitzunehmen! Einmal abgesehen davon, dass sie nicht wusste, wonach sie suchen sollte, würde sie ohne Licht definitiv nichts finden.

Ärger stieg in ihr auf. Wie konnte man so unfähig sein?

Aber sich Vorwürfe zu machen brachte auch nichts. Sie musste nachdenken, was am besten zu tun war. Sprach überhaupt etwas dagegen, das ganz normale Licht anzuschalten? Das würde sicher weniger auffallen als der Lichtkegel ihrer Stablampe.

Und wenn die Nachbarn wussten, dass Bruno nicht zuhause war? Jemand konnte das Licht bemerken. Und dann? Würden sie nicht erst klingeln, um zu fragen, ob er wieder da sei?

Verdammt, sie hatte keine Zeit lange nachzudenken. Alleine ihr Kommen barg das Risiko, dass Bruno es an Nika auslassen würde. Wenn Sam untätig herumsaß, würde es damit enden, dass der Mann sowohl Nika als auch sie umbrachte.

Sie tastete nach dem Lichtschalter, und nach einem tiefen Atemzug betätigte sie ihn. Sam stand in einem kleinen Flur. Linker Hand blickte sie in eine unaufgeräumte Küche, rechts von ihr vermutete sie das Badezimmer, denn die verschlossene Tür hatte im unteren Bereich billige Lüftungsschlitze aus weißem Plastik. Der letzte Raum, den man vom Flur aus betreten konnte, war direkt vor ihr. Mit drei Schritten war sie dort und schaltete ohne zu zögern auch dort das Licht ein. Es war ein spärlich eingerichtetes Wohnzimmer. Die blaue Eckcouch wirkte extrem einnehmend gegen den kleinen Tisch. Die billige, schwarze Anrichte und der nur zweitürige, ebenfalls schwarze Kleiderschrank hatten so viele Gebrauchsspuren, dass Sam sie sich besser auf dem Sperrmüll vorstellen konnte.

Auf der linken Seite gab es am Ende des Zimmers einen türlosen Durchgang. Neugierig sah Sam nach, was sich dahinter befand. Sie vermutete, dass es sich um eine kleine Schlafnische handelte, wurde aber eines Besseren belehrt. Der Größe nach war es zwar vermutlich genau zu diesem Zweck gedacht, wurde aber offenbar als Arbeitszimmer benutzt. In dem beengten Raum gab es einen schmalen Schrank sowie zwei nebeneinander stehende Schreibtische. Die Furnierungen dieser drei Teile, die farblich nicht zusammenpassten, waren an vielen Stellen beschädigt. Wahrscheinlich hatte Bruno Kaufling nach seiner Haftentlassung die Wohnungseinrichtung aus gebrauchten Möbeln zusammengestellt.

Auf einem der Schreibtische stand ein Desktop-PC mit Monitor und Tastatur, auf dem anderen befand sich lediglich ein Drucker. Daneben lagen unordentlich viele Papiere und geöffnete Briefumschläge. Hier fing Sam mit ihrer Suche an. Dabei verschwendete sie keinen Gedanken an Fingerabdrücke, denn was sollte Bruno Kaufling schon tun? Sie anzeigen?

Das meiste waren Rechnungen für Strom, Telefon, Autoversicherung und ähnlichem. Dazwischen lagen Werbeprospekte, kostenlose Tageszeitungen, sowie zwei von Hand adressierte Briefe. Die konnten eventuell hilfreiche Informationen enthalten. Sam beförderte aus dem ersten Umschlag ein kariertes Blatt Papier, welches mit einer weit ausladenden Handschrift beschrieben war. Schnell erkannte Sam, dass der Brief von einem ehemaligen Mithäftling verfasst worden war, der die Zustände im Gefängnis beklagte. Nichts an dem Inhalt wies irgendwie auf Brunos derzeitigen Aufenthaltsort hin.

Die Detektivin hielt sich nicht damit auf, den Brief wieder in den Umschlag zu stecken, sondern nahm sich den zweiten vor. Sie staunte nicht schlecht, als sie feststellte, dass der Brief von Barbara war. In dem Brief erklärte sie, dass sie nichts mit ihm zu tun haben wollte, und er sie in Ruhe lassen sollte. Interessanterweise war der Brief ziemlich freundlich geschrieben, nicht wie der Brief, den Sam ihm geschrieben hätte. Auch diesen Brief steckte sie nicht wieder in seinem Umschlag, merkte sich aber die Absenderadresse. Vielleicht würde sie Barbara einmal kontaktieren und sehen, was aus ihr geworden ist.

Sie blickte sich um. Ein Schreibtisch hatte eine einzelne schmale Schublade, der andere vier übereinander liegende. Sam fing bei der einzelnen an. Erneut hatte sie alle möglichen Papiere vor sich, die sie gesamtheitlich aus der Schublade nahm und auf den Schreibtisch legte. Obenauf waren zwei Strafzettel wegen zu schnellen Fahrens, darunter lag eine lose Blattsammlung. Das oberste Blatt ließ Sam ein großes Unbehagen verspüren, denn als Titel war mit dickem, schwarzem Edding draufgeschrieben: Samantha Veselkova. Das Blatt enthielt neben ihrer Anschrift, Telefonnummer und Emailadresse die Kennzeichen ihrer Fahrzeuge, diverse Gewohnheiten wie beispielsweise die häufige Anlieferung von Speisen durch einen Lieferdienst, sowie die Namen von Personen, mit denen sie in den vergangenen Wochen Kontakt hatte. Um Jans Name war ein roter Kreis gezogen worden, ebenso um Michaels und Nikas. Als sie das sah, zog sich Sams Magen zusammen. Jan war gestorben, Jan hatte einen roten Kreis. Michael hätte bei dem Unfall sterben können und hatte auch einen roten Kreis. Und Nika hatte einen roten Kreis.

Selbst Personen wie beispielsweise Frau Pranger waren aufgeführt, aber ohne zusätzliche Markierung.

Nachdem Sam eine Zeit lang auf das Papier gestarrt hatte, legte sie es ärgerlich weg. Es fiel ihr schwer, die Ruhe zu bewahren.

Das folgende Blatt enthielt einen Ausdruck von der Internetseite Immobilienscout.de. Es handelte sich um das Angebot eines Bauernhofs, welches allerdings über die gesamte Seite hinweg rot durchgestrichen war. Offenbar hatte irgendetwas nicht gepasst.

Auch die nächsten zwei Blätter waren Objektangebote, die scheinbar aus irgendwelchen Gründen nicht in Frage gekommen waren.

Als Sam ein weiteres Blatt begutachtete, fing ihr Herz an schneller zu schlagen. Wieder wurde ein Bauernhof angeboten, dieser war aber nicht durchgestrichen worden. Stattdessen hatte jemand mit dem dicken Edding einen großen Haken draufgemalt.

Sam kontrollierte die nächsten Seiten. Es gab 21-mal den gleichen Ausdruck, immer wieder vom gleichen Hof. Warum hatte Bruno sich das Blatt so oft ausgedruckt?

Sam versuchte, Unterschiede festzustellen. Es dauerte eine Weile, bis sie bemerkte, dass die Ausdrucke alle ein anderes Datum trugen. Scheinbar hatte Bruno sich das Angebot einmal pro Woche ausgedruckt. Das bedeutete, dass der Bauernhof seit mindestens fünf Monaten zum Verkauf stand, eventuell auch noch länger. War es das, was Bruno herausfinden wollte? Hatte er ein Objekt gesucht, das sich schwer verkaufen ließ? Bei dem er kaum mit ungebetenen Gästen zu rechnen hatte, weil sich niemand dafür interessierte?

Sam versuchte, sich in seine Lage zu versetzen. Bei sich zuhause eine Geisel zu halten wäre leichtsinnig gewesen. Aber wo konnte man unbemerkt eine Geisel unterbringen? Und wenn man etwas gefunden hatte, wo sollte man das Geld hernehmen, um eine zweite Miete zu bezahlen? Da wäre ein leerstehendes Objekt doch die optimale Lösung. Ein Hof, möglichst außerhalb einer geschlossenen Ortschaft, wo niemand so genau guckte, was damit passierte. Wem sollte schon auffallen, wenn sich jemand Zugang dazu verschafft hatte und das Haus für seine Zwecke missbrauchte? Das musste es sein!

Auf dem Blatt mit dem großen Haken war handschriftlich eine Adresse in Selters-Eisenbach eingetragen. Für Sam gab es keinen Zweifel daran, dass es sich um die zum Hof gehörende Anschrift handelte. Sie versuchte sich die Adresse einzuprägen und steckte den Zettel dann in ihre Innentasche. Dann nahm sie den Helm vom Schreibtisch, wo sie ihn zuvor abgelegt hatte.

Beim Durchqueren des Hauptzimmers dachte sie unnötigerweise daran, dass die Couch mit Sicherheit in ein Bett umfunktioniert werden konnte, denn ein Schlafzimmer hatte die Wohnung nicht. Schnell löschte sie die Lichter und ging zur Wohnungstür.

Draußen war es dunkel, und Geräusche gab es auch keine. Ohne Rücksicht auf die Lautstärke öffnete sie die Tür, machte das Treppenhauslicht an, zog vernehmlich die Tür hinter sich zu, und lief die Treppe nach unten. Wer sollte sich bei den gewöhnlichen Lauten, die auftraten, wenn jemand seine Wohnung verlässt, etwas denken?

Unbehelligt trat Sam auf die Straße und lief zu ihrem Motorrad. Schnell war sie angezogen und saß auf der Maschine. Bevor sie die Adresse von dem Zettel in ihr Motorradnavigationssystem eingab, drückte sie auf den Knopf zum Starten des Motors. Zweimal drehte sich der hubraumstarke Antrieb, dann ertönte nur noch ein Klicken. Die Batterie war endgültig am Ende.

Warum hatte sie sich noch immer nicht darum gekümmert? Es erschien ihr, als sei es der Tag der Fehler, denn sie machte heute einen nach dem anderen.

Wie sollte sie hier nun wegkommen? Ein Anruf beim ADAC wäre eine Möglichkeit gewesen – wenn sie die Mitgliedschaft nicht gekündigt hätte. Für die Zukunft sollte sie sich überlegen, dem Verein wieder beizutreten, aber für den Moment half ihr das nichts. Außerdem wusste sie gar nicht, wie lange sie auf den Notdienst gewartet hätte, da sie ja keine Erfahrung damit hatte. Aber sie schätzte, dass es durchaus eine Stunde dauern konnte, bis jemand kam. Im schlimmsten Falle sogar wesentlich länger.

Kannte sie vielleicht jemanden aus dieser Gegend? Sie überlegte. Nein. Ein paar Ecken weiter war die Sprachschule von Deborah, aber das half ihr auch nicht weiter. Die Sprachschule … da gab es doch jemanden … der Pfarrer! Um Himmels willen, sollte sie den Mann anrufen, den sie so vehement angegangen war? Sie hatte sich danach nicht bei ihm gemeldet, was ihren Stand bei ihm sicher nicht verbessert hatte. Würde sie ihn überreden können, ihr zu helfen? Es war ganz in der Nähe gewesen, als sie ihn getroffen hatte, und mit etwas Glück wohnte er nicht weit weg. Ein Versuch war es wert.

Nachdem sie ärgerlich den Helm wieder abgesetzt hatte, sah sie sich um. Wenn wenigstens ein paar Halbstarke auf der Straße herumlungern würden, dann hätte sie sich anschieben lassen können. Aber die Straße war leer.

In ihrer Brieftasche suchte sie nach der Karte des Pfarrers. Das erste Kärtchen, das sie zu Tage beförderte, war von ihrem Friseur. Sie versuchte es mit dem nächsten. Das war ein Volltreffer: *Pfarrer Ferdinand Klaussen*. Eine genaue Adresse stand nicht drauf, nur *Frankfurt Bornheim* und die Handynummer.

Hastig wählte sie die Nummer und hoffte, dass nicht sofort die Mailbox antwortete. Es klingelte eine Weile ins Leere. Irgendwann ertönte dann das Besetztzeichen. Sie drücke die Wiederwahl. Erneut dauerte es lange. Sam wollte schon aufgeben, als seine Stimme ertönte: „Wer stört zu später Stund?"

Oh je, sie rief offenbar äußerst ungelegen an. Mit der lieblichsten Stimme, zu der sie fähig war, sagte sie: „Guten Abend, Herr Pfarrer. Bitte entschuldigen Sie vielmals die späte Störung. Ich würde Sie nicht belästigen, wenn es nicht wichtig wäre."

„Wer spricht denn da überhaupt?"

„Ich bin die nette, junge Frau, der sie letztens freundlicherweise beim Radwechsel geholfen haben. Erinnern Sie sich?"

„Wie sollte ich jemanden vergessen, der kurz davor war, mich umzubringen? Und wenn Gott gewollt hätte, dass ich Sie nett finde, dann hätte er sie mir anders vorgestellt, finden Sie nicht?"

„Das mag sein, Herr Pfarrer, aber ich bin tatsächlich gar nicht so schlimm, wie es der erste Eindruck aussehen lässt."

„Wie auch immer, was möchten Sie überhaupt? Doch sicher nicht mich zu einem Kaffee einladen, um diese Zeit."

„Nein, in der Tat nicht. Herr Pfarrer, ich brauche Ihre Hilfe. Wohnen Sie zufällig dort in der Nähe, wo wir uns getroffen haben?"

„Sie brauchen meine Hilfe? Meinen Sie nicht, dass sie Ihr Guthaben bei mir bereits ausgeschöpft haben?"

Sie überlegte. Seine Stimme war eher abweisend. Mit versöhnlichen Worten alleine würde sie ihn nicht umstimmen können. Die ganze Geschichte wollte sie aber auch nicht erzählen, zumal er ihr vermutlich gar nicht glauben würde. Sie musste es anders probieren.

Mit der freien Hand blätterte sie durch die Scheine in ihrer Brieftasche. „Hören Sie“, sagte sie dann, „ich habe knapp 200 Euro bei mir. Wenn sie kommen und meine Batterie mit ihrem Auto überbrücken, dann spende ich dieses Geld Ihrer Kirche oder Ihrer Gemeinde, ganz wie Sie wollen.“

Die Antwort kam verzögert. „Es ist scheinbar wirklich dringend.“

„Ja, das ist es. Sehr dringend.“

„Wo sind Sie denn?“

„In der Waitzstraße.“

„Ich bin in zehn Minuten bei Ihnen. Kaufen Sie sich ein neues Auto, Ihr jetziges scheint Ihnen kein Glück zu bringen.“ Er beendete das Gespräch.

Sie stieg ab, bockte die Maschine auf den Hauptständer, und entfernte die Sitzbank, um später keine Zeit zu verlieren.

Der Pfarrer war bereits nach fünf Minuten da.

„Wollen Sie sich umbringen? So eine Höllenmaschine ist lebensgefährlich! Ich habe einmal einen Unfall auf der Autobahn beobachtet, bei dem so ein Ding unter die Räder gekommen ist.“

‚Oh nein, nur das jetzt nicht‘, dachte Sam. Sie hatte aber keine Zeit für eine Diskussion, deshalb sagte sie: „Ich bin Ihnen so unendlich dankbar, dass Sie gekommen sind. Ich erzähle Ihnen später gerne, warum es so eilig war, aber jetzt habe ich keine Zeit dafür. Hier ist das versprochene Geld für Ihre Kirche.“ Sie hielt ihm die Scheine hin, die er erst zwei Sekunden lang ansah, und ihr dann abnahm.

„Und dazu versprechen Sie mir, dass Sie wenigstens einmal zu meinem Gottesdienst kommen.“

Sam verdrehte die Augen und sagte: „Wenn ich Ihnen damit einen Gefallen tue.“

„Versprechen Sie es!“

„Ist ja gut, ich verspreche es. Würden Sie jetzt bitte Ihr Überbrückungskabel aus dem Auto holen?“

„Und Sie melden sich, ohne dass Sie ein Problem haben und wieder meine Hilfe brauchen!“

„Ja doch!“

„Diese Woche noch.“

„Das kann ich Ihnen nicht versprechen. Sagen wir, innerhalb der nächsten zwei Wochen.“

Er zuckte mit den Schultern und holte aus seinem Auto das Kabel. Nachdem er es ihr gegeben hatte, öffnete er seine Motorhaube, und gemeinsam schlossen sie die Kontaktklemmen an. Sams Kawasaki sprang mit der Kraft der Autobatterie sofort an. Die Detektivin zog das Kabel von den Batterien und legte es auf die Straße. Jetzt wollte sie keine weitere Zeit verschwenden.

„Ich schulde Ihnen was“, rief sie dem Pfarrer zu. „Vielen Dank. Sie glauben nicht, wie wichtig es war.“

Er antwortete irgendetwas, aber Sam hörte nicht mehr zu. Ihre Finger waren schon dabei, den Reißverschluss ihrer Jacke nach oben zu ziehen. Ihr Navi, in das sie die Adresse des Hofes eingegeben hatte, während sie auf Pfarrer Ferdinand Klaussen wartete, berechnete eine Entfernung von 69 Kilometern und prophezeite eine Fahrtzeit von 54 Minuten. Sie würde es in weniger als einer Dreiviertelstunde schaffen.

„Hören Sie mich überhaupt?!“, drang die Stimme des Pfarrers an ihre Ohren.

Sie drehte sich nun doch zu dem Mann. „Nicht böse sein!“, rief sie ihm zu und setzte den Helm auf. Das Letzte, was sie von ihm sah war ein Kopfschütteln. Dann rastete hörbar der Gang ein, und sie fuhr davon.

Auf der Fahrt zu dem kleinen Ort im Taunus machte sie sich keine Gedanken um das weitere Vorgehen, denn sie fuhr so schnell, dass ihre volle Konzentration der Straße galt. Bei Bad Camberg verließ sie die A3 und hielt sich auf der B8 Richtung Limburg. Kurz vor Niederselters, dem Ort, der einst dem weltweit bekannten Mineralwasser den Namen gegeben hatte, bog sie rechts ab. Während sie die B8 schon oft im Zuge von Motorradtouren gefahren war, hatte sie den kleinen Ort Eisenbach bisher nie bewusst wahrgenommen. Ihr Navi führte sie zielstrebig auf der anderen Seite des Ortes wieder heraus. Bald fand Sam sich auf einem schmalen, aber immerhin asphaltierten

Feldweg wieder.

Fast wäre sie an dem etwas zurückversetzten Hof vorbei gefahren. Im letzten Moment streifte das Licht ihres Scheinwerfers etwas Rotes, das sich hinter dem Einfahrtstor befand. Sams Herzschlag beschleunigte sich. Sollte sie Glück haben? Wurde hier Nika gefangen gehalten? In diesem Moment spürte Sam, wie ihr Handy in der Innentasche ihrer Jacke vibrierte. Verdammt! Schlechter Zeitpunkt. Was, wenn es Bruno war und sie nicht antwortete? Abrupt brachte sie das Motorrad zum Stehen und würgte es dabei absichtlich ab, um sich das Abstellen des Motors zu sparen. Dann riss die die Handschuhe von ihren Händen, ließ sie achtlos zu Boden fallen, und fummelte mit zittrigen Händen am Verschluss ihres Helmes herum. Noch immer spürte sie das rhythmische Vibrieren an ihrem Bauch. Er hatte also noch nicht aufgelegt. Endlich öffnete sich der Kinnriemen. Die Detektivin zog hastig den Helm vom Kopf und warf ihn achtlos in die Wiese, die sich rechter Hand neben ihr erstreckte. Mit fliegenden Fingern zerrte sie den Reißverschluss der Jacke nach unten und holte das Handy hervor. Ohne aufs Display zu schauen nahm sie das Gespräch mit einem gehetzten „Ja“ an.

„Was dauert denn da so lange, Samantha?“, kam Brunos vorwurfsvolle Stimme.

„Es tut mir leid, ich hatte das Handy in der Gesäßtasche und habe es nicht schnell genug herausgekriegt.“

„In der Gesäßtasche? Wo bist du?“

„Ich habe es im Haus nicht mehr ausgehalten, deshalb gehe ich ein wenig spazieren. Drinnen habe ich einfach keine Luft mehr bekommen.“

„So soll es auch sein, Samantha. Dir geht es nicht sehr gut, oder?“

„Nein, mir geht es nicht sehr gut.“ Innerlich atmete Sam auf. Sie hatte es gerade noch geschafft. Außerdem hatte sie eine Erklärung abgegeben, die ihr auch nützen würde, falls jetzt ein weiteres Auto vorbeifuhr, das Bruno unweigerlich hören würde.

Aus dem Lautsprecher kam ein hässliches Lachen. „Ich wollte mich dessen nur versichern. Deiner kleinen Freundin geht es übrigens auch nicht gut. Möchtest du wissen, was ich mit ihr gemacht habe?"

Am liebsten hätte Sam verneint, aber sie war sich nicht sicher, ob das die Antwort war, die er hören wollte. Sie zögerte ein wenig zu lange und Bruno herrschte sie an: „Gib mir gefälligst eine Antwort!"

„Ja, ich möchte es wissen", beeilte sie sich zu sagen.

Ein gehässiges Lachen. „Ich sage es dir aber nicht. Du kannst dich aber darauf verlassen, dass sie noch lebt, ein bisschen zumindest."

Sam war froh, dass er ihr keine Details gab. Es hätte sie wahrscheinlich nur gehemmt. Jetzt konnte sie sich wenigstens einreden, dass Nika noch nichts allzu Schlimmes passiert war.

„Dann lasse ich dich mal wieder alleine mit deinen dunklen Gedanken. Ich wollte mich nur versichern, dass du eine schlaflose Nacht hast. Ach ja, du sollst auch sicher sein, dass es deiner kleinen Freundin noch gut geht." Die Stimme entfernte sich etwas. „Schrei, Mädchen!"

Sam konnte einen Schlag hören, aber Nikas Stimme blieb aus. Dafür brüllte Bruno jetzt: „Du sollst schreien, du Hure!" Ein weiterer Schlag. Sam vermutete dem Geräusch nach, dass er Nika ohrfeigte. Die neuerliche Misshandlung hatte Erfolg, aber sicher nicht so, wie Bruno es sich gewünscht hätte, denn was Nika von sich gab, war kein Schrei. „Schrei doch selbst!", rief das Mädchen, und erntete damit einen weiteren Schlag.

‚Verdammt, Kleines, schrei doch!', dachte Sam verzweifelt.

Am anderen Ende wurde offenbar eine ganze Reihe von Hieben ausgeteilt, aber Nika schrie nicht.

„Dir werde ich helfen", vernahm Sam Brunos Stimme. Dann hörte sie, wie er ein Feuerzeug betätigte und daraufhin offenbar einen Zug von einer Zigarette nahm. „Mal sehen", sagte er, und gleich darauf gellte Nikas Schrei durchs Telefon. Er war markerschütternd, und Sam traten Tränen in die Augen.

„Deine kleine Freundin hat jetzt ein Brandmal auf dem Handrücken. Bis du kommst, werden es vielleicht noch mehr, und sicher auch an anderen Stellen. Ich muss jetzt Schluss machen. Deine kleine Freundin hat mich geärgert. Ich muss zusehen, dass sie lernt, höflich zu mir zu sein."

Damit war das Gespräch beendet. Sam brauchte eine Minute, um sich zu sammeln und wieder eine ruhige Atmung zu bekommen. Dann schob sie die Kawasaki an den Wegesrand ins Gras und stellte es dort ab. Den Helm und die Handschuhe hob sie auf und legte beides neben die Maschine. Dann ging sie den kurzen Weg bis zur Einfahrt des Grundstückes, die von einer einsamen Laterne beleuchtet wurde.

Als sie am Tor stand konnte sie ihn deutlich erkennen. Da stand er, der rote VW Jetta, und das Kennzeichen stimmte auch! So weit, so gut. Nun musste sie gut überlegen, wie sie weiter vorgehen sollte. Fehler durften ihr keine unterlaufen, denn ein einziger konnte ihr letzter sein – und der letzte für Nika.

Als erstes schrieb sie eine SMS mit den neusten Informationen an Mia. Dazu teilte sie ihrer Bekannten mit, dass sie die Abstände zwischen den Kontrollanrufen auf zwei Stunden verkürzen würde, denn jetzt ging es in eine heiße Phase.

Dann sah sie sich nach Überwachungskameras um, konnte aber keine entdecken. Dennoch hielt sie es für wenig clever, einfach durch den Haupteingang zu marschieren. Vielleicht konnte sie das Grundstück zur Hälfte umrunden und von hinten eindringen. Sie ging den Weg zurück, kam an ihrem Motorrad vorbei und lief in die Richtung weiter, aus der sie mit der Maschine gekommen war. Der Zaun des Grundstückes erstreckte sich rechter Hand über mehr als hundert Meter. Als er endete, wandte Sam sich nach rechts und lief weiter, nun an dem Zaun entlang, der sich in die neue Richtung zog. Sie ärgerte sich, weil sie keine Taschenlampe mitgenommen hatte. Auf der anderen Seite hätte der Schein einer Lampe hier auffallen können, sodass es ohnehin besser war, darauf zu verzichten. Immerhin gab die schmale Sichel des Mondes ein wenig Licht ab. Nach einer Weile konnte sie abermals nach rechts gehen, und lief jetzt parallel zu dem Weg, den sie zuvor entlang gefahren war. Als sie auf der Höhe des Hauses war, blieb sie stehen. Das Grundstück war lediglich mit Stacheldraht gesichert, der in Abständen von etwa vierzig Zentimetern mit drei Drähten gespannt war. Obwohl sie sich in dem Leder nicht so beweglich fühlte, schaffte Sam es problemlos, sich zwischen dem untersten und dem mittleren Draht hindurch zu bewegen, ohne das Leder ihrer Bekleidung einzureißen. Dann schritt sie quer über das Feld, welches sie von dem Haus trennte. Langsam ging sie auf das Gebäude zu, in dem sie noch immer kein Licht ausmachen konnte. Auch die Nebengebäude waren unbeleuchtet. Ob er am Ende gar nicht im Haus, sondern in einem der Ställe war? Oder war vielleicht gar niemand da? Konnte es möglich sein, dass Bruno das Auto gewechselt hatte, und jetzt mit einem ganz anderen Fahrzeug unterwegs war? Sam glaubte nicht wirklich daran. Dieses Haus war doch ideal für sein Vorhaben. Warum sollte er noch ein weiteres Objekt unterhalten? Nein, er würde hier zu finden sein.

Die Detektivin fragte sich, wie sie es an seiner Stelle gemacht hätte. Wo waren die Probleme des Mannes, und wie würde er sie lösen? Obwohl es so abgelegen war, musste er davon ausgehen, dass auf der Straße durchaus Menschen vorbeikommen konnten. Er brauchte also einen Raum, der gut schallisoliert war, damit es draußen nicht zu hören war, wenn jemand schrie. Entweder lag das Zimmer nach hinten raus, oder es befand sich im Keller. Da auch hinten in keinem Zimmer Licht zu sehen war, tippte Sam auf den Keller. Das würde ihr Eindringen ins Haus erleichtern. Trotzdem sollte sie vorsichtshalber damit rechnen, dass Bruno sich irgendwo anders im Haus aufhielt. Konnte es am Ende sogar sein, dass er an einem der Fenster stand und die Gegend überwachte? Wartete er womöglich auf sie? Aber wie hätte er wissen sollen, dass sie in der Lage war, ihn zu finden? Ganz ausschließen wollte Sam es aber nicht. Vorsichtshalber legte sie sich ins Gras und robbte langsam auf dem Bauch weiter. Ohne Nachtsichtgerät würde Bruno sie so nicht entdecken können, denn auf dieser Seite des Hauses war es einfach zu dunkel.

Es war mühsam, sich in der steifen Lederbekleidung so fortzubewegen, aber nach einer Weile erreichte sie unbehelligt eine Terrasse. Sie krabbelte an einem Tisch mit sechs Stühlen vorbei und gelangte zu einer gläsernen Tür. In dem Raum dahinter schien niemand zu sein. Offenbar war es eine Art Esszimmer, denn eine lange Tafel, deren Größe Sam als ausreichend für bestimmt zwölf Personen schätzte, nahm einen großen Teil des Platzes ein. Dazu gab es an der gegenüberliegenden Wand eine Anrichte. Rechter Hand war schemenhaft ein großer Schrank zu sehen. Weder Couch noch Sessel waren vorhanden. Ein vorsichtiges Drücken gegen die Tür zeigte Sam, was sie ohnehin vermutet hatte, nämlich dass sie verschlossen war.

Langsam schlich sie, dicht an die Hauswand gedrängt, zum nächsten Fenster. Ein Blick durch die Scheibe ließ nichts erkennen, denn hier fiel wegen einem nahestehenden Baum überhaupt kein Licht vom Mond hinein.

Sie ging in die Hocke und wollte unter dem Fenster hindurch krabbeln, als sie bemerkte, dass sich vor dem Fenster ein breiter Lüftungsschacht befand, der von einem Gitter überdacht wurde. Das Gitter war dafür gedacht, dass man drüber laufen konnte, daher waren die Abstände der einzelnen Streben so klein, dass sie ihre Finger nicht dazwischen quetschen konnte. Schade. Wäre sie in der Lage gewesen das Gitter heraus zu holen, hätte sie sich in den Schacht hinab lassen können. Vielleicht hätte es unten ein etwas leichter zu öffnendes Fenster gegeben.

Konnte sie das Gitter anders anheben? Sie brauchte irgendetwas als Werkzeug. Mit der rechten Hand tastete sie in der Tasche der Lederhose nach dem Motorradschlüssel und holte ihn heraus. Dann steckte sie ihn durch eine der zahllosen Öffnungen in dem Gitter und verkantete ihn. Vorsichtig versuchte sie ihn nun zusammen mit dem Gitter nach oben zu ziehen. Es bewegte sich etwas, aber noch nicht weit genug, um eine Hand darunter schieben zu können. Am meisten Angst hatte Sam davor, dass sie zu viel Krach machen könnte und Bruno aufmerksam wurde. Sie setzte etwas mehr Kraft ein, und das Gitter bewegte sich noch ein Stück nach oben. Es reichte immer noch nicht. Nun schien es zu klemmen. Die Detektivin wandte jetzt viel Kraft auf, um zum Ziel zu gelangen. Plötzlich war das Gitter frei, glitt schwungvoll nach oben, und entriss ihrer Hand den Schlüssel. Schnell versuchte sie mit der anderen Hand nachzufassen, doch sie sah so gut wie gar nichts und ihre Finger griffen ins Leere. Mit einem Scheppern fiel das Gitter zu Boden, und Sams Herz machte einen Satz. Danach begann es, heftig in ihrer Brust zu schlagen.

Bruno musste das Geräusch gehört haben. Oder vielleicht auch nicht? Konnte er orten, wo es hergekommen war? Minutenlang verharrte sie hockend in ihrer Position und horchte auf jedes noch so kleine Geräusch.

Nichts geschah. Kein Licht, das im Haus angegangen wäre, kein Rufen, keine Tür, die geöffnet wurde. Nichts. Sie hatte Glück gehabt. Ihr Herzschlag war trotzdem noch immer beschleunigt.

Mit aller Vorsicht hob sie das Gitter vollends beiseite. Dann tastete sie mit einer Hand in den Schacht hinein. Sie wollte ergründen, wie tief er war, doch die Länge ihrer Arme reichte nicht aus, um den Grund zu berühren. Ihre Finger glitten über die Kellerwand. Dort erfühlten sie eine Nische, die Sam einem möglichen Fenster zuordnete. Sie würde es einfach probieren müssen. Langsam ließ sie ihre Beine in die Öffnung gleiten. Dann rutschte sie vorsichtig immer weiter hinab, bis sie den Boden spürte. Nun stand sie bis zur Hüfte in dem Schacht. Da sie selbst ein sehr altes Haus hatte und wusste, welche Dinge normalerweise ausgetauscht und durch neue ersetzt wurden, war sie der festen Überzeugung, dass die Kellerfenster in einem recht maroden Zustand waren und sich leicht öffnen lassen würden. Wenn Bruno sich in diesem Haus befand, dann würde sie es schaffen, ihn zu überwältigen. Dachte sie.

Bis ihr eine plötzliche Umklammerung an beiden Fesseln einen jähen Schock versetzte. Wie von Schraubstöcken wurden ihre Beine festgehalten und im nächsten Moment unter ihrem Körper weggezogen. Sam verlor das Gleichgewicht, und ihr Kopf schlug hart auf die Kante des Gitterrahmens. Ihr wurde so schwarz vor Augen, dass sie eine deutliche Verdüsterung zur dunklen Nacht wahrnahm. Nur einen Lidschlag später wurde ihr schwindelig. Sie wehrte sich gegen die Ohnmacht so gut sie konnte – und verlor. Die Finsternis um sie herum wurde vollkommen, die Schmerzen an ihrem Hinterkopf verschwanden, und eine barmherzige Besinnungslosigkeit erfasste sie.

38 | Dunkel

Ihr Schädel wurde von einem Schmerz durchzogen, der seinen Ursprung irgendwo am Hinterkopf hatte. Außerdem tat ihr der Rücken weh, und ihre offenbar liegende Körperhaltung war unbequem. Bevor sie die Augen öffnete, versuchte sie sich gemütlicher hinzulegen. Allerdings ohne Erfolg. Die Hände waren auf dem Rücken zusammen gebunden, sodass ihre Bewegungsfreiheit stark eingeschränkt war. Außerdem war es kalt.

Rechts von ihr waren Geräusche, deren Ursprung sie nicht zuordnen konnte. Sie wollte gerade ihre Augen öffnen, als sich mit einem Klatschen etwas Eiskaltes, Flüssiges über ihren Körper ergoss.

Erschrocken riss sie die Augen auf, keuchte, hyperventilierte für ein paar Sekunden. Sie blickte direkt in eine nackte, helle Glühbirne, die über ihr an der rohverputzten Decke hing. Der Mann neben ihr hatte einen roten Eimer in den Händen. Das Gesicht des Mannes war von tiefer Genugtuung erfüllt.

Die Detektivin hätte ihn nicht wiedererkannt. Sie hatte ihn eher schmal in Erinnerung, jetzt aber spannte sich sein T-Shirt über mächtige Brustmuskeln, und die Oberarme zeugten von langem, hartem Training.

„Du wirst dich hier gefälligst nicht in eine Ohnmacht retten, kleine Samantha“, sagte er, während er den Wassereimer wegstellte.

Nun sah Sam an ihrem Körper hinab und bemerkte, dass sie nackt war. Während ihre Arme zur Bewegungslosigkeit verurteilt waren, hatte der Mann ihre Füße nicht gefesselt. Sie fror erbärmlich.

Am anderen Ende des Zimmers saß Nika. Auch sie war nackt und saß auf einem Stuhl. Dort wurde sie von dünnen Stricken gehalten. Ohne sich darum zu kümmern, dass Bruno sie mit einem Schlag zurückbefördern konnte, richtete Sam ihren Oberkörper etwas auf, um besser über ihre eigenen Füße hinwegsehen zu können. Bevor die Hand ihr Gesicht erreichte, stellte sie fest, dass die Fesseln um den gesamten Oberkörper von Nika gingen. Die Arme waren links und rechts am Körper fixiert, hatten aber keine zusätzlichen, eigenen Fesseln. Nikas linkes Auge wurde von einem Veilchen geziert, und am Mundwinkel auf der gleichen Seite klebte Blut. Ihr Körper schien ansonsten unversehrt. Die Beine waren in Höhe der Knöchel zusammengebunden, aber nicht am Stuhl befestigt.

Für mehr Eindrücke blieb Sam keine Zeit. Die große Handfläche landete auf ihrer Wange und warf sie zurück. Der Schmerz war erträglich, und der Aufprall wurde abgefedert. Unter ihr musste eine Matratze oder ein Polster sein.

„Wenn ich will, dass du deine kleine Freundin anschaust, dann sage ich es schon", erklärte der Mann. „Ich werde es wollen, nämlich damit du ansiehst, wie sie leiden muss. Deshalb habe ich sie extra geschont. Du sollst dabei sein, wenn ich mich mit ihr vergnüge."

Bei diesen Worten fiel Sam ein Stein vom Herzen. Wahrscheinlich hatte er mit Nika noch nicht allzu viel angestellt. Er hatte offenbar auch keine Erfahrung damit, Leute für eine Vergewaltigung zu fesseln, sonst hätte er die Beine nicht zusammen gebunden. Doch er war offenbar kein SMler, der tausend bessere Möglichkeiten gekannt hätte, um Nika so zu fixieren, dass man richtig viel Spaß mit und an ihr haben konnte. Zum Glück.

Jetzt musste sie sich überlegen, wie sie mit der Situation umgehen sollte. Das, was sie in der Pension abgezogen hatte, würde hier nicht funktionieren. Bei Bruno hatte sie es mit einem skrupellosen Mann zu tun, der, wie man an Jan gesehen hatte, selbst vor einem kaltblütigen Mord nicht zurückschreckte. Wahrscheinlich wusste er sowieso, dass man ihn früher oder später kriegen würde, also hatte er nichts mehr zu verlieren. Mit psychologischen Tricks war er nicht zu kriegen. Zumindest nicht mit solchen, die sie bei den Weicheiern angewandt hatte, die sich nur an wehrlosen, gefesselten Frauen vergreifen konnten und sich dann stark fühlten. Aber vielleicht konnte sie ihn ein wenig lenken. Scheinbar galt sein ganzer Lebensinhalt nur noch der Rache an Samantha. Eventuell konnte sie da etwas draus machen.

„Dann lege mal los", sagte Sam in provozierendem Tonfall. „Solange du sie nimmst und nicht mich."

„Oh, dich werde ich danach nehmen. Während ich deine kleine

Freundin nehme, kannst du dir ausrechnen, wie es ist, wenn ich in dir bin und du dich nicht wehren kannst."

„Wenn du Schlappschwanz überhaupt noch einen hochkriegst, kannst du mich ficken, wie du willst. Solange ich dir nicht deinen Schwanz lutschen muss, verstehen wir uns prima."

Sam war selbst überrascht, in welchem Plauderton sie das alles sagen konnte. Durch ihre diversen Kontakte waren die Vokabeln für sie nicht ungewöhnlich, aber die Situation hätte durchaus einen nervösen und ängstlichen Tonfall hervorbringen können.

„Und wie du ihn lutschen wirst, kleine Samantha", antwortete er fröhlich. „Und wenn du so eine Schlampe bist, dass deine kleine Freundin dir egal ist, kann ich auch gleich mit dir anfangen. Am besten mit dem, was du am wenigsten magst."

„Mache dir keine Hoffnung, mein Mund bleibt geschlossen."

Innerlich wehrte Sam sich gegen diese Worte, denn sie wusste, dass sie ihn dazu bringen würde, ihr verdammt weh zu tun. Aber sie musste seine Aufmerksamkeit auf sich ziehen, ihn provozieren. Zwar würde sie ihn mit keinem Trick der Welt dazu kriegen, sie loszubinden, aber mit etwas Glück war er nicht allzu intelligent und würde ihr Spiel nicht durchschauen. Wenn er clever war, würde es allerdings ein Schuss nach hinten sein.

„Monika", sprach er nun das Mädchen an. „Willst du deine Freundin mal schreien hören? Ich meine, nicht nur so ein bisschen, sondern richtig laut schreien? Pass auf!"

Er wandte sich an Sam. „Und wie du deinen Scheißmund aufmachen wirst, wenn ich das will!"

Dann drehte er sich um und ging zur Tür, während Sam ihn mit ihren Blicken verfolgte. Er hakte einen Karabiner aus der Türklinke aus. Erst jetzt nahm Sam die dort angebrachte Konstruktion wahr. Der Karabiner war mit einer Kette verbunden, die nach oben führte, und dort über eine Umlenkrolle zu einem an der Decke angebrachten Vorschlaghammer.

Vorsichtig hängte Bruno den Karabiner in einen Haken an der Wand. Während der ganzen Aktion stand er neben der Tür. Sam begriff, dass der riesige Hammer herunter fahren würde, wenn man zu sehr an der Kette zog. Genau das würde passieren, wenn jemand die Tür öffnete, während der Karabiner an der Klinke eingehängt war. Vermutlich war der Vorschlaghammer so angebracht, dass er direkt auf die dann offene Tür zuschnellen und einen Eindringling erschlagen würde.

Der Mann öffnete die Tür und verließ den Raum. Hinter sich schloss er die Tür wieder und man hörte, wie sich seine Schritte entfernten. Sam hob den Oberkörper. „Bist du einigermaßen okay?", fragte sie leise.

„Ich habe so eine Scheißangst", sagte Nika mit bebender Stimme. „Aber sonst bin ich in Ordnung. Er hat mich zweimal geschlagen und einmal mit einer Zigarette verbrannt."

Erleichtert atmete Sam auf. Er hatte das Mädchen also noch nicht vergewaltigt.

„Wie hast du uns gefunden?", wollte Nika wissen.

„Später. Höre jetzt genau zu. Wir müssen ihn etwa vier Stunden beschäftigen. Wenn ich nicht in knapp zwei Stunden eine Bekannte von mir anrufe, benachrichtigt sie die Polizei und leitet einige Informationen von mir weiter. In meinem Motorrad, das hier vor dem Tor steht, ist ein Peilsender. Sobald die Polizei den Empfänger von meinem Haus geholt hat, werden sie uns nach einer Weile finden. Also: Ich versuche ihn für einen Moment unschädlich zu machen. Es wird nicht für lange sein, aber vielleicht reicht es. Sobald du merkst, dass ich es geschafft habe, stehst du mit dem Stuhl auf und wirfst dich mit aller Macht rückwärts gegen die Wand, auf den Boden, oder sonst irgendwo gegen. Du musst erreichen, dass der Stuhl zerbricht. Wenn er nicht mehr stabil ist, lockern sich hoffentlich die Seile um deinen Körper. Sind erstmal deine Arme befreit, kannst du die Fußfesseln los machen und dich dann um mich kümmern."

„Ich weiß nicht, ob ich das kann, Samantha."

„Aber ich weiß, dass du es kannst."

„Ich bin nicht so eine coole Frau wie du."

„Ach was, ich finde, dass du noch viel cooler bist als ich. Wie du dich bei mir eingeschlichen hast, war schon eine tolle Nummer."

Sam lächelte und ihr Gesicht schmerzte dabei. Vermutlich leuchtete ihre Wange in einer gelungenen Mischung aus rot und blau.

„Keine Ahnung. Ich habe Angst, Samantha. Wenn er da ist, dann bin ich wie gelähmt."

Sam musste unbedingt sicherstellen, dass sie sich auf Nika verlassen konnte. Ihre eigenen Hände waren auf dem Rücken gefesselt, somit hatte sie kaum eine Chance, sich selbst zu befreien. Nach kurzem Überlegen sagte sie: „Hey, Kleines, tue es für eine Nacht mit mir!"

Endlich kam das freche Grinsen wieder, auch wenn es durch die geschwollene Gesichtshälfte etwas anders aussah als sonst. Die Angst verschwand trotzdem nicht vollends aus Nikas Gesicht.

Brunos herannahende Schritte waren zu hören.

„Versprich mir, dass ich mich auf dich verlassen kann, sonst werde ich sehr schnell einpacken können, bei dem, was ich ihm antun werde."

„Was wirst du denn …?"

„Versprich es!"

„Ist ja schon gut, ich verspreche es, meine Herrin."

Sams Schmunzeln über Nikas Antwort stand noch immer auf ihrem Gesicht, als Bruno das Zimmer betrat. In der Hand hielt er eine dicke, fast armlange Kerze, deren Flamme mehr als daumengroß war. Er stellt sie auf eine kleine Anrichte neben der Tür, die er schloss. Dann hängte er den Karabinerhaken wieder an den Türgriff.

Jetzt nahm er die Kerze und stellte sie neben das Bett.

„Du wirst dir wünschen, nie geboren worden zu sein, kleine Samantha", sagte er hämisch und zog eine kleine Kuchengabel aus der Hosentasche. Dann stieg er aufs Bett und kniete sich über Sams Bauch. Mit einem Grinsen beugte er sich vor und hielt die Gabel in die Flamme. Jetzt wurde Sam klar, was er tun würde. Mit einem tiefen Atemzug versuchte sie sich zu beruhigen, aber es half nicht viel. Es würde höllisch weh tun, wenn er sie verbrannte. Jetzt hätte sie lieber einen Profi-SMler vor sich gehabt, der genau wusste, wie heiß man ein Metall machen musste, damit die Nerven in dem Moment abstarben, in dem der Stahl die Haut berührte. Die wirklichen Schmerzen hatte man dabei erst später. Der Vorgang des Brandings selbst war, wenn es denn richtig gemacht wurde, erträglich.

Doch Bruno würde es nicht richtig machen, das wollte er auch gar nicht. Mit viel Geduld erhitzte er die Kuchengabel über der Kerze.

„Du musst mir verzeihen, kleine Samantha, ich hätte ja gerne irgendetwas schönes gehabt, was ich dir einbrennen kann, aber hier gibt es nicht viel."

„Ach, das macht nichts, ich stehe total auf Gabeln."

Sam hörte selbst, dass ihre Stimme nicht mehr die Überzeugung ausstrahlte, die sie sonst inne hatte. Das schien auch Bruno bemerkt zu habe, denn er lächelte selbstgefällig. Während er weiter die Gabel über die Kerze hielt, überlegte Sam, ob sie jetzt etwas unternehmen sollte. Doch was immer sie jetzt tat, es würde nicht ausreichend Zeit für Nika bereitstellen können. Sie musste warten, bis Bruno verletzbar war. Bis dahin würde sie ertragen müssen, was immer er für sie bereit hielt.

Er ließ sich viel Zeit, in der Sam versuchte, ihr Inneres erstarren zu lassen. Sie durfte nicht an den bevorstehenden Schmerz denken.

Der Schlag ins Gesicht war eine Sache. So etwas war sie vom Kampfsport gewohnt. Aber eine Verbrennung würde eine ganz andere Qualität von Schmerzen darstellen. Sam fühlte sich wie beim Warten auf eine Spritze, die der Arzt erst aufziehen musste. Es schien ihr ein guter Vergleich. In beiden Fällen dachte sie: ‚So schlimm wird es schon nicht werden.'

Es wurde schlimmer. Viel schlimmer. Als Sam sah, wie Bruno endlich die Gabel aus der Flamme nahm und mit einer schnellen Bewegung auf ihre rechte Schulter zu bewegte, holte sie tief Luft und hielt den Atem an. In dem Moment, in dem der Mann das heiße Metall fest auf ihre Haut drückte, konnte sie den Schrei nicht zurückhalten. Es schmerzte höllisch, und Sam konnte sich nicht daran erinnern, jemals so gebrüllt zu haben. Gleichzeitig baute ihr Kreislauf ab. Ihr wurde regelrecht schwarz vor Augen, ausgelöst durch die heftige Pein, die aber wiederum zu schwach war, um eine Ohnmacht auszulösen. Nach drei bis vier Sekunden war der Schmerz etwas erträglicher geworden, obwohl Bruno die Gabel noch immer auf die Haut drückte. Sam atmete schnell und tief, bis sie wieder richtig sehen konnte und ihren Körper unter Kontrolle hatte.

„Ja, genau so will ich dich schreien hören, meine kleine Samantha. Glaubst du mir jetzt, dass du deinen Mund aufmachen wirst?"

„Nicht, wenn du mir deinen Schlappschwanz reinstecken willst", gab sie zurück. Hoffentlich erreichte sie ihr Ziel, ehe sie vor Schmerzen durchdrehte.

Es stand für sie außer Frage, dass sowohl sie als auch Nika am Ende sterben würden, wenn sie keine Möglichkeit fand, etwas zu unternehmen. Selbst wenn in drei Stunden Gregor mit seinen Kollegen kam – Bruno würde sie umbringen, bevor er von der Polizei gestellt wurde. Die Beamten würden zunächst zu verhandeln versuchen, und der Mann würde genug Zeit haben, um beide Frauen hinzurichten.

Während ihrer Gedanken erkannte sie, wie sein Gesicht rot anlief. Zornig ohrfeigte er sie.

„Du wirst schon dafür sorgen, dass er nicht mehr schlapp ist!", ging er sie an.

Der Schlag ins Gesicht schmerzte sie kaum. Das tiefe Brennen in ihrer Schulter überlagerte alles.

„Wer weiß", antwortete sie, „bei manchen Schlappschwänzen ist alles zu spät. Außerdem musst du mich erstmal dazu bringen, es überhaupt zu probieren."

Wieder ohrfeigte er sie, fester als zuvor und gleich zweimal hintereinander.

„Du wirst es schon sehen, du kleines Flittchen!" Er stieg von ihr herunter, legte die Gabel auf den Nachtschrank und zog seine Jeans aus. Sam konnte erkennen, dass sein Penis tatsächlich schon halb erigiert war. Jetzt würde es drauf ankommen. Wenn ihr Versuch missglückte, würde sie noch eine ganze Weile leiden müssen, bevor er sie beide umbrachte.

Zu verlieren hatte sie nichts. Er würde sie auch weiterhin quälen, wenn sie nichts unternahm.

Als er sich wieder über sie kniete, konnte sie seinen unangenehmen Geruch wahrnehmen, als ob er seit Wochen nicht geduscht hätte. Jetzt setzte er sich weiter vor. Sam spürte seine Schenkel an ihren Oberarmen. Dann beugte er sich vor und holte die Gabel wieder. Ohne sie erneut zu erhitzen und ohne dem geringsten Zögern stach er mit den Spitzen nach Sams linkem Auge. Die Detektivin konnte gerade noch ihren Kopf zur Seite drehen. An der rechten Schläfe spürte sie das nicht mehr so heiße Metall. Bruno hatte kaum Kraft in den Stich gesetzt. Offensichtlich hatte er nicht ernsthaft vorgehabt, ihr das Auge auszustechen. Ebenso schnell, wie sie das Gesicht zur Seite gedreht hatte, dreht sie es wieder nach vorne.

„Halt still, wenn ich dir nicht sofort deine Fresse komplett verunstalten soll!“, befahl er.

Sam kam dieser Aufforderung nach. Es war nicht zielführend, jetzt falsch zu reagieren. Wenn sie seinen ersten Versuch richtig gedeutet hatte, würde sie ihr Auge noch etwas behalten können.

Tatsächlich setzte Bruno die Gabel sofort auf ihr linkes Auge, welches sich reflexartig geschlossen hatte. Durch das Lid spürte sie den leichten Druck. Es tat schon weh, aber es bestand noch keine Gefahr einer ernsthaften Verletzung. Allerdings würde die Gabel an ihrem Auge die nächsten Aktionen sehr erschweren.

Sam fragte sich, ob sie in der Lage war, ihren Plan weiter in die Tat umzusetzen, wenn Bruno schnell reagierte und die Gabel wirklich in ihr Auge bohrte. Für einen Moment bezweifelte sie es. Dann wischte sie die Gedanken beiseite. Vielleicht würde ihr Versuch misslingen. Und wenn schon? Alles war besser als sich in ein grausames Schicksal zu ergeben.

„Los, Mund auf, kleine Samantha. Du kannst ihn natürlich auch zu lassen und dein hübsches Auge verlieren. Glaube mir, dass ich danach noch viel mehr auf Lager haben werde, also mache es dir leicht und sperre dein Maul auf!“ Mit siegessicherer Stimme ließ er keinen Zweifel daran, wer hier das Sagen hatte.

„Wirst du Nika freilassen, wenn ich tue, was du sagst?“, fragte Sam, obwohl sie von Vornherein wusste, dass sie auf seine Antwort nichts geben konnte. Die Frage diente einzig und alleine zum Demonstrieren ihrer vermeintlichen Niederlage.

„Das habe ich gar nicht nötig, kleine Samantha, denn du wirst ohnehin tun was ich will, oder?“ Dabei erhöhte er den Druck der Gabel, so dass es schmerzte.

„Ja“, beeilte Sam sich zu sagen und spannte vorbereitend jeden Muskel in ihrem Körper an. „Ich werde tun, was du sagst. Alles werde ich tun.“

Mit dem rechten Auge nahm sie seinen immer steifer werdenden Penis wahr, der sich langsam ihren Lippen näherte.

‚Jetzt!‘, dachte Sam. Dann führte ihr Körper sämtliche geplante Aktionen wie ein Präzisionsuhrwerk aus. Ihre Beine und der Unterkörper streckte sie kurz nach oben, um Schwung zu holen. Dabei rief sie: „Nika, los!“

Schon schlugen ihre Beine wieder herab. Aus dieser Bewegung holte Sam die Kraft und den Schwung, um ihre Brust ruckartig anzuheben. Bruno wurde dabei ein Stück nach vorne katapultiert, konnte sich aber an der Wand hinter dem Kopfende des Bettes abstützen. Damit hatte Sam gerechnet und es war perfekt, denn jetzt befand sich sein Hodensack direkt über ihrem Gesicht. Mit einer schnellen Bewegung hob sich ihr Kopf, und ihre Zähne schlugen sich unerbittlich in seine Hoden. Sein gellender Schrei war ebenso laut, wie Sams zuvor bei der Verbrennung gewesen war. In bitterer Pein riss er die Hände nach oben, sein Körper krümmte sich.

Zeit für Teil zwei. Abermals schossen ihre Beine in die Luft, dieses Mal allerdings weit auseinander gespreizt. Sie zogen links und rechts an Brunos Körper vorbei und schlossen sich vor seinem Hals. Wie zwei Haken hängten sich nun ihre Füße ineinander ein, und ihre muskulösen Oberschenkel hatten kein Problem, den Körper des Mannes nach hinten zu drücken. Während der ganzen Aktion hielten ihre Zähne die Genitalien des Mannes fest. Zu dem ekelerregenden Eigengeschmack gesellte sich der unverwechselbare Geschmack von Blut.

‚Hoffentlich hat er kein Aids’, schoss es Sam durch den Kopf. Im Hintergrund hörte sie ein Krachen und wusste, dass Nika damit angefangen hatte, den Stuhl, an den sie gefesselt war, gegen die Wand zu schlagen. Hoffentlich hatte das Mädchen Erfolg.

Bruno tobte kreischend und schlug um sich, aber in Reichweite seiner Arme gab es kein Ziel. Sam ließ seine Hoden unterdessen kurz los, allerdings nur um schnell nachzufassen und die empfindlichen Teile noch härter malträtieren zu können. Seine Reaktion war der scheiternde Versuch eines Aufbäumens. Sams Beine umklammerten den Mann wie eine Eisenschere. Noch ein langgezogener, unmenschlicher Laut drang aus seiner Kehle, dann erschlaffte sein Körper.

Die Detektivin wusste, dass man durch Quetschung der Hoden eines Mannes eine Bewusstlosigkeit herbeiführen konnte. Selbst hatte sie das noch nie ausprobiert, aber einfach gehofft, dass es funktionierte. Sie entließ die blau angelaufenen, blutenden Genitalien in die Freiheit und spukte mehrfach zur Seite. In diesem Moment übermannte sie der Ekel und sie erbrach sich in zwei heftigen Schüben. Als sie wieder richtig atmen konnte, schwang sie ihren Körper zur anderen Seite und schaffte es, Brunos Körper von sich zu katapultieren. Er fiel vernehmbar auf den Boden.

Jetzt sah sie nach dem Mädchen. Gerade rutschten einige Holzteile aus den Seilen, und mit ein paar zappeligen Bewegungen schaffte Nika es, die nun lockeren Stricke abzuschütteln. Ihre Arme waren frei. „Wie viel Zeit haben wir?“, fragte sie.

„Ich habe keine Ahnung“, erwiderte Sam, die sehen konnte, dass an Nikas linkem Arm Blut herablief. Das Mädchen musste sich bei ihrer Befreiungsaktion verletzt haben. Jetzt hüpfte es mit geschlossenen Beinen auf Sam zu.

„Dann befreie ich dich zuerst“, erklärte Nika. „Drehe dich auf den Bauch.“

Sam tat, wie ihr geheißen, und hoffte inständig, dass der Mann noch lange genug ohne Bewusstsein bleiben würde. Kaum hatte sie ihren Körper herumgeworfen, spürte sie auch schon Nikas Finger an ihren Armen. Es wurde hier und da gezerrt und gezogen.

„Verdammt, er hat es ganz schön fest gezogen.“

„Beeile dich, Nika. Wenn er zu sich kommt ist alles vorbei. Eine weitere Chance bekommen wir nicht."

Weitere hektische Berührungen von den Händen des Mädchens. „Scheiße, ich krieg es nicht auf." Nikas Stimme wurde immer mehr von Panik erfüllt.

Sams Gedanken überschlugen sich. „Befreie dich zuerst!", rief sie dann.

„Nein", sagte das Mädchen beinahe weinerlich und fummelte weiter an Sams Fesseln herum.

„Verdammt!", schrie Sam jetzt. „Befreie dich zuerst, habe ich gesagt!" Bei diesen Worten warf sie ihren Körper wieder herum, sodass Nika gar nicht mehr versuchen konnte, sie zu befreien. Als erstes musste Sam dafür sorgen, dass Nika hier heraus kam. Es waren schon genügend Leute wegen ihr zu Schaden gekommen. Alleine Jans Tod würde sie niemals endgültig verwinden. Sollte nun Nika etwas noch Ernsteres passieren, als ohnehin schon geschehen, würde sie gar nicht mehr damit zu recht kommen. Außerdem … außerdem hatte sie das Mädchen irgendwie verdammt gerne. Sie beobachtete, wie Nika sich aufs Bett setzte und nun ihre Fußfesseln zu lösen begann. Diese waren nicht ganz so gut befestigt wie Sams. Von dem Mädchen hatte Bruno scheinbar weniger Gegenwehr erwartet. In Sam hatte er ganz offensichtlich eine gewisse Gefahr gesehen. Zumindest hatte er gewusst, dass sie keine Hemmungen hatte, mit äußerster Brutalität gegen ihn vorzugehen. Das hatte er bereits vor vielen Jahren erlebt.

Nach der Ewigkeit einer halben Minute waren Nikas Beine frei. Im gleichen Moment sah Sam, wie Nikas Augen sich panisch vergrößerten.

„Er macht die Augen auf", kreischte das Mädchen, das aus ihrer Position auf den Mann herabsehen konnte. Im gleichen Moment hörte Sam ein grunzendes Stöhnen.

„Spring ihm mit beiden Füßen auf den Hals!", brüllte Sam. Sie selbst lag noch immer – eine denkbar ungünstige Ausgangsposition für einen Angriff, wenn man auf den Rücken gefesselte Hände hatte. Nika schien wie versteinert.

„Mach schon!", brüllte Sam. Dabei erkannte sie, dass der Körper des Mädchens zitterte. Sie mutete Nika zuviel zu. Im Bruchteil einer Sekunde plante sie um und rief: „Lass es! Raus hier! Geh zur Tür und hänge die Kette von der Falle in den Haken an der Wand!“

Jetzt kam tatsächlich Bewegung in die Studentin. Sie schwang ihren Körper herum, sprang vom Bett und lief zur Tür. Dort tat sie, was Sam von ihr wollte. Bei der Studentin sah es allerdings viel mühevoller aus als bei dem Mann. Auf der Kette schien eine enorme Spannung zu sein.

Nachdem Nika die Kette umgehängt hatte, öffnete sie die Tür.

„Jetzt verschwinde! Raus hier!“ Sams einziger Wunsch war in diesem Moment, Nika aus der Gefahrenzone zu bekommen. Jetzt erschien hinter der Bettkante mit einem weiteren Grunzen Brunos Gesicht.

„Raus hier“, schrie Sam erneut, und trat gleichzeitig gegen die Schläfe des Mannes. Der kippte wieder aus ihrem Sichtbereich heraus. Dann rollte Sam sich übers Bett, kam auf der Türseite mit den Füßen auf dem Boden zum Stehen und rannte Nika hinterher.

Das schwache Licht, das durch den Türrahmen fiel, reichte kaum, um die Tür am jenseitigen Ende des Raumes erkennen zu lassen. Die beiden Frauen schienen sie gleichzeitig zu entdecken, denn gemeinsam rannten sie los. Nika drückte die Klinke herunter – und begann zu fluchen. Die Tür war verschlossen.

„Weg“, sagte Sam und drängte das Mädchen mit ihrem Körper zur Seite. Dann trat sie mit einem Bilderbuchkick gegen die Tür. Der Erfolg war allerdings gleich Null, außer dass sie wegen der gefesselten Hände fast das Gleichgewicht verlor. Die Detektivin machte noch zwei Versuche und erkannte, dass die Tür zu stabil war, um sie einfach einzutreten. Gehetzt blickte sie sich um. Ein Fenster war nicht zu erkennen. Jetzt musste sie sich etwas Neues einfallen lassen, und das ganz schnell.

Sie stellte sich ganz dicht an Nika heran und flüsterte: „Wir stellen uns jetzt direkt an die Wand neben der Tür zu dem Zimmer, wo er ist. Sobald er herausstürmt, um hinter uns herzujagen, müssen wir es schaffen, ins Zimmer zu gehen und die Tür zu schließen. Du musst dann so schnell wie möglich die Kette vom Haken nehmen."

„Aber..."

„Scht! Komm!"

Während die beiden zurück schlichen, kam ein hasserfülltes Brüllen aus dem anderen Zimmer: „Ich kriege euch! Ihr habt keine Chance!"

Dann krachte ein Schuss.

„Überlegt euch gut, was ihr tut. Gegen eine Kugel bist auch du nicht gefeit, Samantha, du kleine Drecksau!"

Sam verfluchte sich dafür, dass sie Nika nicht befohlen hatte, den Mann zu durchsuchen. Es wäre alles so einfach gewesen, wenn nun sie die Pistole in den Händen halten würden. Damit hätte sich selbst Nika gegen Bruno behaupten können. Aber sie, Sam, war nachlässig gewesen und hatte nicht daran gedacht. Im schlimmsten Fall war das nun der letzte und größte Fehler ihres Lebens gewesen.

Dicht an die Wand gepresst warteten sie. Sam wagte kaum zu atmen, aus Angst, der Mann könne es hören. Vermutlich ging es Nika nicht anders.

„Los, kommt wieder rein! Aus dem Haus könnt ihr sowieso nicht."

Jetzt drang ein Lichtkegel durch das Zimmer. Er hatte also eine Lampe. Verdammt, natürlich hatte er eine. Und auch die hätten sie jetzt haben können. Sam kochte innerlich vor Wut auf sich selbst. Aber das half ihr jetzt nicht.

‚Ruhig, Samantha Veselkova!', befahl sie sich im Geiste.

„Ich kann auch einfach alles in dem Raum wegballern, wenn euch das lieber ist", hörte sie wieder Brunos Stimme, die jetzt näher kam. Dabei konnte der Mann nicht verbergen, dass er noch immer starke Schmerzen hatte. Es wunderte Sam, dass er überhaupt schon wieder auf den Beinen stehen konnte. Hass schien eine sehr starke, treibende Kraft zu sein.

Ein weiterer Schuss krachte. Die Kugel musste eine Flasche oder ein Glas erwischt haben, denn ein lautes Splittern war zu hören. Im nächsten Moment tauchte im Lichtschein des Nebenraumes die große, massige Gestalt des Killers auf. Sam war unendlich dankbar dafür, dass der Raum scheinbar nur einen Lichtschalter an der anderen Tür hatte. Wenn es hier noch einen gegeben hätte, wären sie sofort entdeckt worden. So aber schien Bruno, wie Sam es gehofft hatte, anzunehmen, dass die Frauen sich irgendwo im Raum befanden.

Sie ließ ihn zwei, drei Schritte weit ins Zimmer laufen. Dann schlich sie durch die Tür, jeden Moment damit rechnend, dass Bruno sie bemerkte. Aber die Frauen waren barfüßig und es kam kein Geräusch von ihnen. Sobald sie im Zimmer war, drehte Sam sich um und wartete ab, bis auch Nika drinnen war. Dann kickte sie die Tür zu, die laut ins Schloss krachte.

„Mache die Kette los!“, forderte sie das Mädchen auf. Nika machte sich umgehend mit zitternden Fingern daran, die unter Spannung stehende Kette vom Haken zu lösen. Sam nahm wohlwollend zur Kenntnis, dass Nika bei dieser Aktion neben der Tür stand. So war sie nicht in der Schusslinie, falls es Bruno einfallen sollte, einfach durch die Tür zu ballern. Noch während der Erkenntnis, dass sie selbst in einer wesentlich ungünstigeren Position stand, nahm sie zeitgleich den Knall des Schusses und den heißen, brennenden Schmerz an ihrer Hüfte wahr. Noch bevor der zweite Schuss in ihren Ohren dröhnte, warf sie sich zur Seite. Trotz der Schmerzen gelang es ihr, früh genug von der Tür weg zu sein. Dafür schlug sie hart auf den Boden und prellte sich die Schulter.

Statt eines dritten Schusses flog die Tür auf und Bruno erschien mit einem zur Fratze verzogenen Gesicht. Als er Sam am Boden entdeckte, zeigte seine Miene ein hämisches Grinsen, das einerseits siegessicher, andererseits aber noch immer schmerzerfüllt aussah. Langsam drehte sich der Lauf der Pistole zu Sam.

‚Das war es dann wohl‘, dachte Sam noch, als Nika die Kette los ließ und der Vorschlaghammer von der Decke sauste. Das Adrenalin in Sams Adern, das durch die Todesangst freigesetzt worden war, ließ sie die Szene mit einer unbeschreiblichen Klarheit erleben. Sie würde später jede Einzelheit der nächsten Sekunde beschreiben können, so intensiv brannte sich das Erlebte in ihr Gehirn ein. Der siegessichere Blick von Bruno wich einem Erstaunen, das sich im weiteren Verlauf in ein Entsetzen verwandelte. Seine Augen weiteten sich so unglaublich weit, dass Sam befürchtete, seine Augäpfel würden herausspringen. Dann erreichte die Spitze des Hammerkopfes seine Brust. Noch bevor der mächtige Körper wie ein Stück Papier zurückgeschleudert wurde, drang das schwere Metall in seinen Körper ein. Blut spritzte und Sam konnte tatsächlich erkennen, wie eine weiße Rippe nach außen trat. Gleichzeitig löste sich noch ein Schuss aus der Waffe. Die Kugel verirrte sich irgendwo im Zimmer. Dann verschwand der Körper im Dunkel des Nachbarzimmers.

Plötzlich war es ruhig. Fast. Das hektische Atmen von Nika war in der Stille laut und deutlich zu hören.

„Du hast es geschafft, Kleines", flüsterte Sam.

Ein tränenüberströmtes Gesicht drehte sich zu Sam. Die Detektivin erkannte, dass sich in dem Mädchen nun die gesamte Anspannung des Erlebten geballt entlud. Von einem Gemisch aus Lachen und Weinen übermannt brachte Nika einen einzigen Satz hervor: „Du hast mich Kleines genannt."

39 | Vorbei

Langsam erwachte Sam. Zunächst lag sie noch in einer Art Dämmerzustand, nicht wirklich wach, aber auch nicht mehr schlafend. Noch tief in sich gekehrt analysierte sie ihren Körper. Rückenlage, nicht gefesselt. Schmerzen in beiden Schultern. Die Hüfte tat weh. Ihr Gesicht fühlte sich an, als hätte es jemand als Punchingball benutzt.

Die linke Hand wurde von der warmen Hand einer anderen Person gehalten.

Was für ein Geruch lag in der Luft? Sam kannte diesen Geruch, er war typisch für … ja, für was? Natürlich! Sie lag in einem Krankenhaus. Es war vorbei. Und sie hatte überlebt. Was war mit Nika? Konnte es sein, dass Bruno den Hammer überlebt hatte und wieder zu sich gekommen war? Nein, das konnte sie sich nicht vorstellen. Wie hatte

Nika wohl die verschlossene Tür überwunden? Die Neugier siegte über den Wunsch, die Augen geschlossen zu halten.

Das Licht war aus, nur die Notbeleuchtung verbreitete ein warmes Dämmerlicht. Das schattige Gesicht von Nika war entspannt. Die Augen des Mädchens waren direkt auf Sams Gesicht gerichtet. Jetzt hatte sie offensichtlich registriert, dass Sam wach geworden war. Ein sanftes Lächeln erschien und erhellte die Gesichtszüge.

Auch Sam lächelte. „Hallo Kleines. Wie geht es dir?"

„Mir? Ich habe doch nichts Ernstes. Aber wie fühlst du dich?" Das Mädchen klang mehr erleichtert als besorgt. Das sagte Sam, dass ihre Schusswunde nicht so schlimm sein konnte.

„Ich fühle mich, als wäre ich unter einen Mähdrescher gekommen, aber sonst geht es mir gut."

Das Gesicht von Nika wurde wieder ernst. Langsam beugte sie sich vor und ließ ihren Blick fortwährend in Sams Augen ruhen. Kurz vor Sams Gesicht zögerte sie einen Moment, dann legte sie sanft ihre Lippen auf die von Sam und küsste sie. Die Detektivin ließ es geschehen ohne sich zu wehren. Dabei empfand sie eine tiefe Wärme und Zufriedenheit.

Nach einigen Sekunden löste sich Nika von ihr und stammelte ein leises „Entschuldige bitte".

Sam lächelte und kommentierte den Kuss nicht. Stattdessen sagte sie: „Erzähle mir, wie wir da rausgekommen sind."

Nika setzte sich wieder zurück und begann: „Du warst plötzlich bewusstlos und ich hatte schreckliche Angst, dass du tot sein könntest. Ohne mich um den Mann zu kümmern, habe ich nach dir gesehen. Du warst ja zum Glück nackt, so kam ich schnell an die Wunde."

„Was ist mit meiner Hüfte?"

„Die Ärzte sagen, es sei nur eine Fleischwunde und wird schnell verheilen. Aber es hat geblutet wie Sau. Ich habe mir nicht anders zu helfen gewusst, als das Bettlaken als Verband um dich zu wickeln. Damit konnte ich wenigstens die Blutung einigermaßen stillen. Dann habe ich mir die Taschenlampe von dem Kerl geholt und versucht, aus dem Haus zu kommen. Irgendwann bin ich auf die Idee gekommen, dass der Mann ja den Schüssel zu der Tür bei sich haben musste. Es war ganz schön ekelhaft gewesen, ihn anzufassen. Ich wusste ja auch nicht, ob er nicht vielleicht doch wieder zu sich kommen würde, deshalb habe ich eine Scheißangst gehabt. In jedem Fall konnte ich dann die Tür öffnen und den Weg nach oben suchen. Als ich aus dem Haus gekommen bin, kam gerade dein Polizistenfreund. Der Name Mia sagt dir sicher etwas, oder? Sie hatte Gregor angerufen. Er war intelligent genug gewesen, gleich eine Ambulanz mitzubringen, die dich hergebracht hat."

„In welchem Krankenhaus sind wir denn?"

„Idstein", war die knappe Antwort.

„Und was ist mit Bruno?", wollte Sam wissen.

„Er ist tot."

Sam nickte. Sie sah das Mädchen an. Zweifellos hatte Nika den Mann getötet. Selbst Menschen, die so etwas durchaus beruflich tun mussten, wie Soldaten oder Polizisten, kamen damit manchmal nicht zurecht.

„Ist es ein großes Problem für dich?", fragte Sam.

„Was meinst du?", stellte Nika eine Gegenfrage. Sie schien tatsächlich nicht zu wissen, was Sam meinte.

„Dass du einen Menschen getötet hast."

Nika sah die Detektivin verständnislos an. „Wenn ich das nicht getan hätte, dann hätte er dich erschossen. Und mich danach."

Mit einem sanften Lächeln fragte Sam: „Du machst dir also überhaupt keine Gedanken darüber?"

„Sollte ich?"

„Nein, Kleines, ich hatte nur Angst, dass du es trotzdem tun würdest. Nein, du sollst dir keine Gedanken darüber machen. Er hat es mehr als verdient."

„Ich habe auch an wichtigere Dinge zu denken", erklärte Nika.

„Dein Studium zum Beispiel", vermutete Sam.

Doch Nika winkte ab. „Ach das, das schaffe ich schon."

„Was dann?", fragte Sam neugierig.

Nika senkte den Blick und sagte nichts.

„Komm schon, was ist es?“, drängte Sam.

„Du bist es, Samantha“, flüsterte Nika. „Das weißt du ganz genau.“

Sam wusste nicht, ob sie es bereuen würde, aber aus einem Bauchgefühl heraus sagte sie mit einem verschmitzten Lächeln: „Küss’ mich, Kleines“.

Sie konnte sich nicht daran erinnern, jemals in ein glücklicheres Gesicht gesehen zu haben, als Nika sie mit einem freudestrahlenden Lächeln ansah.

... noch ahnen sie nicht, dass sie es schon bald mit einem Serienmörder zu tun haben werden, dessen Weg von verstümmelten Leichen gesäumt wird ...